Best Time

白 马 时 光

致 我 们 终 将 逝 去 的 青 春

曾经我们都以为自己可以为爱情死，其实爱情死不了人，它只会在最疼的地方扎上一针，然后我们欲哭无泪，我们辗转反侧，我们久病成医，我们百炼成钢。

你不是风儿，我也不是沙，再缠绵也到不了天涯。

◆ 致 我 们 终 将 逝 去 的 青 春

人世间的感情为什么不能像打地基一样，挖一个坑，就立一个桩，所有的坑都有它的那根桩，所有的桩也能找到它的那个坑，没有失望，没有失败，没有遗恨，永不落空。

"见鬼去吧，什么终将逝去的青春，我赌一次永恒！"

◆ 致 我 们 终 将 逝 去 的 青 春

她如何能不爱？感情不是水闸，说开就开，说关就关。

那场感情，她豁出了自己，一丝余力也没有留下。

而他是在她最快乐的时候骤然离开，

中途没有争吵，没有冷战，没有给过她机会缓冲，让热情消散，

如同一首歌，唱到了最酣畅处，戛然而止。

致我们终将逝去的青春

的青春

上

插图纪念版

辛夷坞

著

百花洲文艺出版社

BAIHUAZHOU LITERATURE AND ART PRESS

图书在版编目（CIP）数据

致我们终将逝去的青春：插图纪念版 / 辛夷坞著 . --
南昌：百花洲文艺出版社，2016.5
ISBN 978-7-5500-1731-3

Ⅰ . ①致… Ⅱ . ①辛… Ⅲ . ①长篇小说－中国－当代
Ⅳ . ① I247.5

中国版本图书馆 CIP 数据核字 (2016) 第 080955 号

出 版 者　百花洲文艺出版社
社　　　址　江西省南昌市红谷滩世贸路 898 号博能中心 20 楼　　　邮编：330038
电　　　话　0791-86895108（发行热线）　　0791-86894790（编辑热线）
网　　　址　http:www.bhzwy.com
E-mail　　　bhz@bhzwy.com

书　　　名　致我们终将逝去的青春（插图纪念版）
作　　　者　辛夷坞
出 版 人　姚雪雪
出 品 人　李国靖
特约监制　何亚娟　燕　兮
责任编辑　游灵通　程　玥
特约策划　何亚娟
特约编辑　燕　兮　沐　枳
封面设计　郑力珲
绘　　　图　邦乔彦
版式设计　王雨晨
经　　　销　全国新华书店
印　　　刷　北京建泰印刷有限公司
开　　　本　1/32　880mm×1230mm
印　　　张　17
字　　　数　330 千字
版　　　次　2016 年 7 月第 1 版
印　　　次　2016 年 7 月第 1 次印刷
定　　　价　49.80 元（全二册）
ISBN 978-7-5500-1731-3

赣版权登字：05-2016-105

谨以此文，
献给我们即将失去，或终将失去的青春岁月。

目录
Contents

第一章
Chapter One

大学的新鲜时光

9月10日，南国的盛夏，烈日炎炎。

大学新鲜人郑微憋红了一张脸，和出租车司机一起将她的两个大皮箱半拖半拽地从车尾厢里卸了下来。她轻轻抬头用手背擦汗，透过树叶间隙直射下来的、耀眼的阳光让她眼前短暂地一黑，突然的高温让她有些不适应。她在牛仔裤的口袋里掏了掏，翻出了出门前妈妈给她备下的零钱，递给身边的出租车司机，笑眯眯地说道："谢谢啊，叔叔。"

看上去未满三十岁的司机小伙子被眼前这个小姑娘字正腔圆的一句话闹了个大红脸，匆匆找钱的时候，连零头都没好意思收。

郑微站在唯一可以遮荫的大树下，一边用手扇风，一边打量着这个她即将战斗和生活四年的地方。她所在的位置是一条长长的校园林荫路，道路的两边是她叫不出名的亚热带树木，可以想象黄昏的时候，在这样一条路上散步是多么有意境的事情。然而现在整条路的人行道上被熙熙攘攘的人和大大小小的桌子挤了个水泄不通。不时有私家车、出租车开到她附近的位置，再也前进不了。当然，更多的是学校的大巴，从车站将新生接了过来，一拨一拨的，都是像她一样拖着大件行李的年轻面孔，还有陪同孩子前来报名的家长，表情无一例外地比学生更焦急凝重。

郑微看着那些家长就笑了，她想，要是她妈妈跟着来了，应该也是这副皇帝不急太监急的模样吧？爸爸和妈妈都说过要送她来学校，可是她在他们面前拍了胸脯，"不用不用，我一个年满十八岁的聪明少女，难道连入学报到都应付不来？你们老跟着未免太小看人了，别忘了我八岁的时候，就已经知道一个人坐三个小时的车去奶奶家了。放心吧，放心吧！"

他们是不怎么放心的，但是毕竟工作也忙，郑微又再三保证、强调，加上自己高中同学里有三个也是考到了这个城市，正好可以结伴而行，相互有个照应。于是，在经历了父母的再三叮嘱和语重心长的防拐卖教育之后，郑微欢欣雀跃地和几个同学一起登上了开往中国南方的火车，一路欢声笑语，旅途也不觉得寂寞。

到达火车站之后，同行的几个同学都被各自学校的校车接走。郑微挥别了同学，独自在火车站等了十几分钟，也没见到 G 大的校车，她是个急性子，焦急之下索性自己拦了出租车，独自踏上了去 G 大的土地。

还来不及把四周的环境打量个遍，就有四五个男生走了上来，脸上挂着老生特有的热情和故作老成的笑容。其中一个问："同学你是新生吧？哪个系的呀？"

"我？土木工程的。"郑微老老实实地回答。林静曾经叮嘱过她很多次，初到一个人生地不熟的地方，乖一点总是没错。林静这个名字听上去就像一个乖巧的女生，实际上他既不是郑微的同学也不是小姐妹，而是郑微十八年生命中最重要的人——她立志长大后要嫁的人。林静的爸爸是"文革"后恢复高考的第一代大学生，他给儿子起的单名一个"静"字据说是取自《诗经》里"宜言饮酒，与子偕老。琴瑟在御，莫不静好"之意。林静比郑微大五岁，两人同住一个大院，由于两人都是双职工家庭，父母工作很忙，所以郑微可以说是在林静身边长大的。在她的记忆里，从幼儿园的时候开始，来接她回家的都是刚从单位子弟小学放学的林静哥哥。爸爸妈妈的话郑微经常是左耳进右耳出，但林静的话她总是听的。

"土木系的呀！"听了郑微的回答，一个满脸青春痘的男生眼睛一亮，"那也算是我们的师妹了，我们是专门负责接待新生的，你跟我们来，我们带你去办入学手续。"说完几个人不由分说就接过了郑微的行李。

郑微对男生的所有印象都还停留在高中，班上那些男生喜欢叫女生绰号，经常为了一道题跟女孩子争得面红耳赤，拖拉着不肯主动擦黑板，既喜欢背后讨论班上的女同学，又不屑与女生为伍，全无半点风度。因此，她一时之间对大学里男生突如其来的殷勤感到有少许的不适应。

满脸青春痘的男生主动拖着郑微的皮箱，发觉有异，低头看了一眼，郑微干笑两声说："不好意思，这个皮箱的轮子坏掉了。"她收拾东西的时候，在皮箱里装了近三十本漫画书，爸爸请了一个挑夫才将她的行李扛上火车，谁知道刚下火车不久，皮箱的滑轮便不堪重负地阵亡了，沉重程度可想而知。她不由得有些同情这个自告奋勇的男生。

"没事，别看咱们瘦，咱们有肌肉，不就一个皮箱嘛，小意思。"那个男生笑了笑，自然无比地拍了拍身边一个稍矮的男同学，"刚才你不是老喊着要给师妹扛行李吗？机会来了。"

稍矮的男同学跃跃欲试地把皮箱单手往上一提，皮箱在水泥地面上纹丝不动，他明显愣了愣，稍微有点尴尬，还有些不敢置信地双手施力，这一次终于顺利地提了起来。郑微和另外几个男生走在他的身后，发现他明显的脚步虚浮。

根据他们的建议，首先是把宿舍钥匙领到手，把行李和床位安置好，再慢慢办那些繁杂的手续也不迟，郑微表示同意。刚走了几步，她突然看到了一块写着"建筑工程学院土木系"的接待牌，想来这才是她要找的大本营，她正想走过去，最先接待她的那个青春痘男生连忙说："没事，我们也是建筑工程学院的，我们来接你也是一样的。"

接待牌旁边站着的几个男生看到他们几个，笑着挤眉弄眼，"老张，你们运气不错哦，小师妹哪个系的呀？"

那个一脸青春痘的男生显然就是他们口中的老张，他得意地嘿嘿一笑，"土木系的小师妹。"

话音刚落就有人嚷了起来，"老张你也太'狼'了，刚才你们环境工程的来了四五个男生，下车后傻呆呆地站在路边都没人理，我们土木系的妹妹，本系的人还没瞄见，你倒先扑上去了……"

"都一样，都一样，我们环境工程并入建筑工程学院了，大家都是一家，不分彼此，不分彼此。"老张大言不惭地笑着说。

郑微偷笑着，用手继续扇风，假装没有听见这饿狗抢食一般的争论，这个时候保持缄默是聪明少女的最好选择。

争论的结果是老张的"同一家"理论占了上风，成功地保护了胜利的果实——郑微。往宿舍方向走去的一路上，几个男生争先恐后地问着话，把她的姓名、系别、专业、原籍通通打听了个遍，每个人还都不失时机地进行了详细的自我介绍。最绝的堪称老张，他塞给郑微一张早已准备好的自制名片，上面姓名、专业、联系电话、宿舍门牌一应俱全，居然连血型和兴趣爱好都有，堪称浓缩而精辟。郑微叹为观止地收下，塞进自己的小包包里，心里对这个环境工程系大三师兄的景仰之情，真是有如黄河之水滔滔不绝。说实话，习惯了跟男生称兄道弟、互拍桌子的郑微对大学第一天这样众星捧月的待遇颇有些不习惯。不过从学校的一头走到另一头，满眼都是人，但是看到的女生却寥寥无几，郑微这才相信这所南方最著名的工科大学男女生比例为 9：1 的传言非虚，也无怪乎这些男生都有饥渴至死的表情。

理工科的女生原本就是珍稀动物，而且大多数都长得比较抽象。想她郑微虽然不是什么绝代美女，跟她漂亮的妈妈相比也有一定差距，但她有一张讨喜的圆脸，小巧的尖下巴，大而灵动的眼睛，秀气挺直的鼻子，尤其是皮肤白皙无瑕——这是连妈妈也承认自己年轻的时候也比不上的。因此，根据郑微自己无数次揽镜自照的鉴定结果，她绝对称得上是人见人爱、花见花开的美少女，简直就是琼瑶阿姨笔下的女主角。虽然琼瑶阿姨的小说已经落伍几个世纪了，但阿姨的审美观还是历久弥新的，看她挑中的连续剧女主角一个比一个红就知道了。就连一向很少夸人的林静也曾说过郑微不说话的时候还是相当有迷惑性的，称得上"静若处子"。当然，郑微很自觉地过滤掉了他后半句"动若疯兔"的评价，完全当做他对她的肯定。

走在老张身后的郑微一边同情地看着那个连连喘气扛皮箱的男生，一边在心里嘿嘿偷笑，看来上了工科大学也有个附加的好处，在这个母猪都被捧成玛丽莲·梦露的地方，好日子还在后头呢。

从舍管科的阿姨那领到钥匙后，郑微顺利地找到了门牌为 402 的宿舍。推门进去，是一个六人的小单间，窄是窄了点，但阳台、卫生间一应俱全。郑微对这个一向不挑剔，看了看四周，六张床上已经有三张摆放了行李，看来她是第四个。听舍管科的阿姨说，由于宿舍不足，没办法按照班级给她安排住的地方，所以她所在的是一个混合的宿舍。郑微没有住过校，她对即将开始的集体生活感到万分期待，她在靠近洗手间的床位上挑了个下铺，今后这里就是她的地盘了。

几个帮忙的男生还在等着郑微，其中工作量最大的那一个汗流得就像洗过澡似的。林静说出门在外嘴巴要甜，于是郑微笑眯眯地对着几个师兄连说谢谢，他们果然受用。老张更是大手一挥，"这算什么，小意思。"豪爽的姿态让人差点忘记了他一路上是空着手只动嘴皮的那个人。

办入学手续的路上，扛皮箱的男生才缓过劲来，气若游丝地问了一句："我可不可以知道你皮箱里装的是什么。"

郑微嘻嘻一笑，"我的全部家当。"

办入学手续的人还是那么多，好在老张交游广泛，八面玲珑，领着她四处穿梭，竟然免去了好几次排队之苦。饶是如此，当郑微办妥了全部的手续重新站在树荫下时，不禁感叹，这鬼地方真热呀。她原本以为自己称得上是地道的南方人，哪知道来到这亚热带的城市，才发现她那位于东部省份的家乡的气候绝对算是凉爽宜人。不过没有关系，她总算如愿以偿地来到了这个地方，和林静站在同一个城市的天空下，接下来的日子里，她又可以像过去那样黏着他。想到这里，郑微觉得高三一年的苦读没有白费。她强忍着雀跃，在心里大声说："我终于来了，林静！"

开学一个星期之后的这天晚上，郑微在宿舍里握着电话发呆，这是她第三次把电话打到在 G 市的政法大学上学的林静的宿舍。有一次没人接听，另外两次都是个陌生男孩子的声音，说的都是同样的话，"你找谁……哦，不好意思，林静不在，他出去了……我也不知道他去了哪里……什么时候回来？说不准……你是哪位……好吧，你的电话我记下了，他回来之后我会转告……"

郑微心里空落落的，满腔的喜悦都化成了说不清道不明的郁闷。林静说他最近比较忙，不能到火车站接她，她一点都没有生气，因为她知道林静一定是有非常重要的事，才会连小飞龙抵达 G 市都抽不出时间来迎接，等到他忙完了，一定会第一时间跟她联系的。可是，都好几天了，他不但没有来找她，就连她主动打电话都找不到他。

舍友朱小北走了过来，拍拍郑微的背，"同志，你的电话究竟是要拿起还是放下，麻烦给个明确的指示，我要打个电话回家。"

郑微烦恼地把电话塞到朱小北手里，"打吧打吧，爱打多久打多久。"睡在郑微对面床的何绿芽和嗑瓜子的卓美交换了一个无奈的眼神，郑微故意装作看不见，快快地躺回自己的床上，看着蚊帐顶发呆。

林静究竟在忙什么？暑假没有回家，现在打电话到他宿舍总是不在，郑微通过他的舍友给他留了自己的电话，也不见他回复。明明上火车的前两天郑微还跟林静通过电话，他在那一头答应得好好的，等她到了 G 市，他就会带她到处去玩，吃遍 G 市的小吃，当时郑微没有感觉到丝毫的异样，就连他的笑声也是一如既往地带着她熟悉的宠溺和宽容。

可是现在郑微没忘记两人的约定，林静却踪影全无。难道是她打错了电话？不可能！那个电话她倒着也能背出来，何况那边接电话的舍友明明也是认得林静的，只是说他不在。

不在不在，老是不在！还说是个模范好学生，不知道跑到哪鬼混去了！郑微气鼓鼓地想，等到见了面，非把他数落一顿不可。

"干吗？郑微，还是没联系上你的林哥哥呀？"一直躺在床上看书的另一个舍友黎维娟笑着打趣她，郑微"嗯"了一声，便不予理会，翻过身去装睡。

这个时候，为期一周的新生入学教育刚结束。402 的六个女孩子基本上都已经混熟，她们都是同一年级的新生，不过并不都在同一个系或班级。正在打电话的朱小北是个东北女孩，学机械自动化的，剪了个比男生还短的头发，讲一口饶舌的普通话，从来不穿裙子，性格大大咧咧的，在宿舍里和郑微性格比较相投。住在郑微对面床的是卓美，本市姑娘，计算机专业，唯一的爱好就是吃和睡，目标是过着猪一样的生活——在郑微看来，她已经离她的目标很近了。卓美的上铺就是刚才说话的黎维娟，河南开封人，管理学院的。G 大一向以工科著名，经济类学科和文史类学科都是这几年刚开办的，毕竟不是主流，招生人数也不多，所以黎维娟是她们宿舍里唯一的非工科生。黎维娟性格比较一板一眼，平时做事说话一套一套的，郑微不太喜欢她，觉得她是假正经，跟自己合不来，不过黎维娟倒是挺喜欢跟郑微搭讪的，有事没事也跟她开两句玩笑。朱小北的上铺何绿芽，家在 G 市附近的郊县，跟小北同班，也是学机械的，是个老实本分的姑娘，大家赞同的事她不会反对，别人开心她也开心。最后剩下来的就是郑微的上铺阮莞，都说白天不能说人，晚上不能说鬼，这不，郑微刚想到这个人，她就正好推门进来了。

朱小北刚打完电话，朝刚回来的人笑着说："美女，去哪转悠了一晚上？"

"出去走走，散散步。"阮莞说。

郑微的脸朝着墙，心想：月黑风高的晚上去散步，长成这样还整天在学校里四处闲逛，不是成心招蜂引蝶，是什么？

不能怪郑微对她的上铺有成见，自古文人相轻，美人更是如此。虽然郑微不是什么绝世大美人，但是从小就知道自己长得不错，在这样的"和尚"学校里更是一枝梨花压海棠了。她想起来入学第一天，办完手续站在树荫下乘凉，听见有人在她不远处惊呼一声"哇，美女！"，当时她芳心暗喜，心想：这些小男生，也太没见过世面了。正待转过头去让他们看看她无敌美少女的正面，却发现别人的眼神越过了她，直直射向从她身后走来的一个女孩子。怎么说呢？就算郑微一向自视甚高，也不得不承认，男生的眼睛此刻越过了她，落在另一个焦点上是有道理的。美女，绝对的美女！走过来的那个女生五官精致，身材高挑，气质出众。看人家胸是胸、腰是腰、臀是臀的，连走路都有种轻盈的韵律，无怪乎刚才还朝她傻笑的老张也立刻叛变了，眼睛雷达一样地扫射着佳人。相比之下，郑微低头看了看自己只比老张明显一点的曲线，心情开始跌落至谷底。

如果说这次偶遇还只是个不怎么美丽的小插曲的话，那么，当开学第一天的下午，郑微发现路遇的大美女走进了402，跟大家打了招呼之后，居然，居然姿势美妙地爬到了她的上铺的时候，她顿时觉得这简直是场噩梦。

那天晚上，郑微洗完了澡，对着浴室里的镜子不断地对自己做心理安慰——白雪公主的后母也漂亮，但王子都是喜欢青春可爱的小公主。书里说白雪公主的头发像炭一样黑，皮肤像雪一样白，眼睛像星星一样明亮，这不就是她小郑微吗？安徒生不也没说白雪公主前凸后翘吗？镜子镜子，谁是世界上最可爱的人？就是我，就是我，就是我！

白雪公主的"后妈"大名叫阮莞，多拗口的名字呀，可这个叫阮莞的人不但没有像郑微期待的那样胸大无脑，反而是以高分考入 G 大建筑工程学院土木系的（很不幸，居然跟郑微同班），脾气也不像郑微假想的那样恶毒，几天相处下来，谁都可以看出她是个随和易处的人，但是，郑微还是没有办法喜欢上她。

郑微小小的心思当然不影响 ×× 级土木二班男生的欢欣雀跃，人人都说 G 大多恐龙，土木则全是暴龙。没想到传说新生报到当天最抢眼的两个女孩子，一个是气质大美女，一个是青春小美女，竟然全部花落他们土木二班，成为他们班上仅有的七个女生中的两个。什么叫奇迹？这就是奇迹！这不但是他们 ×× 级土木二班全体男生的福音，也是他们土木系之光，一向低眉顺眼地向别系女生示好的土木系男生终于扬眉吐气了。

说起来，物以类聚，人以群分，漂亮的女生也喜欢扎堆。这用朱小北的话来说，就是美女也有气场，402 就是拥有这个气场的风水宝地。抛开阮莞和郑微不提，余下的四人虽然谈不上多抢眼，长得倒也都不错。何绿芽眉目小巧，挺娟秀的；卓美轮廓立体，颇有点南洋女孩的味道；朱小北虽然中性打扮，但五官端正大气；就连最朴素的黎维娟也并不难看。这样总体分数远高于平均值的美女宿舍在 G 大即使不是绝后，应该也是空前的，对面楼的男生宿舍也经常有人尖着嗓子叫："402，看过来……"

哪个年轻的女孩不喜欢男孩子的追捧？首先是卓美提议："要不我们宿舍六个就叫'六朵金花'吧。"

朱小北首先反对："什么花花草草的，特俗，要我就叫'六大金刚'，有气势！"

"别吵别吵，叫'六大美少女'！"这是郑微的提议，引来嘘声一片。

何绿芽是个没主意的，黎维娟又不属于参与她们这种无聊的事，最后还是说话慢条斯理的阮莞一锤定音，"叫'六大天后'吧！"

郑微和小北咯咯地笑，"靠，'六大天后'，比'四大天王'还多出两个，够牛，就这么定了。"

晚上熄灯之后，"六大天后"也像所有宿舍的女孩子一样喜欢开卧谈会，天南地北的海侃，郑微和朱小北是引导话题的绝对主力，经常可以从领导人秘史开始讨论，然后以饭堂的肉包子的话题结束。阮莞有时也插两句，她话不多，不过说出来通常精辟，何绿芽就跟着笑，卓美睡觉是雷打不动的，只有黎维娟偶尔说一句："太晚了，睡吧，别说话了。"

郑微第三次没打通电话的这个晚上，讨论仍然继续，居然是黎维娟开的头，她说："大家都来坦白一下，谁有男朋友，谁没有男朋友，反正我是没有的。"

何绿芽说："我妈不让我大学谈恋爱，我也不打算读书的时候谈。"

卓美说她高中的时候有过一个初恋，不过男的没考上大学，还在补习，暑假的时候就散了。

小北说："我倒是想找个男朋友，不过得要有身高、有身价、有情趣、有头脑的'四有新人'才行。"

"不会吧，都是光棍呀！阮莞，你呢？"黎维娟说。

"啊？我有男朋友的。"阮莞再次一鸣惊人。大家唧唧喳喳地吵成一团，纷纷对她的神秘男友刨根问底。阮莞倒没有扭捏，大致说了，男朋友是她高中的同学，在一起两年多了，现在在浙江读大学。刚告别高中生活的女孩子对于恋爱一事还是比较敏感的，但是阮莞如此大方而平静地说起她和男朋友的恋情，反让大家觉得这是再天经地义不过的一件事情。

"那我们学校多少男生要心碎呀。"黎维娟说道，忽然发现一向积极热烈参与讨论的郑微整晚闷声不响，便说，"郑微，你呢，你属于我们单身阵营还是也名花有主了？"

郑微躺在床上闷闷地说："我什么阵营都不是。"

"怪了，要么就单身，要么就有男朋友，你什么都不是算什么？"小北是个急性子，立刻表达了她的疑惑。

"笨北！"郑微的声音即使郁郁不乐，依然脆生生的，"我现在是单身，但马上就要有男朋友了！"林静是知道她的心意的，郑微也毫不怀疑他对自己的感情。以前她还小，恋爱的话言之过早，现在她都跟他来到 G 市念大学了，家里人也都默认了他们的关系。除了她玉面小飞龙，还有谁能做林静的女朋友？她现在只是暂时没联系上林静，可是，他迟早是她的！

黎维娟笑了，"又在说你那个在政法大学读研的林哥哥了吧？老听你提起，可都没见他跟你联系过，这个人到底存不存在呀？"

郑微一听就急了，翻身从床上坐起来，"怎么不存在呀，等我找到他，向他表白，我就有男朋友了，到时看你们信不信！"

"啊？你表白呀，那不成了女追男了？"何绿芽惊讶得不行。

"这有什么，我最不喜欢玩暗恋那一套了，我喜欢他我就要告诉他！"郑微说。

郑微的性格从来都是这样，想到什么就一定要去做，不计后果也不怕代价，所以林静才说她是勇往直前的小飞龙。

"都一起长大了，干吗你非得现在才向他表白？"黎维娟依然持怀疑态度。

"以前他说我年纪小，不懂事，可是现在我上大学了，是个大人了，他再也找不到理由搪塞我了。"郑微想到林静这几天的失踪，原本的理直气壮都带了几分气闷。

阮莞第一次发问："你怎么知道你表白他就会接受？"

郑微"哼"了一声道："我是谁，我是天下无敌的玉面小飞龙，有什么我得不到？"

大家都被她的孩子气逗乐了，只有郑微自己没笑，她慢慢躺回床上，想起高三那年的寒假，林静回家过年，大年初五的下午，他领着她去逛庙会。回来的路上，疯了一天的她在公车上昏昏欲睡，不知不觉间头就靠在了他的肩膀上，他没有动弹，叫了几声，"小飞龙，小飞龙，睡着了？"

她故意不出声，想忽然开口吓他一跳，突然感觉到不知是什么，温温的，带着湿意，轻轻落在她的眼睛上。她的睫毛抖了抖，眼睛闭得更紧，耳根却开始慢慢地发热，热到心里。

下车之前林静摇醒了她，两人回家的途中，一路谁都没有说话，就连向来话多的郑微也不言语。他不提，她也不提。走到她家那个单元楼下的时候，郑微对他说："林静，我到你的那个城市去念大学好不好？"

林静做思考状，"G市有名的大学只有两所，你学理科的，又没耐心，肯定不能去政法大学，剩下的就只有G大，分数也不低呀。"郑微学习不甚用功，但好在有点小聪明，成绩不差，就是不稳定。

"你等着吧，我说考得上就考得上，等到到G大报到的时候，我会去找你哦，到时你不准耍赖！"她看着他，一双大眼睛亮闪闪的。

"好，我等着你。"林静微笑点头。

这是他对她的承诺，不需要说出口，但她知道。

过了几天，林静就去了学校，之后虽然通过电话，但她一直没有再亲眼见过他。

现在，她终于如愿以偿地考上了 G 大，来到了有他的城市。但是他直到现在也没跟她联系，这实在太不像林静的风格了。郑微隐隐觉得一定是哪里出了问题，可又不知道问题的关键在哪。

不过，郑微始终坚信，林静说过会等她，他说话算话，一定会等她的，也许不过是最近比较忙，糊涂的舍友又忘记了转告，总之很快——也许就是明天，林静就会打电话给她，到时……

想到这里，陷入梦乡之前的郑微甜甜地笑了。

第二章

Chapter Two

我们曾经的梦想

朱小北说："郑微，你给我停下来，你这样在宿舍里走来走去，就像只被灌了硫酸的熊一样，烦死了。"

郑微尖叫一声，"为什么偏要说我烦？卓美今天午休的时候嗑了一个半小时的瓜子你不说；黎维娟刚才戴着耳机在这里晃悠了半天，唱歌不停地走调你也不说；我只是走了几步你就看不顺眼，你们都欺负我！干吗就不能体谅一下我内心的痛苦呢？"郑微有点激动。

朱小北也就开个玩笑，没想到郑微反应那么激烈，她猜想自己应该是撞在枪口上了，忙嘿嘿一笑，"主要是郁闷的表情跟你玉面小飞龙的形象严重不符，我就这么一说，走走也没什么，继续，继续。"

刚洗完澡的阮莞披散着头发从洗澡间里走出来，正好看见这一幕，抿嘴笑，"估计郑微现在又处于激烈的内心挣扎中。"

当下正是晚饭时间，宿舍里只有她们三个。郑微听到阮莞的话，也顾不上自己平时对她的小小不顺眼，哀号一声就趴在床前的桌子上说："我矛盾呀，矛盾！到底该怎么办？"

"又跟传说中的林哥哥有关？"阮莞边梳头边问。

"你也知道？"

连朱小北都笑出声来，"就你那点小破心事，你鼻子、眼睛都写得一清二楚，是人都看得出来。"

"我真的是很矛盾呀，都半个月了他还不来找我，我也找不到他，不会被绑架了吧？我在犹豫要不要去他学校找他。"

"去呗，我精神上支持你，要好好看看他是不是被别的女生拐走了。"朱小北说。

"林静不是这种人！"这个时候郑微又开始维护自己的意中人了，她双手拍在桌子上，义正词严地说，"他说过等我，就一定会等的。我决定了，穆罕默德不去找山，山就自己去找穆罕默德，等下我就去政法大学。"

朱小北一拍大腿，"是了，这才是你的风格嘛。"

梳好了头的阮莞却说了一句，"你要想好，要是他还是不在宿舍怎么办？"

郑微已经在床上埋头挑衣服，"他不在我就等到他回来为止……这套怎么样……要不这套？"

朱小北也不知道她到底换了多少套衣服，直到阮莞收拾好东西打算去图书馆，郑微才又穿回了她原本穿着的蓝色小碎花衬衣和牛仔裙，"好像还是这个好。"

阮莞看了一眼，"这套的确不错，清纯又可爱，挺适合你的。"郑微却又对着小镜子发起了愁，"我额头上好大一颗痘，怎么见人啊。"

朱小北做眩晕状，"女人，你的名字叫麻烦，我懒得理你了。阮莞，你是不是去图书馆？等我。"

阮莞站在门口等朱小北，顺便对郑微说："一颗痘怕什么，有道是'蝉噪林逾静，鸟鸣山更幽'……"

"你想表达什么？"郑微一脸茫然地看着阮莞，"有你这样文绉绉的理科生吗？"她从小语文就是软肋，尤其讨厌咬文嚼字的人，所以后母就是后母，专门说白雪公主不懂的话。

"后母"说："说句让你听得懂的吧，痘大脸更白，你可以美美地出门了。"

"是吗……"郑微心里一喜，仔细端详，越看越觉得有道理。等她抬起头来的时候，朱小北和阮莞都走出门去了，她忙追了上去，"哎，你们还没告诉我去政法大学坐几路车呀！"

政法大学和 G 大同是这个南国都市最著名的重点院校，位置上相隔并不远，郑微坐了半个小时的公共汽车，就踏进了政法大学的校门。她走走看看，想象着林静也曾经这样无数次地走过她现在走的路，看过她看到的风景，不由觉得周围陌生的一切都有了种亲切感。

同样是大学，原来也可以有这么不一样的感觉。G 大最大的特色是不管什么时候，学校里走来走去的都是戴着眼镜夹着书包匆匆赶路的人，在那里再散漫的人也会不由自主地跟随身边的节奏加快脚步，就连老鼠也跑得比别的地方的要快一些，晚上 10 点之后学院主干道上基本"鸟兽"散尽。相对而言，郑微眼前的政法大学要显得有人气得多，不但周围的建筑物都显得更有生活气息，道路上的人也比较多，漂亮而时尚的女生一拨一拨的，令人目不暇接，难怪 G 大的男生把这里当做了他们的择偶天堂。

郑微心里感到小小的不是滋味，原来林静天天都生活在这样的一个花丛中，难怪他整天都不在宿舍，都乐不思蜀了。

她并不知道林静宿舍的确切方位，不过女孩子长得乖巧一些就是有好处，问路的时候更是验证了这一点。一路畅通无阻的，郑微在研究生宿舍楼附近第三次问路时，一个自称对林静有印象的男生直接将她带上了楼。

"喏，好像就是这间。"

带路的男生离开后，郑微在那间宿舍的门口看了看，发现房门是虚掩的，她敷衍地敲了敲门，便推门探了个头进去。里边比她现在住的宿舍要宽敞一些，只有两个床位，都是上铺住人下铺放书、行李和电脑的。这个她曾经听林静说过，不过她所看到的这两张床上，只有其中一张还摆着被子枕头什么的，另一张则空空如也，一个男生坐在下铺的电脑桌前专注地玩游戏，但并不是林静。

郑微一度以为自己走错了地方，那男生却已经看到探头探脑地朝里面张望的她，便停下了手中的鼠标，问："小妹妹，你找谁？"

郑微心里一喜，她记得这个声音，前几次应该就是这个男生接的电话，老是不厌其烦地说林静不在，看来没认错门，她放心了一些，既然找到了他的老巢，守株待兔地等，就不怕逮不到他，等他回来她要好好地骂他一顿。

想着待会儿就能等到林静，郑微心情大好，连带对他的舍友也感到特别亲切，"你好，请问林静是住这里吗？"

"你找林静呀……他原本是住这里的……"

"啊？他搬宿舍了？"郑微挠了挠头，"难怪我老找不见他，你知道他搬哪去了吗？"

男生面露诧异，"他前两天就已经走了呀。"

"走？走去哪里？"郑微一下没反应过来，表情呆呆的。

"出国了，去美国了，怎么，你不知道？"男生一副理所当然的表情。

"你骗人！我前两天才给他打的电话，你还说他只是出去了，他去美国怎么可能不告诉我？"郑微鄙夷地看着这个说谎话的男生。

"哦，我知道了，你就是那个老打电话来找林静的女孩子。"男生一拍大腿，恍然大悟地说。

"没错，就是我，所以你坦白吧，他到底去哪了，什么时候回来，一定是你没有把我的电话号码转交给他对不对？"郑微气势汹汹地问。

那男生一脸委屈，"我骗你干吗？他的确是前几天去了洛杉矶，我们系只有一个交换留学生的名额，就是他了，这事又不是秘密，你不信的话就到隔壁宿舍问问，大家都知道的，我犯不着骗你一个小姑娘吧？至于你的电话，他老早就知道了，他让我跟你说他不在，我有什么办法……"

他还没说完，就被郑微脸上的杀气吓了一跳。

郑微完全不能接受这番说辞，简直太荒谬了。林静是最喜欢跟她打电话的，虽然通常都是她说他听，但是两人总能愉悦地煲上一两个小时的电话粥。不管发生了什么事，林静绝对不会故意不接她的电话，更何况去美国这么大一件事，先不说她千里迢迢地考上 G 市的大学，他绝对不会在这个时候离开，即使他真的要出国，第一个知道的人也应该是她郑微。

"你就是骗人！林静要真去美国的话，他怎么会不告诉我，他在的话怎么可能不接我电话，你到底有什么居心？"郑微步步紧逼，誓要拆穿这个荒谬的谎言。

男生往后缩了一下，哭笑不得，"天地良心，我能有什么居心，你可以看看那张空了的床，原本就是林静睡的。"

郑微警惕地看了他一眼，再瞄向他指着的那张空床，眼尖地发现了床头的地方还摆着什么东西，远远看过去，似曾相识。她走上前拿了起来，是一本口袋版的安徒生童话。她把它拿在手里，这本书多么熟悉，熟悉到她不用翻开就知道第 32 页的地方还留着她的墨宝。

这曾是郑微最最喜欢的一本书，最后作为生日礼物送给了她最最喜欢的林静。仿佛想证明自己是错误的，她手忙脚乱地找到那一页，清晰地看到了歪歪斜斜的几个钢笔字——"玉面小飞龙藏书"。

那男生发现这凶巴巴的女孩子忽然不说话了，呆呆地捧着本书站在林静的床前。

"看，我没骗你吧？行李都带走了，就还剩这本书没拿。"那男生还在絮絮叨叨地解释，忽然就被郑微惊天动地的哭声吓了一跳。

"他真的走了，他为什么不告诉我？"

郑微不能相信，但不得不相信一个摆在她眼前的事实，林静走了，他连她送的书也扔下了，而她不知道究竟是为了什么。

郑微也不记得自己待在林静曾经的宿舍里哭了多久，开始是站着的，后来索性蹲了下去，揪住那个男生的裤脚继续哭。哭声招来了该层宿舍大多数的人来看热闹，就连看管宿舍的老伯都走了上来。大家都问那个男生到底怎么欺负了这样一个小女孩，那男生又难堪又委屈，直呼自己被林静害惨了，最后连哄带求地把哭累了的郑微送到了公车站，给她付了公车费，看着车子载着她离去，这才松了口气。

郑微在公车上的时候已经哭肿了双眼，可眼泪还在哗哗地流，仿佛要把心里的难过、困惑、失望和委屈，通过这种方式歇斯底里地宣泄出来。让她怎么能不伤心？她的林静，从小就是她追逐目标的林静，说好了要等她的林静，一句话都没给她留下就去了美国。全世界都知道他要离开，只有她郑微不知道，在离开之前，他甚至连她的电话都不肯接。

拥挤的公车里人人都在看着这个哭得雨打梨花一般的女生，该有多大的伤心事才能哭得这样凄惨呀，不久，就有好心的人给她让了座。郑微也不客气，坐下来就继续抹眼泪，她觉得自己就像卖火柴的小女孩，随着擦亮的短短火光熄灭，她就被全世界抛弃了。

她回到宿舍的时候正好是晚上八点半，舍友一个都没回来，郑微坐在自己的床沿，想起刚才出门时的斗志昂扬，真有种恍如隔世的感觉。

最早回来的人是阮莞，她一推开门，就看见哭花了一张脸的郑微独自坐在床沿上，目光茫然地低头抽泣。阮莞不禁心里一惊，忙放了书走过去，"怎么了，谁欺负你了？"

郑微看见了一个熟面孔，再也管不了那是她最不喜欢的阮莞，第一反应就是拉住阮莞的衣袖，抽咽地说："阮莞，林静他走了！"

阮莞心放了一放，刚才她最担心的是郑微一个人晚上出去被人欺负了，得知原来是在林静那碰了钉子，这才坐到郑微身边慢慢地问究竟。

郑微这时眼泪已经流干，只是不停地吸着鼻子。她想破了头也想不明白林静为什么会不告而别，而且走得那么突然。她是哭昏了头，除了伤心和失望什么都不知道了，阮莞怎么看都比她要清醒许多。她说一阵，又伤心一阵，断断续续地总算把刚才的来龙去脉告诉了阮莞。

"为什么呀，我不明白，我哪做错了呀？我们先前还说得好好的，他忽然就走了。走就走吧，可也得跟我说一声呀，阮莞，你说，这到底是为什么？"

阮莞觉得蹊跷，但也回答不上来。她陪郑微坐了一会儿，听见郑微自言自语："我该怎么办？"

她拍了拍郑微的手，"你等等。"接着蹲了下来，俯身从床底下拖出了一个小纸箱。这个纸箱郑微也见过，她以为是阮莞装书用的。阮莞三下两下撕开封口胶带，纸箱的最上面一层果然是书，她把书拿开，变戏法似的拿出了两罐啤酒，一罐自己拿着，一罐递给郑微。

郑微吓了一跳，呆呆地接过，连抽泣都忘记了，她跟阮莞一样蹲了下来，用手翻了翻纸箱，不由自主地说了声"哇塞"。原来，纸箱里几本薄薄的书之下，竟然是易拉罐装啤酒。

郑微看看啤酒，又看看阮莞，下意识地揉了揉眼睛，是她郑微太正常了，还是周围的人都变得不正常了，为什么短短几个小时的时间，什么都颠覆了？

"你不是问我该怎么办吗？说真的，这种时候我也不知道该怎么办，还是这个东西好。怎么，你没喝过？"阮莞朝郑微晃了晃手里的啤酒。

说实话，在此之前的十八年里，郑微的确没有喝过啤酒，但是她当然不会承认，阮莞的话音刚落，她就呼啦啦地打开啤酒，用手将易拉罐举过头，"何以解忧，唯有杜康！"说完就仰头往嘴里灌。

"慢点慢点。"阮莞见她这样的气势，不由得又好气又好笑，她也不过是一个跟郑微同龄的十八岁的女孩子，虽然有过感情的经历，但并没有经受过感情挫折。她只知道，对于郑微这种情况，任何的言语安慰都是徒劳的，还不如来点酒精作为催化剂，彻底伤心过，头痛过，也许会好受些。

郑微喝酒的气势堪称豪气干云，速度也惊人，阮莞刚抿了两口，她就把空空的易拉罐翻转了过来，打了个嗝，倾身主动去纸箱里拿酒。

"哎哎，悠着点啊，喝够了就行了，过了可不好。"阮莞阻止她。她一把扫开阮莞的手。"后妈！小气什么，不就是这点破啤酒嘛，改天我还你一卡车！"说着便打开了第二听。

第二听啤酒喝到一半的时候，郑微就开始拽着阮莞，絮絮叨叨地说着从孩提时代起和林静的点滴。她说在她长大的那个单位大院里，她是同龄人中的孩子王，大一点的哥哥姐姐都喜欢她，可她只喜欢跟着从来不跟他们玩的林静。小孩子在院子里疯，大孩子出去疯，只有林静在家里的阳台上临帖，他专注的侧脸是那样的好看，不知从什么时候开始，就深深地印在了小郑微的心里。上小学的时候，她就当着许多大人的面郑重其事地宣告："林静，你听着，我以后是要嫁给你的。"大人们都笑得前俯后仰，林静当时也忍俊不禁，他低下头捏着郑微严肃无比的小包子脸，"连鼎鼎大名的玉面小飞龙都要嫁给我，我真是太荣幸了，可是小飞龙，你还太小。"她说："你等着我，一定要等着我，我会赶上你的。"

郑微说到做到，一路走来，记忆中她都是狂奔地追赶着林静。林静比郑微大五岁，她小学的时候他上初中，她初中的时候他上高中，她上了高中他就离家上了大学，终于——终于她追赶着他考到了 G 市，小飞龙也长成了美少女，还以为修成正果了。没有想到，他一句话不说就去了美国，为什么她永远追赶不上他？

"阮莞，你是不是也像黎维娟她们一样，认为林静根本就不存在，是我杜撰出来的？她们回来之后肯定要笑话我了。"

阮莞摇头，"我相信呀，他一定是存在的，能让玉面小飞龙看上的男孩子，一定是特别出色的，所以他才去了美国呀。是不是他怕你伤心，所以不敢跟你告别？也许他在那边安定了下来，就会给你打电话了。"

"真的吗？"郑微还是泫然欲泣的表情，但似乎也认同了阮莞的话，"我想也是的，他明明也是喜欢我的，我知道。"她拉着阮莞的手，第一次告诉了别人那个公车上落在她眼上的浅浅一吻，这件事，就连对最亲的妈妈她也没有说。

说着说着，阮莞也喝完了自己手上的酒，不由自主地再开了一听，她也开始对郑微细细地说那个教会她喝啤酒的男孩。那个男孩说，啤酒的味道，初入口的时候是苦而微涩，不要急着咽下去，让它在你的舌尖流连，渐渐地就感受到了自然的芬芳和甘甜。这感觉，便如同在舌尖开出了一朵花，当阮莞体会到这些的时候，那个男孩也在她的心中开出了一朵花。高中时期两个品学兼优的孩子，就这样地把心靠在了一起。并不是没有人知晓他们的恋情，老师家长都是着急过的，尤其是男孩的家里人，在不影响高考复习的情况下，任何可以使用的高压手段都尝试过了。世界上有什么可以阻挡十七八岁少年人的爱恋？各种压力中，那个在象牙塔里长大、羞涩的、喜欢在两人独处时轻轻叫她"姐姐"的男孩，牢牢地握住了她的手。

也不是没有想过考上同一所大学，但是男孩以高分考上了家人中意的全国重点，而阮莞却以一分之差落到了第二志愿，虽然也是著名的工科大学，但毕竟相隔千里了。分开的时候两人承诺，谁都不能改变，一定能守得云开见日出，于是电话、书信、网络，一切可以用的通讯工具都成了他们之间的桥。

"就算这样联系，但是隔那么远，你难道都不怕他有一天会变心？"郑微听得出神，不忘提问。

阮莞咬着她美丽的唇，"我信他，就像信我自己。为什么不信呢？如果最后的结局是不能改变的，我相信着，不是更快乐吗？"

郑微似懂非懂，"阮莞，我真嫉妒你，你长得比我漂亮，人又比我聪明，就连感情都比我顺利。"

阮莞笑，"谁能比得上天下无敌的玉面小飞龙呢？别说男孩子，就连我也喜欢你。"

郑微一把勾住阮莞的肩，"既然你对我有意，那么我就收了你吧，在没有男人的日子里，就让我们相互慰藉吧。"

阮莞抚了抚胸口，"你够恶俗的。"

"再恶俗也比不上你的名字呀，说实在的，我忍你的名字很久了，阮莞——软管，我还吸管、输卵管呢！就这么定了，以后我就叫你阮阮了，这可比你的大名好听多了。"

阮莞不住地笑，"我男朋友也这么叫我来着，阮阮就阮阮吧，名字都不过是个代号。"

郑微喝了口酒，拍着阮莞的肩，她已经忘了自己过去为什么会讨厌这个睡在她上铺的女孩。白雪公主找不到她的王子，回到宫殿里伤心欲绝，想不到最后给了她安慰的，居然是坏心的皇后。女孩子的友谊本来就来得没有因由，这一天，郑微弄丢了从小最依赖的林静，却多了一个叫"阮阮"的好朋友，以至后来她回忆这个最后喝得一塌糊涂的晚上，除了感伤，更多的是庆幸。

朱小北推门进来的时候，看到的就是这样一幕，郑微和阮莞两人靠着床架坐在地板上，勾肩搭背的，面前还滚动着几个空的啤酒罐。

"哎呀妈呀，这是怎么了。"她啧啧有声地走过去，"郑微你的眼睛可够壮观的呀，不是被蝎子蜇的吧？"

郑微也不以为忤，拍了拍身边的地板就嚷："猪北，快过来坐，这里有喝不完的啤酒哦，快点，让我左拥右抱。"

朱小北嗤之以鼻，"这都疯了吧，阮莞你也跟她疯了？"话虽这么说，人却主动地走了过去，从纸箱里拣了一罐啤酒，"这可是个好东西，虽然比不上我们东北的高粱酒，不过也凑合。"

都说三个女人一台戏，三个女孩也不例外，七歪八倒之后，三人傻笑着东一句西一句。阮莞还好一点，郑微和朱小北动不动就笑得捶胸捶背，有时阮莞问一句，"刚才你们笑什么？"

郑微"嘿嘿"一声，"我也不知道笑什么，猪北笑，我也笑，哈哈哈。"

朱小北指着郑微说："我是见你笑得好笑才跟着笑的，你这花面大恐龙，呵呵呵。"接着又笑成一团。

笑累了的时候，郑微就大着舌头问："你们都说说，你们的梦想是什么？我们都是有梦的新时代少女，阮阮，你先说。"

"我呀？"阮莞低头沉吟，"我这人没什么远大的志向，不求最好，只求安逸。要说梦想，我唯一的梦想就是青春不朽，好笑吧？我自己都没法想象老了会是什么样子。"

"对对，我也一样。"郑微附和，"有时在街上走着吧，看着那些上了年纪的欧巴桑，黄着一张脸，拖着一个秃头、大肚腩的欧吉桑，太恐怖了。"

朱小北说："女人的青春可短着呢，一过二十五岁就开始变老，到了三十岁简直就是黄花菜都凉了，特别是在我们东北，女孩子都早婚，老得更快，我一个堂姐，二十三岁，两个孩子，看上去跟三十二岁一样。"

郑微拍着胸膛，"像我们这样的青春美少女要永葆年轻！"

阮阮也说道："所以，我的梦想就是永远青春，幸福安逸，然后在最幸福中死去，我比较喜欢这样的结局。"

"你傻了吧，死了还幸福个屁。"朱小北鄙夷地说，"我的理想嘛，就是在我还青春美丽的时候，我暗恋的他告诉我，原来他也在暗恋我，而且已经很久了。"她仿佛在幻想那一幕，自己也陶醉地哈哈笑了起来。

"小样，想不到你还玩暗恋？"郑微推了小北一把，"我最不喜欢你们这种人了，明明对人家有意思，还藏着掖着的，你不说，谁知道呀？"郑微醉意涌了上来，眼前的小北幻化成无数个。

"这你就不懂了吧，感情就是要朦胧才有美感呢，要是我表白了，人家没有那个意思，我多寒碜呀，只要不说出来，我永远有希望，也有个念想。说不定真的会有梦想实现那一天，原来他也暗恋我。"

"你就异想天开吧。"郑微说，"说不定等到你们在老年人大学里碰面的时候，双方死了老伴，他才这么跟你说。"

"我呕。"朱小北摇摇晃晃地扑上去，阮莞忙拉开，"郑微说说你的远大梦想。"

郑微托着发烫的腮，问道："你们知道婺源这地方吧。"

"知道，不就是那个油菜花特别出名的旅游景点吗？"朱小北答得很快。

"嗯，就是那里，我的梦想就是要去婺源。"

阮莞就笑了，"如果我没记错，婺源应该就在你家乡的那个省内吧，想去还不是容易的事，用得着当做梦想吗？"

"就是就是，喝糊涂了。"朱小北舌头有点大。

郑微挥挥手，"你们不懂。婺源是离我家不算太远，那地方我没去过，但是从小就不断地听我妈妈说起，婺源当地有个小村庄叫李庄，那是我妈妈当年插队的地方，李庄里有棵老槐树。妈妈说，她当年就是在那棵树下遇见了她的初恋情人，也是在那里私定终身，最后还在那送走了她最爱的人。她年轻时候所有的爱、恨、喜、悦、伤悲都是老槐树作证，太浪漫了。我老在心里想着那棵老槐树，感觉它好像就在我心里一样，所以我一定要去婺源，去找那棵树。当然，不是一个人去，而是跟着我爱的——也爱我的那个人去，让老槐树也做一回我爱情的见证。"说着，她幸福的小脸又黯淡了下来，"原本我以为我可以跟林静去的，可是，现在我也不知道了。"

"你们在干什么呀？"郑微的话题被推门的声音打断，黎维娟和何绿芽同时回来了，何绿芽看到她们的这副样子，不可思议地微张着嘴，黎维娟却跺脚说道："你们三个居然在宿舍里喝酒，怎么可以这样？要是被老师和舍管的阿姨看见，吃不了兜着走，太堕落了！"

郑微嘴一撇，"就算老师来了，麻烦的也是我们三个，怎么都连累不到你身上，你火烧屁股似的跳什么？"

朱小北拍拍屁股站起来，"黎维娟同志，要我说，宿舍长都好像还不是你吧？所以你也犯不着操那份心，该干吗干吗，我们堕落我们的，你继续崇高你的不就行了？"

只有阮莞低头收拾着地上的空罐，"都少说一句吧。"

第三章
Chapter Three

再见，林静

▬▬▬▬▬▬▬▬

梦里，林静拉着郑微的手逛遍了 G 市的大街小巷，吃遍了每一种她垂涎已久的小吃，眼看太阳就要落山，他说："太晚了，你也累了，我们回去吧。"

郑微摇晃着林静的手，"我不要回去，一点都不累。"

林静还没回答，郑微这时却扫兴地听到朱小北的声音，"你当然一点都不累，我叫得很累，快点起床，你忘记你们第一、二节有课了？阮阮都等你很久了。"

有课！糟了糟了。郑微像安装了弹簧一样飞快地坐了起来，掀开被子立马就要下床，却听到"砰"的一声，下床时候无端撞上了一道钢铁的屏障，硬生生地被弹了回来，接着一阵天旋地转，眼冒金星。

一双手及时扶住了她，阮阮哭笑不得地说："方向错了，那边是墙，这边才是下床方向，撞傻了吧？"

郑微哀号一声，用力地揉着额角，不知是昨晚的酒意未散还是刚才撞到脑震荡，总之晕得厉害。好不容易穿了拖鞋，就看见朱小北心疼地抚着墙，"这可怜的墙壁造了什么孽？"

"你真没爱心！"她瞪了朱小北一眼，就趿着拖鞋去洗漱。

那边早已穿戴整齐的阮阮在催促着她，"书我都给你拿了，快点，要不就迟到了。"

"来了，来了，马上就好。"她从洗漱台上探出个头答应着，正好听到电话"丁零零"地响起，离电话最近的卓美还在呼呼大睡，没课的朱小北嘀咕了一声，"谁大清早的打电话？"顺手接起，问了两句，然后大喊一声，

走就是好几天，爸爸就会不断地加班、出去喝闷酒。有时一连几天两个人都不见踪影，她要上学，不能老到相邻城市的奶奶家去了，只得牢牢地捏着平时的零花钱和他们留下的生活费，一点也不敢大手大脚地乱用，她害怕钱用完了，他们还不回家，那她可就惨了。这个时候，邻居的叔叔阿姨们都喜欢抢着让她去家里蹭饭吃，她最喜欢去林伯伯家，也就是林静的家里。别人都说林伯伯是单位里的大领导，但郑微觉得一点都不像，因为林伯伯全家都对她疼爱得不得了，每次她坐在林静的身边大口大口地吃着饭，碗里都是林伯伯和孙阿姨给她夹的菜，她看着林静偷偷地笑，嘴里吃得特别香。

晚饭过后，林伯伯就会让林静陪着郑微写作业，林静房间里的台灯有着柔和的橘红色，暖洋洋的。有时她甚至会想，要是爸爸妈妈一辈子都不回来，她永远待在林伯伯家，永远待在林静身边该有多好。现在想起来，郑微觉得自己从小就是个没心没肺的孩子。

郑微还记得上了高中之后，爸妈又一次世界大战，这一回，他们当着她的面摔了碗，事后他们边收拾着屋子里狼藉的残局，边安慰着一旁的她，"对不起，微微，是爸妈不好，让你受惊吓了。"当时她只对他们说了一句话："爸，妈，你们为什么不离婚？"他们立刻吓住了，团团围着她，说："这孩子吓糊涂了，爸妈不离婚，就算为了你也不会离婚。"

郑微很想说，其实她没有受到惊吓，也一点都不糊涂。多么可笑，明明他们的婚姻破碎到一塌糊涂，却为了她苟延残喘地拖着，理由是不想让她受到伤害，难道他们以为这样名存实亡的家庭就能带给她幸福和安全感吗？可是她没有说出这些，因为她知道，自己无忧无虑地成长已经是爸妈唯一可以慰藉的东西了。

所以，当十八岁的郑微被匆匆召回老家迎接父母的离婚判决时，她只觉得如释重负。这些年已经对他们的战争彻底厌烦了，她都替他们累！可是为什么心情轻松不起来，一想开口泪水就在眼里打转？

爸爸说累了，他劝说着奶奶走回另一个房间，离开前对前妻说："你单独跟女儿聊聊可能会好一些。"

现在只剩下她跟妈妈，郑微反而心里越来越难过。妈妈看她眼睛红了，忙说："微微，妈妈知道这件事对你伤害很大，但我和你爸爸也是没有办法……"

郑微终于忍无可忍，她边哭边对妈妈说："你们合不来又不是一天两天的事，离婚就离婚，我管不着，可是世界上那么多男人，你为什么偏偏要跟林伯伯纠缠不清呀？"

她也是回来后才从奶奶的咒骂中得知，爸妈离婚的最主要理由并非因为女儿长大了，再也没有顾忌，而是妈妈跟林伯伯的私情东窗事发。林伯伯为此要跟孙阿姨离婚，孙阿姨一气之下告到了上级领导那里，要求单位出面给个说法，并声称绝不离婚，拖也要拖死这对狗男女。反倒是妈妈铁了心似的要跟林伯伯在一起，自己断了后路，先离了婚。

妈妈今天没有上妆，素着一张脸还是那么漂亮，一点看不出已经是一个十八岁女孩的母亲，她看着女儿，眼里的悲伤一览无余，但没有眼泪。

她说："微微，你可以看不起妈妈，妈妈不是一个好女人，但是我跟你林伯伯插队的时候就认识……"

"难道他就是你说的老槐树下的初恋情人？"郑微惊讶得忘记了哭泣。

妈妈点头，"那时我和他都年轻，插队的时候虽然苦，但是好在有他。

后来他得到了高考的名额，考上了大学，才慢慢地跟我断了联络。他大学毕业分配到这个单位，娶了你孙阿姨，事业一直很顺利，我返城后被招工到一个纺织厂，经人介绍嫁给了你爸爸——你爸爸性格跟我不合，但他还是个好人。你出生后不久，纺织厂的效益就越来越差，你林伯伯就暗中帮忙把我调到了这里。不管你信不信，这些年来我跟你爸爸感情的确不好，但我跟你林伯伯之间一直都是清清白白的，我们也说好了要把这段感情彻底埋在心里，跟谁也不提……"

"那你们现在干吗还这样？"郑微想起了林静，感到倍加难过，她爸妈的感情不好已经不是一天两天的事情了，可林伯伯和孙阿姨的婚姻看上去是那么的和谐完美，林静要是知道了这些，该有多难过，尤其，插足他父母婚姻的第三者，竟然会是她的妈妈……郑微忽然一惊，始终困惑她的一件事似乎有了答案——她都知道了这些事，林静还有可能不知道吗？她觉得自己的一颗心像被风吹落的树叶一样，空落落的，失去了着落的方向。

妈妈说："前一段时间，单位组织去婺源旅游，我也不知道怎么了，鬼使神差地就一个人走回了李庄，那棵老槐树还在。我做梦也想不到竟然会在那里看见了你林伯伯，年轻时候以为眨眼间便会过去的事情，原来是一辈子的。那天，我和他都哭了，后来，你林伯伯就在树下跪在我面前，说下半生一定会给我幸福。"

郑微听得痴了，心里说不出的滋味。

"微微，妈妈是个在感情上很失败的女人，也不怪别人看不起我，但是你要谅解，妈妈已经不再年轻，也许这是我一辈子最后一次放任的机会，也是最后一次幸福的机会，所以，不管别人怎么说，我不能回头。"

"这么多年来都可以相安无事，为什么偏偏是现在？"她像是自己对自己说。

"曾经有过那么一次，你林伯伯有外调的机会，那时我正和你爸爸吵得心灰意冷，曾经想过跟着他走，再也不回来。可是我刚走到门口，就看见你跑了上来，看着我甜甜地笑，问我要去哪里，那时你才五岁，你拉着我的时候，我就知道自己走不了了，我舍不得你。但是现在你长大了，会有自己的爱情和生活，而我只会一直地老下去，我不想到再也走不动的时候才后悔。"

郑微努力地回忆，却怎么也记不起来五岁时的那次经历，但她相信妈妈说的都是真的。她想起刚才自己的委屈和愤恨，那仅仅是为了父母的离异吗？孩子才是世界上最自私的人。她把头靠在妈妈的怀里，从小妈妈跟她就最亲，别人都说她们看上去像一对姐妹。

"妈妈，如果林伯伯不离婚呢？"事已至此，她开始为妈妈担忧。

"怎么样都好，我离婚的时候就没想过后悔。"

返回学校的时候爸妈一起送她到站台，上车前，郑微给了他们每人一个大大的熊抱，然后在他们各自的耳边笑着说："如果我还能有弟弟妹妹，一定不可以比玉面小飞龙更可爱！"

火车开动，郑微看着站台上不愿离去的爸妈身影越来越小，终于再也看不见了。她在心里说，你们都要幸福，我也要幸福。

再见林静！

郑微跟阮阮一起在上课铃响前一分钟走进教室，老师还没到，教室里黑压压地坐了不少班上的同学。大一新生都是激情澎湃的，出勤率奇高。先到的都纷纷挑靠近讲台的位子坐了下来，生怕看不见讲师教授们的英姿，一本本崭新的笔记本摆得整整齐齐，一双双眼睛里都闪着求知的灼灼的光。

郑微上课从来都喜欢搞点小动作，所以看见后面角落里有空位，求之不得地拉着阮莞走了过去，男生们的眼神都装作不经意地跟着这两人转。都说漂亮女生磁场相斥，这两个还偏偏扎堆了。

这是郑微从家里返回之后第一天回来上课，连着两节都是工程图学课。开始她还对自己说，要认真要认真，不能输在新的起跑线上，可是正襟危坐了一会儿，就开始心不在焉了。她看了一眼阮阮，阮阮在低头专注地看书。郑微几次想搭话，见她那么聚精会神，又不好意思打扰，过了好一会儿，才觉得阮阮的专注过了头，便狐疑地伸手过去翻了翻她的书。"邪门了，《工程图学》有这么好看吗？"不翻则已，一翻之下她不由自主地说了句，"我靠，《潘金莲之前世今生》，亏我刚才还那么惭愧自己没你学习认真，太欺骗我纯洁的感情了。"

阮阮"嘘"了一声，头也不抬，"乖，别吵，看完借你。"

"我才不呢，我一看文字就头疼。"郑微心理平衡了一些，好学生也不过如此嘛。

说起来阮阮也是个有意思的人，听说她是以全系第二高分考进 G 大土木系的。平时也老喜欢往图书馆跑，但是后来郑微好几次跟着她到图书馆去，发现她没有一次不是在看杂志和闲书，有时甚至一整晚都在看八卦周刊，并且津津有味。郑微的评价是："大跌眼镜！"阮阮便总是说："功课嘛，过得去就行，我最怕得第一，把自己搞那么累干吗？"郑微觉得不服，人长得像她那样还真有欺骗性，看一"淫书"都让人感觉那么认真端庄。

"别看了，跟我说话吧。"她用手肘蹭了蹭阮阮，阮阮抬头看了一眼讲台，眼镜比防弹玻璃还厚的中年男讲师还在面无表情地滔滔不绝，她把书巧妙地一收，"聊什么？"

郑微用手支住下巴，"聊什么都行呀，实在没什么可说的，你可以向我这个刚遭受双重打击的单亲家庭儿童提问呀，回答问题可以让我迷失的心灵重新找到方向。"

其实，回家之后发生的种种事情，郑微早就在昨天下午回校之后就已经一五一十地跟阮阮说了一遍，从人物神态到心理活动，事无巨细一字不漏。

不过阮阮很配合，她低声问："你真不打算再想办法跟林静联系了？"

郑微空出来的手在笔记本上无聊地乱画，"林静呀，他在那么远的地方，怎么联系？何况，看来他也是知道我们两家发生的事情后才匆匆忙忙出国的，我的电话他不肯接，我送的书他也扔了出来，他不会再理我了。"

阮阮有些后悔挑了这么个话题，正想岔开话去，郑微却笑眯眯地说："不过不要紧，这点小小的挫折怎么能打击到我不死的小飞龙？一个林静离开了，千万个林静冲了上来，我们学校什么都不多，就是男人多，一个两个都还不错，来日方长，这满山的野花，还不是任我挑呀任我摘……"

阮阮抿嘴笑，"这倒也是，你能这么想就再好不过了。"

"我干吗不这么想呀？多好的大环境呀！我跟你说，昨天猪北告诉我一件很有意思的事，她说他们班有一个女生晚上睡觉忽然就哭出声来，别人都问她怎么了，她就说，她从小到大都没见过一个学校里有那么多帅哥，又没有多少竞争的美女，想着想着，都喜极而泣了。"

阮阮不由莞尔。

下午放学的时候走在回宿舍的路上，学校的主干道两边又摆满了摊，一簇一簇人头攒动，像赶集一样。好奇的郑微钻进一堆人里看了看，桌子后面站着好几个人，旁边还竖着宣传画。她立刻明白了，喃喃道："原来这就是传说中的大学社团。"

桌子后面的一干男生眼尖地看到了清新可人、表情困惑的郑微，立刻热情招呼道："小师妹，想不想加入我们文学社？"

郑微立刻退了几步，掉头就走，心想，就我这写作文都文理不通的，还文学社呢。她走回原来的地方，发现在等她的阮阮更是成了周围几个社团狂热招揽的对象。

"阮阮，你要加入吗？"

阮阮摇头，"太麻烦，我们走吧。"

快要走到社团摊位尽头的时候，忽然听到不远处传来一声声呼唤，"微微，微微……"

郑微下意识地环顾了一下四周，确定不是叫自己，刚挪步，又听见更急切的呼唤，"微微，看这边，看这边！"这回她总算在一个最不起眼的角落看到了一张似曾相识的脸，那张脸的主人正在拼命朝她招手。

"你认识？"阮阮惊讶地问。

"好像挺面熟，我们过去看看。"

两人一走过去，那个叫她的男生立刻熟稔地招呼，"微微，总算把你等来了，都开学这么久了，你还不给我打电话，这就是你的不对了。"

郑微在听到对方那声"微微"之后暗地里打了个寒战，心想我什么时候多了这么个熟人，她看了眼前这张长满了青春痘的脸几秒钟，开始恍然，这不就是新生报到那天那个热情的老张吗？

"嘿嘿，我前几天有事回去了，老张，你在这干吗？"既然是熟人，她也就不那么戒备了。

"还能干吗，社团招人呗，该吸收点新鲜血液了。"

这年头仿佛是人都混个社团，郑微看了看老张的地盘，这是所有摊位中最不起眼的角落，他身后站了两三个跟他一样不修边幅的男生，桌子边上却没有别的社团那么漂亮醒目的宣传画，就连挤在桌子前报名的新生都没有别处的多。

"你这是什么社团呀，好歹也有个标志吧？"

"在这呢。"老张从桌子上拿起了一张纸，看得出那是从笔记本上撕下来的一页，边缘还参差不齐的，上面用圆珠笔写了"围棋社"三个大字。

郑微大笑，"老张，你们社团也太艰苦朴素了吧？一路走来就没见你们这么寒酸的社团。"

老张一点也不介意，他抖了抖那张纸，"我们这叫低调！水不在深，有龙则灵，形式不重要，我们看重的是内涵。"

"那你继续有深度吧，我可要走了。"郑微边笑边说。

"那怎么行，既然来了，就加入我们社团吧。"老张理所当然地说。

郑微扑哧一笑，"你们这么有内涵的东西我可不懂，我只会玩飞行棋。"

"没事，你只要进来了，我们那么多人，还教不会你一个小姑娘？看你一脸聪明相，绝对学得快。"

"算了算了，你们另找高明。"郑微这就要走，被老张一手拦住，"妹妹，就给个面子吧，要不，我们不收你入会费……这样都不行？那这样吧，你加入，这副会长就让你做了……"

郑微吓了一跳，愈发觉得眼前是龙潭虎穴。老张见她还不肯答应，再次使出了牛皮糖的功力，"看在开学那天老哥我帮了你一把，也算是个缘分，你就加入了吧。放心，你加入之后没有义务只有权利……总不至于要我求你吧，我好歹也是半个师兄呀。"

看见郑微困惑不语，老张不容置疑地将圆珠笔塞到她手里，半哄半逼地让她签了个名，她还没反应过来，就听见老张回头对另外几个男生笑逐颜开地说："我们围棋社终于有女生了，还是个漂亮小妹妹，气死他们计算机协会和吉他社。"

郑微完全无语，总觉得自己好像不知不觉中就被卖掉了。不过见他们一起欢天喜地的笑容，心想，这些人也怪可怜的，平时肯定是被其他社团欺负惯了，反正她也没事，加入就加入呗。

老张的眼睛此刻开始直勾勾地看向郑微身后，郑微回头看了一眼，那里正好是阮阮站着的位置，阮阮面朝马路，气定神闲地看着来来往往的人。

郑微一手勾住阮阮的肩，挑着眉对老张说："你色眯眯地看着我们家阮阮干吗？"她倒不是嫉妒。郑微这人就这样，她心里认可了阮阮，就觉得阮阮是自家人一样，别人赞美阮阮，喜欢阮阮，她也感觉与有荣焉，不过老张这眼神明显写着"垂涎已久"四个大字，让她不得不心生警惕。

老张从口袋里迅速摸索出一样东西，双手递到阮阮面前，"你就是阮莞吧，我早就听说你了，我是环境工程系的张天然，也是郑微的好朋友。"

郑微翻了个白眼，这人还真不认生，敢情他那自制的破名片还随身携带，一见美女就发放。

阮阮笑笑接过，也不说什么。反倒是老张继续说道："要不你也加入我们围棋社吧？"

郑微看到阮阮有些为难的表情，便对老张说道："这不是得陇望蜀嘛，强抢了本少女还不够，还想要霸占我们家阮阮大美女，你就不怕你这围棋社被人踹了？"

老张也是个极能审时度势的人，知道见好就收的道理，也就没再强求。

晚上宿舍人都到齐的时候，纷纷说起下午游历社团的经历。小北说话掷地有声，"所谓的社团，还不是饥渴的师兄泡低年级师妹的地方。"

何绿芽响应，"是呀，我也这么觉得，小北，那你是一个社团都没加入了？"

小北说："什么呀，我加入了摄影社、烹调社、爱心社、电影协会……"

郑微嗤笑，"那你先前说的不是废话吗？"

小北理直气壮，"我只是说社团是师兄泡师妹的地方，可也没说这样不好呀，泡就泡呀，总不能不给机会吧，那也太不人道了。郑微，你加入了什么社团，我今天逛了半天，也没看见飞龙社。"

"我加入了围棋社。"郑微脆生生地说。

"哎呀，你什么社团不好加入，要加入围棋社，我听前几届的人说，全校的社团里最没出息的就是围棋社了，据说里面的人好多个都是留级生，典型的玩物丧志，团委好几次有过要撤销这个社团的打算，不知为什么，到现在它还存在。"黎维娟说。

郑微一听就急了，"我还就偏要玩物丧志了，不过围棋社垃圾归垃圾，据说还有条社规，来者不拒，括号——文科生除外。"

朱小北哈哈地笑，"有点意思，有点意思。"

黎维娟一言不发，估计躺在床上脸都气白了。最后还是阮阮打了个圆场，"存在即合理，各人喜好罢了。"

黎维娟也不愿意得罪郑微，顺着台阶下，"不过话又说回来，听说围棋社有几个男生还是不错的，物电的许公子据说也在围棋社。"

郑微还不解气，"哼"了一声没有答腔。

何绿芽问："什么许公子呀？"

"许公子你都不知道？"黎维娟说，"物电系大二的许开阳，家里很有钱的，长得又很不错，我们班好几个女生都暗地里说起过他，听说还没有女朋友呢。"

"看来你是暗地里把线索摸清了。没有女朋友，那你不就是还有机会？"朱小北说。

黎维娟讪讪地说："人家怎么也看不上我们呀。"

"快别这么说，我们黎维娟同学多好呀，再也没有比你更加根正苗红的了。"朱小北说道。

大家一番讨论下来，除了郑微和朱小北外，卓美加入了烹调社，何绿芽加入了文学社，黎维娟加入了学生会，只有阮阮哪个门都不入，她的理由只是怕麻烦，有那时间还不如去图书馆看书。

在大学校园里，要想辨别出新生和老生并不难，那些喜欢好几个男生或女生兴高采烈地结伴而行的是新生，两人手牵手在小道上闲逛的是老生；离上课时间还有五分钟拼了老命地往教室冲的是新生，上课铃响了许久还揉着眼睛慢腾腾地朝教室蠕动的是老生；眼神热烈而向往，对未来四年充满希冀的是新生，两眼无神、笑容暧昧的是老生……当然，有人更喜欢这样区分，在饭堂吃到一条虫子尖叫不已的是新生，看到碗里没虫子就感觉惊讶得不敢下咽的是老生。

　　不管怎么样，相对于高中三年的酷刑，大学的生活无异于天堂，面对乍然松弛下来的学习生活和无人监督的自由，很多人都感觉如同笼子里放出来的鸟，兴奋地扑腾了一会儿翅膀，一下子却不知道该往哪飞。据何绿芽说，她大一上学期快结束的时候，都还在梦里反复梦见又重回高考前的那一段时光，吓出一身冷汗。

　　郑微第一次对逃课的启蒙来自于号称"江湖百晓生"的老张。出于应付的心理，加入围棋社后她也去过社团所在的活动室好几回。有时是放学后去，有时是没课的时候去，不管她什么时候到了那个全活动中心最破败的场所，都可以看到老张的身影。终于有一次，郑微忍不住说出了心里的疑惑，"老张，你怎么什么时候都在，不用上课吗？"老张不以为然地一笑，"傻姑娘，你以为所有的人都像你们一样每节课都屁颠屁颠地去上？与其在无聊的课程里虚耗我宝贵的青春，还不如做一些自己喜欢的事。"当时郑微暗自想，难怪别人都说围棋社是留级社，我可不能这样。

　　即使是大一，工科生的课程也是排得比较紧张的，除了四门专业课之外，还有公共外语和马哲、法律基础之类的公共必修课，基本上每天的课程安排都是满满当当的，偶尔没课的时间都用在应付没完没了的微积分作业上了。

郑微在一个下雨的早晨放纵了自己的瞌睡虫，以头痛为理由拒绝脱离自己的被窝去上课。忐忑了好一阵，发现后果不但没有自己想象中那么严重——甚至可以说没有后果之后，就开始一发不可收拾地胆大妄为了起来，除了专业课不敢缺席，害怕落下了就跟不上之外，那些公共必修课则是能逃即逃。起初她还会让阮阮给她捏造一张假条塞给班干，但是在所有非绝症的病由都用完了之后，索性假条也不打了。这种情况在她爸妈各出了一半的钱给她添置了台电脑之后愈演愈烈，宿舍里的逃课之王就是她和以好逸恶劳著称的卓美，偶尔也多上一个同样对马哲头疼的朱小北，几个人闲着就在电脑前大看特看小影碟店出租的肥皂剧，韩剧、日剧、美剧、国产剧，荤素不忌，有时看得忘我，就连吃饭都是下课回来的阮阮给打包回来。

阮阮虽然也不是每节课都听得聚精会神，但是她的原则是没有特殊情况就不逃课，宁可神游，也要亲临现场。用她的话说，郑微都逃得那么厉害，要是她也一样，像她们这种住混合宿舍的，班上有事情传达有可能都不知道，何况不幸遇上点名什么的，总得有个人顶住呀。

平时班上都是纪检委员打考勤，尽管阮阮递上去的假条造得如此拙劣，但是看在美女恳求的眼神之下，也念及活泼娇憨的郑微在班里的好人缘，纪检委员都是睁一只眼闭一只眼，不过要是遇上了铁腕的教授，事情就没有这么好收拾了。郑微就有一次胆大包天地翘了《土木工程概论》，给他们上这门课的是号称土木系三大杀手之一的李老教授，该教授上课之前如察觉到空着的座位超出了他的忍耐极限，便会一丝不苟地点名，末了，还在讲台上勃然大怒地一拍桌子，"我的课也敢缺，也不打听打听我李某人是谁，本学期点名两次未到，期末成绩一律为零！"

　　这种时候，在宿舍里看碟看到热泪盈眶的郑微便会在两节课的间隙看到气喘吁吁跑回来通风报信的阮阮，然后立刻换好衣服，由阮阮扶着在下一节课开始前回到教室。由于他们的课程向来是两节课连上，所以在看到一脸怒气的李教授时，郑微的虚弱就益发显著，"不好意思，李教授，我拉肚子整整两天了，所以刚才耽误了一节课的时间。"

　　人长得天真清纯就是有这个好处，看着郑微小鹿一般无辜的眼神和身边阮阮诚恳无比的眼神，就连年过半百、以刚烈著称的李教授也难免升起了几分恻隐之心，挥挥手，说句："小姑娘不要乱吃零食，吃坏了身体，耽误了学习可不好，回你的位子上去吧，这次就算了。"据说该方法后来一度被班上的男生频频效仿，结果不但逃不了被记旷课的命运，还被老李臭骂得狗血淋头。因此男生暗地里都哀叹自己为什么不生为动人少女。郑微听见了便说："天生丽质，爹妈给的，有什么办法？再说，第一个用这种方法的人是天才，后面跟着用的都是蠢材。"

　　更让人气愤的是，第一个学期结束，期末考试成绩出来之后，阮阮成绩稳居前三不说，就连郑微这样三天打鱼两天晒网之人，居然也门门绿灯——当然，马哲考试坐在阮阮后面是没有被补考的重要原因。

　　郑微在这样的生活里如鱼得水，她觉得未来就像一幅泼墨的山水画，在她面前慢慢打开。年轻多好，前方还有太多有趣的事情等着她去经历，还有太多的时间可以没心没肺地纵情挥霍，虽然偶尔想起林静的时候心里会惆怅，但是没有什么可以阻挡小飞龙快乐前进的脚步。

第四章
Chapter Four

一见杨过误终身

　　第二个学期开始不久，402宿舍"六大天后"的阵营发生了变化。一开始就声称大学绝对不谈恋爱的何绿芽，在几次老乡聚会后，被本校大三的同乡师兄追走。开始，该师兄不断借机邀请她出去吃饭逛公园，一向眼睛雪亮的黎维娟就断言此男生心怀不轨，只不过何绿芽矢口否认，非说只是好朋友而已。

　　何绿芽频繁的"老乡聚会"让郑微纳闷了好长一段时间，她私下对阮阮说："何绿芽的老家不就在郊县吗？坐汽车也不过是两个小时就到，犯得着经常老乡聚会吗？"

　　阮阮笑着回答："静观其变呗。"

　　果然没过多久，何绿芽和师兄的感情急速升温，两人时常在校园里亲昵地出双入对。这个时候，何绿芽才不得不羞涩地承认，她确实接了师兄的追求。

　　为此，一向跟何绿芽关系比较近的黎维娟还愤愤不平了一阵。在她看来，那男生身材不高，其貌不扬，又是农村出来的孩子，何绿芽虽然家也是农村的，但是在有更好选择的情况下，怎么说都应该挑一个条件好一些的呀。她说这些的时候何绿芽都是沉默地听着，一言不发，末了只低声回一句："我觉得他对我挺好。"

　　"你傻呀，他追你的时候当然对你好，再说，好有什么用，跟个没出息的男人，自己一辈子都没出息。"黎维娟颇有怒其不争之意。她自己在学生会里混得如鱼得水，人精明利落，长得也算不错，因此也不乏示好者，不过她眼高于顶，格言就是：择偶是女人继投胎之后第二次选择自己的命运。在她放出了家境不好者一律不予考虑的话之后，不少追求者也就知难而退了。

一向跟她不对盘的朱小北就听不下去了，"要我说呀，什么锅配什么盖，合适就行。有钱的公子哥也不是没有，可人家也不傻，凭什么就看上你了——当然，我这里的这个'你'只是泛称，不针对谁啊。总之，何绿芽，我支持你，爱谁就谁，管那么多呢。"

话是这么说，不久之后，朱小北就闹了个笑话，那天她打开水回到宿舍，正好看见何绿芽在床上跟郑微几个津津有味地看照片，她凑过去看了一眼就说："何绿芽，站你身边这个是你爸吧，看起来还挺年轻。"

郑微顿时捂着肚子就笑了，何绿芽虽然没说什么，但一张和气的脸上，神色也难看到极点，小北正莫名其妙，这才听见阮阮说了一句："小北，你估计是没戴眼镜，绿芽身边那个是她男朋友。不过你虽然没看清楚，有一点是说对了，绿芽跟他是有点夫妻相。"

朱小北有些尴尬，明白自己是说错话了。这件事的后果就是同班的何绿芽很长一段时间对她都是淡淡的，直到很久之后想通了，才又开始跟她有说有笑的。小北从此说话也留了个心眼，但私下也感到委屈，她对郑微和阮阮说："何绿芽那男朋友确实看上去比较'成熟'嘛，所以才误导了我说错话，现在想想黎维娟那势利眼说得也对，她干吗就找了个这样的？"

阮阮就说："子非鱼，焉知鱼之乐，人家想要什么自己最清楚。"

郑微也一个劲地点头，"没错，人家绿芽自己喜欢就行，要是我爱上了谁，才不管三七二十一，先把他弄到手再说。"

　　说起来，传说 G 大没有一个女生没有男孩追，这句话还真是正确的，再恐龙的女孩子在这里都可以找到她的龙骑士，何况是如花似玉的"六大天后"。楼下站岗的人那是一排又一排，每个人身后都有或多或少的候选人，其中当然以阮阮为最。不过她一早就标榜自己是有男朋友的，平时跟男生相处虽然也谈笑自如，但总让人感觉只可远观不可亵玩焉，除了几个自认条件不错又有韧劲的之外，大多数男生都望洋兴叹。卓美是本市人，经常回家，在学校的时间并不多，她是那种多一事不如少一事的人，用郑微的话说就是个"树懒"。她的目标就是安全毕业，然后家里人介绍个门当户对的就嫁了，继续过着懒惰的生活，因此对身边的人也不甚留意。喜欢朱小北的大多是跟她一样的直性子，其中也不乏身高一米八的帅哥，不过据她透露，她本人喜欢的居然是内秀文静型的男生，她小学开始就暗恋的那个男生就是这种类型，那个男生考上了新疆的一所大学，两人自然不了了之，而身边合适的也一直没有出现。

　　真正叫好又叫座、有市有价的当首推玉面小飞龙，她这种模样清纯甜美、性格热情外向的女孩子简直就是老少通吃的对象。有一次阮阮看见她在床上用一副崭新的扑克牌一张一张地罗列出来，口里还念念有词，便问她搞什么鬼。她回答说是在给追她的男生编号排序，忙着呢。阮阮一听就乐了，坐下来就听着她一个一个地介绍，条件最差的是方块二，郑微说那是个中文系的酸秀才，给她写了一首十四行现代诗，让她几天没吃好饭。阮阮比较感兴趣的是那个红心 K，"这个应该是许公子吧？"

　　郑微也不害臊，佩服地问："你怎么知道？"

　　阮阮说："我看这些人里，条件上佳、跟你脾气最相投的就是他了，除了许开阳，还有谁能拿到红心 K？"

郑微拿着那张红心 K 自言自语："开阳这人是挺对我胃口的，可我们就是太一拍即合了，反而少了点什么。"

初识许开阳当然也是在老张的围棋社，老张是社长，郑微入社后，他也履行承诺地给了她副社长的头衔。这在社团里是很少见的，不过围棋社的成员不多，也就二十来个，清一色的男生，对老张的做法无一人有异议。

郑微喜滋滋地当上了副社长之后，才知道这个位子绝对是个苦差，不但顶着个虚名弄不到半点好处，还得代替老张不断地参加各种社团会议，不胜其烦。接触社团的工作久了，她才发现，围棋社这样的社团得以保存至今，很大程度上靠的是老张的长袖善舞，他让郑微去参加那些社团会议也是个英明的决定，就算是一向挤对他们的其他几个大社团看见来了这么个俏生生的副社长，谁也没再狠心说句重话。就连团委拨经费的时候，郑微在老张的示意下对团委书记死缠烂打，最后得到的经费堪称围棋社历年之最，小郑微也理所当然地成为了围棋社的镇社之花。社里的老成员还特意为她举办了一次"小飞龙杯"新人围棋挑战赛，而实际上参加比赛的新人只有郑微一人，而这个时候的她刚刚才明白了什么是围棋中的角，什么是星。

大概是郑微对围棋这项运动真的没有天分，在围棋社里，她的师傅虽然多，而且高手如云，但纷纷在传授她棋艺的过程中败下阵来，就连堪称耐力之王的老张也忍无可忍，直称朽木不可雕也。最后陪伴郑微继续摸索的就只有一个清秀寡言的男孩子，他就是许开阳。

郑微对许开阳的印象，最早是来自于黎维娟她们的私下议论，因此在她心里，传说中的许公子应该是一个飞扬洒脱、风流轻浮的纨绔子弟，满脸桃花、色眯眯的，没想到实际上竟然是这样干净单纯的一个男生。

起初郑微跟许开阳单独下棋的时候，她的注意力更多的是放在他的身上。许开阳长得挺好看的，端端正正的好看，一看就知道是个乖孩子，跟郑微原本想象的一点也不像。每当被郑微盯着看的时候，许开阳的脸总是红红的，他的棋艺连老张都称赞不已，在郑微面前却屡屡下错子，那样子，让郑微恨不得狂笑三声，再调戏他一百遍。

许开阳喜欢郑微，这在围棋社里是大家心照不宣的秘密，看着这两人在一起时，也当真是金童玉女，所以包括老张都看好他们。许开阳平时除了下棋没什么嗜好，对女孩也不怎么上心，唯独遇上了飞扬跋扈的小飞龙，就一头栽了。不管是甜笑的郑微还是使坏的郑微，又或者耍赖和发脾气的她，他都觉得怎么也看不够。他的心事郑微也看出来了，她也挺喜欢许开阳的，也许本性单纯的人特别容易一拍即合，他们一起吃饭一起下棋一起去逛街，在一起的时候两人都兴高采烈得像个孩子。可是这就是爱情吗？郑微觉得她对开阳的喜欢，就像喜欢爸爸、妈妈、爷爷、奶奶和阮阮，唯独跟喜欢林静不一样。喜欢林静的时候，心情就像坐上了过山车，时上时下，忽高忽低，而开阳带给她的，只有一览无余的喜悦，就是个再好不过的玩伴。

林静出国大半年了，他没有再联系过郑微，郑微也渐渐地不再想起他，可她依然知道，即使没有林静，她对开阳的感觉也不是爱情。

"我连内衣都带着他一起去挑，感觉就像姐妹，想到要跟他 KISS 心里就觉得是乱伦，这样怎么行？"阮阮问到郑微对许开阳的感觉时，郑微这样回答。

总之，许开阳一直没有明确表态，郑微也始终浑然未觉似的继续跟他做朋友，心中的天平有时会倾向他一边，但更多的时候是稳稳地倒向了未知的一边。

"你究竟要找个什么样的人？"阮阮问。

郑微说："我总觉得，我要找的，应该是可以让我愿意为他奋不顾身的一个人。我不爱爱我的，只爱我爱的。"

很多年以后郑微想起这一番话，脸上是如同阮阮此刻一样的苦笑。她想，当年的她，真是个被宠坏的孩子。

在把校园的各条道路混熟，社团的新鲜感也消退了一些之后，402又掀起看片的"新高潮"。起初是源于郑微有一次不经意地撞见了老张神神秘秘地拿着一个用报纸包着的纸包眉飞色舞地在路上走，好奇心强的她一把拦下了老张要求检查，结果才发现报纸里包裹着的居然是被男生们津津乐道的"加料"影碟。郑微当下义正词严地对这些社会主义的毒草进行了收缴，回到宿舍第一件事情就是把门从里面给闩住，趁黎维娟不在，赶紧招呼小北她们，"快来快来，有好东西看。"

宿舍里都是十八九岁的女孩，何曾见过这些，几个人顿时看得目瞪口呆、脸红心跳，还带着做坏事的小小刺激。后来老张那边有了什么"好料"，也知道主动进贡给郑微，这一度成为了402的经典节目之一。只有黎维娟从来都不参与她们狂热的看片活动，只在偶尔撞见时说一句："一群流氓！"

看的次数多了，雷同的情节和乏味的活塞运动让大家渐渐地失去了兴趣。只有郑微和小北还乐此不疲，而且对此类"艺术"的欣赏从当初的入门逐渐上升到了一个新的高度，也颇认得几个出名的男优女优，没有漂亮的皮相和出奇制胜的招数一般还入不了她们的眼，负责提供片源的老张也感叹，要满足她们日益挑剔的口味还真不是件容易的事。

那段时间，郑微开始恶补日语，床头、包包里随处可见她的《常用日语速成手册》，她还亲手炮制了一张小纸条，上面密密麻麻都是日本 AV 中经常出现的对白的中日文对照版，从发音方式到译意一应俱全。她献宝一样地拿去给阮阮看，阮阮说："你学英语有这个精神，估计专业八级都过了。"

郑微叉腰大笑三声。

没片看的时候，又实在无聊，郑微也会胡乱地翻翻阮阮的小说，不过感兴趣的不多。一日躺在床上看《林燕妮文集》，无意中翻到其中一篇——《一见杨过误终身》。

郑微说："金老爷子的《神雕侠侣》我看过，不过我倒不觉得杨过有什么魅力，怎么能把程瑛、陆无双、公孙绿萼都迷得晕乎乎的，郭襄更惨，一辈子就这么耽误了。"

"那你觉得他笔下的谁比较有魅力？"在下铺的桌子上写作业的阮阮抬头问她。

"你先说。"郑微狡黠地反问。

"我吧，我喜欢郭靖，憨厚老实，模范丈夫，对黄蓉也从无二心，嫁人就该嫁这样的男人。"阮阮回答。

"我最喜欢慕容复，哈哈，以彼之道还施彼身，多酷呀。"郑微无限神往地说。

阮阮不以为然，"你这样的孩子遇上慕容复一样的男人，只怕被吃得骨头都不剩，还不如杨过，虽然是个残疾人，好歹对小龙女专情。"

"我不喜欢杨过，因为金庸写的书的女主角里我最喜欢郭襄，郭襄多可爱呀，可是一辈子就毁在杨过手里了，最后还做了尼姑。"

阮阮说："林燕妮这句'一见杨过误终身'确实挺精辟的，大概很多女孩子一辈子里都会遇到一个注定得不到的'杨过'。"

郑微不信邪地说道："我不信我有什么得不到。"说完了这句话她想起了林静，不由有些黯然，但很快又振作了起来，"我一定会找到一个比林静更值得我爱的人。"

大二那一年开学不久就是情人节，这样的节日在喜欢玩情调的大学生里特别受到重视。刚吃过晚饭，郑微就发现同层楼的师姐们不少已经整装待发了，何绿芽也是从下午下课以后就神秘失踪。当天整栋宿舍楼最受人瞩目的当属阮阮，她远在千里之外的男朋友用电话在本地的花店里，为她预订了99 朵玫瑰，在清贫的学生时代，这么一大束玫瑰是多么奢侈啊。阮阮在众人羡慕的眼神里默默签收了花，她没说什么，但郑微从她的眼睛里看到了幸福，仿佛所有异地相思的苦在这一刻都有了补偿。饶是一直扬言玫瑰俗气的郑微，看着宿舍墙角娇艳欲滴的玫瑰，心里也艳羡不已。女人真是单纯的动物，只需要一捧玫瑰，就可以让她的心里开出一朵花。郑微想，自己什么时候才可以收到自己心仪的人送来这样的一束玫瑰？不，就算一朵也好。

其实这天并不乏想送她玫瑰的男孩子，六点半过后，就有好几个电话打来，试探着问她愿不愿意一起出去，其中也包括了许开阳，郑微一律推掉了。

晚上八点之后，她开始百无聊赖，舍友约会的约会，回家的回家，还有一个不知所终。阮阮一直在跟男朋友聊 QQ，你侬我侬的，就剩下她跟朱小北大眼瞪小眼。郑微开始气愤，世界上为什么要存在情人节这种不人道的节日？

电话响起，她和朱小北抢着过去接，最后朱小北以微弱的优势获胜，才得意扬扬地拿起听筒，脸就垮了下来，"郑微，找你的。"

郑微如获胜的将军一样接过电话，原来是老张，说他那里有新的"好料"，让她去他们宿舍拿。

郑微正好闲得发慌，心想，有点东西看看，打发时间也好，便换了鞋匆匆下楼。楼下的空气中似乎都飘荡着甜腻的味道，好几个火坑孝子还在执著地站岗，有的拿着鲜花，有的抱着玩偶，还有一个手里拽着一串粉红色的心形氢气球，样子颇为滑稽，郑微走过他身边的时候，还特意驻足看了两眼。

老张所在的男生宿舍离郑微她们这边不远，郑微并非第一次来，熟门熟路地就跑了上去。G 大有个奇怪的校规，严禁男生出入女生宿舍，但晚上十一点半关门之前，女生可以随便造访男生宿舍。虽然有很多男生表示过对这个不平等条约的抗议，但制度就是制度，还是得遵守。

今晚的男生宿舍明显冷清了不少，留守的估计都是孤家寡人。郑微到的时候宿舍里只有老张在玩游戏，看见她，第一句话就是说："这么好的日子都不出去玩？"

郑微撇嘴，"我不喜欢那套，洋人的节有什么好过的！"

"我们许公子刚才约不到你，不知道多沮丧。"

"废话少说，东西给我，本少女立马走人。"

"你等等，刚才隔壁宿舍借去了，我给你拿回来。"老张让她坐着等一下，自己走出了宿舍。

郑微哪里是坐得住的人，一双眼睛就滴溜溜地四处打量，同宿舍的都说她的床是全宿舍最乱的，她们是没见识过男生住的地方。什么叫狗窝？这就是了。臭袜子到处都是，脏衣服就别说了，老张所在的宿舍就像一个巨大的垃圾堆，只有一张床特别的干净，东西也少，在整个环境里突兀得厉害，这张床前的桌子上摆着一个建筑模型，郑微很感兴趣，便走了过去细细打量，这个貌似商住两用住宅楼的模型已经完成了大半，各个板块都已经切割好，只有一小部分没有粘贴牢。她试着用手去动了动，发现模型天台上的装饰用的顶竟然可以拿下来，顿时觉得好玩，拿起又放下。正想继续看看还有什么是松动的，忽然听到有人在她身后厉声说道："你在干什么？"

郑微玩得正专心，那个厉声呵斥的声音又距离她太近，不由得吓了一大跳，手一抖，迅速地转身，慌乱间不期然手肘碰到了桌子上的模型，长方体的模型顿时一倾，眼看就要掉落在地。郑微刹那间也知道闯祸了，惊叫了一声，身后说话的那个人大力将她往旁边一推，然后抢身上去，眼疾手快地在模型坠地之前将它抢救过来。

郑微在毫无防备的情况下，遭遇那样猛力一推，整个人不由自主地摔到地上，屁股率先着地，摔得她龇牙咧嘴头昏眼花。这一刻，比疼痛更加强烈的是不敢置信的感觉，极度的不敢置信。居然，居然有人为了一个破模型，把大名鼎鼎的玉面小飞龙像扔垃圾一样推了出去！

她就这样在地上呆呆地坐了几秒，确定对方没有丝毫要将她扶起来的意思，便自己飞快地跳了起来，动作之灵敏，堪称"兔子蹬腿式"的完美演绎。她顾不上揉揉疼得像变成了四瓣的屁股，第一反应就是伸出一只颤抖的兰花指，直指肇事者的鼻梁，像一只燃烧的小火龙，"你——敢——推——我？！"

肇事者的鼻梁所在的海拔，明显地高出她的水平线不少，他不但没有在小飞龙的暴怒下有丝毫胆怯和愧疚，反而冷冰冰地回了一句："要不是看在你是女的，我不只要推你。"

此刻的小飞龙颤抖的不只是手指，全身都气得哆嗦，连她最引以为傲的机关枪式破口大骂都抛到脑后，她只有一个熊熊燃烧的念头，这不要命的死家伙究竟是谁？

"你有种！有本事留下你的大名！"

"那你听清楚了，我叫陈孝正。"不幸被她言中，对方不但有种，而且还相当有种。

郑微肺都要气炸了，"我管你是正还是歪，你，马上道歉！"她喊出这句话之后，仿佛听到了一声若有若无的嗤笑，但她不能肯定是不是由这个极度恶劣的人嘴里发出来的，因为他报上了大名之后，就一直背对着她，专心地调整着桌子上的模型。

忽略，这是比咒骂和推搡更高层次的侮辱，简直是对郑微怒气极限的挑衅。她转到这个人身边，"你说，你为什么推我？枉你是一个男生，居然推倒一个手无缚鸡之力的弱女子，岂有此理，这不是变态是什么？你哑了？别以为装傻就行！"郑微见自己的唾沫星子都快要溅到他脸上了，他还是完全当她不存在的模样，不由得推了他一把。

他终于看着她，一字一句地说："我推你是因为你不但差点弄坏了我的东西，而且还挡住了我抢救它。我警告你，不管你是这宿舍里谁带回来的，都给我小心点，我不喜欢别人动我的东西，更讨厌别人指着我的鼻子。"

"你……"郑微正待发飙，就被及时赶回来的老张拖到一边，"干什么干什么，我刚走开多久，怎么就乱成这样了？微微，有话好好说，别生气，别生气啊。"

"不生气就不是人！老张，你们宿舍里住的都是什么牛鬼蛇神，专门欺负女孩子。"郑微看见老张，更是气不打一处来。

老张一脸困惑，看着郑微对面的男生，"阿正，发生了什么事？"

那男生看了郑微一眼，"算了，我不想说了，老张，既然人是你带回来的，这件事就这么过了，不过最好不要有下次。还有，你顺便告诉她，不是什么东西都可以随便乱动的。"

他明明看着她，却让老张转述他的话，明显是不屑于跟她交谈。

"你什么意思，就算我先动了你的模型不对，但是你犯得着为了这个破玩意把我推到地上吗？这算什么了不起的东西？你还有没有半点风度？"

老张总算从两人的对话里听出了一点端倪，忙说："误会，纯属误会，大家都别吵了，微微，我先送你回去。"

"不行，我要他先道歉。"郑微态度强硬地瞪着那个男生。

老张为难地看了那个男生一眼，那男生朝郑微冷笑，"我为什么要道歉？这个东西虽然没有什么了不起，但是在我看来它比你值钱多了。"

话一出口，老张花了九牛二虎之力，才把欲冲上去跟那人拼命的郑微拦了下来。

"你说的是不是人话？老张，你走开，我要杀了他！"郑微已经气得连美少女的形象都顾不上了，只想把眼前那个人撕成碎片。

"两个祖宗，一人少说一句……微微，我们走，我代他向你赔罪好不好？别理他，听话，我送你回去……阿正，你也给我闭嘴！"老张半拖半拽地将郑微拉离这是非之地。

直到下了楼，郑微才得以甩开老张，"平时说得好听，关键时候你不但不帮我，还跟坏人合伙欺负我。"

老张见她虽恼，但已经没有重新冲回去的打算，松了口气，不由叫屈，"我哪可能不帮你？不过他的脾气就是那么臭，那个模型又是他在房地产公司揽的生计活，自然紧张得要命，两个牛脾气偏偏对上了。都怪我，我不该留你一个人在那里，消消气，就当被狗咬了一口，难道你还咬回他？哥哥我请你吃冰激凌。"

"我才不吃。"郑微一个人走在前面，"被狗咬了一口我当然不会咬回他，我要吃他的狗肉！陈孝正，他叫陈孝正是吧，我记住了，大家以后走着瞧。"

晚风吹在她的身上，她的神志比刚才清醒了不少，现在开始庆幸老张刚才在她最愤怒的时候将她拦了下来，要不是这样，她也不知道气昏了头的自己会做出什么事情来。冲上去打爆他的头？以他那么恶劣的样子推测，一个会推女孩子的人估计也不会在打架的过程中谦让她，她要是打不过他怎么办？又或者她侥幸获胜，成功打爆了他的头，她会不会坐牢？不行不行，她不能逞一时之勇毁了自己如花似锦的前程，好汉不吃眼前亏，何况是这样的奇耻大辱，更得从长计议，她虽然暂时还没想好该怎么办，但他的名字他的模样她都牢牢地记在心里，绝对不会这么轻易地算了。

走到自己宿舍楼下的时候，老张还想劝她，这时的她反而拍了拍老张的肩膀，"不好意思了，老张，这事你没错，刚才我在气头上呢，错怪了你，我给你道歉了，你回去吧，我没事了。"知错能改一向是郑微引以为傲的品质。

"真没事啦?"老张还有点反应不过来,都说女人心海底针,这少女的心里那根针更是藏在深海隧道里,让人难以捉摸,说变脸就变脸。不过他了解郑微的脾气,这孩子虽然冲了点,但也不是不讲道理的人,既然她都这么说了,估计问题也不大了。

"真没你的事了,你归你,他归他,我上去了,拜拜。"郑微朝他挥挥手,就往楼上跑,老张走出了几步,才听到二楼走道上的她在对他喊,"老张,明天别忘了把那几张碟给我。"

那一晚,阮阮刚跟男朋友在惘然的甜蜜中结束了 QQ 聊天,就看见从老张那回来的郑微一脸异样的潮红地走了回来,眼睛里熊熊燃烧着两把小火焰,双手紧紧握拳,那神态,就像刚结束战斗的斗鸡一样。

半夜,郑微在床上翻来覆去,满脑子都是那张欠扁的脸,她又想起了离开他们宿舍之前,他看着她的那个不屑的眼神,不由得狠狠地捶了几下枕头,此仇不报非君子,何况是睚眦必报的玉面小飞龙。

情人节的浪漫气息荡然无存,残留在郑微心里的只有浓厚的硝烟味。

第二天一早,朱小北就睡眼蒙眬地对郑微说:"你昨晚上梦见什么了?说了好一阵的梦话。"

"我说什么了?"郑微一阵茫然。

"我也听见了。"黎维娟说道,"好像说了什么正,还有打呀杀呀的……"

郑微挠了挠自己微乱的头发,"我估计是做噩梦了。"

走去上课的时候,阮阮觉得郑微心情明显不佳。昨晚郑微一回来就拉着她到走廊上,悲愤不已地诉说了之前在老张宿舍的遭遇,阮阮也深切地表示同情和对那个恶劣分子的鄙视。只不过平时郑微的脾气来得快去得也快,这一次隔夜都还铭记在心，估计问题真的比较严重了。所以，当郑微对着宿舍楼下一个仿佛在等待心仪女生的男孩子恶狠狠地说"气球呢？飞了吧？昨晚我出去你就在这等，我回来你还在这等，一大早你又来，一点出息都没有"的时候，她只有对那个一脸无辜的男生报以同情的眼光。

"都不是什么好东西。"郑微见阮阮偷偷地笑，便讪讪地说了一句。

"能把你惹成这样的人也挺难得的，我倒想见识一下是何方神圣。"阮阮说。

"那坏蛋，别让我再看见他……邪了，白天不能说人，晚上不能说鬼，阮阮，你等我一下。"郑微的眼睛在滚滚的上课人潮中突然紧紧地锁定了一点，把手里的课本往阮阮手里一塞，人已经小火箭一样地发射了出去。

对于郑微来说，在人潮里分辨出一个让她恨得牙痒痒的人并不难。陈孝正并没有跟同学或舍友结伴而行，一个人抱着书走得很快，人高腿长就是占优势，郑微跑了好几步才赶上了他，冷不防地从斜后方转到他跟前，面朝着他将他截住。一心赶路的陈孝正没想到半路里杀出个程咬金，差点迎面撞上她，好在他反应还比较快，及时收脚，莫名其妙地看着眼前忽然冒出来的不明物体。

郑微抬头看着他，"小样，别以为戴了副眼镜我就不认识你了，昨天的事还没完呢，我给你个机会，你现在道歉，我大人不计小人过，就这么算了。"

陈孝正仿佛回忆了一下，才记起了这个杀气腾腾的女孩是谁，大庭广众之下，他选择了沉默应对她的挑衅，自动绕过障碍物，继续前行。

他的冷淡进一步刺激到了郑微，她感觉自己就像一团横在他面前的牛粪，让他嫌恶而避之不及。

"站住！"她追了上去，对着他的背影说道。

他似是完全没有听见她说的话，她越喊，他走得就越快。郑微气坏了，本来她追上他也不过是想骂他几句出口气就算了。谁知道他的反应让她一口气憋在那里，上不去又下不来，哪里肯轻易就这么罢休。

他要去的地方看来跟她上课的地点在同一个方向，郑微在建筑工程学院那栋冷冰冰的教学楼前，再次赶上了他，她吸取了刚才的教训，从身后一把揪住他，迫使他停下来，皱眉转身。

陈孝正终于没有办法再故意忽略，"你有完没完？"

"你太没礼貌了，叫你别走没听见吗？我话还没说完呢。"急速的追赶令郑微的脸庞红扑扑的，可态度依旧蛮横。

"我跟你没什么好说的，麻烦你放开，我要去上课了。"

"我告诉你，你不道歉就没完。"

他脸上是隐忍的不耐和厌烦，"我就没见过你这样的女孩子，不过我也告诉你，我不认为我有错，所以不可能向你道歉，也别跟我谈礼貌，你有礼貌的话就不会当众跟男的拉拉扯扯。"说完，他用两根手指拈起她的衣袖，重重地将她的手从自己身上扯开。

"你……"他居然一副吃了苍蝇的模样，连碰到她的手都不肯。郑微一时间无语，咬牙朝他怒目而视，他亦不示弱，冷冷地回望她。两人就这样站在建筑工程学院楼前的阶梯上对峙着。此时正是上课的高峰期，已有不少走过的人注意到了他们，阮阮也终于赶了上来，她愕然地看了陈孝正一眼，然后对郑微说："算了，快迟到了，我们走吧。"郑微不出声，依旧怒视他，仿佛这样便可以在无形中将他千刀万剐。陈孝正身边也陆续有相熟的同学驻足观望，其中一个还开口问了一声，"阿正，怎么回事？"他有些尴尬，便不再理会她，径自往前走去。

郑微的脸色白了一下，然而他刚才一闪而过的不自在让她瞬间抓到了敌人的一丝弱点，她狡黠地笑了笑，朝着他的背影大声说道："陈孝正，我再说一次，你跟我说狠话也没用，以后别缠着我！"

她这句话顺利地吸引了不少眼球，也如愿以偿地察觉到他的背影顿了一顿，虽然只是片刻，接着他三步并作两步地以更快的速度消失在楼梯的拐弯处，可她知道自己的恶作剧成功了。这可恶的家伙软硬不吃刀枪不入，原来他爱面子。正好，她郑微优点不多，最值得一提的就是脸皮厚，他要是不道歉，以后还有他好受的。

一起走向教室的时候，阮阮困惑地问："你昨天说的那个可恶的人就是他？"

郑微愣了一下，"你认识那坏蛋？"

阮阮摇头，"谈不上认识，不过我在学校的英语角见过他几次，也说过一两句话，就是不知道名字，只知道好像是我们学院建筑系大二的，口语很不错，听说在他们系里面外语跟专业课都挺拔尖的。"

"你怎么知道？"郑微奇怪地看着阮阮。

"我当时听身边的其他女生说过，他口语好，长得又还不错，在那里应该是比较引人注目的，就是不太理人，平时也只是跟那几个外教交流得比较多。"

"哼，"郑微愤愤不平，"越是这种成绩好的人内心就越扭曲，也没什么了不起的啊，至于嚣张成那样子吗？阮阮，你可不能跟这种人混在一起。"

"说什么呀。你这傻孩子。"阮阮笑了，"不过话又说回来，见好就收啊，刚才你也把他气得不轻了，跟他计较什么，就当扯平了吧。"

郑微从阮阮手里拿过自己的书，"我也不知道为什么，一见那家伙欠揍的样子就格外冒火，我从来都没有这么讨厌过一个人。"

阮阮不以为然，"讨厌一个人多费心思呀。"

郑微的声音依旧恨恨的，"费再多心思也无所谓，他让我不好过，我也不让他好过。"

第五章
Chapter Five

谁先爱了，谁就输了

有时候就是这么奇怪，在那天晚上跟陈孝正杠上之前，郑微从来没有听说过，也没有发现过这个人的存在。当然，也许他曾无数次地从她身边擦肩而过，或许也曾有人有意无意地在她面前说起过这个名字，只不过当时的这个人和这个名字对于郑微来说毫无意义，所以她浑然未觉，然而当她开始留意这个家伙，才发现他无所不在。

本来建筑系和土木系就是一个学院的，彼此关系还算密切，又在同一栋教学楼，简直是抬头不见低头见。而且郑微还惊讶地发现，这家伙居然还小有名气，院里不少人都听说过他，无非是去年高分录取的状元，成绩挺不错，曾在建筑模型设计比赛中获奖之类的。跟阮阮说的大同小异，工程图学的那个老学究也在课堂上提起过他，俨然一副得意门生的口吻，就连卧谈会上她也曾经从黎维娟的嘴里听到过他的名字，一向心高气傲的黎维娟竟然也对他颇为向往。

郑微想，果然物以类聚人以群分，黎维娟这样假正经的人，就应该跟那坏蛋是一国的。所以越是黎维娟盛赞陈孝正的时候，郑微就越感到极度反感，并嗤之以鼻。黎维娟当然是说郑微那是对别人有偏见，并极力维护她心目中好学生的榜样，郑微也不跟她争辩，只是某天跟阮阮在学校散步的时候，无意中在某个公告栏前驻足，上面是上学年校际三好学生的名单和照片，那张让她厌恶的面容也赫然位列其中。

郑微当时就说："邪了，怎么哪里都看得见这家伙，简直阴魂不散了。"

阮阮就说："人家本来就这样，你有心留意，自然哪里都是他的影子。"

郑微隔着玻璃橱窗朝那张面无表情的脸挥了挥拳头，"还说什么品学兼优，学就算了，那个品简直就是不入流的。"

阮阮知道劝也没用，便不理会，若干天之后，她无意中再经过该橱窗，发现唯独陈孝正的相片上多了两撇八字胡，不禁好气又好笑。

郑微也不知道自己为什么对那个叫做陈孝正的家伙那么反感，一见到他，就觉得整个宇宙都在熊熊燃烧。初见时在老张宿舍的那一段过节固然是她对他不满的根源，但接下来的碰撞中，他表现出来的不屑、厌恶和冷淡才是更令她深恶痛绝的原因。

郑微一贯信奉"知己知彼，百战百胜"的道理，不需多少时日，陈孝正的那点底细就被她刨根问底地挖透了。

据老张等线人爆料，陈孝正算是本地人，家在离 G 市不远的一个中型工业城市，无兄弟姐妹，关于他成绩方面的若干字描述被她自动忽略。她只记得老张说过，陈孝正平时是个极度不张扬的人，也不算太难相处，属于人不犯我、我不犯人的类型，就是性格有些孤僻，不太合群。因此在学校里也没有什么特别知心的朋友，大多数时候是一个人独来独往，同学舍友间的活动他并不热衷，但也甚少发表意见。

陈孝正爱干净，有轻微洁癖，他的床位和床前面的活动范围是整个宿舍里唯一的净土，每天将换洗下来的衣服清洗干净的习惯已经被老张他们奉为神迹。不过让舍友有些吃不消的是，他极度厌恶有人在宿舍里抽烟，每逢有人吞云吐雾，必定劝止，或者皱眉把门窗全开。不管有课、没课或者周末，他都会在清晨准点起床，洗漱、整理床铺、扫地、晨练，被吵醒的懒人虽然不满，不过久而久之也就习惯了。

话又说回来，尽管他难搞又龟毛，不过成绩好，笔记也是出了名的细致工整，通常是班里那帮懒人转抄的范本，作业自然也是最普及的参考资料。每逢实验、设计分组谁都抢着跟他分在一起，不但事半功倍，报告又不必劳心，至于期末考试的时候，要求坐在他附近的人简直要用抓阄来排定座次，在这些强有力的资本作用力下，他的人缘总算不至于太差。

郑微了解了这些之后，深感这个人简直具备了心理变态者的一切条件，希特勒和《沉默的羔羊》里的汉尼拔博士不也是这种类型吗？她最最看不惯的就是这种假道学、真变态的人。所以梁子结上之后，只要他的身影出现在她视线范围内，她全身的汗毛都会自动竖起来，立刻进入战斗状态。

面对她的挑衅和无理取闹，陈孝正开始还小小还击几句，次数多了也不胜其烦，后来干脆能避则避，远远看到她的影子便绕道而行，实在避不过的时候就只能冷眼相对。有一次实在忍无可忍，他气急败坏地说了句："郑微，老这样你不烦吗？要不我让你推一下，这件事就这么算了。"郑微仰天长笑，大胜而去，其后一连几天哼着歌走路，心情好得不得了。

阮阮说："陈孝正遇上了你也挺倒霉的，他这样的人肯说这种话了，你也别老这么折腾了。"

郑微哪里肯依，在她看来，跟陈孝正过不去已经成为了她的本能，她一见到他就开始热血沸腾，在这个过程中她甚至感到有趣得很，完全已经上升到生活乐趣的高度，所以有一段时间她在阮阮面前最常说的一句话就是："与变态斗，其乐无穷。"

午饭时间，郑微和阮阮一起拿着碗到学校大食堂吃饭，边走两人还饶有兴趣地讨论着八卦周刊上的明星绯闻。吃饭时间的大食堂永远这么拥挤，每个窗口前都挤满了饥饿的学子们。学校其实另有伙食比较好一些的教师食堂和小餐厅，不过要比大食堂贵一些，通常生活条件比较好的同学都会选择那两个地方，也免去了为吃饭而挤得头破血流。跟许开阳在一起吃饭的时候郑微都会到小食堂去，许开阳对吃比较挑剔，不喜大锅饭菜，通常会让小厨房的师傅帮忙炒一两个简单的小菜，两人凑合着吃。

郑微不喜占人便宜，虽然许开阳每次都抢着付账，然而她都坚持轮流刷各自的饭卡。

"这样吃得舒服。"她每次都这么说，他也不好勉强。

郑微跟阮阮也去过小餐厅好多回，在这点上她跟阮阮比较能达成共识，都是享乐主义者，食不厌精，在条件允许的情况下谁不愿意吃好一些？但两人生活费都有限，女孩子又难免喜欢买一些小东西，有的时候在衣服、零食或者书上的开支多了，自然就囊中羞涩。所以小餐厅虽好，但也不能老去，更多的时候还是要投身到大食堂的滚滚洪流中，反正郑微是个爱热闹的人，阮阮又随遇而安，在哪里都吃得一样香。

大食堂也有大食堂的好，那里负责打菜的叔叔阿姨都认识郑微那张甜蜜蜜的笑脸，每次同样价钱的情况下都多给她两勺，这点曾经让食量比郑微大的朱小北一度羡慕不已。不过这里就是排队让人头疼，为了维护正常的用餐秩序，好几个戴着红袖章的学生会下属的伙管会成员都在走来走去，这让不安分的郑微也不得不老老实实地跟着长龙一样的队伍慢慢地挪动。

眼看队伍看不到头，郑微揉了揉肚子，"阮阮，我好饿。"

阮阮也苦着脸，"我连早餐都没吃。"

"唉，混口饭吃真难。"郑微叹了口气，百无聊赖中，就用调羹敲打着手里的碗，小声而又抑扬顿挫地唱着阮阮教她的《莲花落》，"过往的客人听我告，咳呀咳吱莲花落，叫化的格调有低也有高，连个莲花落哟嗹。有钱时我也曾长街驰马着锦袍，四书五经读朝朝……"她的声音不大不小，前后排队的人都正好听得清清楚楚，看见是个粉嫩的小女生，纷纷笑了。

阮阮笑得揉肚子，"你还真有天分。"郑微也忍住笑，一本正经地往下唱，阮阮听着听着，忽然发现郑微的音调骤然一转，由原本的兴致盎然变得渐有铿锵之声，连敲碗的动作都杀气腾腾的。阮阮第一个反应就是，糟了，不会又跟陈孝正狭路相逢了吧？她顺着郑微的视线看去，果然，那个穿着白色上衣、刚打好了饭、侧身跟身边的人说话的，不是陈孝正又是谁？

郑微是先看到陈孝正之后才发现他身边还有别人的，那是一个丰满高挑的女生，长发，鹅蛋脸，细眉细眼的，说不上特别漂亮，但骨肉停匀，气质娴静，看上去倒也顺眼，陈孝正低头跟那女生不知在交谈着什么，嘴角带笑。两人正往食堂门口走，其间有挤上来打饭的人，他还小心地为她挡一下。

郑微咬牙在心里暗想，这厮，平时对她倒是一副横眉冷对千夫指的模样，她还以为他生来就是这副死样子，原来他也会笑，而且还是对着别的女孩子笑得那么淫荡，绝对没安什么好心。

她心里想着，嘴上也没停，"……警告世人要记牢，为人总要守正道，女色是把杀人刀，一觉醒来落监牢，到头来一根竹棒一只瓢，穷途末路去唱莲花调。"咬牙切齿地唱完，发现自己还是忍不住，索性小跑几步到离她最近的一个伙管会成员面前，露齿一笑，"哥哥，借你的袖章用一下。"那个一副老实相的男生还没反应过来，袖章和眼前的人都同时消失在他视线里。

陈孝正和那个女生刚走到食堂门口，就看见了一脸严肃的郑微出现在他们面前，他立刻觉得一阵头疼，"你又想干什么？"

这一次郑微的态度出奇的好，她笑眯眯地用手指了指自己左臂上的袖章，"同学，我是伙管会的，今天想抽检一下食堂的饭菜够不够分量，请问你打了多少两饭……三两？……四两？……没事，我称一称就知道了。"她不由分说地缴下陈孝正手里的碗，一溜烟地跑到旁边的公平秤前，将碗里的饭菜往秤上的托盘里一扣，还煞有介事地摆弄了一下砝码，然后才把空了的碗递到陈孝正的面前，"好的，分量正好合适。谢谢你的配合。"

陈孝正没有伸手去接自己的碗，他微微低着头，仿佛在看着自己的脚尖，不知道在想些什么。

"怎么，你的碗不要了？哦……我明白了，要不我帮你把托盘上的饭菜重新装回碗里？"郑微装作浑然不知地继续笑着说。

他终于抬起头来看着她，她这才发现他脸色异样地难看，他把头微微别向一边，像是强迫自己冷静了一下，然后才对她说："玩够了吗？很好玩吗？我真的彻底烦了，这样好不好，我向你道歉，算你赢了，麻烦你不要再出现在我面前。"

哈哈，他终于认输了，她总算赢了。可为什么郑微觉得自己一点也不高兴？她的心不知道被什么东西重重地压着，很沉，很闷，就快要喘不过气来。她没有再笑，直勾勾地看着他，拿着碗的手依旧固执地伸在他面前。

陈孝正的声音和表情一样的冰冷，"我不知道你到底想干什么，你想玩，很多人喜欢陪你玩，但是别来烦我，我没有你那么多无聊的时间和精力，也

致我们终将逝去的青春

没有条件像你一样把一碗饭随便地浪费掉，你这样真的很令人讨厌。"

阮阮也觉得这边有点不对劲，队也不排了，赶紧走了过来，扯了扯好友的衣袖，"微微，去打饭吧……"她顺便抬头看看陈孝正，心想，这两个真是冤家，"不好意思，她没有恶意的，要不我们给你重新打一份？"

陈孝正摇头，"不敢麻烦你们。"他冷淡地从郑微手里拿回自己的碗，转头对身边一直愕然以对的女孩子说，"我们走吧。"

他走过阮阮身边的时候，忽然想起什么似的补充了一句："阮莞，真想不通你怎么会跟这样的人做朋友。"

郑微的眼睛忽然一红，她咬着自己的下唇，朝着他和那个女孩的背影大声说："陈孝正，我讨厌你……我讨厌你那么讨厌我！"然而，这下半句硬生生地让她吞在了肚子里。

阮阮也不知道该说什么，只得抓着她的手，"不是说肚子饿了吗？快去吃饭吧。"

郑微不知道生的是什么气，一把将阮阮的手甩开，饭也不吃了，就往宿舍的方向走。阮阮追了上去，"你这是怎么了，你跟我生什么气呀？"

"你不要再理我了，你跟他是一伙的，我不配跟你做朋友。"郑微边走边说。

"他的气话你也当真？"阮阮好笑地说。

郑微这时却停了下来，狐疑地看了阮阮一眼，"他为什么会知道你的名字，你跟他那么熟，却从来没有告诉过我。"

阮阮叹了口气，"我就是在外语角跟他说过几次话，没错，我们是认识，可是你那么讨厌他，我哪里还好在你面前提起这些？"

078

"总之你就是骗我，我最讨厌别人骗我，你跟他一样，我再也不理你了。"郑微赌气地越走越快。

一向脾气平和的阮阮也有几分恼了，她没有再追，站在原地淡淡地对郑微说："你究竟是气我骗了你，还是在意我跟他认识？你既然讨厌他，何苦那么在意他的事，不过，在意也没用，你奈何不了他，除非，他是你的……"

走在前面的郑微忽然捂着耳朵撒腿就往前跑。阮阮摇头，"郑微，你这大笨蛋！"

一连两天，郑微都不跟阮阮说话，上课下课也不再跟以前一样如影随形，阮阮也不再跟她解释。宿舍里的其他人都看出了点端倪，不过郑微明显心情极差，谁也不愿意在这个时候碰得一鼻子灰，问阮阮，她也只是说："没什么事，她就是有点东西没想通。"

星期五的下午，阮阮去上课了，郑微没有去，正好朱小北逃课，黎维娟又没课，宿舍里便有了三个人。

郑微跟前几天一样，一反从前活蹦乱跳的模样，闷声不吭地在电脑前玩"轰鸣鸡"，朱小北躺在床上看书，听见她这边枪声大作，不禁走过来看了两眼，只见她目光炯炯地盯着屏幕，飞快移动着鼠标将一只只飞过来的鸡打得呱呱惨叫。朱小北明知她心情不好，偏偏没有忍住，说了句："鼠标不要钱吗？用不着那么使劲呀，啧啧，看你这发泄方式，暴力呀，到底谁惹你了，这么苦大仇深的。"

郑微不理她，继续专注地射杀那些可怜的小鸡，朱小北也不在乎，又问道："说嘛，谁欺负你了，姐姐我也给你拼命去，不会又是那个什么……哦，陈孝正吧？"

郑微烦躁地瞪着朱小北，"陈孝正，陈孝正，你们老提起这个人干吗？"

朱小北一副莫名其妙的样子，"我哪有老提起他，喂，每天提起他无数次的人是你好不好？"

"有吗？我哪有！"郑微不认账了。

黎维娟在床上闲闲地说："没有才怪，你一天至少要提起这个名字十遍以上，要不你随便找个我们宿舍的人问问。"

郑微愣了一下，继而喃喃自语："不会吧？这么夸张。"

"我们还在背后讨论过，你不会是看上那个陈孝正了吧。"黎维娟补充道。

郑微游戏也不玩了，丢开鼠标就站了起来，抓狂地尖声道："你胡说！我怎么会喜欢那个人渣？"

朱小北忙把她按回椅子上，"冷静，冷静，冲动是魔鬼。"

黎维娟也被她吓了一跳，坐起来说："你听我说完嘛，原本我也是这么以为来着，后来想了想，你没可能看上他呀。"

"为什么呀？"朱小北一副不解的样子，"你以前不是经常在嘴上夸他，把他说得像偶像一样吗？说实话，我也觉得陈孝正不错呀，长得挺不错的，虽然不算很帅，但是挺耐看的，我就喜欢这种气质男。成绩又好，前途无量，我们系有不少女孩子说起过他。"

黎维娟从鼻子里哼了一声，"小北，你这就不懂了吧，他是不错，不过这有什么用？我们学校帅哥资源丰富，他也不算是特别突出的，至于成绩好，有前途，这些谁知道，等到他的前途到来了，也许黄花菜都凉了。我听说他家境不是很好，找男朋友还是现实一点好，我们郑微凭什么看上他呀，眼前明摆着的，许公子她都不怎么看得上，何况是陈孝正。许开阳哪点比陈孝正差？长得不输给他，关键是人家老爸是谁，家里什么环境？这年头，谁比谁傻呀！"

她这么头头是道地分析下来，连习惯跟她抬杠的朱小北也不由点头，"说得也是，许开阳的确也不错，就算家境不提，人家至少对郑微是百依百顺。"

郑微怔怔的，不知道在想什么，仿佛她们说的完全与自己无关。黎维娟继续发挥她无所不知的能力，"我还听说呀，陈孝正好像是有准女朋友的。"

朱小北的手还按在郑微的肩上，她好像感觉震了一下，便跟郑微几乎异口同声地问："什么叫准女朋友？"

"就是出于郎情妾意，但是又没捅破那层纸的男女关系呗。那女的是我们学生会的，他的同班同学，叫曾毓。在他们那一届算是长得不错的一个了，刚入学的时候也是很多人追的，不过她对陈孝正的心思倒是明眼人都看得出来的。"

"陈孝正也喜欢她？"朱小北八卦地问。

"这我可不知道，但至少不讨厌吧。他挺傲的，一般人还不怎么搭理，不过对曾毓不错，至少在女生里曾毓是唯一跟他关系比较好的。曾毓成绩也挺好的，性格也大方，反正他们两个人挺合得来的，我猜是都没好意思开那个口，不过应该也是迟早的事。"

"停停停，别说了，老说那个变态的事干吗？"郑微用力移开椅子站了起来，"比吃了苍蝇还恶心。"

她说着就往宿舍外走，关门的时候"砰"的一声，震得玻璃都嗡嗡作响，黎维娟莫名其妙，"谁又惹她了，吃错药了吧？"

朱小北"嘿嘿"直笑。

郑微走出了宿舍，一个人在学校里到处乱走，现在是上课时间，四周人并不多，她走得很快，好像这样就可以让自己清醒一点，把不必要的情绪抛开，但是事与愿违，她越晃荡，就越是心乱如麻。

刚才黎维娟说话时她心里又酸又苦的是什么味道，就跟那天在食堂第一次体会到的感觉一模一样。她极度厌恶这种陌生的感觉，不知道怎么宣泄，只能按捺不住地无名火起，却又不知道自己生的是什么气。还有，阮阮那天说的话是什么意思，"除非他是你的……"除非他是她的谁？……如果他真的是她的……她忽然捂住了脸，不敢再往下想。正好不远处有个 IP 电话亭，她飞跑着过去，拨通了妈妈的电话。妈妈跟爸爸离婚了之后就搬了出去，自己租房子住，电话响了半天，没有人接，她又往妈妈办公室打。熟悉的声音在电话那头响起的时候，郑微喊了一声"妈妈"，差点就哭了出来。

妈妈吓坏了，忙不迭地问她发生了什么事，她吸了吸鼻子，问道："妈妈，我想知道，要是我每天都想着一个人，白天想，晚上做梦也老梦见。明明很讨厌他，但是偏偏很想见到他，一见他整个人的神经都绷了起来，跟他作对也觉得很开心，但是看见听见他跟别的女孩子在一起，就说不出的难受，就连我的好朋友劝也不行。我讨厌他，却不喜欢他讨厌我，他说我很烦的时候我很想哭。妈妈，你说，我究竟是怎么了？"

妈妈很久没有说话，郑微急了，"妈妈，你在吗？你快告诉我呀，我怎么了？"

"他是谁？"妈妈的声音里有强忍的惊讶。

"你先别问这个，快告诉我是怎么回事，我难受死了。"她半是心乱，半是撒娇，声音都哽咽了。

"傻孩子，你是不是恋爱了？"

"妈妈你再说一遍。"

"我说你是不是喜欢上谁了？快告诉妈妈。"

妈妈的话像一根手指，轻轻捅破了郑微心里那层薄如蝉翼的窗纱。许多她隐隐感觉到，但不敢想、不愿想的那个答案顷刻之间破茧而出，面对这个答案，她震惊、茫然、不甘、尴尬，她无处可逃。

"宝贝，你回答妈妈呀，是不是呀？"

她使劲地对着电话摇头，继而又不断地点头，最后万般委屈地哭了一声，"是了，妈，我喜欢他，可是他刚跟我说让我不要再出现在他面前，怎么办呀？"

她跟妈妈整整说了一个多小时，电话都发烫了才放了下来，听了她的话之后，妈妈除了最初的惊讶之外，更多的是表现出了忧虑。她没有办法阻止正值青春年华的女儿去喜欢上一个男孩，她也年轻过，知道对于这个，谁也无能为力。她只是担忧，并且隐隐有种预感，一向被宠得无法无天的女儿也许这一次要吃足了苦头。

郑微挂上了电话，久久地站在空间狭窄的电话亭里，懵懵懂懂了那么久，原来她喜欢陈孝正。这么一来，所有她一知半解的问题都有了答案，一切豁然开朗，她恼他、烦他、缠他，其实也不过是希望他多看自己一眼。

年轻的郑微是个直心肠的女孩，对于陈孝正的感觉，她一旦恍然大悟那是什么，很快心思就转入下一步怎么办上来了。她并不是没有喜欢过别人，对于从小喜欢林静，那个感情是不知不觉间侵入她心里的，她甚至不知道自己什么时候喜欢上林静的，只知道这是她长久以来的梦想。在林静离开之前，那场梦一直是甜蜜而完美的，她总在梦里甜甜地笑。然而对陈孝正的感情完全不一样，那感情强烈而汹涌，刹那间就席卷了她，让她完全没有思考的余地就昏了头。想到这个人，她更多的感觉是五味杂陈，有苦有酸有辣，但更多的是微微的回甜。

走回宿舍的路上，她的烦乱渐渐一扫而空，眼前是一条路，她要去的地方已经毫无疑问，需要想一想的只是该怎么走，但不管怎么走，她相信，条条大路通罗马。总有一天，她郑微会走到陈孝正那家伙的心里，在那里插上她的五星红旗。

重回宿舍的郑微脸上阴霾散尽，她忽然很想立刻见到阮阮，把自己此刻的心中所想全部告诉她，她太需要跟好友分享她拨云见日的少女情怀。

其实，闹别扭后不久，郑微就已经不再生阮阮的气了，她明明知道阮阮不可能跟陈孝正之间有什么。现在想起来，原来皆因自己太过在乎，她害怕的是在那个不经意间吸引了自己的男孩心里，有人比自己更重要。

郑微老早就想跟阮阮讲和了，但又拉不下那个脸，阮阮又一直淡淡的，让她想说点什么也开不了口。现在她可管不了那么多了，强烈的倾诉欲望随着下课时间的临近变得越来越迫不及待。

可是直到过了下课的时间，阮阮也没有立刻回来，郑微有些急了，她问准备出去打开水的朱小北："小北，阮阮怎么还不回来？"

朱小北莫名其妙，"我哪知道，我又没在她身上拴绳子。"她见郑微一脸泄气的表情，边走出门口边嘀咕，"真奇怪，前两天还老死不相往来的样子，现在又望眼欲穿，真麻烦。"

郑微心急如焚，她没有等来阮阮，却等来了许开阳的电话，他说学校门口新开张了一个小饭馆，据说味道不错，叫她一起去试试。郑微想，干等下去也不是办法，正好肚子也饿了，索性答应了。梳好头准备出门的时候，黎维娟还问了一句："跟许公子约会去？"

郑微不以为然，"约什么会呀，搭伙吃个饭而已。"

黎维娟不无羡慕地笑了笑，"谁不知道他对你的那点心思呀，又不见他找我搭伙吃饭。"

郑微不爱听这个，"不跟你瞎扯，我走了。"

出门的时候还听见黎维娟在身后说："我要是你呀，我就把他抓牢了，错过了这个村，可就没这个店了，到时还不知到哪里哭去。"

郑微不理她，匆匆下了楼，许开阳已经等在楼下，看着郑微兴高采烈地朝他走来，他开心地笑了。两个人嘻嘻哈哈地朝学校门口走去。其实许开阳是特对郑微胃口的一个人，他说的话、做的事总是无比贴合郑微的心思，跟他在一起就像跟另一个自己做游戏，说不出的轻松自在。在干净的小饭馆里坐下之后，许开阳随手把一盒东西递到郑微面前，"喏，送你的。"

"什么呀？"郑微边说边好奇地打开盒子，不由得哇了一声，盒子里面是一套精致可爱的小玩偶，看得出是取自《安徒生童话》里《豌豆公主》的情节。

看着郑微笑逐颜开的样子，许开阳由衷地感到高兴，他就知道，太贵重的东西她反倒不喜欢，偏偏这些小东西最是对她的胃口。

"干吗送我这个？"郑微小孩心性地拿起玩偶左右摆弄。

许开阳轻描淡写地说："我爸前几天从香港回来，顺便带回来的，我想这些小玩意你应该喜欢，就送你了，没别的理由。"他不愿意告诉她，这是他托了老爸的秘书，在香港跑了好几个地方才找到的迪斯尼限量版。

"谢谢，我很喜欢。"郑微不懂得矫情的那套，心里想什么，全都写在了脸上。她笑着抬起头，发现许开阳的眼睛一直专注地看着她，这让她忽然想起了黎维娟的话，感到了几分不自在，"你看着我干吗？"她嗔道。

许开阳脸一红，忙别开视线，有些不好意思地说："没看什么，就觉得你挺好看的。"

郑微听了他的话，耳根也有几分发热，但她不想让他察觉到这个，故意凶巴巴地说："好看也不能老看着，小心我挖出你的眼睛。"

以往她这样说话的时候，许开阳便会乖乖地不再出声，这一次他却低下了头，然后再抬起头认真地看着她，"我就想老看着，一直看着，你说行不行？"

郑微双唇微张地愣在那里。平心而论，其实不能说她对许开阳的心事从无知觉。请原谅一个女孩小小的虚荣，但哪个年轻的女孩不这样，在一切尚处于朦胧阶段的时候，愿意闭上眼睛捂住耳朵，享受着一个并不讨厌的男孩对她的好，刻意忽略那些暧昧的小心思。郑微也是如此，何况，她不但不讨厌开阳，还相当的喜欢他，愿意像好伙伴一样跟他在一起分享自己的喜怒哀乐。她以为他一直不会说出来，那她就可以一直傻下去。

许开阳见她半晌没有说话，也拿捏不准她的心思，犹豫了一会儿，横下心去，大着胆子把自己的手覆在她的手背上。

郑微感觉到他手心的温度，像被烫了一下，迅速地缩回桌子下面，这才恍然惊醒一般地看着对面的男孩。

她的闪躲重重地挫伤了许开阳，他一双漂亮的眼睛迅速地黯淡下去，无比困惑地说道："微微，你不喜欢？"

郑微的手在桌子底下反复地纠结，她今天本来已经够乱了，刚理清了对陈孝正的心思，还没个结果，又扯上了许开阳。她本能地想含糊地应对，假装自己并不明白他的意思，然后，他们可以继续像以前一样开开心心地在一起，可心里有个声音在提醒她，这样是不对的，她不能那么自私，否则跟一个坏女人有什么两样？

她咬了咬牙，抬起手将那套她喜欢得不得了的玩偶轻轻推回许开阳面前，小声说道："不是的，开阳，我是喜欢跟你在一起的，但是，我的喜欢跟你的喜欢不是同一种喜欢……"

许开阳明显被她绕口令一样的回答弄得有些晕，但还是隐隐明白了她的意思，并不是没有想到过这个结果，然而他喜欢的就是她的直来直往，恣意妄为。他只是有点不甘，"能告诉我为什么吗？我哪里不好吗？"他有些受伤地追问。

"不，不，你很好，真的很好。"黎维娟的那些话再次盘旋在郑微的心里。其实无须旁人多言，她自己也知道开阳是个好男孩，家世好，长得好，难能可贵的是性格也好。当然，最重要的是他会把她捧在手心里一般爱她，可以想象，她要是这一刻点了头，应该也是会幸福的。可是如同李文秀牵着老马走回江南时心中所想的——那些都是很好很好的，但是我偏偏不爱。她有什么法子？

"我，我有喜欢的人了。"郑微心想，既然到了这一步，干脆就把话挑明了说。

许开阳一脸的不可置信，"你有喜欢的人了？是那个去了美国的人吗？你明明说要忘记他的。"

"不是他，我另有喜欢的人。"郑微想起了陈孝正，嘴角不由自主地带着几分笑意。

"你骗我，我不相信。"许开阳也是个单纯的人，他明明察觉得到郑微的身边没有比他更亲近的男孩，除了她从小喜欢的那个人，是他所不能取代的，但那个人明明已经离开。

"我没骗你！"郑微被他激了一下，有些急了，"是真的，我也是刚发觉的，那个人你也认识。"

"谁？是谁？"许开阳愕然，他更不能相信，在认识的人里，还有谁可以抢走他喜欢的女孩。

"陈孝正。"

"陈孝正？"许开阳傻傻地重复了一遍她的话，"就是老张宿舍里的那个陈孝正？"

听到别人口中说出这个名字，郑微心里有种异样的感觉，但她还是郑重点头，"对，就是他。"

许开阳讶然失笑，伸出手就要去摸郑微的额头，"微微，你开玩笑也要编个能说服我的理由吧。"全世界都知道她对陈孝正深恶痛绝。

郑微侧头避开他的手，正色道："没错，就是他，我喜欢他。"

许开阳了解她，她现在的样子不像开玩笑。他用了很长的时间才让自己的声音听起来没有那么怪异，"为什么呀？你明明讨厌他，我还以为是谁，原来是他。他有什么好，值得你去喜欢？"挫败感和不可思议的情绪让许开阳也失去了常态，尽管他努力克制，语气依然有几分尖锐。

许开阳口气里对陈孝正的不以为然激怒了郑微，她可以讨厌陈孝正，但是却受不了别人对他的轻视。她看看许开阳说："没错，他没你家里有钱，长得也不见得比你好，他什么都没你好，但是你爱我，我却爱他，就凭这一点，你就永远输给了他！"

这是多么伤人的一句话啊！也许只有年少时的无知无畏，才能如此的肆无忌惮，郑微话说出了口就后悔了，然而她知道，那是她心里真正的想法，虽然后来她才明白过来，许开阳不是输给了陈孝正，他是输给了她，正如她输给了陈孝正。

谁先爱了，谁就输了。

许开阳几乎是立刻站了起来，郑微低着头，她以为他会拂袖而去，然而他深深地呼吸，又慢慢地坐了回来。"你真傻，你爱谁不好，偏偏爱他？"

郑微对许开阳是心存歉意的，但她还是说了句："你说得轻松，这事由得我吗？"

许开阳显然没有办法反驳她，于是低头摆弄着眼前的碗筷，过了一会儿，赌气似的说："反正我不放弃，你可以喜欢他，我也可以喜欢你。他要的跟你不一样，微微，我赌你得不到他。"

郑微仰起了头，"开阳，我们走着瞧。"

一顿饭两个人吃得各怀心事，本来味道不错的饭菜也没了感觉。结账之后，许开阳把郑微推还给他的玩偶又递到她面前，"我不是女孩子，要这个干什么？除非你不把我当朋友了，才可以还给我，你郑微不会那么小家子气吧？"

她想了想，还是接了过来，"开阳，谢谢你。"

他跟她一起站了起来，"不值几个钱，不用谢的。"

"不为这个。"她难得的细声细气。

他何尝不知道她的意思，敲了敲她的头，再一次地说："郑微，你是个傻瓜。"

他说要送她回去，她拒绝了，天色刚暗了下来，正是学校最热闹的时候。"我想到处走走。"

他没有勉强她。

郑微一个人像白天的时候那样在校园里晃呀晃，她觉得自己以前十八年来的心事都没有这一天那么多。她不明白，人世间的感情为什么不能像打地基一样，挖一个坑，就立一个桩，所有的坑都有它的那根桩，所有的桩也能找到它的那个坑，没有失望，没有失败，没有遗恨，永不落空。

可惜没有人给她解答。

她走着走着就停了下来，原来不知不觉间就走到了他的宿舍楼下。她还记得几个月之前，她曾怒气冲天地从这里走了出来，发誓不会放过那个可恶的家伙，转眼间，同一个地点，却早已换了心境。不过这样也好，换了个方式，她还是不会放过他，想到这里，她抿着嘴浅浅地笑。

不断有上自习的、赶约会的男孩子从楼上走下来，都不是陈孝正。郑微依旧漫无目的地在楼下徘徊，自己也不知道想干什么，就如同她不知道自己为什么会喜欢上陈孝正，也许是因为人人都喜欢玉面小飞龙，唯独他把她踩在了脚底下，她爱上了她的劫难，所以愿意低下头来。

她忽然很想知道他现在在干什么，是在宿舍里，还是已经去自习？没来由的一股冲动让她在楼下看管宿舍的老伯那里拨打了他宿舍的电话。

当"嘟嘟……"声响起的时候，她仍然不知道自己要跟他说些什么，她有些侥幸地想，也许他不在，这个时候他一定不会在宿舍。

电话有人接起，她听得出是老张的另一个舍友，"找哪位……喂，听见了吗？找谁，说话呀……"

郑微横下心去，"我找陈孝正……"心里却在呐喊，不在不在，最好不在，一定要不在。

电话那边却说："你等一下。"

她脑子里哗的一声罢工了几秒，接着就听到了那个梦里也记得的声音，有点沉，带着点清冷，"你好，哪位？"

"你，你……我，我是……不，我……"她语无伦次地说着话，差点没咬到自己的舌头，手心不停冒汗，真没出息，这回脸丢大了。

本来想装作打错电话就这么挂了，没想到他还是听出了她的声音，"郑微？你又想干吗？"他的意外和戒备隔着听筒也清清楚楚。郑微的大胆和厚脸皮在这个时候终于发挥了正常的水平，"我找你有点事，就在楼下，你下来吧。"她没给他拒绝的时间，咔嚓一声挂了电话。

然后对着公共电话的小窗口，双手捂着脸发呆。

"五毛。"想必是看多了这样的小男女情怀，看宿舍的老伯，在她思考着人生重要问题的时候，大煞风景地提醒她。

郑微掏出了钱拍在窗口，自己走到了宿舍楼前的一棵芒果树下，路灯下的树叶黑黝黝的，有好多只飞虫盲目地在路灯旁盘旋。她觉得自己像是等了一个世纪，算了吧，他才不会那么傻，自己送上门来。她那么想着，却又不急着离开，就这么在那棵芒果树下转来转去。

"你又玩什么花样？"她闻声蓦然回头，他双手怀抱着书，在距离她两米开外的安全距离，面无表情地看着他。

他是本地人，在郑微的印象中，岭南人大多黝黑、矮小、颧骨高且嘴唇厚，陈孝正肤色也偏深，不过个子高挑，脸庞消瘦，有着南疆人特有的略深的眼眶，鼻梁挺直，双唇菲薄，显得眉目疏朗而清癯。

她没意识到自己此刻是呆呆地看着他，直到他皱了眉，"如果你没事的话我要走了，我希望下次我们再见的时候能够回到互不认识。"

他见她不答话，转身就走。

"等等，我有话要说。"她连忙叫住他。

他忍住不耐烦地回头，看着她一反常态的期期艾艾，"你到底想说什么？"

郑微垂下了头，一片芒果树的叶子掉落在她的肩上，她也没有心思拂开，"陈孝正，我发现我喜欢上你了。"

若干年之后的郑微对涉世不久的小年轻人说得最多的一句话便是，"为人切莫张狂，凡事三思而后行。"她无数次回想过去，连自己也不喜欢从前那个被宠坏了的女孩，那么年少轻狂地自以为是，以为谁都得爱她，以为没有什么得不到。然而，当她想到这个晚上，校园里昏黄的路灯下，肩膀上还停留着一片落叶的女孩茫然失措地对着自己爱过的男孩说出了心里的那句话，她忽然原谅了当年的自己，那不过是一个太渴望去爱，却不知道该如何爱的傻孩子。从小人人都疼爱她，但那些爱都不能让她感到安全和满足，她期待一份完全的、值得托付的感情，并且错误地以为只有自己争取来的，才是她想要的。如果说年少莽撞是错，那么她后来几年时间里漫长的孤独已然是代价。

她口齿清晰，字字入耳，陈孝正吓了一跳，一向冷淡自持的表情都出现了裂纹，他目瞪口呆了一会儿，腾出一只抱书的手指住郑微，"你，你……别玩了。"他说完这句话，立刻走开，竟有种落荒而逃的味道。

郑微摇头赶走失落感，不要紧，他这样的反应是正常的，路漫漫其修远兮，吾将上下而求索，一切才刚刚开始。她用手圈在嘴前，朝着他的背影大声喊道："陈孝正，我是认真的！"

她似乎感觉到他微微趔趄了一下，自己满意地笑了笑。她不明白，为什么有人喜欢玩暗恋，如果你爱上了一个人却没有告诉他，一切又有什么意义呢，这不是小飞龙的风格。她来过，她爱过，她努力过，得之是幸，不得是命。当然，年少时的我们如何会相信会有得不到的宿命。

第六章
Chapter Six

俘虏陈孝正终极行动攻略

郑微回到宿舍的时候，看到大半天没见的阮阮，激动得如同小蝌蚪终于找到了妈妈，她惊喜地说："阮阮，你总算回来了。"

早上出门前还处于冷战状态的阮阮被她突如其来的热情搞得不知所措，没来得及说话，就被郑微拉着走出了宿舍，"我有好多好多话要跟你说。"

她拉着阮阮一路小跑着来到建筑工程学院附近的茅以升塑像前，不远处的影影绰绰里，都是一对对的鸳鸯。两人席地坐在小台阶上，郑微就开始激情四射地回忆这一天发生的事情。阮阮没有打岔，专注地听她说着，越听眼睛就睁得越大，最后实在忍不住说道："等等，你让我消化一下，简而言之，你的意思是说，在今天一天时间里，你喜欢了一个人，拒绝了一个人的表白，然后又对一个人表白？"

郑微理所当然地点头，"是呀，有什么不对吗？"

阮阮说："如果我没有记错，我只不过是半天时间没有见到你，怎么事情就突飞猛进到这个阶段了？"

郑微愣了一下，"很快吗？我也不知道为什么会这样，只觉得今天特别特别的长，阮阮，你跟你们家小永永刚在一起的时候是不是也这样，你是不是也这样跟他说喜欢他？"

她口中的"小永永"自然是阮阮的男友赵世永，郑微虽然没有见过赵世永本尊，但是电话是接过了无数回，早已连哄带骗地混熟了。

阮阮摇头，"我们当时再简单不过了，我没有跟他表白过，他也没有，就水到渠成地在一起了。我说你也够狠的，陈孝正被吓得不轻吧？"

郑微挠了挠头，想起他惊恐的表情，嘿嘿地笑了，转而又认真地对阮阮说："我这么急也是有道理的，我要是不说，他怎么会知道我喜欢上了他？他什么都不知道，我一个人想得肝肠寸断多冤呢，怎么也得让他内心斗争一番，说不定他想着想着就走火入魔，也喜欢上我了。再不济，就算没有立刻喜欢上，他以后看我的心态肯定也不一样的，从前他看我，就是看一个普通的人，以后他再看我，就是看一个跟他有感情纠葛的人，多暧昧呀。这对于他这么个青春少男来说，绝对是有强大的心理冲击力的。再说了，我听黎维娟说，他身边是有个'准女友'的，我估计他们两个也郎情妾意好一段时间了，不过都在玩矜持罢了，这种情况下我更不能等了，先下手为强，后下手遭殃，撑死胆大的，饿死胆小的，小说里不都这么写吗？越是这种纯洁朦胧的情愫就越脆弱，越经不起一点风吹雨打，我要以我强有力的介入，在萌芽阶段就将这段感情扼杀，打得他们从此天各一方，今生无望！"

阮阮叹服地听着她抽丝剥茧、有理有据地层层分析，"真够疯狂的——更疯狂的是，我居然觉得你说的挺有道理的。"

"哈哈。"郑微踌躇满志地笑，"好男怕缠女，任他陈孝正再刚烈，在我的无敌缠功下，不怕他不成为绕指柔。"

阮阮看着她灵活无比地用手指做了个"绕指柔"的形象动作，不禁暗地里也为陈孝正捏了把汗。

O型血的人大多数是行动派，郑微更是将这个特征发挥到了极致。次日上课，阮阮前所未有地发现她在课堂上奋笔疾书，大为惊讶，便凑过去问了一声，"在写什么呀？"郑微大大方方地向阮阮展示了她一早上的智慧结晶，阮阮看了看，"俘虏陈孝正终极行动攻略……"她念完，顿时无语。挺漂亮的一本崭新的小本本，上面已经洋洋洒洒地写了将近十页，蝇头小字，字字工整，各个环节、各个步骤无一不详，关键地方和注意事项甚至还用下划线标了出来。阮阮想起郑微对 AV 狂热时专注学习日语的劲头，再一次感觉到朱小北那句"猥琐而认真"的评价简直是太到位了。

攻略第一步：知己知彼，百战百胜。

以郑微的人脉，想要打入敌人的内部，取得第一手的情报并不太难，在老张等人奴颜媚骨地将陈孝正的课程表和作息时间表都交出来的时候，还不忘良心发现地劝了一句："微微呀，我看咱们也别痛打落水狗了，他虽然推了你一下够可恶的，但也吃苦头了，你就放过他吧。"

郑微的大眼睛一瞪，"老张，你才落水狗呢，从现在开始，你骂他就是骂我，我跟他的新仇旧恨早就一笔勾销了，现在他是我喜欢的人，谁说我收集这些是要折磨他了，我是打算投其所好，送其所要。"

老张很长时间处于半痴呆状态，他不明白是他老了，还是这世界变化得太快，怎么一觉醒来，不共戴天的陈孝正就成了郑微喜欢的人，不过郑微没有那么多时间听他絮絮叨叨，她是带着自己的宝贝小本本来的，不消一天时间，他的出生年月日、星座、血型、兴趣、爱好、喜欢的书、经常出没的地方被她一清二楚地记录了下来。满载而归之前，老张受所有大惑不解的群众委托，小心翼翼地向当事人求证，"郑微同志，你确定不是开玩笑？"

"我没那个闲工夫。"郑微严肃而认真地对老张等人说，"没错，我就是要追陈孝正！"

这就是她攻略的第二步，造势，以舆论的优势营造良好的行动氛围。

即使是在并不那么热衷八卦的工科生中，土木系的郑微要追建筑系的陈孝正的消息，还是迅速地传遍了建筑工程学院乃至更广阔的范围。这年头，女追男算不得什么稀奇，稀奇的是当事人的高调和无所畏惧，何况青春飞扬的小美女郑微和低调孤僻的高才生陈孝正，这对组合本身就完美地具备了吸引大众眼球的一切条件。一时间，持怀疑态度者有之，看热闹者有之，明里暗里评说者有之，心里不是滋味者也有之。

郑微是没有什么困扰的，虽然她身边也有很多认识的人急着直接或间接地询问、求证、打听，她一律都斩钉截铁地回答："没错。"她越是这样坦荡荡，旁人越是不好再说什么。反倒是陈孝正，那段时间里他不管走到哪里，都有人用戏谑暧昧的带笑眼睛打量着他，有明里羡慕的，通常是说"你小子走了桃花运，艳福不浅"，或者"平时见你对女孩子兴趣缺缺，原来不鸣则已，一鸣惊人啊！"。当然更多的是在后面指指点点，议论纷纷，"喏，这个就是传说中土木系的郑微要追的人，也不算得什么大帅哥吧，偏就有人看上了。""听说他家里也不怎么样，居然把许公子都挤到一边了，这才是有本事……"

他在这些传言里每天照常晨练，照常上课，照常自习，照常生活，照常独来独往，从不刻意躲闪别人的眼神，也不刻意澄清，只是淡漠地对待，仿佛他们说着的是别人的故事，只不过在远远看到郑微时，掉头的速度更快了。

但郑微并不害怕他的回避，一个学校能有多大，有心找一个人总能找到，何况是他这样生活规律的家伙。

攻略第三步：打蛇随棍上，缠住不放松。

当陈孝正第 N + 1 次在外语角见到郑微时，表面冷淡，内心并不是不抓狂的。她不知用了什么诡计，外教分组聊天的时候她总能跟他分在一起，而且她的舆论攻势在这里发挥了作用，跟他们分在一组的同学都会不约而同识趣地消失，然后他走到哪里，她就会跟到哪里。

他的确可以对她视而不见，不过她真的很吵，她说："陈孝正，你不会那么没有出息吧，跟我对话也不敢吗？难道你心里有鬼？"他居然觉得她说得很有道理，他怕什么，君子坦荡荡，小人长戚戚，大不了当她是一只苍蝇。

等到他好不容易说服自己耐下心来的时候，她站在离他不远的地方，一脸无辜地问："同学，我英语不好，你要多指教。我想请问你，我——喜——欢——你，这句话用英文怎么说？"

他只能冷冷地看着她，再次说服自己跟她生气是很不明智的。他从小家教甚严，接受的一直是很正统的教育，身边极少数的女性无一不是温婉敦厚，何曾见过这样的女孩？当然，大千世界，无奇不有，他可以接受这个世界有千奇百怪的人，但是为什么这样的人要出现在他身边，竟然还扬言说喜欢上了他，更为可怕的是，他发觉她竟然真的是认真的。

他不会喜欢上郑微，她完全不是他所期待的另一半，甚至，她彻底颠覆了他对女性的认识。他不是个很热衷感情游戏的人，在他的世界里，远有比男女之间的小情爱更重要的东西，但过去他始终认为，一个女孩，即使他不爱，也只需冷淡便足够了，直到面对郑微，他才知道，光有冷淡不够，远远不够。

几天前，曾毓面对他时，眼神里有明显的伤心和闪躲，想必也是听说了郑微的事。对曾毓，他谈不上喜欢，大学期间他本来就无心恋爱，不过欣赏还是有的，见多了风花雪月的女孩，他更觉得曾毓的踏实和上进是他所赞赏的品格。她的心思他多少也明白一点，只是刻意不去说破，因为不愿意在恋爱上浪费自己的时间。然而她一直这样守在他身边，他会不会终有一天爱上她呢？谁也不得而知。总之，当感觉到曾毓的异样时，他更多的不是难过，而是恼怒——对郑微奸计得逞的恼怒，她厚着脸皮闹得人尽皆知，不就是想要得到这个效果吗？陈孝正很少喜欢一个人，当然，也就更少讨厌一个人，他现在发现，对于郑微，他真的越来越讨厌了。

"我不喜欢你，还要我说多少遍？"他有些恶毒地希望她脸上的笑容散尽。

她把手背在身后，依旧笑吟吟地说："我就知道你会说这句话，从今往后，你再说'我不喜欢你'，意思就是说'我喜欢你喜欢得不得了'；你要是说'烦不烦'，就是说'你很漂亮'；你要是说'你到底想怎么样'，就是说'我想你了'；你要是说'无聊'，就是说'看见你真好'。"

陈孝正嘲弄地笑笑，"无聊。"

她有如中了头彩，"我就知道你会说'看见你真好'，我也是。"

他理智地选择了沉默地离开，这个唯一正确的决定，假装听不到她在身后说："对了，我忘记说了，你要是不说话，意思就是你暗恋我很久了。"

……

到底一个人要有多少的韧劲和充沛的精力，才能这样的百折不挠，后来的日子，陈孝正不得不习惯了郑微神出鬼没地出现在他面前。也许是路上，也许是饭堂里，也许是图书馆，也许是教室，也许是宿舍里。偌大一个校园，对于他来说，除了男卫生间，居然没有了半寸净土，找不到一个安全的地方，并且，他很无奈地发现，消极地忽略她远比抗拒她更难。因为，很多时候在晚自习的大教室里，他宁可接受一个在他身边偷笑的人，也不能忍受这个人不停地在窗口外张望，逮到一个熟人就问："你看见陈孝正在哪个教室吗？"

他觉得自己是可悲的。世界上任何一个智者在遇到勇者的时候都是可悲的，当然，他更能够接受的版本是，世界上任何一个正常的人在遇到一个不正常的人时通常都是可悲的。根据他长期抗战的经验，郑微绝对属于越挫越勇的那种人，他对她越反感，她就越反骨地如影随形，她就是一颗蒸不熟、煮不透、砸不碎、嚼不烂的响当当的铜豌豆。唯有当她在他身边时漠视她，在她滔滔不绝的时候冷淡她，看着她片刻的失落，他才有短暂报复的快感。

那段时间他经常做一个梦，梦到自己朝着要去的方向走，涉过一潭静水的时候，人头蛇身的郑微从水中一跃而起，紧紧地纠缠住他，让他不能呼吸，只能跟随她沉溺到深水里。一片幽蓝的水底，她的长发摇曳，面孔娇艳，他绝望地挣扎却无力摆脱，最后，只觉得安静，很安静。然而醒来的时候通常是一头密布的冷汗，他把做梦的原因归咎于他把对她的厌恶带入了睡眠状态中，看来他得渐渐避免在睡前想起这个恐怖分子。

所有的人都会无意识中，在心里将敌人的能力放大，陈孝正在将郑微视若洪水猛兽的时候，通常忘记了，她再怎么强悍，也不过是个十八九岁的女孩。如果他能在她低头的时候多留意片刻，那么，他将从她眼神的黯然里得到更多胜利的喜悦，可是他从来没有，他的眼神总是在她身上转瞬又离开。

郑微没有真正经历过爱情，她不知道别人的爱情是怎么样的，她只有凭着自己的直觉，倾尽所能地去靠近她爱的那个男孩。虽然她的方式让人看上去那么啼笑皆非。然而他的冷淡就是一道南墙，她撞了好多次，头破了，就戴上盔甲，这不，墙基动摇了，她也疼得忘记了。

认识的人都把她跟陈孝正的事视为经典，黎维娟说她简直就是丢女孩子的脸，放着好好的人不爱，找个啃不下来的自讨苦吃。何绿芽和卓美惊讶都还来不及，朱小北干脆将她奉为偶像，只有阮阮问她：累吗？她笑着点头，再摇头。郑微攻略的第四步，不就是任他恼我、气我、躲我、烦我，我自缠他、追他、黏他、不放过他吗？求仁得仁，又有什么苦？何况，少年人的爱恋，也许爱情方式是错的，然而爱情的直觉永远是对的。

芒果树开始成熟的季节，也就到了期末考降临的时间。经历了上个学期马哲低空飞过的悲剧，这一次的郑微再也不敢临考前再去摸佛祖的美腿。毕竟他们的考试不像黎维娟这样的文科生，老师期末在课本上画一轮重点，把这些看一遍混个六七十分完全没有问题。就他们建筑工程学院来说，同一学年有两门以上主要科目被重修的话，就得强制留级，而且倒霉的人不在少数。大多数是遇上了铁血的老师，在专业课上亮了一门红灯，公共外语又不慎落马，补考通不过，就只得跟低年级的师弟师妹坐在一个教室里了。郑微虽然散漫，但也把留级这种事当做奇耻大辱，绝不能出现在自己身上，所以停课之后，在床上效仿卓美过了几天树獭一样的生活后，就乖乖地跟着阮阮去教室自习了。

考试前的自习教室永远人满为患，于是占座蔚然成风，至于占座的工具，有用书的，用笔的，用作业本的，用水壶的。有一次郑微和阮阮早餐过后经过教室，发现两个视野极佳的空位，大喜之下连忙占据之，只可惜身无长物，阮阮又不主张用钥匙来占位。于是郑微掏出身上唯一的一包餐巾纸，抽出一张，借笔写上"此桌有人"四个大字，拍在桌子中央，拉着阮阮回宿舍拿书，力求速去速回。无奈返回来之后发现位子已然被一个男生占据，更可恶的是那张餐巾纸被貌似感冒的他顺手用了，揉成一团丢在旁边。

阮阮上前说理，那男生如何肯让，只说没见过用餐巾纸占座的，而且反问，即使可以用任何东西来占位，又如何能证明餐巾纸是她们的？阮阮本想捡起餐巾纸让他看看上面的字，无奈实在恶心，只得作罢。一旁的郑微大怒，捡起桌子上掉落的一根长发，看了看，又拔下自己的一根发丝，两根长度正好差不多，她理直气壮地说道："看见没有？这就是我用来占座的东西，我的一根头发，有本事你也从身上拔一根这么长的，任何部位的毛发都可以，只要和这根一样长，我们就离开！"男生铩羽而去。

郑微喜欢坐在靠近窗口的位子，这样她就可以不时地看向窗外，也许走运的话，就能够看到那个身影。自从停课了之后，她手上的课程表也失去了作用，加上他有心避开她，她又不得不忙于复习，所以一段时间以来，她越来越难以捕捉到他的行踪，只得期待着来一场不期而遇。

墨菲定律说：当你越讨厌一个人时，他就会无时无刻不出现在你的面前，而当你想见一个人时，又怎么都找不到的。郑微这样的分心，复习的效果自然也不怎么样，好在大学的考试安排就像小猫便秘一样，今天考一门，好几天之后才又一门，她还有足够的时间准备，所以，当她无数次翘首以盼之后，终于在某天眼睛一亮地冲了出去，阮阮也不去劝她。

郑微当然不会看错人，陈孝正的身影就算扭成麻花状再打一个结她都认得出来。她急急忙忙地追上前去，还打算着坐到他身边，吓他一大跳，哪知道走近了教室才发现大门上贴着"考场"两个大字，再看里面的人一排排坐得整整齐齐，这才知道遇上了他的考试时间，只得眼睁睁地看着他走进教室，自己在外面干瞪眼。

她回到阮阮身边坐了一会儿，终究坐不住，这一次不同往日，她有重要的事情要跟他说，要是又让他溜了，还不知道到哪再找他去。她如坐针毡地坚持了半个小时，担心他会提前交卷离开，干脆收拾东西，跟阮阮说了一声，直接到考场门口等他。

陈孝正考试的时候从来不挑座位——当时的学校期末考试只是将同班同学按学号的单双数分为两个考场，然后按指定的间隔任意入座，当然大多数人喜欢早早地占据老师视线死角的位子，然而像陈孝正和曾毓这样成绩好的人附近的位子也通常是大家争夺的风水宝地。陈孝正内心深处相当厌恶那些平时游手好闲，到了关键时刻浑水摸鱼，企图靠作弊来蒙混过关的人，所以传答案、刻意把试卷摆放在显眼的位置这种事情他是绝对不屑为之的。不过期末考也不是什么性命攸关的关卡，大多数时候他也会在相熟的同学早早为他准备的位子上坐下来，至于考试过程中他们能否窥见，那就各安天命吧，他只管完成自己的答题，然后检查无误，便交卷离开。

这一次，他刚写完最后一题，坐在他身后的男生就趁老师低头发呆的间隙，用笔轻轻捅了捅他的背，他皱了皱眉，没有理会，谁知那家伙锲而不舍地加大力道又捅了捅，他忍无可忍，转过身正待发作，却听到那男生鬼鬼祟祟地用笔朝窗外指了指，低声说："阿正，你看外面是谁？"

考场设在一楼，他疑惑地看出去，几乎是立刻发现了最让他头疼的那个人，她抱着两本书在考场外走来走去，一会儿看天，一会儿看旁边的路上经过的人，明显是在守株待兔。他在心里哀叫一声，好不容易耳根清净了几天，又被她逮到了，这家伙连考试都不肯放过他。

监考老师在持续痴呆中，但是陈孝正已经放弃了交卷的念头，他不再看她，转而留意自己的考卷，后面的男生不知死活地凑上来偷偷说了句："爽哦，考试都有人等，况且又那么正点，江南一带的女孩子，皮肤就是好。"陈孝正从鼻子里发出一声微不可闻的冷哼，仿佛想在心里驳倒后面那人的恶俗眼光。他的视线不经意地朝窗外又瞄了一眼，她今天穿一件鹅黄色的小上衣，极其抢眼的颜色，他一点都不喜欢，然而那鹅黄穿在她的身上，更衬得皮肤耀眼的白，尤其是一张圆圆的脸蛋，粉嘟嘟的，好像掐一下就会滴出水来，他忽然恶毒地想，要是他用力地掐在这张骗人的脸蛋上，让他恨得牙痒痒的笑脸痛得哇哇大哭，该是多么解气的一件事。仿佛自己也鄙视自己的想法，他赶紧摆正自己的心态，掐她？他连看她一眼都不屑。

"我说得没错吧？"背后蚊吟一样的声音再次传来。陈孝正不由一阵暗怒，居然会有这种人，平时不用功，考试的时候死到临头了还色心不改，眼光还那么差，活该他考试不及格。他这么想着，脸色更寒了下来，不经意地将原本随意摆放的试卷一收，再往里面折了一下，便再也不管身后心急火燎的暗示。

郑微在外面站了好久，连身边花坛里的月季长了多少个花苞都数得清清楚楚，考场里陆陆续续已经有学生交卷走了出来，陈孝正明明已经停笔了很久，试卷也翻来覆去地检查了无数遍，偏偏依旧稳如泰山地坐在那里。她哪里知道他是故意跟她杠上了，她越是等，他就越不出来。虽然他明知道两个小时的考试时间结束后，谁都不能留在考场内，可多折磨她一分钟也是好的，难得在男卫生间之外还有个她不敢闯的地方，她平时狗皮膏药一样的黏人实在是太可恶了。他用余光看着她踢了踢腿，绕着花坛走了好几圈，最后蹲了下来，无聊地用小棍子撬花坛里的泥巴，考场里的同学越来越少，他还从来没有答完卷后在里面虚耗那么多时间，这时也不得不承认这家伙的恒心的确可怕。

交卷的铃声终于响起，陈孝正和教室里仅剩的另外一人不得不走出考场，她还蹲在那里，从他的角度只看见她的一个侧面。别看她强悍得像个怪兽，其实人瘦巴巴的，蹲着的时候就变成了小小的一点。他想，反正她也听到了铃声，自己是溜不掉了，不如走过去看看她在干什么，顺便研究一下她到底是什么构造。

当她可怜兮兮地抬起头来的时候，陈孝正在心里反复地提醒自己，千万不要被妖怪的表象给骗了。

"你怎么这么无聊，不是要准备考试了吗，时间多得用不完？"他不能理解。

"我有话跟你说。"她的嗓门都没有平时那么大了。

"走吧，蹲在这干吗？边走边说，我赶时间。"

她欲言又止，发现他又露出了招牌式的冷淡又不耐烦的神情后，只得不好意思地说道："我蹲得太久了，脚麻。"

陈孝正对着天空叹了口气，不情不愿地朝她伸出了一只手，她咧嘴一笑，迅速抓住他的手，他一使力，她就顺势站了起来，他则又飞快地甩开了她，也不啰唆，径自朝前走去。

郑微边揉着自己的小腿边跌跌撞撞地追了上去，"陈孝正，明天是我生日，我请你吃蛋糕。"

他毫不犹豫地回绝，"不用了。"

郑微哪里肯依，扯住他的袖子就不停地摇晃，"去吧去吧，我一年就一次生日，去吧去吧，好不好，去吧去吧，去吧去吧……"

路边有人望了过来，陈孝正被她闹得满脸通红。她难得低声下气，他也不好恶言相向，只得闪身避开她，她又贴了上来，依旧是念咒语一般，"去吧去吧，晚上八点半，我在院里的茅大叔塑像前等你，没别人，我就拿块蛋糕给你，绝对不干坏事，也不缠着你，一年就一个生日呀，我就这么一个小小的心愿，去吧去吧……"

他烦不胜烦，实在躲不过，就警告地指了指她，"够了啊，别大庭广众之下拉拉扯扯的，你还是女孩子吗？"

"去吧去吧，去吧去吧，去吧去吧……"她好像就会这一句了。

陈孝正觉得自己简直要疯掉，为了结束这可怕的紧箍咒，只得敷衍，"我要看看有没有时间，有时间就去……"

"真的？"她眼睛一亮，"不准反悔啊。"

"嗯，嗯。"他挥了挥手，"你别再跟着我就行，别跟着了！"

她这一次相当好说话，果真没有再跟上去，只是追在后面提醒了一句："记得啊，八点半，不见不散，失约的人就长痔疮！"

第二天晚上，陈孝正在教室里对着一堆复习资料忽然想起昨天郑微的约定时，已经是八点二十五分。那家伙真的会在茅以升塑像前等吗？她一向诡计多端，应该不仅仅是拿块蛋糕给他那么简单——即使是真的，他去了又能怎么样呢？他是不可能跟她在一起的，又何必给她不必要的希望呢？他想，他还有很多地方没有复习到，还有很多单词没有记，他没时间，真的没时间。

九点半钟，一个念头闪过，她要是等不来他会怎么样？不会的，她即使来了，这个时候也该走了。

十点半，陈孝正准时结束自习，收拾书本离开，回宿舍的时候，他刻意避开了途经茅以升塑像园的那条路。走到宿舍楼下，他忽然想，她是个死心眼的人，什么事做不出来，说不定真在那等了，要是惹急了她，他以后的日子就更不得安宁。还有她昨天最后的那句咒语，陈孝正觉得可笑，这种话也只有郑微才说得出口，他当然不会当真——要是被她乌鸦嘴说中了又怎么办？不如去看一眼，反正她肯定已经走了，他去了马上就回来，也就不算食言了。

他还没有晚上到这个小园子来过，据说这里是院里的人约会的圣地，走过那片草坪，他发现自己居然有点紧张。借着塑像前惨淡的白色灯光，他一眼就看到那个坐在台阶上的人。她应该也看到了他，不过并没有主动走过来，陈孝正只得硬着头皮走了过去。

"你来了？"她的平静让他有些莫名地心里发毛。

"嗯。"他不知道该说些什么，"等很久了？我说了我有空才能来的。"

"没多久，不过就是两个半小时而已，坐着坐着，一会儿就过去了，就是蚊子太多。"她说着还把穿着七分牛仔裤的腿朝他伸了过来，即使在不那么明亮的灯光下，他也可以看到露出的那截白皙粉嫩的小腿上，布满了星星点点的红痕。

她越是不动声色，他心里就越是暗叫糟糕，并且发现自己居然在心里涌上了一种奇怪的歉疚感，这种感觉让他拂了拂灰尘，用书垫着坐在了她旁边的台阶上，"你傻呀，明知道这种地方蚊子多，还穿这种裤子。"

郑微撇了撇嘴，把装着蛋糕的小盒子递给他，"你才知道我傻呀，明知道你不会讲信用的，还眼巴巴地等了一个晚上。"

陈孝正想强调说，我不是说了有空才来吗？又不是说好了一定会来，可是他没有说出口，因为他发现她低下了头，隔着细碎的散发，她的眼睛里好像有水光闪动。

陈孝正讨厌眼泪，他觉得那只是种无谓而徒劳的液体，流泪的人是愚蠢而可悲的，他从不认为那可以打动他。然而见惯了张牙舞爪的郑微，这样的她让他空前地不知所措，是他让一个飞扬跋扈的快乐女孩变成这样了吗？他有些茫然了。

要他劝她不如直接让他去死，他头疼地坐着，听到她低声说："反正来了，蛋糕总要吃一口吧。"

"哦。"他机械地打开盒子，用小叉子挑起一块放入口中，太甜了，这样的滋味让他无所适从，终于，在她一颗眼泪要坠下来之前，他认命地说："说吧，你想怎么样？只要是我能力范围内的事，只要你别再这样了，我不习惯。"

"我想怎么样？我能怎么样？你那么讨厌我……"她的声音都变调了。

"唉，你别……天！你快说，要怎么样才算了，只要我能够做到的。"他开始后悔自己为什么要来。

"你现在答应得好好的，到时候又反悔了。"

"决不反悔。"

"那好，这个星期六，南山公园的杏花节，你得跟我一起去。"

他在她流畅而迅速的反应下愣了一下，狐疑地打量着她瞬间春光明媚的脸，哪里有半点泫然欲泣的样子，不禁追悔莫及，他真傻，他怎么就不知道春天里还有狼……

直到陈孝正大怒而去，郑微才拍拍屁股站了起来，他生气归生气，说好了决不反悔，要是他敢食言，她就敢跟他没完。跟她斗，他还没到那个段数。俘虏陈孝正终极攻略第五步：眼光再哀怨一点儿，脸皮再厚一点，鱼线再放长一点，迅速将关系庸俗化！诸葛孔明说："不用苦肉计，何能瞒过曹操？"古人诚不欺我。

不过孔明也没有提醒过，两个半小时里被无数只蚊子叮咬后会是这样的痒。

于是，郑微十九岁生日的那个晚上，她给了他不知所措的甜，他则给了她记事以来最漫长的等待和满腿的蚊子包，他们谁都不知道自己曾给予对方这样的感受，更不知道，一切只是刚刚开始。

第七章

Chapter Seven

爱的代价

盛夏的天气，本不应有杏花，而且杏树在岭南也不易成活，据说这是南山公园在园艺培育上的一个创举，因此，虽然不是春季，此次杏花节也吸引了许多游客纷至沓来。

一身果绿色裙子的郑微从踏进南山公园大门起就开始兴致高昂，一路上跟同行的阮阮和朱小北唧唧咕咕的，欢声笑语洒满身后，神采飞扬得让周遭的游人也感觉到了青春特有的味道。

"春日游，杏花吹满头，陌上谁家少年足风流啊，足风流……"还没看见杏花，郑微已经开始附庸风雅地念叨了起来，手里拿着根半路折下来的芦苇，挥呀挥的。

阮阮顺口接了下去，"妾拟将身嫁与，一生休，纵被无情弃，不能羞……"

郑微一听就不乐意了，"呸呸，多好的一天呀，说这些干吗？"

"什么足风流呀，一路走过来，都是叔叔阿姨多，半个少年都没有看见。"朱小北拿着个相机东拍拍，西拍拍，不禁有几分埋怨。"我说郑微呀，你确定你跟陈孝正约好了，他一定会来？"

"当然。"郑微睁大眼睛说，"我昨天晚上还给他打电话了，他说他肯定会来，他答应过我的！"

"喊，那干吗现在还不见他呀？"朱小北打击地说。

郑微连忙辩白："本来我也说一起从学校出发，或者在公园门口集合来着，他说南山公园能有多大呀，走走就遇见了，没必要那么刻意地等。"

郑微、阮阮和小北都不是本地人，在此之前她们都从来没有来过跟 G

大相距甚远的南山公园，当时陈孝正在电话里这么一说，郑微也觉得好像没有什么理由反对，"他说得也是呀，这公园能有多大，走着走着就遇上了，那才好呢，证明我们是真的有缘分！"她说服一心想看热闹的朱小北，同时也在说服她自己。

本来是打算跟陈孝正来个浪漫的单独约会的，按照她的原定计划，漫山遍野的杏花海里，如此浪漫的情景，任他郎心似铁，她就不信没有半点动摇。谁知昨晚上才知道，他虽然答应赴约，但并不是只身前来，而是约了老张一起。老张当时并不知就里，心想很久没有到郊外踏青，也就爽快地答应了，直到郑微跟他发飙，他才知道自己有可能成为某人的眼中钉，为明哲保身，本想找个理由推脱不去，不过郑微后来转念一想，陈孝正之所以邀请老张一同前往，无非是没有做好跟她单独相处的心理准备，时机未到，拔苗助长只会适得其反，即使老张不来，他也能找到其他闲杂人等，还不如知根知底的老张来得可靠。既然如此，她也就大大方方地邀请阮阮和小北同行，毕竟抛开陈孝正之约不提，宣传得美不胜收的杏花海对于玩心甚重的年轻人来说，也是有着不小的吸引力的。

巧的是昨天晚上许开阳也打电话给她来着，说是借了他老爸的车，明天可以载着她们几个直接到南山公园杏花村去。郑微刚听说也高兴了一阵，她是那种能坐着绝对不站着的人，何况从 G 大去南山，途中要转两次公共汽车，而且公车还不能直接到公园门口，有顺风车，何乐而不为。正准备应允下来，她忽然想起了陈孝正，虽然少不更事，但她本能地知道这样不好，陈孝正一定也是坐公车去了，她不希望给她初现光明的征途带来一丁点的阴影，所以她婉拒了开阳的好意。听得出开阳的声音里有失望，但他还是问她，怎么样才能在南山公园跟她碰头，郑微很自然地照搬了陈孝正的那句话，"南山公园能有多大呀，走着走着就遇见了。"

是呀，南山公园能有多大？三个人边走边看，身边不断有各种车辆疾驰而过，其中也有公园里收费的电瓶车，朱小北提议坐车，郑微强烈反对，要是坐在车上，说不定"刷"的一声就从陈孝正身边经过了她们都不知道，"好好地逛公园，坐什么车呀，猪北，你真庸俗，你看沿路的风景多漂亮呀，要学会欣赏！"

就这么边走边"欣赏"了将近四十分钟，根据问路得出的结果，杏花节所在的山头居然还有将近十五分钟的脚程。阮阮在路过的小商店里买了份公园地图，不看不知道，一看吓一跳，"南山公园由 19 个大小山岭组成，总面积 5.17 平方公里，水上面积 16447 平方米，绿地面积 35000 平方米……本次杏花节所在的叠秀岭是公园内最大的山岭，海拔……那个，微微呀，你确定我们这样'走着走着'就能遇见陈孝正？"

朱小北一听，顿时炸了锅，"什么，5.17 平方公里？陈孝正那摆明了是忽悠你嘛，我真愚蠢，居然也跟着你一起犯傻，郑微，我不管啊，等下姐姐我倒下了你得背着我……下山的时候，谁敢拦着我坐电瓶车我就跟谁拼命。"

郑微心里一惊，也不好再说什么，可她坚信自己一定能找到陈孝正，G大那么多人，偏偏她就跟他遇上了，何况是约好了在公园里见面的，只要有心，两个人朝着同一个方向去，怎么会遇不上？她今天特意戴了隐形眼镜，此刻更睁大了眼，不肯错过视线范围内的任何一个身影。朱小北一番埋怨过后还是渐渐被周遭奇形怪状的热带植物所吸引，谋杀了不少胶卷，阮阮一心一意地呼吸着清新的空气，倒也惬意，只有郑微失魂落魄地一路寻觅张望着那个身影，反把沿途的风景都错过了。

十来分钟后，朱小北看着远处兴奋地大喊了一声，"我看见杏花了！"阮阮和郑微向前看去，果然一片红色的杏花海，三个女孩欢笑着朝目的地奔去，直到自己没入了那片红色的海洋里。

"真的是杏花，跟我们老家的一模一样。"朱小北端起相机拍个不停，仿佛害怕一眨眼的工夫，这满山的花都凋谢了。阮阮也没有见过开得这样极盛的杏花，盛得就像把一生的精粹和美好都化成片刻的枝头绽放，半点余力也不留地极尽绽放，美丽得触目惊心。杏花开时似血，凋时似雪，郑微踩着满地白色的落花在林间穿梭，花都开了，他在哪呀？怎么每个人都不是他？她是为他而来的，找不到这个人，再好的风景又有什么意义。他明明说了一定会来，走着走着总能遇见，可为什么就连一个相似的背影也没有？

一阵诡异的大风吹来，枝头的花落如雨，引得游人一阵惊叹，其中一朵完整的杏花被刮落下来，挟着风的势头，用力打在郑微脸上，朱小北咔嚓一声抓拍住这一幕，不禁哈哈地笑。郑微刚把那朵花从脸上拿下来，就听见阮阮说了一声，"糟糕，这风不对劲，我们得赶快下山。"

朱小北闻声朝天际望，果然有一大片乌云慢慢地朝她们头顶的方向飘了过来，"糟糕，变天了，同志们快撤呀！"她眼明手快地把相机收了起来，拉着两个同伴就打算往山下跑。

"不会吧？！"郑微哀号，"不行，我还没找到他呢，怎么能就这么走了？"

"你没脑子呀，眼看就要变天了，你还有心思找那个不守信用的家伙？"朱小北跺脚。

"我不管，要走你们先走，我要找他！"郑微骨子里的任性和固执又冒了出来。

阮阮当机立断，"这样吧。我们三个人，以现在这个位置为轴心，马上往三个方向找人，我看这杏花密集的地方面积也不算太大，游人大多都集中在这一块，要是陈孝正来了，肯定也不会走得太远，估计那一大片乌云也不会马上过来，我们以十五分钟为限，到时不管能不能找到人，都必须回到这里集中，然后立刻下山。"

郑微并不是没有看到天边压顶的乌云，她不傻，知道阮阮说得有道理，只好点了点头，三人在原地做了个简单的标志，然后立刻分头地毯式搜寻。心急如焚的时候，十五分钟就比一眨眼还快，郑微犹自不肯放弃，回到原地后不见她的阮阮又找到了她，拉着她的手不由分说地往原路走。

"阮阮，我们真的要回去了？"郑微的声音里已经带着哭腔。

阮阮再次看了看头顶的天色，"马上下山，要不就来不及了。"

跟小北会合后，三人飞快地往叠秀岭下跑，天色已经明显地暗了下来，远处隐约有闪电划过，四周的游人皆作鸟兽散。

"惨了惨了，我们怎么就这么倒霉，今早出来的时候还风和日丽的，怎么说变天就变天？"朱小北边跑边嘀咕。

阮阮安慰两人，"不要紧，只要我们赶在下雨前坐上电瓶车，直接到公车站就没事了。"

郑微被阮阮拉着往前走，眼睛还在同路下山的游客中不停张望，她还是不死心，"要是我就这么走了，他正好来了怎么办？"

阮阮不语，朱小北抢白道："他会跟你一样傻？就算来了，也早跑没影了！"

身边不断有公园的电瓶车经过，无不满载着下山的人，她们挥手拦了无数次，没有一辆车肯稍作停留，乌云已经笼罩了整个天空，像一口黑色的大锅，沉沉地扣了下来，风不断地卷起沙石，本来风光明媚的郊外，公园犹如被遗弃的荒凉孤岛，眼看暴风雨就要来临。

好不容易走下了叠翠岭，回到了公园的主干道，三个女孩此时已经完全放弃了乘坐电瓶车的打算，任何一个电瓶车落点都人满为患，眼前唯一的指望就是老天能给几分薄面，多给一点时间，让她们到了山下的公车站再下雨也不迟。一路连滚带爬，经过一个小小的公共电话亭时，郑微实在忍不住了，"不行，我不能这么下山，我得打个电话。"

"都什么时候了你还有心思打电话？没看见乌云追在屁股后面来了？"小北看疯子一样看着郑微。

"我知道，你们先走吧，他明明答应得好好的，这样走我不甘心！"

阮阮拉开急脾气的两个人，无奈道："打吧打吧，看这天色，估计也不差这几分钟了。"

郑微的第一个电话打回了陈孝正的宿舍，舍友相当肯定地说他早上跟老张一起出了门，好像听说是到南山公园去了。郑微刚松了口气，又急了，他现在如果还在山上的话，一定也遇上了变天，不知道怎么办才好。当时手机并不盛行，郑微依稀记得老张有个传呼机，问他的舍友要了号码，就直接CALL 了他，等待复机的过程中，她心急如焚，眼看着闪电一道道划过，焦灼得如同热锅上的蚂蚁。好在老张复机的动作还算迅速，两分钟后，电话响起，郑微一接过，听见老张的声音就劈头盖脸地问："老张，你们走的是什么路线？我到处都找不着你们，真是气死我了。"

老张干笑了几声，似乎不愿接这个烫手山芋，过了一会儿，电话那头传来郑微朝思暮想的声音。

"喂？"

"陈孝正，你跑哪去了？"不听则已，一听到他的声音，郑微忽然觉得一阵委屈涌了上来。

"反正我没有失约，不过很可惜，我们没遇上。"

郑微现在更关心的不是这个，她问："现在快下雨了你知道吗？你在什么位置呀？快跟我一起下山吧。"

他的声音有几分意外，"怎么，你还在山上？我看见有变天的可能就直接下山了，现在刚到市区。"

"什么，你说什么？"郑微不知所措地对着电话求证。

"我说……"陈孝正的话还没有说完，天边一个惊雷炸响，郑微吓得一个寒战，电话听筒差点脱手而出。阮阮见她丢了魂一样地挂上电话，忙问："怎么了，他说什么了？"

郑微傻傻地看了阮阮一会儿，忽然没有任何前兆地大哭起来，"陈孝正……他早就下山了！"

朱小北还没从她的哭声中反应过来，一滴豆大的水滴打在她的脸上，生疼，她摸了摸脸，"妈呀，快跑，真的下大雨了。"

小小的 IP 电话亭哪里有可以遮风避雨的地方，三人的位置正好在公园上下山主干道的半途，前不挨村后不着店的，路边的亚热带树木稀疏的叶子也不是可靠的屏障，事到如今，唯一的选择只有硬着头皮往山下跑。

短跑一向是郑微的长项,她们几个在雨中夺路狂奔了一阵,忽然都觉得跑得再快也是没有意义的事。雨太急了,站在这样的雨里才深刻体会到所谓的"倾盆"是什么意思,不消五分钟,三人全身上下里里外外湿了个透,一路上也有不少像她们一样的落汤鸡,满载着人的车子一辆辆呼啸而过,坐在上面的都是幸运的人。

反正已经糟透了,她们的速度反而放慢了下来,朱小北把外套脱了,包裹住她的宝贝相机,紧紧地抱在胸前,郑微在雨里抖着,她已经分不出脸上哪是她的泪水,哪是雨水,既然已经分不清,哭又有什么意义?

当她们终于站在山下的公车站牌下时,已经完全被这样的一场雨浇得丧失了语言。朱小北的心思都在检查自己的宝贝相机上,郑微哭丧着脸,"猪北,骂我吧,是我连累你们淋雨了。"

小北不理她,直到相机无恙,才松了口气,"我骂谁,我跟你来了,就比你还蠢。"

好不容易挤上了公车,她们站在沙丁鱼罐头一样拥挤的车厢里,身上淌下来的水在脚下汇成了一汪。不可思议的是,她们刚到市区转车,大雨就停了下来,烈日重现,满街的红男绿女衣冠楚楚,满身干爽,好像刚才老天那场恶作剧的大雨只存在于她们三个倒霉的家伙所在的独立空间。

阮阮扯了扯神色木然的郑微的衣袖,"算了,回去再收拾他,就当是一场逼真的苦肉计。"

郑微看着自己满是泥浆的帆布鞋,她哪里是什么玉面小飞龙,简直就是一条狼狈的落水狗,她低声说:"这个计也太苦了,苦得我受不了。"

她以为自己无所不能,这不,老天都笑话她。纵使她的计策比他高明上无数倍又能如何？乞求爱的人费尽心机，不爱的人不需要任何手段，所以他不费吹灰之力就可以将她击溃。

走进校园的时候，三人都心理催眠自己，不去看别人异样的眼神，早上出门前的刻意打扮都被一场莫名其妙的大雨淋得无比滑稽。经过宿舍楼下的时候，阮阮和小北往楼梯上走了几步，才发现郑微并没有跟上来，她径直朝男生宿舍的方向走去。

"微微，什么事都先换了衣服再说，否则容易感冒。"阮阮何尝不知道她心里在想什么。

郑微置若罔闻，三步并作两步，冲上陈孝正的宿舍，正好，他跟老张都在。老张看到郑微这个样子，惊讶得一张嘴成了 O 型，"微微，你……"

"你别说话……"郑微在他刚开口的时候就制止了他。

陈孝正拿着本书，静静地坐在床上，看着眼前无比狼狈的女孩，她的长发一缕缕地、半湿半干地耷拉在头上，一条绿色的裙子贴着身子，湿得可以拧出水来，脚上的帆布鞋已经看不出本来的颜色，她居高临下地站在他面前，胸口急速地起伏着。

他在等待她即将决堤而出的怒火。

就在老张也以为郑微要扑上去把陈孝正撕成碎片的时候，她终于开口了，"好玩吗？告诉你，姑娘我不玩了！"

夺路而出的时候，她跟正往老张宿舍走的许开阳撞个正着，开阳一见她立刻说道："怎么淋成这样？我就是怕你们撞上了那场大雨，开着车在公园里兜了好几圈都找不到你……"

"走着走着就遇见了，这样你也信，你就是个笨蛋！"郑微将摸不着头脑的开阳往旁边一推，头也不回地跑开。

回到宿舍的时候郑微已经冷得全身僵硬，阮阮和朱小北给她打好了热水，一见到她就将她强行推进了洗澡间。肌肤接触到热水的那一刻，她才觉得自己又活了过来。

第二天，阮阮感冒了，一向吃嘛嘛香、身体倍棒的朱小北也嚷着头疼，郑微以为自己也会大病一场，毕竟她才是生理和心理都遭受了巨大创伤的那个人，不在床上躺个几天，她都觉得说不过去。然而事实证明她真的是打不死的小强，第二天早上起来，神清气爽，什么问题都没有。她为自己的生龙活虎感到由衷的悲哀和失落。

在这样复杂的心境中，期末考试流水一般地过去了，结束了最后一门《应用力学》，放假的日子即将来临。按照建筑工程学院的惯例，每个学年结束，放假的前一晚，院里都会有个小型的联欢晚会，以班级为单位，各出一两个节目，旨在让大家热闹放松一下。郑微他们班上了个男生单口相声，还有一个"女声小组唱"，班上仅有的几个女生全员上阵，唱了首《乘着歌声的翅膀》，居然博得了满堂彩。

本班的节目结束之后，大家各自回到座位，郑微和阮阮坐回了小北和何绿芽身边——她们两个是专程来给舍友捧场的。

"哎，郑微，唱得不错呀。"朱小北见她这几天都怪怪的，干脆说点好听的。

郑微也不受用，摆摆手，"没什么技术含量。"神态依旧恹恹的。小北和阮阮交换了个眼神，敢情是说好了要慧剑斩孽缘，心里毕竟不好受。

几人也不再说什么，百无聊赖地看着接下来的节目，由于明天就开始正式放暑假了，部分同学已经提前回家，礼堂里并不满座。晚会的最后一个节目是陈孝正他们班的一个舞蹈，主持人刚说完，朱小北就两眼放光，"到他们班了，看看那家伙上不上？"

"无聊。"郑微不感兴趣地说。末了，节目开始的时候还是忍不住看了两眼，即使化着浓妆，她一眼扫过去也知道里边没有他。想想也是，以他那种臭清高又爱面子的人，怎么可能彩衣娱人。

"那个中间的女生跳得最好，小腰真是柔软呀。"小北边看边评论。

"你说的那个好像是曾毓吧。"阮阮说。

小北看了郑微一眼，马上见风使舵，"我说是谁扭得那么厉害，原来是她，就跟跳秧歌似的。"

郑微"扑哧"一声笑了出来，"得了吧小北，你少装了。人家可比你跳得好多了。"说真的，她也觉得曾毓跳得好，曾毓长得不差，学习又好，听说性格大方，父亲又是他们学院的副院长，再加上舞跳得也那么好，这样的女孩子对他死心塌地，他都不疾不徐，可见真的是个寡情的人，怪不得她玉面小飞龙也栽了个大跟头。

正想着，最后一个舞蹈也结束了。晚会带有比赛性质，评委统计分数期间，脸化得像贞子一样白的女主持人走了出来，笑着对台下说："现在，评委正在进行紧张的分数统计，在比赛结果出来之前，有没有哪位同学想上台表演个节目……"她的这句话明显是个设问句，因为料想到以严谨拘束出名的建筑工程学院的学生绝不会有人主动上台，所以她只稍稍停顿了一秒，就接着往下说，"如果没有的话，我们有请院里的曾副院长给我们演唱一首《北国之春》。"语音刚落，《北国之春》的前奏已经响起，风度翩翩的副院长拿着麦克风含笑在舞台边缘等候。

一切完美无缺，主持人正准备微笑退场，忽然台下传来一个声音，"慢！我想表演！"

主持人的笑容顿时僵在那里，还没回过神来，那个自告奋勇的人已经站了起来，居然是个圆脸的漂亮小女生。

"姐姐，你的话不要说那么快嘛，我举手你都没看见？"郑微边说边往台上走，阮阮死命拉着她，低声哄道："别冲动，我们想唱就去学校门口的KTV唱啊！"

"不要。"郑微轻易摆脱了阮阮，一溜烟地小跑到台上，"不是问有谁要表演节目吗？我要唱歌。"

朱小北一把捂住了脸，"妈呀，不要说我认识她！"

阮阮看见曾副院长在一侧也笑了，好风度地自动退了下去，《北国之春》也戛然而止。不愧是经验丰富的主持人，短暂的惊讶之后立刻面色如常，她笑着对郑微说："真是有勇气的小姑娘，请问你要唱什么歌？"

郑微想了想，"我要唱《爱的初体验》！"

阮阮在台下也笑了起来，她对一脸惨不忍睹的小北说："让她玩玩吧，她这几天憋坏了。"

主持人和音响师交流了一会儿，最后不无遗憾地对郑微说："很抱歉，我们的歌曲库里没有这首歌的伴奏带。"

郑微皱眉，"这首歌都没有？那我看看有什么。"

她自己走到音响师旁，看了看翻出来的曲目表，果然没有《爱的初体验》，她有些沮丧地指着那首《爱的代价》说："那就这首吧，既然上来了，反正这首我也会唱。"

　　主持人无奈，只得跟音响师点了点头，很快，舒缓悠扬的前奏在整个礼堂响起。郑微乐感不错，声音脆生生的，倒也动听，只不过一个长得像芭比娃娃一样的女孩闭着眼睛在台上唱着略带沧桑的《爱的代价》，的确是极富喜剧感的一个场面，在座的评委和院领导也在笑着交头接耳，议论这有意思的女生是谁。

　　阮阮第一个在台下鼓掌，既然阻止不了她，就为她欢呼吧。朱小北和何绿芽也热烈响应。

　　还记得年少时的梦吗？
　　像朵永远不凋零的花，
　　伴我经过那风吹雨打，
　　看时世无常，看沧桑变化。
　　……

　　陈孝正坐在后排，曾毓说希望他来看她的舞蹈，反正也没有什么事，就跟班上的同学一起来了。郑微一上台，他身边就有小面积的人朝着他起哄，建筑工程学院里不少人都知道郑微对他的追求。他不出声，托着下巴看着台上陶醉在自己歌声里的郑微，这是那天在宿舍她扔下一句话跑掉后，他第一次看见她，他在想，这究竟是个什么样的人，她还会做多少让人大跌眼镜的事。

　　他的默不作声似乎让周围相熟的同学更加放肆，他们开始有节奏地一起朝台上喊："郑微——孝正，郑微——陈孝正……"

她的眼睛不经意地瞟了过来，台下很暗，他不确定她是否看见了他，但是仍然本能地把视线移开。

"阿正，上去表示表示吗？"有同学推搡着他的肩，他晃开肩上的手，一个人起身走出了礼堂。

走吧，走吧，人总要学着自己长大，

走吧，走吧，人生难免经历苦痛挣扎，

也曾伤心落泪，也曾黯然心碎，

这就是爱的代价……

走出了礼堂的陈孝正在忽然安静了下来的空气中深深吸了口气。其实她的声音挺好听的，不过——可惜了。

第二天一早，宿舍的人都走了大半，只剩下郑微、阮阮和何绿芽。何绿芽因为家就在郊县，所以不急着赶回去，郑微和阮阮是同一趟火车，上车时间得等到下午七点多。阮阮收拾好自己的行李，转而给郑微收拾，郑微反倒无所事事，又插不上手，宿舍的电脑都装箱了，只好跑到许开阳的宿舍，用他的电脑上网玩游戏。

男生宿舍在集体撤退的时候更加满地狼藉，许开阳是本市人，东西都还原封不动地在那里，看见郑微来了，他也高兴地坐在她身边，看着她玩游戏。

许开阳他们宿舍跟老张在同一层楼，郑微来的时候还在犹豫，会不会遇上那个讨厌鬼，不过想了想，这个时候他应该已经回家了。许开阳的电脑就放在宿舍最靠近门口的桌子上，她一边玩游戏，还是忍不住一边留意走廊上来来往往的人，没有看见他，她不知道自己是失望还是松了口气。

玩着玩着，许开阳的宿舍有舍友走了进来，跟郑微打了个招呼，就往电视机旁的影碟机里塞碟，郑微一看那张用黑色带子装着的影碟就知道不是什么好东西，许开阳比她抢先开了口，"哎，女孩子在这里，那些乱七八糟的东西都别放啊。"

那舍友看了看郑微，仿佛也觉得不妥，便认命地叹了口气，把影碟又退了出来，还说了声："女生就是麻烦。"

郑微一听就不干了，"说什么呢，我什么没看过呀，少见多怪，你看你的，没事！"

许开阳迟疑地说："这样不好吧。"

"没事，咱哥俩谁跟谁呀，心灵纯洁的人看什么都是雪白雪白的。"郑微豪爽地拍了拍他的肩膀。

片子并不精彩，韩国的一部三流情色片，来来去去都是那点破情节，郑微时不时瞄两眼，并不觉得有什么吸引力。只不过她是第一次在男生宿舍看这种带点颜色的影片，感觉很新奇，加上身边许开阳越来越红的脸，更让她觉得怪有意思的。

今天男生宿舍里也是特别的忙乱，走廊上脚步声零乱，郑微忽然听到远远的有个声音好像在说："阿正，我还以为你刚才走出去了，回来得正好，我没带钥匙。"

郑微的耳朵顿时竖了起来，立刻装作专心玩游戏的样子，还一边跟许开阳讨论着，眼睛的余光却神不知鬼不觉地溜向大门的方向。那个声音传来不久，她就看见陈孝正从楼梯口的方向朝他自己的宿舍走去，经过许开阳的宿舍的时候，他浑然不觉地走过，丝毫没有往里边张望的意思。

"哎呀，又死了。"郑微有些烦躁地挪了一下鼠标，"不玩了。"她也不知道自己的心情怎么顷刻间落至谷底，明明跟自己说好了，再也不理那个坏蛋了，可是见到他的时候，她心里的小鹿呀，怎么就跳得那么快。不过他不看进来是正常的，他又不知道她在里面，要是知道了，不绕得远远的才怪，郑微有些坏心眼地想，哼，即使他不喜欢她，那么讨厌和害怕她也是好的，至少她在他心里不至于一点作用力都没有，最好自己天天都出现在他的噩梦里。

她关了游戏，一时半会也不知道干什么，这个时候，她万能的余光又再次看见陈孝正用个盆装着自己的衣服朝走廊尽头的公共洗漱间走去。

这厮果然比较爱干净，传说中男生宿舍唯一每天都洗衣服的人就是他，看来并非虚言。许开阳也察觉到她情绪的变化，他看着她，没有说什么。

郑微觉得无趣，但是不知道为什么，也不急着马上离开，于是愣愣地盯着电视机，心思却早飞到九霄云外了。

不到五分钟，她居然发现陈孝正双手湿答答地从公共洗漱间那边又走了回来，片刻之后手里拎着一袋洗衣粉，再次经过许开阳的宿舍。

郑微心里的警铃声顿时大作，根据她著名的小飞龙定律，一个坏蛋若十分钟之内四次以上经过同一个地方，极有可能有猫腻。她索性平心静气，静观其变。

果然，没过多久，他又一次低头边卷袖子边经过，郑微在心里默念：

"一，二，三……十……"数到十六的时候他又拿了个空盆从门口晃过，虽然依旧目不斜视，而且每次都貌似有正当理由，但这些都瞒不过她雪亮的眼睛，她几乎可以断言，他绝对有问题！

临阵对敌的时候，所有的绝顶高手都是"任敌千变万化，我自岿然不动"，她硬是耐下性子，倒要看看敌人究竟搞什么鬼，反正不管他想干什么，她都不会怕他！

当他第七次经过的时候，郑微干脆双手环抱在胸前，直视门口，他要是看进来的话，她就要问问他到底想怎么样。这一次，他终于沉不住气了，在门口停了下来，生硬地说了声："郑微你出来。"

郑微恼了，心想，你是谁，居然对我呼来唤去的，凭什么呀？她坐在原地，挑衅地朝他仰起下巴，"我干吗要出去？你，你有本事就进来！"

她没想到陈孝正眉头皱了皱，竟然真的走了进来，就像拎块抹布一样把她拎了起来。郑微双眼圆睁，说话都磕巴了，"你……你想，想干吗？"

许开阳连忙一手护住了她，对陈孝正说："你想干什么呀？"

"你别管，跟你无关。"

许开阳愣了一下，郑微就半推半就地被陈孝正揪了出去。他毫不温柔地拉扯着，将她带到走廊另一侧的死角处，这才放开了她。郑微惊魂未定地抚了抚自己有些褶皱的衣服，双手紧护胸前，"你干什么，想劫财还是劫色？"

他显然觉得一点都不好笑，带着点困惑和厌恶地上下打量她，"你究竟是不是女的？"

这是对郑微莫大的侮辱，她把手放了下来，挺胸抬头，"你说谁不是女的？"

"我就从来没有见过一个女孩子在男生宿舍里看那种电影，你有没有脑子？"他鄙夷地说道。

原来是为这事，郑微泄了口气，负隅顽抗道："关你什么事，我爱干吗就干吗。"

他显然也恼了，"你要做这么丢脸的事也可以，不过别老对别人说你……什么我，我都替你脸红。"

郑微憋红了一张雪白的脸，"我……什么你了？我不是告诉过你了吗？我不跟你玩了！就算以前我什么你，现在我已经不什么了，你给我滚远点！"

陈孝正气不打一处来，"我就知道你这种人做什么都是三分钟热度，所以注定一事无成。"

"我怎么能成，你就像茅坑里的石头一样，你让我怎么成？喊！"郑微拍拍衣服上并不存在的灰尘，掉头就走。

"我警告你别再去看那种没营养的东西。"他把话说出了口才隐隐觉得不妥，他有什么立场警告她？

果然，她回过头来看他，半天才极不淑女地憋出一句："关——你——屁——事！"

郑微看着他不知道是尴尬还是生气地涨红了脸，还不忘狡黠地试探了一句，"想管我，除非你是我的那个什么！"

她说这话也有存心气他的意思，没想到陈孝正闻言之后，竟然没有搭腔，低头不知道在想什么。

不会吧，难道真是精诚所至金石为开？老天也感觉到她的一片苦心？她趁他明显内心矛盾的时候走到他身旁，用手在他眼前挥了一下，"陈孝正，请问你是陈孝正吗？"

他一巴掌挥开她的手，"别烦。"

她直起腰，趁火打劫地说道："别说我不给你机会啊，我给你十秒钟，你不否认就是答应从了我了啊，一……二……三四五六七八九十，时间到！"

他提醒她，"你报数的节奏不对！"

"我们人类就是这么报数的，你这都不懂？地球是很危险的，快回你们火星去吧。"

他终于忍不住笑了起来，"你才给我滚回火星上去。"

第八章
Chapter Eight

那是她一生之中最亮的月光

"五星红旗迎风飘扬……"郑微哼着歌离开，她走着走着又放慢脚步，回头看陈孝正一眼，他还站在那里，真好。她觉得自己的每一步都好像是踩在云端上，软绵绵的，很舒服，也很害怕，不知道会不会一不留神就掉了下去？

不会的，不会的，她用力掐了一下自己发烫的脸颊，很疼。她在疼痛中笑得甜蜜蜜啊甜蜜蜜，好像花儿开在春风里。

陈孝正看着她离开，却是截然不同的一番心境。他想，这是怎么了？他明明只是不喜欢看她在男生宿舍里看那种电影，很纯粹地想提醒提醒她，没别的意思，可事情的发展好像完全脱离了他的预期。当她站在他面前，嘿嘿傻笑了一阵，然后第一次像个正常的女孩子一样欲言又止，最后脸颊红红地说了声"我好高兴，谢谢你"的时候，他发现自己居然没有办法把那盆冷水浇在她的头上，只能眼睁睁看着她欣喜若狂地离开。

也对，自从他莫名其妙地惹上了她，又有什么事情是按照常理发展的？毫无疑问，他和她之间必定有一个不属于地球，问题是，现在他很迷惑，火星来客究竟是她还是他自己？

一向自诩清醒的陈孝正也想不明白了，郑微看那些乱七八糟的东西，自甘堕落，也是她自己的事情，与他有什么相干？然而无意间经过的时候看了她的所作所为一眼，为什么那么震惊和难以接受？以至于让回宿舍放了书之后打算出去买点东西的他，走着走着又折了回来。他觉得自己不能忍受她做这么荒唐的事，但是又拉不下脸去干涉她，反反复复地在走廊上走了好几轮。一方面是在思考该不该提醒她的问题，一方面也是希望她在看到他之后能够收敛一点——任何一个女孩子在她声称喜欢着的男孩面前，不都应该注意自己的形象吗？让他意外的是，直到他自己都觉得来来回回走了那么多回有些狼狈时，她仍然没有感觉到问题的症结在哪里，更丝毫不觉得有什么不妥，不敢置信的他终于没有忍住，亲自走进去把她给揪了出来。

她说"关你屁事"的时候，陈孝正愤怒之余其实也是一时语塞，这句极不文雅的话直指问题的关键——他没事管她干吗？莫非她的无赖战术终于潜移默化地影响了他？在郑微宣布喜欢他之前，即使两人关系交恶，她对他而言也只是个有些讨厌的陌生人而已，跟阿猫阿狗没有两样，然而在她宣告了要追他，并不断骚扰他之后，尽管他烦不胜烦，久而久之也不得不承认自己跟她有了种奇怪的联系。虽然谈不上喜欢，但再也不能将她以陌生人论之了，因为一个陌生人没有办法这样困扰他。

他责问自己，陈孝正，你也那么虚荣和浅薄，你敢说郑微对你死缠烂打的过程中，在厌恶之余，你没有半点的窃喜，你敢说一丁点也没有？不敢是吧。男生们私下都在议论土木系的两个漂亮女孩，你不也偷偷打量过她，并且承认她确实长得挺好看的？你不也困惑过，这样的女孩什么样的男朋友找不到，为什么偏偏死不要脸地倒贴上自己？你不也在喜欢她的公子哥面前，不动声色地发现了一丝胜利的感觉？你不也在保持距离的同时，一定程度上默许了她无厘头的纠缠？你随口地说她烦，说她无聊，叫她走远一点，可你何曾这样无所顾忌地跟别人这样说过话，就连对待曾毓，你也是客客气气，亲者疏，疏者亲，什么时候开始你让她比大多数人靠你更近了？

他想到这些的时候，自己也有些无地自容，更让他恼火的是她接下来的态度，她居然再一次可恶到极点地说她不玩了。在他看来，喜欢一个人和爱一个人一样，是多么严肃的一件事，本来就不应该轻易挂在嘴边，既然说出了口，又怎么能像水龙头一样说关就关，他最讨厌做事没定性的人，砸颗石头到湖里，拍拍屁股就走，还责怪水为什么溅到她身上，简直岂有此理。

总而言之，综上所述，他目前暂时明白了的一件事就是——他没有自己想象中那么讨厌她，可这也不代表他喜欢她呀，怎么她就这么理所当然心满意足地走了？

郑微才不管这些，她一把推开自己宿舍的大门，就对着刚整理好东西的阮阮喊了一声："阮阮，我成功了！"

阮阮莫名其妙，"你成功什么了？"

"我追到陈孝正了。"

阮阮伸出一只手，"这是多少根手指？"

郑微好脾气地拿下她的手，"少来，我清醒着呢。"

阮阮听她把话说完，心想，不是吧？不就是出去逛了一圈嘛，回来就把G大最难搞的陈孝正给收了？也是，郑微身上总有那么多不符合常理又确实存在的事情，被吓的次数多了，也就习惯了。

去赶火车之前，郑微想着又给陈孝正打了个电话。

"什么事？"他说。

"没事，就想听听你的声音，看是不是做梦，很显然，不是。我就放心了。"

"……"

"我要回家了，你会送我吗？"

"不会。"

"为什么呀？别人不都送吗？"

"你不认识路？"

"算了，就知道你会这么说。对了，我妈家的电话是××××××，我爸家的是××××××，你给我打电话吧，要不把你家的号码也给我，我给你打？"

"不用打电话了吧？"

"也行，你不给我打我就去你家找你玩好不好？"

"我家的号码是××××××，别老打，我一般晚上在家。"

"哦，我要去坐车了，唉，我们刚什么，就要分开两个月了，开学我们再继续什么。你要想我哦。"

"……"

"要想我哦！"

"……"

"你想不想我！！"

"别吵，头都疼了。"

"那你说想不想？"

"好吧好吧，你快去坐车吧，还有什么事吗？"

"没事了，你先挂吧，我激动的心呀，还扑通扑通的，让我回味一下，平静一下再挂吧。"

"……"

他把电话挂了之后，郑微还一直把听筒贴在耳边，就连断线的嘟嘟声都比以前动听。她看了看强忍着笑的阮阮，这才放下电话，抢白了一句："笑什么笑，你就想着回去后跟你们家赵世永鹊桥相会了，也不用那么开心吧。"

"我们就算回去了，有他妈在那坐镇着，也不能老见面，我是为你高兴呢。"

郑微的老家和阮阮家同在东部，是相邻的两个省份，郑微先下的车。挥别了好友，站台上妈妈已经在等候了，爸爸也提前给她打了电话，说单位有事，不能来接她，其实她都明白。

暑假两个月的时间，她在妈妈家住一段时间，爸爸家住一段时间，奶奶家住一段时间，在哪都是吃吃睡睡，她开始担心自己会不会发胖了。当然，大多数的时候她还是喜欢跟妈妈在一起，母女才是最贴心的，妈妈离婚后从原来的家里搬了出去，在单位附近租了套房子，郑微跟妈妈说了自己和陈孝正的事，妈妈问："真的不再想着林静了吗？"

很久没有人在郑微面前提起"林静"这个名字，她几乎都以为自己忘记了，她沉默了一会儿，说道："走都走了，想也没用。"

"林静是个不错的孩子，本来你们两个知根知底的，你又从小喜欢他，微微，说实话，你怪不怪妈妈？"

郑微摇头，妈妈已经够难受了，她用不久前在书上看到的一句话来安慰妈妈，"是我的，就是我的，走了的，只能说明他从来就没有属于过我。"

林伯伯直到现在也没有离成婚，就跟孙阿姨这么僵着。因为和妈妈的关系，他的事业也受了影响，上级以身体的原因要求他提前退居二线；妈妈也从原本的好岗位调到了仓库管理员的位置。纵使如此，身边的飞短流长依旧不断，妈妈每天就这么照常上下班，努力活得开心一点，她说她相信林伯伯。

郑微不知道，是不是女人天生为爱而生，所以在爱情面前，她们永远比男人勇敢。

假期里她还真给陈孝正打过电话，是一个中年女人接的，她料想应该是他的妈妈，所以她甜甜地叫了声阿姨，反把对方吓了一跳，当时陈孝正不在家。第二天，他才给她打了过来，电话里照常是她说他听，末了，他提出，以后还是他给她打吧，郑微没有异议，只要能听到他的声音，怎么都好。

好不容易过完了暑假，郑微急匆匆地回校，像小鸟一样急着飞回陈孝正的身边。她把行李简单地收拾了一下，就连蹦带跳地跑去找他。

陈孝正还是那个不冷不热的样子，但是至少对她的出现没有表示出抗拒，两人还一起去饭堂吃了饭。郑微看着他，吃着吃着就停下来微笑，她可以预感到，她生活中新的篇章就要拉开序幕了，他也会一样。

陈孝正从来没有说过喜欢她，不过不要紧，她陪着他吃饭，陪着他自习，有时还会陪着他去上公共选修课。她出现在他生活中的每一个角落，努力着，并且从中感受到快乐。

陈孝正真不是一个好相处的人，即使是她热情如火的小飞龙，难免也偶尔有被冻僵的时候，好在她有打不死的小强精神，久而久之，摸清了他的脾气，也就习惯了。他话不多，有时沉默并不代表他讨厌她，只不过是个性使然。他喜欢一切冰冷而有秩序的东西，也许她的存在已经是唯一的例外。话又说回来，别看他平时得天上地下，对谁都冷冷淡淡的，其实在她面前也常有被惹毛了的时候，郑微最喜欢看他抓狂的样子，所有的少年老成和冷淡自持都碎成一片一片的。

郑微一点都不怕他发脾气，陈孝正拿她的无聊和无赖一点办法都没有。只不过，有得必有失，跟他在一起吃饭，就意味着得放弃诱人的小饭堂，他吃得简单，她也可以，只要在他身边，喝水都是甜的；当然，也得放弃从前游手好闲的日子，至少在他视线范围内不行，他自己克勤克勉，自然也要求她如此，尤其厌恶迟到、逃课、作弊这样"万恶"的行为。郑微偶尔偷个懒，都得避着他，晚上想要跟他一起，就得告别以前在宿舍玩游戏或者到图书馆看闲书的生涯，硬着头皮跟他去自习。

她觉得自己已经足够脱胎换骨，但是在陈孝正眼里完全不是这样。以自习为例，她非要跟着他一起，美其名曰是陪他，实际上她让他片刻都安静不下来。拿着本小说在他身边读得津津有味也就罢了，他尤其不能忍受她在一旁吃东西，偌大的自习教室鸦雀无声，只有她吃薯片的喀嚓喀嚓声，清脆而刺耳，每次别人看过来，他都会脸红。

他总是说："郑微，你是老鼠吗？就不能消停会？"她就一脸无辜地顾左右而言他，或者催促着他给她去买水。

更可悲的是，他发现自己开始对她各种令人发指的行径越来越麻木，有时没有她在一旁胡搅蛮缠，他甚至觉得有一点小小的不适应。终于有一次，他一个人出现在饭堂里，偶遇的同班同学随口问他："阿正，你们家那位呢？"他无比自然地脱口而出："跟舍友去逛街了。"

没错，她是跟她的好朋友阮莞逛街去了，可关键是——他什么时候也开始稀里糊涂地默认了她是他的另一半？

郑微和阮阮逛街归来已是华灯初上，女孩子周末逛街通常都有早出晚归的劲头，她们也不例外。一天下来，两人收获颇丰，老鼠街里的时尚走廊，衣服、小饰品都是新潮又便宜，最吸引她们这些年轻的女孩。回来之后，把战利品摆得一床都是，不管是谁的，大家轮番往身上试，相互点评，看谁穿得最好看，于是整个宿舍都热闹起来。即使后来她们中的大多数都拥有了更多的锦衣华服，但说到购物置装的乐趣，竟然再也没法比这时更多，虽然这时的新衣大多廉价，然而青春何须品位？

朱小北抽出郑微新买的一套小樱桃图案的内衣，哈哈大笑，"微微呀，这种内衣也只有你能穿。"

郑微一把抢回来，大大咧咧地在胸前比画，"好看吧？"

黎维娟站在镜子前，身上还穿着阮阮的一条新裙子，她说："可爱是挺可爱的，但是不够性感哦，你们家阿正看见这么幼稚的图案，哪里可能流鼻血。"

"说什么呢？"郑微白了她一眼。

朱小北起哄，"是呀，说什么呢，我们小微微是纯洁的，雪白的。"

"骗谁呀，都在一起好几个月了，还装什么纯洁，微微，实话跟姐姐说，你们进展到几垒啦？"

郑微目瞪口呆，"几垒？"

"别告诉我你不知道，A片都不知道看烂了多少个光驱，少装啊，抱抱亲亲是肯定有的啦，就问你有没有做更坏的事？"

郑微愣了愣，脸忽然红了，然而她的脸红不是来源于害羞，而是惭愧。黎维娟不说她还没认真过想这个问题，她跟陈孝正稀里糊涂地也算在一起好一段时间了，每天一起同进同出，但是，她这才察觉他们之间居然连手都没有牵过，她甚至也没觉得有什么不妥！是有那么点不对。

"说呀，遮遮掩掩不是你的风格吧。"

"我一垒都没有。"郑微汗颜地低头。

"不可能的事情，陈孝正难道是柳下惠？绿芽，你是过来人，你说可能吗？"

"啊，我呀？"何绿芽讷讷地红了脸，吞吞吐吐地说，"我哪知道呀……不过，应该不会吧。"

"你看，人家绿芽都这么说了，何况是你郑微？"黎维娟一脸得胜的表情。

"我……"郑微急了，又不知道说什么。

阮阮轻咳一声，"哎呀，这种事只可意会而不可言传，有没有都不用说出来。"

郑微连忙点头，"就是就是。"

可是到了晚上洗漱的时候，郑微看见阮阮在身边，忽然环顾四周，确定只有她们两人才偷偷地凑了过来，"那个，阮阮呀，我问你哦，你……你跟赵世永有没有什么什么？"

阮阮抿着嘴笑，"什么是'什么什么'？"

"喷，就是黎维娟今天说的那个呀，你们有没有亲亲抱抱呀？"

阮阮轻轻点头。

"啊？"郑微大叫一声，难道所有的人都有，只有她没有，只有她不正常？"你们是什么时候、什么阶段开始的呀？"

阮阮把手指放在唇边，"嘘……我想想，牵手好像是刚在一起就有了，至于亲亲抱抱呀，我忘了，总之是很自然的事情，水到渠成就发生了。"

"那我的水为什么还不到渠呀，我们连手都没有牵过呢，会不会很不正常？"郑微愁眉苦脸地说。

阮阮也小小惊讶了一下，"这样呀，我以为你们至少牵过小手了呢，是有点奇怪啦，不过你也别把这事看得很严重，说不定人家陈孝正比较慢热，每个人的情况都不同吧。"

"什么呀，我就担心他不是慢热，而是根本就不热。"郑微沮丧地爬上床，翻来覆去地睡不着。她从来没有认真思考过这个问题，今天黎维娟一语惊醒梦中人，是呀，按理来说他们都在一起了，不应该什么都没发生呀。可是现在她和陈孝正虽然黏得紧，但也只是比普通朋友相处的时间更多而已，从来没有什么亲密的举止——除了他老敲她的头，她也感觉不到他这方面的心思露出一点点端倪。阮阮和赵世永有，连何绿芽都有，为什么她没有？她并不觉得牵手有什么好玩，更不觉得两个人嘴贴嘴有什么乐趣，但是，如果对方是他，应该会感觉很好吧？

照说这种事情应该男生比较主动吧，可他纹丝不动，会不会是她特别的没有魅力？不会吧！连她玉面小飞龙都打动不了他……虽然她是瘦了一点，胸小了一点，女人味缺了一点，但这都不足以成为他做柳下惠的理由呀。

入睡前，她断言，这种现象是极不正常的！

次日，天助小飞龙也！一早起来，淫雨霏霏。郑微上午第三、四节才有课，陈孝正也一样，她撑了把小花伞在他宿舍下等候，看见他下楼，连忙招手。陈孝正撑伞走过来，郑微连忙示意他把伞收了，他觉得奇怪，"好端端地干吗两个人挤到一块？"不过见她噘起嘴坚持的模样，他怕麻烦，也不跟她争，便收了自己的伞走到她身边。

他说："伞让我拿吧。"

她看了看他已经抓着一把折伞的手，"不用不用。"

他啧了一声，"你矮，举着伞老碰着我的头。"郑微只得快快地把伞交给他，前提是要求帮他拿着他的伞。陈孝正狐疑地看了她一眼，以前怎么没见她这么主动干活。

两个人同撑一把伞真拥挤，为了避免被雨淋湿，他们不得不贴得很近，她的手就在他身边，一路朝教室走去，她心里不断默念着，拉我的手，快拉我的手……可他靠近她的那个手臂稳稳地撑着伞，专注地走路，完全没有别的心思。郑微无奈，从他身后滴溜溜地绕到他的另一边，身上顿时被雨淋湿了一些，他连忙换手，"有病呀，你跑到这边干吗？存心想感冒？"

"别换手别换手。"她着急地说，见他不理会，就硬把伞柄塞回他的左手。陈孝正觉得在雨中争夺一把伞真是莫名其妙，但还是应她的要求换回左手，尽量地不让两人暴露在雨中。

好了，现在他的右手终于垂在她的左手边上，可是院里的教学楼也在望了，郑微咬了咬牙，不动声色地缓缓将手指靠近他的，眼看就要触到，他的手忽然扬起，拂去了课本上的一颗水珠，郑微大为恼火，索性直接在课本旁边抓上他的手。

陈孝正吃了一惊，"又干什么？"她不说话，就是固执地抓住他的手，怎么都不松开。身边的路上有各色的雨伞飘过，陈孝正轻微地挣了挣，没有挣脱，他沉默，最后迟疑地用比她更大的力度回握住她。两人就这么一路双手紧握地走到教学楼下才不得不分开，他低头收伞的时候，郑微哧哧地笑，他于是扭头不看她，嘀咕了一声，"笨蛋。"她偏又转到他跟前去仔细看他的表情，原来他的嘴角也是扬起的。郑微心中大乐，"陈孝正，你才是笨蛋。"

走进教室的时候，阮阮见她拿着两把伞，身上湿了一小片，惊讶地问："你两把伞都是拿来玩的？"郑微自顾看着自己的纤纤玉手，陈孝正，看你怎么逃出我的魔掌?

老师说得对,陈孝正是个好学生,什么问题他一旦掌握了之后,就触类旁通,再也不会荒废。从郑微的手抓住他的那一天起,他也开始习惯了当她在身边时,就紧紧牵着她的手。女孩子的手跟男孩子的真的不一样,郑微的手那么纤细,可依然柔软,除了右手中指和食指上有常年握笔的痕迹外,一点茧子也没有,皮肤雪白,毫无瑕疵,指甲圆润,形状美好。

陈孝正喜欢郑微的手,这是一双没有经历过任何风霜和劳作的手,看书或者闲下来的时候,他习惯把她的手单手握在掌心细细把玩。她总是嗔着埋怨他是奇怪的恋手癖,那是因为她从不知道,他每次把她的手握在掌心,都在一次次问自己,陈孝正,你可以让这双手永远如今日这般娇嫩吗?

然而在得到答案之前,他已迷失在她给的甜蜜中。她的发丝那么柔软,细细的,有淡淡的洗发水的馨香;她的皮肤洁白,对着阳光的角度,可以看到细细的绒毛……两人一起去看外语协会在语音教室播放的英文原声电影时,剧情刚过半,她已靠着椅背沉沉睡去,当她的头无意中倒向他的肩膀,他带着点慌张,小心翼翼地拥她入怀,生怕将她惊醒,而甜甜的味道立刻窜入他的鼻息之中。曾经他以为这是青春少女特有的气息,很久很久后他才明白,这是属于郑微的甜,整个世界独一无二的味道。

郑微二十岁生日到来前的一个月,她便以平均每天一次的频率不断提醒着他,"阿正,你会送什么给我?"

他总是淡淡地说:"送什么呀,好像没想好。"

生日正式到来那天，爸爸妈妈都给她汇来了一笔活动经费。加上朱小北之流叫嚣着二十岁那么有意义的日子，一定得大肆庆祝，于是郑微在这天晚上邀请了大多数关系密切的朋友，在学校附近的茶餐厅订了个大大的包厢，请大家一起吃晚饭。

她人缘一向很好，那天来的人一张大圆桌都坐不下，索性让店主把圆桌撤下，换上许多张小方桌拼凑在一起，倒也热闹非凡。啤酒是早准备了两件，大家纷纷举杯向她庆生，欢声笑语中，郑微的脸通红通红的，还不忘兴致高昂地招呼大家，"同志们，吃好喝好啊。"在座的基本上都是熟人，除了舍友和班上几个相熟的同学，就是老张宿舍和围棋社那一队人，无须她招呼也自然热火朝天，场面一度混乱。酒足饭饱后，即将切蛋糕时，阮阮才附在郑微耳边轻声说："你们家陈孝正呢？怎么还没来？"

郑微努力挥掉失望，"他说要帮系里的老师做点事，那边结束了就会立刻过来。"说完她又提高音量，"大家别等了，赶快给蛋糕插蜡烛，我都等不及了。"

众人七手八脚地把蜡烛点燃，唱生日歌的时候陈孝正才匆匆赶到，推门而入的刹那，他看见一屋子的人，有片刻的吃惊，郑微赶紧亲热地招呼他，一边埋怨着，"怎么这么晚呀，等你好久了。"陈孝正笑笑不语。

吹灭蜡烛许过愿之后，大家一边打听她的愿望，一边纷纷进贡礼物，许开阳最后一个呈上他的心意，是一个包装得很漂亮的盒子，郑微拿来手里，"哇，什么呀？有点沉。"

"拆开看看不就知道了？"开阳挤出个笑容。

周围的人都起哄着让她当场拆开，"那我真的拆了哦。"郑微也是个好奇的孩子，她三下五除二地撕开包装纸，居然是诺基亚新出的一款手机。

那个时候对于一个学生来说，手机是多奢侈的礼物呀，郑微也愣了愣，"太贵重了吧？"

开阳用手玩着她撕下来的包装纸，"礼物都是心意，无论贵重与否，意义都是一样的呀。"

"这个……"郑微偷偷看了陈孝正一眼，他脸色依旧淡淡的，看不出什么痕迹。

"要是觉得太贵重了，你也送我一样东西吧？"开阳半开玩笑地说。

"可我不知道该送你什么呀？"郑微憨憨地回答。

"嗯……"开阳像是想了很久，然后措手不及地低头在她脸蛋上飞快地啄了一下，"要不就送我这个吧。"

他出人意料的大胆行径让周围顿时没了声音，大家一会儿看着面无表情的陈孝正，一会儿看着捂着脸呆呆的郑微，再看看像个孩子一样低着头的许开阳，都不知道该说什么好。

"许公子的西方礼仪学得十足啊，这个朋友间的吻面让我们这些没见过世面的都吓了一跳。"阮阮忽然笑了起来。

"是呀是呀，郑微，我也可以来一下吧？"朱小北赶忙接上话。

老张也一副流口水的模样，"阿正，我也排队，你没有意见吧？"

陈孝正依旧笑而不答，郑微反应过来之后，笑骂道："通通排队交钱。"

大家一阵笑闹中，刚才的尴尬痕迹总算散去了不少，老张继续问道："微微，我们还有第二场吗？"

郑微还来不及答话，许开阳慢条斯理地说："要不待会儿我们去对面的

KTV 唱歌吧，微微生日，我埋单……微微，你有意见就是不把我当朋友了。"

"呃……这样呀。"郑微看了看大多数人兴致盎然的样子，"那好吧。"

一行人结账完毕，浩浩荡荡走到门口的时候，陈孝正对郑微说："不好意思，我答应周教授做的事还有点收尾工作，要不你们去玩，我先回去？玩得开心点。"

他说完随意朝其他人点了点头，转身就走。

"阿正！"郑微想也没想就追了上去，忽然想起了什么，又急匆匆地跑了回来，把那个手机连带盒子一块轻轻塞回开阳手中，"开阳，谢谢你，心意我收下了，东西太贵重我不能要，就当……那个朋友间的吻面礼是你送给我的生日礼物吧。"

郑微一路追随着陈孝正走回学校。"阿正，你怎么了？"

"没怎么，不是跟你说了有点事情要赶回去吗？你跟过来干吗？今天你是主角，他们都在等你。"陈孝正边走边说。

"通常男主走了，女主都要追上去的呀。"郑微笑着说，发现他没有笑意，这才问道，"你生气了是不是？"

陈孝正不以为然，"没事找事呀，无缘无故生什么气？"

郑微转到他面前，"是你自己说的啊，不许生气。我的礼物呢？"

他不看她，过了一会儿才说，"最近忙晕了，所以一时间忘记了这回事，不好意思啊。"

郑微定定地看着他，他的眼神无处可藏，"别挡路，我真有事。"

"你骗我！"她笃定地说。

"爱信不信。"他也失去了耐心，"说了别挡着路听见没有。"

郑微不再客气，柳眉倒竖，"拿出来吧，快拿出来。"

"不知道你说什么。"他伸手不重不轻地把她推在一边。

既然跟他说也没用，郑微干脆用行动代替语言，她直接把手伸进陈孝正的裤子口袋里摸索。

"乱摸什么呀！"陈孝正尴尬地阻止她胡乱摸索的手。

"你藏着掖着干吗？乖乖拿出来不就行了？"郑微双手并用，不达目的誓不罢休，在陈孝正发火之前，成功收缴出了她的战利品。

她把那小东西拿在手里，好奇地细细端详，居然是一个木头雕的小龙，不同于传统意义上英武狰狞的龙的形象，这条小龙虽然也张牙舞爪，但是却憨态可掬，挺招人喜欢的，而且做工精细，每一片龙鳞都细细雕琢，绝对是个费工夫的活计。

"哈哈。"郑微拎着这条小龙转了个圈，"真有意思，看你还骗我说没有礼物。"

陈孝正有些狼狈地说："别自我感觉太良好，谁说是送给你的，我自己做来玩的。"

郑微狐狸一样半眯着眼睛说："你要是不送给我，就是想天天把它带在身边，睹物思人。不过它哪有我漂亮可爱呀，你看它不如天天看我。"

陈孝正横了她一眼，"得了得了，想要就拿去吧，别得了便宜还卖乖。"

她小心翼翼地把小龙握在手里，拖着他的手，"阿正，我很喜欢。"

"嗯。"

"我真的真的很喜欢。"她强调道。

"行了，可以放我走了吗？"他无奈地说。

郑微晃了晃头，"你去吧，我喝了几杯啤酒，有一点头晕，也不想去唱歌了，我就在学校里走走，清醒清醒。"

他却没有走，"现在都几点了，你一个女孩子瞎晃悠什么呀？"

"要不你陪我走走？"郑微永远知道在适当的时候打蛇随棍上。

陈孝正犹豫了一会儿，最后终于说："好吧，我只陪你一会儿，吹吹风酒气散了就回去。"

郑微小鸡啄米一般地点头，挽着他的胳膊就这么在学校里没有目的地走，走着走着就来到了学校的露天篮球场。两人在篮球架下停了下来，偌大的球场只有远处的角落里有一盏路灯，其余的地方黑黢黢的，好在天上的月亮很圆，月光淡淡地洒了下来，照在冰冷的篮球架上，照在年轻的男女身上。

郑微眼睛瞄了瞄四周，忽然像发现新大陆一样叫了起来，"阿正，你看，那边有一对在打啵！"她的声音如此清亮，也不怕惊起了暗处的鸳鸯，以至于陈孝正不得不赶紧用手捂住了她的嘴，"喊什么，你管人家干吗？"

她用力掰着他的手，含糊地说："那边，那边也有一对，我就是奇怪嘛。"

他低声说："有什么好奇怪的，除了那些一对一对的，谁没事晚上来这里。"

她忽然就不说话了。这突如其来的安静让他莫名地烦躁不安起来，他的手还半掩在她唇边，她眨了眨眼，忽然闭上了眼睛。

陈孝正屏息静气看着她纯洁如斯的面颊，第一次如此地不知所措。她长而翘的睫毛在他的注视下微微地颤抖了两下，然后眼睛渐渐张开，有些迷蒙地回望他清醒无比的双眼，带着点懊恼和沮丧，喃喃地说："刚才我以为你也要跟他们一样。"

他的喉咙忽然一阵地发紧，还停留在她唇边的手轻轻摸了摸她的脸，他一直有个念头，想用手用力地掐一掐这粉嘟嘟的面颊，看看到底是什么做的，竟然可以有这样晶莹易碎的模样，然而当他的手真的置于其上，忽然变得羽毛般轻盈，他真怕一使力，这水一般的皮肤便破了。

她有点难堪，头便自然地垂了下去，他轻轻抬起她的下巴，"刚才真的没那个打算……不过现在有了。"

他吻下去的时候，两个人都在心里有一个相同的惊叹，一生之中第一次知道，原来人的嘴唇是这样的烫而柔软。二十岁第一天的郑微左手还紧紧地握着他的木头小龙，右手却抵在爱着的男孩胸前。她觉得自己太需要再抓住些什么，她得抓牢什么，要不太多太多的喜悦就这么找不到投靠的地方。可惜她只有一双手。

他反复地吸吮着她的唇瓣，然后短暂地抽离，"郑微，你能不能不要咬紧牙关？"

"哦。"她真是个听话的孩子。

很久之后，他把她揽在胸前，两人长长地呼吸着新鲜的空气时，她低不可闻地抱怨，"你真坏，你怎么知道要把舌头……你说，谁教你的？"

他的胸口因笑声而轻轻震动，"笨蛋，那是男人的本能。"

"为什么我没有这样的本能？"

"那你就只有笨鸟先飞，多多练习。"

郑微的辩驳消失于无形，她最后记得的只有他的一句话："你为什么一定要睁着眼睛？"

她说："我想要记住今晚的月亮。"

真的，那个晚上月亮太亮了，蜡染一般的天幕上一颗星星都没有，月光将周遭的云层晕染成昏黄。

那是她一生之中最亮的月光。

郑微有些愧疚，她想，她一定是把阿正的正事给耽误了，因为那天晚上他把她从操场送回宿舍的时候已经很晚，就连宿舍楼下的大铁门都已经锁住了。郑微不得不隔着门叫醒了刚刚睡下的舍管阿姨。阿姨披着衣服皱着眉来开门，看见是她，便说了声："咦，你不是402小郑微吗？"

郑微嘻嘻一笑，"谢谢阿姨。"人已经一溜烟地跑上了楼。走到二楼转角的时候，她看到他还站在原地，隔着那么远，也不好说什么，唯有看着他傻傻地笑，他挥了挥手，示意她去吧，自己也掉头离开。

宿舍里已经熄了大灯，除了她之外其余的人都已经各就各位，看见她兴冲冲地回来，阮阮才说："吓了我一跳，刚才还在担心你失踪了。"

朱小北则气呼呼地说："老实交代，去哪鬼混了？你一个正主溜了，把我们一群人扔在那里是怎么回事？"

"就是。"黎维娟拖长了声音，"你走的时候，许公子难过的样子，我都看不下去了。"

她们七嘴八舌说的话郑微一概充耳不闻，她静静地站在宿舍的穿衣镜前，借着何绿芽床上台灯的微光，端详着镜中的自己，一遍又一遍。熟悉的眉眼，究竟是哪里不一样，是潋滟盈动的眼睛，还是娇艳欲滴的嘴唇……她伸出手，将无名指轻轻点在镜中人的唇上，她想，她是真的醉了。

那天晚上，她是跟阮阮挤在一起睡的，两人窃窃私语至半夜，谁也不觉得困。

第九章

Chapter Nine

我赌一次永恒

后来她跟陈孝正还有过很多次这样天幕下私密的甜蜜，在最初的篮球架下、校园的小树林里、茅以升塑像园中都曾留下他们热恋时的身影。陈孝正不喜欢像大多数的校园情侣那样，闲时逛公园，或在学校附近的小夜市打发一晚上的时间，即使身边多了一个郑微，他宿舍、教室、图书馆三点一线的生活依旧规律而严谨，他说他厌恶一切虚度光阴的生活方式。

郑微虽然跟得紧，而陈孝正面对她的大多数时候脸上的表情也是淡淡的。只是在那些只属于他们两人的夜色角落里，他唇上的温度总烫得郑微禁不住地怀疑，这个紧紧将她拥在怀里的人，真的就是那个疏离骄傲的少年？然而可以让她忘记了自己的人，除了他，又还能有谁？

郑微喜欢看他摘了眼镜时的样子，他近视的程度并不深，镜片之下是一双深邃漂亮的眼睛，即使在激动的时候，他总能让脸色淡淡的，可眼睛不会说谎，那跳动着的躁动和迷乱的火苗必定会出卖他。那些燃烧的瞬间她曾经见过，只有她见过，是的，只有她。

他第一次将颤抖的手探进她上衣下摆的时候，强悍的玉面小飞龙脸红得如同熟透了的苹果，可心里不忘懊恼着，为什么今天没有穿上她最漂亮的小蕾丝内衣。当他带着层薄茧的手覆在她如花瓣般初绽的胸脯上，她胸口的小白鸽在激动中就要振翅欲飞。童真初识欲望滋味，多么的令人迷醉，然而他每次明明都激动得不可自持，可在关键的那一刻，却总是强迫自己停了下来。

其实郑微也害怕着，然而她更不解。有一次她在他怀里沮丧地呢喃："是因为我太小了吗，所以你不喜欢？"他愣了愣，想了好一会儿才理解她话里的意思，于是毫无风度地笑了，"好像是小了点，不过我也没见过大的，所以觉得还好……只是，笨蛋，我不可以那样，现在还不可以。"他在说后面那一句话的时候眼神是哀伤的，只是当时的郑微还不能够理解，这样骄傲的一个人，这般一闪而过的哀伤又是为何？

郑微却是个快乐的人，所以她总是更愿意记取那些幸福而甜蜜的片断，记住陈孝正笑的时候的样子，忘掉哀伤。那时的快乐又太多太浓，就连依依不舍至晚归的两人面对宿舍门前紧闭的铁门，不敢一次又一次叫醒舍管阿姨，不得不铤而走险翻墙而入的片断都是美好的。G大女生宿舍的围墙本来就只防君子不防小人，郑微从小野惯了，翻墙上树本是她的长项，只需陈孝正轻轻一托，便可灵活地攀至墙头。他总是不断地叮嘱她小心点小心点，她偏喜欢半坐在墙头还朝他笑着做鬼脸，然后才挥挥手跳落到围墙内。那段时间，她的身手简直成为G大校园情侣中晚归一族的偶像，有时自己成功翻越之余，还不忘顺道拉同道中的姐妹一把。那个拿着心形气球老在楼下等候的男生，他的女朋友是郑微楼下的一个胖妞。在他们再三央求之下，心软的小飞龙不顾陈孝正的反对，有过一次带着胖妞爬墙的经历，据她事后对陈孝正抱怨，手臂至少酸麻了一个星期，陈孝正一边帮她活动筋骨，一边不留情地说她自讨苦吃。

当然也不是没有眼泪。生日的那个晚上过后不久，开阳再次约郑微一起吃饭，郑微想起那晚自己的贸然离去，对开阳也始终心存歉意。两人对坐，郑微努力地寻找愉快的话题，一直没有成功，最后才发现，他们默契的欢快也许真的再也回不来了。

开阳说："微微，我希望你不要生气，那天晚上……那是我的最后一搏。"

　　郑微不住摇头，"我不生气，我不生气，我们还像以前一样好不好？"

　　开阳苦笑，"别把我想得太伟大，你找到了你爱的人，我没有办法在一旁看着你们笑。"

　　"你这么说是什么意思，我们以后都不再是朋友了吗？"郑微这么一说，眼睛就潮湿了，他们曾是那样好的朋友，连吃饭都可以共用一个碗。

　　"当然还是朋友，但是大概我们以后不会再这样单独面对面地吃饭聊天了，就当我心胸狭窄，至少现在看到你们，我心里不好受。"

　　郑微一听眼泪就掉了下来，她以前为什么从来没有想过，得到一样东西，就意味着另一样东西必定要失去？她还记得开阳手把手教她下棋的样子，然而这个人，也许再也不会是她的好朋友了。

　　开阳见她哭泣也有些难受，只得苦笑，"明明我才是比较惨的那一个，是我刚没了喜欢的女孩，为什么好像你哭得比我还惨？"

　　郑微一边吸鼻子一边呜咽，"开阳，你就闭关一段时间，等你想通了，我们再一起下棋好不好。"

　　他怕她再哭，只得点头，"会有这一天的。"

　　事实上，他们再也没有了继续面对面对弈的一天，很多人，一旦错过了，就是陌路。

　　郑微很久之后都不能明白，是不是因为她比较贪心，所以在意识到要失去开阳的这一刻，她那么疼痛，每一滴眼泪都是从心里流出来的，为什么得到爱情的同时必须舍弃友情——也许，在开阳眼里，他对她从来就不是友情。也就是从这一次起，郑微开始明白了有些东西是她必须割舍的，她大声地哭泣，痛快地流泪，然而不允许自己后悔，因为一切的一切都是她自己的选择。

她选择了陈孝正，就选择了他给的苦和甜。在一起的日子里，总是她在等他，等他放学，等他上课，等他自习，等他约会。她永远比他早到，然后数着树上的叶子，数着自己的手指，等着那个爱迟到的人。他有时会来晚几分钟，有时是半个小时，最恶劣的一次，说好了周末八点半去逛图书市场，他十点半才出现，他明明是个守约的人，对老师、对同学、对朋友，他从不迟到半秒钟，唯独在她面前，他丧失了时间观念。也许他太笃定，她一定会在那里等他，所以他放心地忙自己的事情，不疾不徐地赶赴她的约会，他总是忙完了自己的事才会想到她，因为她总在那里。

当然也为这件事闹过别扭，她明明是最没有耐心的一个人，等的时间长了，难免大发脾气，也争吵过无数回。他吵不过她，所以她发飙的时候他总是漠然，她占了上风，可哭泣的那个却总是自己。争吵过后就是冷战，大多数时候，她转过身就开始后悔——其实等待也并不是那么难熬的一件事，她说。于是，只需他一个电话，她又忘了所有的不快，笑着投入他的怀抱，好了伤疤能够彻底地忘了疼，何尝不是一种福分。

有时他也会说：对不起，下次我会早一点。可是下次她依旧在等。

有一次她在他楼下等得实在不耐烦，便忍无可忍地冲上了他宿舍，竟然看见他万事俱备的模样，却怀抱着书，坐在床沿发呆。那是她第一次看见发呆的陈孝正，像个茫然失措的孩子，他本是那样坚定而清晰地朝着一个方向走，不达目的誓不罢休的一个人，曾几何时也有了不知如何是好的表情。

她不要想，不要想，他每次虽然都迟到，但从不失约，只要她最终能等到他，过程如何都无所谓了。

陈孝正有一次对她说："其实你没有必要这样等。"

郑微笑嘻嘻地说："我也想过迟到几次，让你尝尝等我的滋味，可我害怕如果是我迟到的话，你不会在那里等我。所以我还是早到一会儿吧，你不也整天说我游手好闲的。"

她说完，陈孝正低头专注地看她的《土木工程概论》作业，她看不清他的表情。

很久之后，他说："郑微，你写作业真马虎，这个钢筋的配比率错得真离谱。"

她心不在焉地一眼扫过去，"是吗？可能是我算错了。"

他大为不满，"你知不知道小小的差错有可能让一栋大楼倒塌，你这样马虎草率，能做一个土木工程师吗？"

"我不是让你帮我检查检查嘛，用得着那么大动肝火？"她嘟囔。

陈孝正看了她很久，最后叹了口气，"大概是我太小题大做了，不过郑微，我跟你不一样，我的人生是一栋只能建造一次的楼房，我必须让它精确无比，不能有一厘米差池——所以，我太紧张，害怕行差步错。"

她坐在他的膝盖上，撒娇地勾住他的脖子，"我不就是你一厘米的那个差错？阿正，老师不也说，任何一栋建筑都允许存在合理范围内的误差，我这一厘米不足以让你的大楼崩塌。"

陈孝正放下作业本，紧紧回抱住她。他害怕他爱上了她这一厘米的误差，把整栋大楼都抛在了脑后。

大三的新学年刚开学，郑微她们就要从原来的宿舍搬往学校新建的女生宿舍大楼，她的行李一直是最多的，陈孝正也自然被她拉来充当苦力。那一天学校特许男生在舍管阿姨的眼皮底下进入女生宿舍，陈孝正第一次见到402的庐山真面目，他一到，阮阮就松了口气地说："你来了就好了，这个烂摊子就交给你了。"

"郑微，不要告诉我宿舍最乱的那张床就是你的。"陈孝正指着其中一张床问。果然，他在她的一阵干笑中得到了料想中的答案，不由叹气，"细节反映了一个人的生活态度，你就不能有秩序一点？"

"乱中有序，乱中有序。"郑微敷衍道。

他认命地给她收拾东西，郑微鞍前马后地跑腿，倒也殷勤。整理到她床前的小百宝箱时，一本不算新的《安徒生童话》掉了出来，陈孝正把它捡起来拿在手中，"你果然还处在看这种读物的阶段，居然还放在床头。"

郑微忙说："给我，给我，我来拿。"

他却不着急给她，翻了翻，随口说道："我小时候倒是没有看过这种童话书呢，借给我看看可以吗？"

他这句话本身就只是一个象征性的礼貌问句，一本书而已，借给他又有什么不可以，只是郑微忽然沉默了。他当然不知道，这本书对于她而言，不仅仅是一本《安徒生童话》，那代表了林静与小飞龙所有的记忆，只属于他们两个人的记忆。林静走了，至今杳无音信，他曾是她成长过程中最重要的人，可现在她拥有的也不过是这本书而已。

"不可以吗？我随口问问罢了。"陈孝正有些意外，但也不为难她，合上书便递回她面前。

郑微咬了咬自己的下唇，她心里忽然很矛盾，然而林静已经把他和她的回忆丢下了，阿正才是她现在最最喜欢的人，她什么都愿意跟他分享，何况是一本书。

"给我干吗？你想看就拿去吧，不过记得要给我哦，这本书陪伴我很多年了。"

他笑笑，将书收到自己的外套口袋里，继续当她的搬运工。挪到漂亮宽敞的新宿舍之后，自然又是一番忙活。

次日是星期六，郑微和陈孝正约好一起去图书市场淘书。图书市场跟书店不一样，书多且繁杂，价格也比书店优惠，最吸引没钱有时间的学生一族。出门的时候，阮阮提醒她回来得早一点，下午说好了宿舍集体出动去吃火锅，庆祝她们集体的"乔迁之喜"，郑微答应着知道了，就兴冲冲地出了门，因为在此之前她和阿正都只是在学校同进同出，他又不爱逛街逛公园，这一次去图书市场可以说是他们两人第一次正式的校外约会。

也就是这一次，他让她在学校礼堂门口从早上八点半等到了十点半，当他姗姗来迟，略带歉意地说着自己的理由时，郑微反复地在心里说，别生气别生气，不要把这样难得的一天弄砸了。可是依旧装不出高兴的样子，只得捂着耳朵，"我不要听理由，你这个迟到大王，下次再这样我不理你了。"陈孝正见她这个样子，也选择了不再解释。

她的坏情绪来得快去得也快，上了公车不久，又开始欢声笑语不断，陈孝正本来话就不多，可今天更加出乎意料地沉默，她说了好几个笑话，把自己逗得前俯后仰，可他依旧眼神漠然。到达图书市场之后，他说她话太多，吵得他无心找书，建议两人分头行动，她虽不乐意，但也没有办法，只得各自行事。

这时的郑微已经有些察觉到他的情绪有点不对头，陈孝正今天的冷淡已经超出了平时正常的范畴，可她完全不明白问题的症结在哪里，当然也找不到解决的办法。她也试过问他："阿正，你是不是有什么不高兴的事？"他想也不想地否认了。于是，她更是丈二和尚摸不着头脑，自己也连带变得闷闷不乐了。

这样不妙的情绪在回去的路上攀到了顶峰，拥挤的公车上，他们面对面站着，一路无话，郑微在思考着自己是不是什么时候得罪了他而不自知，因为陈孝正虽然孤僻，但并不是不讲道理的人，也并不小气，他的不愉快必定事出有因。她想得出神，连身边有人不断挤向她也犹不自知，最后是陈孝正用力地拉了她一把，将她扯到自己身后，郑微吃痛，大为不满地说了声："干吗呀？"陈孝正却不理她，对着原本站在她身后的一个中年男子厉声道："一大把年纪了还占这种便宜，未免太下流了一点！"

那一脸道貌岸然的中年男人本想反驳，但看陈孝正疾言厉色的模样，料定他虽年轻也不是好惹的，只得嘟囔了几句"都是误会"之类的话。陈孝正不再看他，到了该转车的下一站，车门一开，拽了满脸通红的郑微就下了车。

这一站下车的地方距离转车的地点还有几分钟的路程，他走了几步，就松开了她的手，自己大步流星地往前走。郑微忙跟上去挽住他，"干吗不理我？"

他"啧"了一声，甩开了她，"别拉拉扯扯。"

郑微已经憋了一天的气，被他这一甩之下顿时爆发了出来，"你什么毛病呀，有什么不高兴你就说，你不说我怎么知道哪不对呀？"

他不理她，可她是个牛脾气，哪里吃这套，于是用力在背后推了他一把。他无奈地回过头来，愤声道："你有没有一点脑子，半点自我保护意识都没有，刚才怎么不见你这么神勇？"

郑微怒从心起，"就算是为刚才的事，你犯得着这样吗？那是我愿意的吗？陈孝正，我最讨厌你这样什么事都藏着掖着的人，你根本就不是为了刚才的事跟我较劲，有本事就把事情摊开了说，再这样下去我真的受不了。"

他冷冷地看着她没有说话。

郑微气极了，她已经忍了很久，实在到了忍无可忍的地步，"不说话算什么，有事情就往心里去，连说出来的胆量都没有，你算什么男人？"

他眼帘垂了下来，放柔了声音，"算了，是我不对，我没生你的气，就是自己心情不好，我们回去吧，别在大街上吵。"他说完伸手去拉她，这一次换她一把挥开，"想翻脸就翻脸，说没事就没事，你还是不肯说理由，你当我是谁？"

"跟我回去再说。"他隐忍地说道，再一次拉起她的手，她站在原地纹丝不动。

"你不肯走是吗？那算了。"他一个人朝前走去，走了几步又回过头来，从口袋里掏出她的那本《安徒生童话》，递还到她手中，"对了，这本书我看完了，还给你，谢谢。"

直到他消失在闹市区的人海里，郑微都仍然不敢相信，他真的就这样把她一个人丢在了大街上，她想喊住他，没张开嘴泪水就流了出来，只得呜咽着蹲在原地，满街的行人来去匆匆，整个城市最繁华的地段，年轻的郑微第一次感觉到刻骨的孤单。

郑微把头埋在膝盖里无声地哭泣，直到泪都流干，手里还紧紧抱着那本《安徒生童话》，为什么童话里没有说，王子一个人离去后，公主应该怎么办。她本能地觉得这本书是问题的根源，忽然想起什么似的急速地翻动着书页，一次又一次，终于，在其中一页里，她找到了一张小小的照片。照片里，十七岁的郑微笑得灿烂无邪，身边的林静也微笑着，单手揽在她的肩上。

她记忆里的一扇门轰然打开，那是她迄今为止最后一次跟林静的合影，地点是在家乡的庙会上，身后的热闹喜气都只是为衬托照片里相亲相爱的少年男女而存在的背景。那时的郑微，从来不知"愁"字为何滋味。照片是用林静家的相机，请路过的行人拍的，没有多久，他就去了美国，所以这张照片她竟然从未看见，这本《安徒生童话》她从林静的宿舍带回来之后，也一直放在床头，连翻看的勇气都没有，更没有想到他会把它夹在书页里。

她木然地翻转照片，后面是熟悉得不能再熟悉的清隽字体，"我的小飞龙——LJ 19××年2月×日"。他习柳体，写得一手极好的书法，连带钢笔字都颇有风骨，这个笔迹，她怎么会不记得？她茫然地把照片和书抱在胸口，依然不知是喜是悲。曾经以为天长地久，一辈子相随的一个人，还不是一声不吭地远走异国，他还不是最终丢下了他的小飞龙？就像阿正把她丢在了大街上。

想起阿正，她忽然一个激灵，难道这就是他闷闷不乐的原因？他看到了这张相片，所以生气了？是吃醋吗？冷淡寡情的陈孝正为她吃醋？有可能吗？她自己都不敢确定。

可是为什么他宁可一个人憋在心里也不当面问她？换作是她在他的物品里找到这样一张相片，她会毫不犹豫地当面问个究竟。可惜他不是她。她问自己，如果他当面质问，她会怎么回答，说这张照片是一场误会？不，不，她不会这么说，她会告诉他，照片里的这个人是她曾经深深喜欢过的一个男孩，即使这个男孩后来不告而别，他仍然是她心目中最重要的人之一，这是一段她不能、也不愿意抹杀的记忆，只不过，现在小飞龙一心一意地爱着的，想与之共度一生的人，只有他陈孝正，她不会骗一个她爱着的人。

很多时候郑微自己都感到奇怪，为什么她能在失去林静之后，这么快地爱上阿正，难道她对林静的感觉那么不堪一击？事实上这两年来，她经常想起林静，想着他一个人在美国过得好不好，会不会孤单？她喜欢过他，他比她的亲人还亲，所以她短暂的怨恨过后，更多的是牵挂和对他不告而别的难以释怀。她不能说她对林静的感情是误会。然而，如果远走美国的那个人是阿正——她连想都不敢想，不过可以肯定的是，她会恨他，一辈子都不原谅他！

可惜他不问——如果他真的是为这件事介怀的话，他连解释的机会都没有给她。郑微擦了擦脸上残余的眼泪站了起来，吸了吸鼻子就往回去的方向走。她有点轻微的路痴，这一段相似的岔路太多，居然绕了一个圈才成功地找到公车站。

大约五分钟后，气喘吁吁的陈孝正匆匆跑回原地，已经不见了郑微的身影。他挫败地抓紧自己的手，她一个人走了，他从来没有想过，当她不在原地等待他的时候，他原来也害怕。

是的，他很介意，当他无意中看到那张相片的时候，有生以来第一次尝到了酸涩的味道。他的郑微，在另一个人的怀抱里笑得如此甜美。其实是多么老套的戏码，可只有经历过的人才明白个中滋味。他何尝不知道，拍这张照片的时候，郑微应该还没有认识他，照片里两人的姿势虽然亲密，但单手揽在肩膀上也完全可以是亲人和知交好友间的行为，即使后面有着"我的小

"飞龙"那样的字样，也只能证明那是她的往事，他控制不了的往事。

陈孝正完全相信自己拥有的郑微比照片里的那个人更多，从月光下的篮球场到后来的亲密，她的懵懂和生涩完全不是伪装。究竟是什么刺伤了自视甚高的陈孝正？是她把书给他时，那珍爱而犹豫不决的眼神，还是那个叫"LJ"的男孩眼里真正的淡定？那种发自内心的淡定是陈孝正渴望而不能拥有的，他骄傲，他冷静，但他唯独没有这种淡定的本质——那就是与生俱来的自信。他甚至注意到那人有着一双修长而漂亮的手，这样的手跟郑微多么相似，只有生长在良好生活环境中的人才会有这样一双手。

昨天晚上，陈孝正对着这张照片，居然长时间无法入睡，不知道这张照片的主人去了哪里？如果那个人还在，是否现在拥有小飞龙的人就不会是他陈孝正？而他是否可以比那个人更能呵护小飞龙的那双手，不让她因他而吃半分的苦，他做得到吗？他为自己的不确定而感到绝望，更发现自己原来懦弱到连问她的勇气都没有。他最后的武器就是冷淡她，让自己相信，她在他心中没有那么重要。

原来就连这样也不行。

郑微回到学校，正好赶上了舍友的火锅聚会，六人杀至学校侧门的火锅店，点了满满一桌的生料，精打细算的朱小北还特意在附近的超市里买了一件打折的啤酒。

麻辣的火锅吃得几人龇牙咧嘴的，郑微没命地喝了口啤酒，呛了一下，忙着用纸巾拭着眼角的泪水。虽然她和往常一样活泼欢笑，可阮阮总感觉到她跟陈孝正从图书市场回来后，情绪有那么点不对，可是当着那么多人，也不便马上问她。

她们所谓的"六大天后"，除了何绿芽之外，酒量都不差，一件啤酒很快消耗了大半，喝到最后，就成了六个女孩胡吹海侃。提到说闹，郑微和朱小北都是个中的翘楚，朱小北大声说了个带颜色的笑话，几个人笑成一团。

"猪北，你真黄！"郑微倚着阮阮笑个不停。

朱小北说："什么呀，我这种人，就像香蕉，皮是黄的，内心可洁白得很，咬一口，还香喷喷的，不像有些人，外表光滑着呢，其实就是个臭鸡蛋，磕开来，臭不可闻！"

"说谁呢你？"郑微指着朱小北笑骂，"我看你就是个榴莲，最臭的就是你！"

"榴莲有人觉得臭，可有人觉得那是全世界最香的。"卓美提醒道，"比如说我，我就觉得很香，哈哈。"

"你吃什么不香？"黎维娟白了卓美一眼，"我喜欢石榴，剥开来里面一颗一颗的，女人呀，就要多长几个心眼。"

郑微捂着自己红彤彤的脸，傻笑道："那我肯定就是红苹果，又漂亮又好吃，绿芽是柿子，熟了都不能用力捏，卓美是红毛丹……"

"为什么呀？"什么都无所谓的卓美也不干了。

"你跟红毛丹一样，一看就很东南亚。"大家都笑了，郑微又说，"我们家阮阮是人参果，大家都想吃，并不是谁都吃得了的，就便宜了赵世永那只猴子。"

阮阮笑了，"你就是古灵精怪，我说呀，女的是什么都不要紧，就怕遇到了传说中的洋葱王子，你想要看到他的心，只有一层一层地剥掉他的外衣，在这个过程中他不断地让你流泪，最后才知道，原来洋葱根本就没有心。"

郑微愣了一下，"没有心的洋葱王子……可是如果没有试过，没有流过泪，怎么知道它没有心？"

黎维娟站起来，两手往下按了按，"大家听我说。我觉得吧，最好的男人就像货架上最贵的水果。好吃，但是你得看看你有没有吃到的本事和实力。大家都是普通人家的孩子，谁也不是什么王公贵族的后代，所以，这就是一场博弈，关键是眼要准，手要狠，用最合理的价钱办最好的事。你也别盯着那最贵的，咱买不起，等到打折的时候都臭了；也别贪小便宜省钱买那廉价的，吃了一口你吐都来不及，正确的选择是广泛地进行市场调查，了解行情，该出手时就出手，用好自己每一分钱，尽可能买到最值得的东西。"

朱小北半真半假地鼓掌，"黎大师，您这是至理名言，我们又受教育了。"

郑微困惑了，"黎维娟，我觉得你说得不对，最值得的那个水果我不喜欢吃怎么办，还是得找自己喜欢的吧？"

黎维娟不以为然，"这就是你傻的地方了，再好的味道，再好的卖相，嚼到嘴里其实都差不多。你看你，明明兜里有钱，可以买到许公子那样的进口水果，你偏买了陈孝正那样国产的。"

何绿芽咋舌，"陈孝正还不好呀，我觉得他很好呀，就是不太理人，我听说很多女孩子背地里都挺迷他的。"

"你懂什么，价值是比较出来的，陈孝正是好，他对于我们很多人来说就是买不起的东西，可是在我们郑微有那么多资金的情况下，完全可以挑到更好的，比如许公子，你看阮阮，人家就聪明，她的赵世永敢说不是高干家庭出来的孩子？"黎维娟说。

阮阮说："话也不能这样讲，我找世永，是因为我喜欢他这种水果的味道，我想微微挑陈孝正也一样，而且陈孝正除了家境，没有任何比不上许开阳的地方。男人只要有上进心，就是潜力股，他那么聪明有才华，以后一定前途不可限量。"

黎维娟摇头，"阮阮，你别忘了，说到底，所有的女孩都是荔枝，新鲜不了多少天，别用有限的青春去等一个男人不可预知的前程，等不起的，吃亏的到头来是自己。"

她一说完，众人皆不语。很久之后阮阮才说了一句："你说得也对，青春是终将腐朽的，时间对谁都公平，谁都只有这几年新鲜，谁都输不起。"

都是二十来岁的女孩，谁不知道青春可贵，大家各自都想着自己的心里事。郑微自然想到了阿正，回来的路上，她一度赌咒再不理他了，可是渐渐地又开始后悔，她不应该走那么快，要是他回过头来找她，那该怎么办？他对她没有她对他那么好，那也许是因为他爱她没有她爱他多，可爱情毕竟不是做生意，怎么可以要求绝对的公平，如果一定要有一个人爱得比较多，那就是她好了，如果她付出十分，他只回报五分，那她就给他二十分，他不就可以给她整整十分？

阿正是爱她的，即使他不说，即使她不知道这样的爱有几分，可她相信她的直觉。

也许是她比较傻，她说不出黎维娟那样的大道理，可她隐约知道，有些东西不是那么个算法的。是她自己决定要去爱的，没有人逼她，那就只需认真去爱便可，付出的时候她不也是快乐的吗？青春是有限的，这没错，但她就更不能在犹豫和观望中度过。因为她不知道若干年之后的自己是否还能像现在一样青春可人，是否还有现在这样不顾一切的勇气，那为什么不就趁现在，趁她该拥有的都还拥有的时候，竭尽所能地去爱?

她不知道别人是怎么爱的，可她郑微的爱情就是这样。

于是她把手里的啤酒杯往桌上一放，"见鬼去吧，什么终将逝去的青春，我赌一次永恒!"

几人意犹未尽地回了宿舍，郑微第一个去洗澡，她感到有点累，一天里情绪大起大落了几回，现在只想安稳地躺在床上，明天，不管他的态度如何，她都要找他说个清楚。

刚洗好出来，阮阮抱着换洗的衣服接着往洗澡间里走，她笑着对郑微说: "微微，我喝多了一点，觉得有点渴，又不想喝白开水，麻烦你个事，帮我到楼下小卖部买瓶牛奶好不好。"

这有什么难的? 郑微爽快地答应了。她随便套了件衣服，拿了钱就往楼下跑，刚到楼下，就看见站在树下的陈孝正。

她着了魔似的朝他走去，站定在他面前，连说话都忘了。

即使是洗了澡，陈孝正还是敏感地察觉到了她的酒气，他说: "又喝酒，最烦你喝酒了。"

郑微娇憨地笑了笑，"别说烦我，说一次喜欢我。"

他低头，没有出声。

她又开始摇晃着他的手要赖，"说吧，说吧，你今天让我哭了，说点让我高兴的，一句就好。"

陈孝正的回答是用力拥住她，他抱得那样紧，她一度以为自己快要喘不过气来，她傻乎乎地想，也许她愿意这样死在他怀里。

两人坐在静谧的茅以升塑像园的时候，她把头靠在阿正肩上，他问她："每个人明明都是独立的个体，一个人怎么能那么依恋另一个人，以至于离不开也忘不掉？"

她说："把你换成我，让你有我的思想，过我的生活，一天就好，可能你就会懂。"

过了一会儿，她直起身子，正色对他说："为什么你不问我照片里的人是谁？"

陈孝正看着别处，"不知道为什么，昨天和今天白天的时候害怕知道答案，现在又觉得他是谁，并不是问题的关键。"

他可以不想知道，但是她想说："照片里的人是林静，他是我从小喜欢过的一个人，后来……他去了美国，阿正，现在我爱你，可我不能对你说，我会彻底忘了他，他是我回忆的一部分，我珍惜我的回忆。"

他低头吻她，当她脸色酡红地在他怀里喘息的时候，他低声问："他也吻过你吗？他比我好吗？"郑微乐了，"你真笨！"

平息下来之后，他抱着她说："我没有跟你说过我家里的事吧，我家是单亲家庭，我没有爸爸……"

郑微插嘴，"我也是单亲家庭的小孩！"

陈孝正摇头，"不一样的，你至少父母健在。我爸爸却很早就病逝了，我是遗腹子。我父母都是我们那一个大型机械厂的职工，我爸很有才华，他在世的时候是单位里的总工，只可惜去得太早。我爸妈感情很好，他走的时候我在我妈肚子里才三个月，听说包括我外婆在内，很多人都劝过她把孩子打掉，她死也不肯，说有了这个孩子，她才能活下来，大家都没有办法，所以世界上才有了我。

　　"你没有办法理解一个寡妇对待唯一的儿子的心，对于我妈来说，我就是她的整个世界。她长得很好，年轻的时候也有很多男人不嫌弃她带着个拖油瓶，愿意娶她过门，她通通一口回绝。都说寡妇门前是非多，我也知道她一个人不容易。这么多年，她为了我，硬是把找个伴的念头生生掐断了，她总是说：'你知道吗，阿正，看见你，我就觉得你爸还在，他就在我的身边，只不过我看不见他，我怎么可以再找。把你养大，让你成才，我什么都满足了。'我爸不在后，她一个女人拉扯个孩子过活是很不容易的，机械厂的效益一年不如一年，她为了我，把一分钱都掰成两半花，几乎是从牙缝里省出钱来供我上学，尽量给我好的生活，自己则勒紧裤带过日子。真的，我就是她的一切了，有些事情你没法理解，直到我念小学，她还风雨不改地到学校来接我，中学之后，在我的抗议下，她不敢来了，但是她计算好从学校到我家的路程，我只要无故晚归了十分钟，她在家都要急疯了，她说我要是有什么事，她这辈子就算是全完了。

　　"她那样期盼我成才，希望我成为我父亲那样的人。小孩子总是爱玩，我十来岁的时候，因为一次贪玩，很晚才回到家，连作业都没写，她就灯也不开地坐在沙发上等我。我一回来，她就没头没脑地打，用手、用鞭子，当时我的背被抽得都是血痕，我第一次那么讨厌她，不就是玩了那么一回嘛，就一回，她居然下那么狠的手。可是后来她抱着我哭了，哭得比我还凄惨一万倍。她反复地强调，阿正，你是我的全部，你是我的希望，你不能行半步错，一步也不行！她哭得我的衣服都湿透了，那一次我才明白，一个人要是伤害了另一个他爱的人，绝对比被伤害的那个人更痛。

　　"她近乎卑微地讨好着我的老师，从小学到中学，就有一个很朴素的观念，她希望他们好好教育我，这样我才有出息。所以，下雨的时候，她上着班特意从单位请假出来，给我送伞也给老师送伞。她还在上着课的时候给班上送一些东西，她没有什么钱，无非是送些订书机、黑板擦之类的。老师很为难，同学们都笑她。的确挺好笑的，但是我笑不出来，因为我明白她的心。她的爱太重了，压得我喘不过气来，但是没有她就没有我，所以我不能辜负她，我只有向前走，把所有的事情都做到最好，要成才，要有出息，不能让她失望，绝对不能！

　　"微微，我说这些，不是要你同情我，我只希望你知道，我是这样一个人，有些事情是生来就注定的。我知道我要走的路，也知道我一定会到达那个地方，可是我唯独不知道会有你。"

　　郑微从来没有听他说过这么多话，他描述的是一个她所不了解的世界，她唯有紧紧地依偎着他，"到达你的目标跟我并不矛盾呀。"

　　他用下巴摩挲着她的头发，"但愿如此，微微，但愿如此。"

　　"今天的事，还是你不对！"她指责道。

　　他忽然红了脸，有些吞吞吐吐地说："我当时没想那么多，就觉得心里不舒服，那我道歉吧。"

　　"道歉谁不会呀，打我一大棒，才给颗小糖，你过意得去吗？"她得理不饶人。

　　"那你要什么。"

　　她说："阿正，给我个未来吧。"

　　他别无选择，闭上眼，轻轻点头。

"我们在一起多久了？"

"快一年吧。"

"是十三个月，怎么才十三个月呀？"

她重重地叹了口气，她觉得自己跟他在一起应该有半辈子那么长了，原来不过是十三个月。她现在觉得，青春有什么用，她恨不得一夜之间跟他一同白头，顷刻就白发苍苍，到那时尘埃落定，一切都有了结局，才是真正的天长地久，再也没有未知的未来和变故，再也没有任何人、任何事可以把他们分开。

第十章

Chapter Ten

唯有疼痛可以铭记于心

郑微她们跨入大三的门槛之后，本该光荣毕业的老张因为同一学年两门必修课补考未通过而惨遭留级，再一次印证了围棋社即留级社的传言。老张为人一向不错，对此郑微她们一干人都深表同情，只是不理解，专业课的补考都是在学院内部进行的，弹性相当之大，以老张的人脉和长袖善舞的交际能力，按说断无可能落到留级的地步。不过他本人倒是满不在乎，逢人便说："母校风光如画，师弟师妹如此可爱，我怎么忍心抛弃他们提前离开？"留级后的日子，他照样乐呵呵的，该干吗干吗，据说在校外还跟朋友合伙倒腾着一些小生意，大多数时间在校内都看不到他的踪影。

老张算是极少数跟陈孝正关系不错的人之一，陈孝正承认老张的豁达很少有人能够企及，但仍然极度不认同他的生活方式和学习态度。当然，别人想怎么生活他管不着，但老张留级事件发生后，这便成为他时常对郑微耳提面命的一个反面教材。他相当担心以郑微的散漫和好逸恶劳，会有步上老张后尘的可能。郑微觉得他简直就是杞人忧天，她虽谈不上勤奋，但距离留级毕竟还有很遥远的距离。不过，话又说回来，她心底仍为他越来越经常流露出对自己的关切而窃喜。

她常说："阿正，多亏你们建筑是念五年的，这样就可以多陪我一年，我们一起毕业，真好。"

陈孝正却总是说："正因为这样，我要多受你一年的折磨。"

"难道我不是甜蜜的折磨吗？"郑微大言不惭，继而又问，"你有没有想过毕业后要做什么，我们都留在G市好不好？我喜欢这里，离你家也近。"

他愣了一下，没有立即回答，只说："还那么遥远的事，到时再说好吗？"

"怎么遥远了，时间过得很快的，反正你去哪我就去哪，你快说，要是毕业了，你最想到哪里工作，说嘛说嘛！"

他被她摇晃着，随口说道："一定要选的话就中建集团吧，在国内，学建筑和土木专业的毕业生进企业工作的话，中建应该是最好的选择。"

"那好，我毕业了也到中建去，到时就可以跟你在同一个单位工作了。"郑微拍手道。

陈孝正笑了，"说得轻松，就算 G 大已经是南部最好的理工科大学，中建也不是说进就进的，每年投简历的人多得成千上万，招聘的也不过是几十个人。"

郑微不服气，"你能进我也能进。"

"好吧，就算大家都能进，总不能每天上班看着你吧，下班还看着你，那我真的要被烦死了。"他无奈。

"你说什么，每天下班后都要看着我？意思就是你承认以后都要跟我在一起了是吗，哈哈，这算承诺吗？快说是不是。"她立刻抓住了他话里的关键词。

他想了想，也不由得笑了，然后强忍着笑意说道："你想进中建，现在就给我努力点，别整天游手好闲的。"

郑微哪里还听得进去他的告诫，只要一想到今后的日子，做梦都要笑出声来。她不着急不着急，跟身边这个人还会有很长很长的时间，那是一辈子的朝夕相处，一辈子！

致我们终将逝去的青春

　　大三下学期刚开始不久，郑微和阮阮之间发生了一次不大不小的摩擦，而事情的根源只是来自于一个电话。

　　那天晚上赵世永第一次打来的时候阮阮正好在洗澡，电话是郑微接的，赵世永也知道郑微是阮阮在大学里最好的朋友，大家在电话里都混熟了，时常也会说笑几句，阮阮从来不以为忤。

　　郑微说："阮阮洗澡呢，有事你过一会儿打来吧。"

　　赵世永跟阮阮一样，说话慢条斯理的，"没事，就随便打电话问问她，等下她出来后，你告诉她我给她打过电话就好了。"

　　他电话那头的背景声相当嘈杂，有些词句郑微一时没听清，就多问了一句："你那边好吵，在什么地方呀？"

　　赵世永好像还在跟身边的人说话，听见郑微问，就随意地说了句："朋友生日，在 KTV 庆祝呢。我先挂了，麻烦你跟阮阮说一声。"

　　电话刚挂上不久，阮阮就洗好澡走了出来。郑微告诉了她刚才的电话，阮阮"哦"了一声，擦干了头发就给赵世永拨了过去。郑微坐在旁边百无聊赖地翻着本杂志，直到阮阮也结束了通话，她才笑着说："又互相查岗了？怎么挂得那么快？以前可都是不煲到电话发烫不罢休的呀。"

　　阮阮也打趣她，"我们要是像你跟陈孝正那样整天黏在一起，才用不着打电话呢，他说在同学家吃饭，不方便聊天，所以才挂了。"

　　郑微点了点头，又看了几页杂志，忽然想起了一个问题，"阮阮，不对哦，五分钟前我随口问你们永永在哪，电话那头那么吵，他还跟我说是在 KTV 给朋友庆祝生日来着，怎么一会儿就跟你说在朋友家吃饭了？"

　　阮阮愣了愣，随即笑着说："你记错了吧。"

178

"不会，我怎么可能记错，他真的说他在 KTV，我听得很清楚的。"郑微放下杂志认真地说。

"哦，那有可能是我听错了，我的梳子呢？刚才还看见的。"阮阮到处找着她的梳子。

"不就在你面前吗？"郑微把梳子递到她面前，疑惑地说，"这都能听错，阮阮，他不会骗你吧，不是还跟你说在朋友家吃饭，不方便接电话吗？在朋友家能有那么恐怖的音乐声？"

她没有想到一向温和的阮阮忽然把梳子重重地放了下来，"他怎么可能骗我？我都说了可能是听错了，你那么较真干吗？"

郑微吓了一跳，她从来没有见过阮阮用这么生硬的态度跟任何人说话，尤其是身为好友的她，而她明明是出于对朋友的关切，说出她听到的和想到的事而已。

她看了阮阮一眼，闷闷地说了声："好吧，算我多事。"就丢下杂志爬上了自己的床。阮阮欲言又止，终究什么都没有说。

这一场冷战来得全无根由，第二天，郑微在跟陈孝正吃午饭的时候委屈地向他说起了自己的苦恼。

陈孝正一言不发地听她说完，然后才说道："你呀，就是头脑太天真，这种情侣间的事情，就算是好朋友，也是少说为妙。阮莞这个人跟你不一样，她是聪明人装糊涂，心里头却明镜似的……"

"我也明镜似的呀。"郑微抢白道。

"你？你是看上去挺聪明的，其实就是个傻孩子。"陈孝正评价完毕，继续吃饭。

郑微拨动着碗里那些可怜的粮食，把不吃的菜全部挑到陈孝正的碗里，不服气地说："那你的意思就是说是我不对了？我什么事都跟她说，她倒好，莫名其妙地跟我发脾气。好吧，你们都是聪明人，就我一个是傻子，那我自己跟自己玩还不行吗？"

陈孝正安慰她，"万物守恒，所以一个聪明人一般都搭配一个傻子。"

晚上回到宿舍，郑微渴得到处找水喝，阮阮提着水壶给她倒了一杯，她气还没消，"我才不喝你的。"

阮阮低头笑笑，推了她一把，"还生气呢，说你较真，还真跟我杠上了？"

"以后我再也不管你的事了，死活都好，跟我没关系。"郑微赌气道。

阮阮的笑容消散了一些，"昨天的事是我不对，我这不是跟你道歉了？真跟我生气了？"她见郑微不说话，叹了口气，"我们到外边说。"

郑微捧着水杯，心不甘情不愿地跟了出去。走到走廊外边人少的地方，阮阮才说道："其实我知道你是为我好，你没听错，我也没有听错，是我自己不愿承认罢了，当时我心情不好，所以说话才冲了一点，你别往心里去。"

她这么一说，郑微满腔的气恼又化成了对她的关心，"这么说他真骗你了？你们怎么回事呀？一直不都好好的吗？怎么了？"

阮阮敲着走廊上的栏杆，说道："其实我知道两人长时间地分隔两地是很容易有问题的。真的，异地恋太辛苦了，可是我一直觉得，我和他有足够的恒心，一定可以熬到终于在一起的那天。我也不知道是从什么时候开始的，忽然我们之间好像就没有了话题，他说：×××真傻，两只脚上的袜子不是一个颜色都不知道，其实我很想问他，×××是谁？我说：我们学院的大楼装修后比以前有味道多了，他就说：我连你们学院以前什么样子都不知道……就这样，我们开始不清楚对方身边的人和事，每天发生在对方身上的经历和出现在对方身边的人该有多少，可是我们什么都不知道。在我们沮丧的时候、高兴的时候、伤心的时候，对方都不在身边，就只能靠电话，以前一聊就是一晚，恨不得把一天的点点滴滴通通告诉他，慢慢地电话就越讲越短，相互描述那些对方陌生的东西是很无味的，我们彼此都感兴趣的也只有从前的那点回忆而已，可是再好的过去，回忆的次数多了，味道也就淡了，后来我才忽然发现，我竟然在很努力地寻找话题，越找就越不知道该说些什么，我想，他应该也一样。现在我们通电话，说得最多的也就是相互汇报行踪，可是他真傻，连谎话都说得前言不搭后语。"

郑微皱眉，"这么说，赵世永那家伙真的在说谎话？阮阮，你为什么不找他问个清楚，看看他究竟干什么坏事去了？"

"不，我不想问。"

"为什么？"

"因为我还不想分手。"

"这，这算什么逻辑？"郑微不解。

阮阮说："很多东西就像气球一样，看上去很美，但你不能戳它，一戳就砰的一声，什么都没有了。我不介意他偶尔的谎言，真的，这没什么，我只是害怕我们变得陌生。世永，他是我第一个喜欢的男孩，希望也是最后一个，我会让我和他之间恢复如新，在此之前，但愿他连裂痕也没有意识到。说到底，那天是我情绪不好，微微，不好意思。"

郑微喝了口水，"我真搞不懂你们怎么想的。不过说真的，我也一样，真希望爱上一个人就可以一辈子这么爱下去，就这么简单，多好。"

那个国庆节长假，阮阮一个人坐火车去了赵世永所在的城市，何绿芽也去探望她那刚毕业不久、在家乡中学做老师的男友，黎维娟和卓美回家，就连朱小北也因为最近迷上了自助游，跟校园网上结识的一群驴友去云南旅行。郑微本来想回家的，但是又舍不得陈孝正，所以只得一个人留在宿舍。朱小北出门那天，郑微死死拖住她的包包，带着点哭腔道："猪北，你也走了，丢下我一个人在宿舍里七天，这可怎么办呀？"

朱小北在宿舍里搜索了许久，翻找出一把自己在机械课上自制的榔头塞到郑微的手里，"有敌情的话，关键时候就用这个吧，你好自为之。"说罢扬长而去，只留下郑微一个人，欲哭无泪。

长假期间陈孝正闲了下来，正好替一个室内设计公司赶做他们定制的模型，这是他打工收入的主要来源，郑微也不敢妨碍他，只得在旁边充当小工，虽然帮不上什么忙，但好歹白天两人有个伴。可是到了晚上，她就不得不回到冷冷清清的宿舍，这才发现整栋女生宿舍楼基本上都人去巢空，尤其熄了灯，就觉得特别的安静，安静到诡异。

第一天晚上她便睡不着，就把猪北送的榔头放在枕头边上，用被子捂住脸，只留下两只耳朵，受惊的小鹿一样聆听所有的风吹草动，偶尔有窸窸窣窣的异常响声，从小到大所有的恐怖小说和鬼片都在她的脑海里重温了一遍，她感觉到黑暗之中，老有一张可怕的脸在蚊帐外偷偷地看着她。

好不容易迷迷糊糊地进入了睡眠状态，郑微忽然模模糊糊地听到宿舍门前有轻微的说话声，伴随着有一阵没一阵的响动。她立刻清醒了过来，屏住呼吸仔细倾听，还真的好像有人偷偷摸摸地在门口，不知道在干什么，细细分辨之下，那说话的声音竟然有男有女，都压低了嗓门。

郑微全身的寒毛都竖了起来，她偷偷地看了看床头的闹钟，半夜两点多，怎么可能还有人在阳台上聊天，更不可能还有男人出现在女生宿舍。但那声音却是真实存在的，她的耳朵不会骗她，而且她敢确定，声音不偏不倚地正好来自于她的门口。难道她真的那么倒霉，被猪北不幸言中，独处第一天就有状况发生？听这响动，不知是企图盗窃，还是入室抢劫？宿舍里值钱的东西不多，最宝贵的就是她自己了，要是那些匪类不但劫财，还顺道劫色，这可怎么办？她摸了摸床头的榔头，猪北的手工一向不怎么样，这把估计又是她的处女作品，手柄细细的，估计也起不到多大用处，她这么想着，全身都发凉，只剩在被子里发抖的份了。

害怕到极点之后，她忽然怒向胆边生，她是谁？她是不畏强权的玉面小飞龙，与其躺在床上发抖，不如冲出去跟他们拼了，她倒要看看在她门口的是人是鬼。想到这里，她也管不了别的，拎起榔头就轻手轻脚地下了床，光着脚走到门边，憋住气把耳朵贴在门上，只听见一个男的声音催促道："快点，快点。"

她出其不意地用力把门打开，高举着榔头就冲了出去。门口真的有两个黑影，郑微尖叫了一声，发现那两个黑影也尖叫了起来，似乎比她受到的惊吓还要严重。

"谁？"郑微借着走廊上的光定睛一看，那两个身影是一男一女，穿着睡衣的那个女的俨然是隔壁宿舍物电系的师姐，另外一个男的是陌生脸孔。

"搞什么名堂？"郑微的榔头还没有放下，气不打一处来，她还没来得及细想这个时候怎么会有男生在这里，反正就觉得他们不会干什么好事，鬼鬼祟祟地，把她吓得不轻。

那男生显然也被吓住了，吞吞吐吐地说道："我们晾……晾衣服！"

"有病是不是，半夜三更晾什么衣服？"郑微探出头一看，更是怒火中烧，晾在她们宿舍门口的赫然是一条男性的内裤。她明白了，显然是这对鸳鸯趁着女方宿舍里的人都不在，在宿舍里大行不道德之事，不知怎么的半夜洗澡洗衣服，那师姐不敢把男友的内裤晾在自己宿舍门口的阳台上，误以为隔壁宿舍没人，便把这破玩意晾在郑微她们宿舍门口，即使被人看见了，别人也议论不到她头上。

"有没有搞错？你们在这乱搞也就算了，还要我们宿舍给你背这黑锅，这也太过分了，我要让舍管阿姨评评理！"郑微战胜了恐惧，腰杆也直了起来。

那对鸳鸯连连求情，谁都知道真把舍管阿姨叫来了，事情就不是闹着玩的了，公然把男友带回宿舍过夜，这在学校是要受处分的，更不用说名声扫地了。

郑微骂了一通，让他们把自己宿舍前的东西通通收走，最后倒也没有真的叫上舍管阿姨，这两人虽然过分了点，但也不过是想抓紧一切机会在一起，得饶人处且饶人，何苦让别人身败名裂？

她紧紧关上门，犹自惊魂未定，也不管现在几点钟，立刻就拨通了陈孝正宿舍的电话，听到他睡意蒙眬的声音，整个人才安心了下来，一把鼻涕一把眼泪地跟他说起刚才的事。

陈孝正听了，第一反应却是，"你有没有脑子？真的是贼的话，你这么冲出去不是送死吗？你现在才知道打电话，早干吗去了？"

郑微哭道：“我不管，反正这鬼地方我是再也待不下去了。”

第二天，郑微拎着一个鼓鼓囊囊的旅行袋，肩上背着随身的小包包，风风火火地赶到了陈孝正的宿舍。陈孝正一看她的阵势，哭笑不得，“你不会把全部家当都搬来了吧？”

她一边说：“我全部家当哪止这些。”一边把包里的东西一股脑地往他床上倒，他看了一眼，从拖鞋、睡衣、牙刷、毛巾到女孩子的瓶瓶罐罐一应俱全。

“你确定你要住到我这里？”他再次质疑。

郑微立刻苦着脸说：“你不喜欢呀？我也是没办法，昨天晚上那一出，差点没把我吓成精神分裂。”

“可是你一个女孩子，就这么住到我宿舍里边，被人知道了多不好。”

“那怎么办？在这里我又没有亲戚什么的，她们回来之前，宿舍我是说什么也不回去了，你要是不收留我，我晚上一个人上网吧待着去。”

陈孝正面对她破釜沉舟的坚决，只得无奈道：“半夜三更上网吧，就更不像话了。好在我们宿舍也就剩我和老张，老张已经几天不见人影了，你非要住下就住下吧，别人怎么说也管不着了。”

郑微不怀好意地用手肘顶了他一下，“别说得你们宿舍从来没有女生留宿过一样，你上铺的同志不就三天两头把女朋友带来过夜吗？”

和所有的大学一样，G大的男生宿舍管理远没有女生宿舍严格，偶尔有女孩子留宿男友宿舍，是大家见怪不怪的事情，反倒是郑微以前第一次早上来找陈孝正，看到一个穿着睡衣的女生从他上铺爬了下来，面不改色地拿起牙刷去刷牙，让她目瞪口呆了好一会儿。她一向自认天不怕地不怕，可这事她以前是想都不敢想的，众目睽睽之下公然住在一起，这多丢人呀，要不是昨天晚上她被吓坏了，绝对不可能动起住在他这的念头，她在心里想，她只是形势所逼，暂时借住他的宿舍，跟那个上铺的女生可是有本质的区别的。套句朱小北的话，那就是从里到外都是雪白雪白的。

想到这里，她又贼兮兮地问了一句："阿正，以前你上铺的女朋友住在这里，你晚上有没有听见些什么呀？"

他给了她一个鄙夷的表情，"谁跟你一样无聊，有事没事听这个干吗？"

"晚上多安静呀，上铺下铺的，什么听不见，况且我不信你不好奇，一点点也没有？"她理直气壮地说。

陈孝正在她的追问下感到少许的尴尬，"偶尔听见一点点吧……你别老问这个行不行，就不能说点情趣健康的？"

郑微低声嘀咕："不说才不健康。"

陈孝正白天的时间照旧在没完没了地拼凑着他的模型，郑微在一旁看着他，不由自主地嘴角上扬。以前听说，认真的男人最迷人，她还不相信，现在才知道果真不假。

其实一个完整的建筑模型成型之前需要不少烦琐的工序，他在这方面特别突出，跟他的耐心和细致不无关系，要是换了毛手毛脚的她，绝对事倍功半。

晚上两人在大食堂吃的晚饭，放假期间，食堂的窗口关闭了一些，可选择的菜色也少，草草地吃完，她跟着他回到宿舍，他忙活他的，她就在老张的电脑上玩游戏。

不知不觉就到了晚上十点半，陈孝正抬起头，揉了揉眼睛一看时间，"估计这么晚，老张也不会回来了，你快洗澡去吧。"郑微听话地应了一声，在他床上翻找了一会儿，抱着换洗的衣服就进了宿舍里的洗澡间，刚脱了衣服，就听到有人轻轻敲着洗澡间的门。

宿舍里只有他们两个，他这个时候敲门，究竟想干吗？郑微忽然就红了脸，心里扑通扑通地跳，连带说话也结结巴巴地，"干……干吗呀？"

她好像听到门外传来几声他的咳嗽，"你……你东西掉了。"

"有吗？"她扫视了一眼洗澡间挂钩上她的物品，小花睡衣、毛巾都在，就连带来的洗发水、沐浴露和洗面奶都一样不少。她低头看了看光溜溜的自己，警惕地躲到门背后，"你骗人，我什么东西都没掉！"她想起了小时候的一首儿歌，大灰狼在门外冒充妈妈欺骗小兔子乖乖开门，小兔子说，不开不开我不开，妈妈不回来，谁来也不开。

他听了她的话，忍无可忍地说了一句："骗你？我有病呀。你内裤都掉外面了，不要拉倒！"

郑微一听，脸立刻红得像熟透了的螃蟹，她再看了一眼，果然是少了这个东西，她心里暗叫，这下脸丢到家了，她之前怕他看到，故意用毛巾包着小裤裤急匆匆地往洗澡间赶，估计是包裹得不够严实，走得又太仓促，什么时候它从毛巾里掉了出来都不知道，居然还被他捡到。她汗颜无比地拭了拭额角，才第一次住到他这，怎么就闹出这种乌龙？

郑微小心翼翼地将门打开一条缝隙，伸出了一只手，抓起她要的东西就赶紧缩了回去，关紧了门，晃了晃脑袋，小意外而已，没什么没什么，她开了水，尽量若无其事地洗澡。

等到换好衣服走出去，她还是不由自主地低着头，他半倚在床上看书，一见她走出来，就说了句："你这丢三落四的毛病总也改不了。"郑微干笑了几声蒙混了过去，他估计也不好意思就这个话题再深究下去，也在她之后进去洗澡。

等到他洗了冷水澡出来，看见她穿着睡衣傻傻地坐在他的床沿，不知道在想什么。他一边用干毛巾擦着自己的头发一边问："你怎么了？"

郑微一反常态地支支吾吾，"你确定我们两个人要挤在这张小床上？我一个人睡都觉得太窄了，我经常滚来滚去……"

"我睡别的床，你睡我的。"他果断地说。

"不，不，你还是睡你的床，我睡别的床好了。"她终于意识到自己刚才有鸠占鹊巢的嫌疑，主动说着，然后走到他的邻铺，随手掀开被子，立刻哇哇地叫了起来，被子下赫然是好几双不知道多少天没洗过的臭袜子，她捏住鼻子，"太过分了，太过分了。"说完走到对面的一张床，看着那油亮如镜面的被单，再次目瞪口呆。

"我以为我都算乱了，原来强中自有强中手。"她由衷地感叹，回过头，看见他也皱着眉打量着那张床。现在她觉得，任谁睡到这样的一张床上，都是需要相当大的勇气和决心的，让他们之中的任何一个躺上去，好像都是比较残忍的事情。

"很显然，这个宿舍唯一能睡人的地方就是你那张床了。那个……其实，我想说我不介意挤一挤的。"

他有些困惑，好像在思考她的提议的可行性。她已经飞快地跳到他的床上，他怎么决定都行，反正让她睡那些床她宁可去死，不能怪她赖皮，死道友不死贫道。

他坐到她身边的时候，她从毯子里露出个头来，义正词严地在床上虚画了一下，"先说好啊，虽然美色在前，也不准动手动脚，赶紧把那点萌芽的心思也消灭掉！"

他嗤笑了一声，"这句话应该我对你说。"

熄了灯两人躺在床上的时候，双方好像都没有了聊天的兴致，好在两人都很瘦，小小的一张单人床虽然局促，刻意保持距离，倒也不至于肌肤相亲。郑微蜷在毯子里贴着墙在数羊，恨不得立刻进入黑甜乡，然后一觉醒来又是新的一天。

她觉得很奇怪，她跟阿正在一起也不是一天两天了，除了"那个"之外，情侣间该有的亲密他们一样不少，在学校约会的圣地里，他们有过比现在更暧昧的接触，可是从来没有任何一个时候，让她比这一刻感到更多的心虚和尴尬。她认定，一定是情境太特殊，"床"这个地点本身就被赋予了很多令人遐想的空间，而且夜晚的宿舍太安静了，他们离得又太近，近得他的呼吸好像就喷在她的脖子后方，一阵一阵，烫烫的……

她努力让自己安之若素一些，不就是躺在一张床上嘛，这有什么？可是丢脸的是她的心跳声好明显，任谁都忽略不了。他一直不出声，也不知道睡着了没有，她却是越想睡着就越睡不着，渐渐地觉得保持这个紧贴着墙的姿势有些难受，偏偏不敢动弹，怕一翻身就惊动了他。于是她暗暗叫苦，这不是自己找罪受是什么？早知道，她还宁可握着小北送的榔头睡在自己的床上呢，吓死估计都比憋死好受一些。

郑微感到手脚都有些僵了，刚刚小幅度地舒展了一下身子，还没碰到他呢，就听见他在黑暗中不耐烦地啧了一声，"你不好好地睡觉，乱动什么？"

她极度委屈，自己在角落里忍辱负重了那么久，小小地动弹一下都招来他的不满，她骤然回头，"我是睡觉，又不是挺尸，谁规定睡觉不能动弹？"

"别闹，你过去一点，我都快热死了。"

他说话的时候，她才意识到他的气息几乎贴近了她的面颊。可是十月初的天气，不管白天里如何闷热，可晚上是带着点秋凉的，热吗？她疑惑，她怎么一点都不热。

想到这里，她从毯子里伸出只手，摸索着找到他的额头，"你不会体温有问题吧？"

刚接触到他的鼻梁，她的手就被他一把抓住。"干什么，你乱摸什么？"他声音里带着明显的气恼。

"凶什么凶，不碰你就是了。"郑微也有点生气了，快快地就要翻回去背对着他，这才意识到他虽不让她动，可抓住她的手腕一点松开的意思都没有。他箍得很紧，她的手有些疼，于是嘟囔着挣了挣，他还是不放。

"干吗呀？"她不解，不知道自己哪不对了，声音也大了起来。

"叫你别乱动，你偏像只跳蚤一样。"

"我这不是不动了吗？你抓着我的手我怎么睡觉呀？"

"你吵得我睡不着，你也别想睡。"

这是郑微第一次发现陈孝正也有这么蛮不讲理的时候，她又好气又好笑，心想，我那么多发光的优点你都不学，怎么把我耍赖的本事学了十成十，可是要跟我比，你还嫩着呢！

"不让摸是吗？我偏要气死你。"她说到做到，被他抓住的手强行地移动，越过他的鼻子他的下巴，在靠近胸膛的地方硬是蹭了一把，得意地嘿嘿直笑。

不知道为什么，他的声音一下子就放柔了，手还钳制着她的手，可施力的方向不像要把她的手拿开，反而像把她的手压在他的胸前。

"摸够了吗？"他问。

郑微依旧嘿嘿地笑，得了便宜还卖乖，"硬硬的，也没有什么好摸的。"

说真的，男孩子的身体构造真没有意思，完全比不上女孩子丰润柔腻的肌肤和起伏婀娜的曲线来得有美感，她虽然没有实践经验，可是 AV 看过无数，那些美丽性感的女优搭配的都是些丑陋猥琐的男人，男人的身体太难看了。

以往他们私下亲密的时候，大多数都是陈孝正好奇而贪婪地探索着她的身体，虽然点到即止，可是郑微对他身体的认识，远不如陈孝正对她的多。伸手不见五指的黑暗中，她忽然萌生了一个大胆的念头，真想看看男孩子最不同于女生的部位究竟会是什么样的，是不是跟 AV 里的一样丑？她太好奇了。

还没想到怎么把这样羞于启齿的要求付之于口，他的手却像她肚子里的蛔虫一样，慢慢地牵引着她的手，一点一点，不断往下。我的天，我的意识不会强烈到支配了他的四肢吧？郑微想。

直到阿正把她的手按在某个位置，他一直都没有再说半句话，郑微只觉得他手心的汗水把自己的手都濡湿了。不知道是不是心理作祟，隔着两层布料，她依然觉得手下陌生的物体烫得灼手，她刚想撤离，他便含糊地说了一句："别……"

郑微清了清嗓子，语不惊人死不休，"我有一个小小的要求……我，我能不能要求开灯？"

阿正很久没有出声，这让她意识到自己的提议也许很无耻很荒谬，还好黑暗中他察觉不到她的脸红，"我就好奇，随便说说，当我没说过，我什么都没说过。"

他却一声不吭地抬起另一只手伸向床头，片刻之后郑微听到轻微的开关启动声，还没反应过来，床头台灯柔和的光已幽幽地笼罩着两人，她看到了他眉目疏朗的脸，黑得看不见底的眼睛，还有额头细细发亮的汗珠。阿正用那样陌生的眼神看着半倚在他身上的郑微，这样的视线相对让郑微意识到开灯的要求是个愚蠢的错误。

可是，开关一旦打开，就由不得她反悔，半是情愿半是推却之下，郑微平生第一次看到了她好奇的根源，她半捂着脸，不知道这样可不可以让自己看起来镇定一点，羞怯和惊讶之后，不愧是玉面小飞龙，她依旧保持捂着脸的姿势，却颤巍巍地伸出了食指，试探着碰触了它一下。

她忘了自己的行动是什么时候在陈孝正掌控之中的，只记得他好像说了那么一句，"这不公平，得换我看看我刚才拾金不昧的东西。"

他说对了，是她后知后觉，今天晚上真的很热。

当疼痛开始传来的时候，游戏开始变得不好玩，阿正每动一动，郑微就尖叫一声，"停停停，陈孝正，我不玩了，太痛了。"

她手脚并用，抗拒地扭动着身体，非要他停下来，退出自己的身体。

阿正胡乱地压在她身上，狼狈不堪，连声音都变了调，"停？不行，真的不行……微微，真的那么疼吗？"

"你废话！换我戳你，看疼不疼？"她气急交加，口不择言。

"我做事从不半途而废。"

不公平不公平，为什么对等的游戏，他那么沉迷其中，而她只觉得疼，事情会发展到这一步，完全突破了她的预期。这就是让世间男女迷醉其中的欲望游戏？这就是所有贪恋嗔怨的根源？独立的两个人，竟然可以通过这样的方式紧密相连，当身体交接得密不可分，是否就可以直抵对方灵魂的深处？

郑微哭了，她不知道眼泪是因为疼痛，还是因为意识到这一夜自己不可避免的蜕变。如果大多数女人一生中迟早会有这样一天，那么，她不得不承认，自己的泪水中还有喜悦，因为她最完整无缺的一切，在她最美丽的时候，最美好的年华里交付给了她最爱的男孩，想到这个的时候，悸动代替了微弱的挣扎，连疼痛也变得意味深长。

上帝是智慧的，他让女孩的第一次在男人的入侵下感到不可抑制的疼痛，因为快乐是转瞬即逝的，唯有疼痛可以铭记于心，她可以忘记一个给予了她最强烈快乐的男人，却永远忘不了最初的那个人给她的疼痛。

她怎么可以忘记他，她的阿正，在昏黄的光线中他眉头紧蹙，汗如雨下，他是否也会一生都记得此刻的她？

郑微在他的动作中紧紧拥住他紧实而光裸的背，在他夹杂着痛苦的快乐中感到满足，他们再也不可能是陌生人，即使有一天，他们丢失了对方，只要记得今天，她都不会是一无所有。

就在他们几乎忘记了一切的时候，门口的方向忽然传来了钥匙转动门锁的声音，陈孝正几乎是本能地立刻按熄了灯，在光线消失的那一霎，郑微感觉到他的身体在她身上剧烈地震了震，然后他迅速拉过毛毯遮住缠在一起的赤裸身躯，静静地伏在她身上。郑微一动也不敢动，她听到门被打开，然后有人摇摇晃晃走进来的声音，居然是晚归的老张。

值得庆幸的是，老张居然没有打开灯，否则他一旦察觉，他们不知该怎么羞惭以至无地自容。他们听到老张跌跌撞撞地去卫生间，好像吐了一轮，然后居然还能准确无误地找到自己的床，瘫下去之后再也没有动弹，渐渐地鼾声如雷。

郑微感觉到阿正和自己一样长舒了一口气，现在才到了她秋后算账的时候，她推了他一把，压低声音说："坏蛋，你还压着我干吗？"她听见他轻声地笑，然后翻身到一边，他的撤离让她顿觉身下凉凉的，用手稍稍一拭，黏湿一片，带着淡淡的腥味。她惊叫一声，立刻反应了过来，"啊，真恶心。"他没有反驳，起身摸索着找到了纸，给她和自己细细地擦拭。

一夜的混乱，郑微也不知道自己是怎么睡着的，总之醒来的时候天色大亮，她迷迷糊糊地睁开眼，有些搞不清楚身在何处。直到看到已经穿戴整齐、坐在床边的他，所有的记忆才都找了回来。她飞快地拉起毯子蒙住自己，只露出一双眼睛看着床边的人，那些记忆太生猛刺激，让小飞龙隔夜依旧满面通红。

他双手撑在床沿，好整以暇地打量她的窘样，说道："你的睡相果然很差，压得我手脚都麻木了。"

郑微哪里肯承认，"你骗人，证据在哪里？"她看了看，老张的床位已经人去床空，她逼着他转身，自己坐起来整理着装。陈孝正回头的时候她已经穿好衣服，只是头发乱糟糟的，显得更天真而无辜。他见她低着头，觉得自己的心从来没有这一刻柔软，但是下一刻她却仰起下巴，对他说道："你现在是我的人了，今后你要听话。"

当日，郑微在学校的路上偶遇行色匆匆的老张，自己先做贼心虚地面红耳赤心慌慌，老张神色如常，她却此地无银三百两地问了一句："老张，你昨天晚上没听见什么吧？"

老张困惑地摇头，"什么都没听见。"

她笑了，"那就好，那就好。"

正想大声说拜拜，老张也画蛇添足地补充了一句，"我能听见什么呀？你们的那张床摇晃了一晚上，光听见那架子吱吱呀呀的，我别的什么都听不见了。"

郑微撒腿就跑，还听见该死的老张在身后喊："微微，你们放心，我今天晚上真的不回来了啊。"

长假结束，舍友们一个个归巢，一同在水龙头前洗衣服的时候，郑微哼着歌，不期然发现阮阮的眼神一直在审视着她，她顺着阮阮的视线看向自己的脖子，上面什么都没有，她之前对着镜子认真检查过的，真不知道小说上的"吻痕"是什么吃人狼族的杰作，所以她理直气壮地说："别看了，什么都没有！"

阮阮笑了，"你这不是做贼心虚是什么？我说我看什么了吗？本来还只是有点怀疑，现在我有九成确定了。快说，我二号晚上十点多还往宿舍给你打电话呢，本来想慰问慰问你，谁知道居然没有人接，你快招了，干什么坏事去了？"

"我能干什么坏事呀，估计在洗澡呢。"郑微犹自嘴硬。

"没干坏事那之前你检查脖子干什么？"阮阮取笑她。

郑微见瞒不过，也红着脸笑了，她甩了甩手上湿漉漉的水，附在阮阮的耳边嘀咕了几句，阮阮的脸也是一红，"少来，谁跟你讨论这个。"

郑微不怀好意地用手指着阮阮，阮阮却忽然正色地按下她的手指，低声道："你老实说，那个什么……措施做了没有？"她见郑微愣愣地，心里也猜到了八九分，"你傻瓜呀，要是不小心……了怎么办？"她都不敢把那两个字眼说出口来，可郑微毕竟明白了，她似乎这时才意识到问题的严重性，越想就越担心，"不会吧，阮阮，你别吓我！"

"我吓你干什么，不会那么倒霉吧？要是真什么了，可就出大事了。"阮阮眉间有忧色。

"怎么办，怎么办，阮阮，我能不能吃药，不是说吃药就没事了吗？"郑微见风就是雨的脾气，一急起来就如同热锅上的蚂蚁。

"说你什么都不懂你还不信，吃药也得有个时间，我听说也就一两天之内有效，你……"

郑微立刻露出了泫然欲泣的表情，"我完了，这回死定了。"

阮阮低头想了想，问了她经期结束的时间，"刚结束一个星期，好像有点悬，不过你先别怕，事情到了这个地步怕也没有用，你一向运气好，应该会没事的。"

"真要有事呢？"郑微抓住阮阮的手，就像抓住最后一根稻草。

阮阮又能比她多懂得多少，闻言也愣住了，过了一会儿才说："真要有事，也自然有应对的办法，总之这事你再也别提。真是的，你不懂，他也不懂吗？"

郑微脸红红的，"他问过我来着，我当时……我当时……"

阮阮会意，抿嘴笑了。

接下来的二十多天，阮阮就一直跟着郑微提心吊胆的，上个经期开始的时间刚过去一天，郑微期待的信号迟迟未至，顿时着了慌，饭也吃不香，觉也睡不着。要知道，在大学里，情侣之间有什么亲密接触都不是新闻，但真要弄出"人命"，事情就不好收拾了。她私下也跟陈孝正发过好几回牢骚，他自觉理亏，也是担忧无奈。最后见她实在焦虑，于是两人便绕了好大一个圈子，犹抱琵琶半遮面地在远离学校的一间小药店买到了传说中的避孕试纸，一回到宿舍，她就立刻把自己关进洗手间，好不容易出来的时候，正好迎上一脸担忧的阮阮。

"怎么样？"阮阮问。

郑微扁了扁嘴，如愿地看到阮阮大惊失色的神情，这才大笑着比了个"胜利"的手势，阮阮长舒一口气，"悟空，你又吓我了。"

这一轮胜利过关，可把郑微和陈孝正吓得不轻，不过两人都是住校的学生，真正能像长假那样的机会又有几何？两人对那令人脸红心跳的一段心照不宣，只是牵着手的时候，都觉得比以往更多了份亲密。

阮阮的长假之行似乎也还算圆满，至少从她恢复如常的笑容里，郑微知道她一定成功捍卫了自己的感情。

"你做了什么，快教教我。"郑微说。

阮阮回答："我什么都没做，就是去看看他，让他带我在当地转转。"

"你问了他那晚究竟在哪吗？"

阮阮摇头，"他只是一时想不起我的样子，所以在我看到他的时候，他也真真切切地看到了我，我的目的就达到了——我了解他。"

第十一章
Chapter Eleven

切在心上的一刀

进入大四后，很多身边的同学都已经未雨绸缪地规划着工作的事情，阮阮的男朋友赵世永的学校给了两个月的实习时间，在他的争取下，他的实习地点定在了离 G 市不远的 S 市。这样一来，常年饱受异地相思之苦的两人顿时接近了不少。那段时间，每两个周末，阮阮都会坐上四个多小时的城际列车前往 S 市探望她的世永，风雨不改。有时为了争取更多的相聚时间，她会在周五的下午出发，不得不翘上几节课，于是现在就轮到郑微为她搪塞应付。有一次，以阴险著称的《污水工程》教授忽然以随堂测试的方法来检查出勤人数，为了不让阮阮晚节不保，郑微不得不爆发她的小宇宙，咬牙一个人在规定时间内填完了两份试卷，事后她虽然握着酸痛的手腕叫苦不迭，不过为了帮阮阮，也就觉得值得了。她经常跟朱小北一起调侃阮阮，原来之前阮阮做了三年的好学生，并非她真的就那么听话，不过是当时不具备犯罪条件罢了，现在好了，一旦条件具备了，她比谁都疯狂。一个月省吃俭用攒下来的零花钱全部捐给了祖国的交通事业，因此，她们都依样画葫芦地把 G 市到 S 市的 T×× 次列车称作"阮阮的火车"。

有一两次赵世永也跟着阮阮来到她们学校，第一次在朱小北的极力煽动下，还在学校附近请了全宿舍的女孩吃了顿晚饭。那是她们几个第一次见到"小永永"的庐山真面目，竟然是那样白皙而清秀的一个男生，打招呼的时候站在阮阮的身后腼腆地笑，露出一对深深的酒窝和左边的一颗虎牙，明明是相当的年纪，漂亮的阮阮在他面前便犹如姐姐一般。吃饭时，不动筷子的时候他的手就会在桌下紧紧地拖住阮阮的手，惹得旁边的郑微"嘿嘿"地笑，趁没人注意便贴着阮阮的耳朵说："阮阮，你真恶趣味。"

黎维娟提议，机会难得，要求赵世永敬"六大天后"每人一杯啤酒，朱小北热烈附和。平时宿舍里有男朋友的几个，何绿芽的那一位早已毕业，又是个地道的老实人，捉弄起来也没什么意思，陈孝正那个脾气，谁敢有事没事地调侃他，好不容易遇上了赵世永这样"鲜嫩又可爱"的，她们哪肯放过。赵世永酒量是有一点，但是六杯啤酒下肚也够受的，在众女狼的起哄下，又不便拒绝，不由面露难色，最后还是阮阮提议，她跟世永两人平分，每人三杯，为消除姐妹们的不忿之情，愿意当着她们的面交杯喝下去，一时场面沸腾到极点，郑微和朱小北笑着猛敲碗碟，阮阮大大方方，一饮而尽，倒是赵世永有些羞涩地红了脸。

值得一提的是，大四开学不久，阮阮每个星期都会接到花店工作人员送来的一束满天星，从花上和花店人员那里没有得到送花者的半点信息。起初阮阮以为是赵世永给她的惊喜和小浪漫，后来才得知世永并不知情。

她并非没有收到过别的男孩送来的花，无非是玫瑰、百合，一次两次之后，送花人都会浮出水面，毕竟花只是个媒介，传递着送花人的心意，只要有心意，就必有所图，只是这一次，花每周定期送至，可是神秘的送花人始终没有露面，就连卡片都没有一张。

满天星通常用于点缀，常是玫瑰、百合的配饰，阮阮她们都从来没有见过这样单纯一大束的满天星。美丽谈不上，但是用淡紫色的彩纸包裹着，倒也别致。郑微还特意为此去翻书查找了满天星的花语，答案各种各样，都不着边际，阮阮起初也挺惊讶的，后来索性找了个简单的玻璃花瓶，每周把一束新鲜的满天星放在床前的桌子上，也成了一道风景，用她的话说，不管送花人是谁，这花本身也是值得好好对待的。

郑微也偶尔在陈孝正面前说起这事，语气中不乏羡慕。在一起那么久，陈孝正别说是花，就连一根草都没有送给她，当然，她并不是真的就有多喜欢那些终究会枯萎的植物。相比之下，阿正的木头小龙她更觉得有意思，可是哪个年轻的女孩子不是这样，爱做浪漫的梦，总盼望着心仪的男孩在她面前亲手奉上娇艳的象征爱情的花朵。她的心事从来就藏不住，这么明显的暗示陈孝正焉能不知，不过他总是但笑不语。

郑微也有所察觉，阿正最近总是喜欢一个人静静地坐着，话越来越少，不知道在想些什么，尽管他克制得很好，但是眉宇间一闪而过的烦躁还是瞒不了她，她也问过，他总说没什么。他这个人就是这样，不想说的事情，纵使问上一千遍也不会有答案。

郑微其实也感到由衷的挫败和无力，不知道是不是太害怕失去，她总是不由自主地想要去揣测他心中所想，可很多时候，他明明就在她的面前，但她就是不知道他在想什么，也许正因为她爱他，所以爱情更让她看不清。

陈孝正就像她小时候最最喜欢的那个洋娃娃，费尽九牛二虎之力，连哭带闹地从表姐那儿强讨过来，夜夜抱着它入睡，可是她从没有一刻放心过，即使紧紧拥在怀里，总害怕一觉醒来就会失去。

即使她是无所不能的小飞龙，可是他就是她的天，纵使腾云驾雾，她也到不了天的尽头。

那一天傍晚，郑微约了陈孝正一起去看书，走到礼堂前，远远就看到了他——还有他身边站着的曾毓。自从她跟阿正在一起以后，曾毓便渐渐地收敛了对他的心思，聪明而识趣地跟他保持一定的距离。郑微很久都没有看到他们两人单独出现在同一个地方。她向前走了几步，不由自主地停住了脚步，努力地让自己的笑容甜美一些，他们不过是路遇，都是同学，正常的交往没有什么大不了的。可是那天她戴着隐形眼镜，可以清清楚楚地看到曾毓有异于往常的激动，她面朝陈孝正，两人之间隔着近一米的距离，一向娴静的曾毓仿佛在激烈地朝眼前的人表达着什么，表情恼怒而愤慨，她伸出手朝陈孝正比画了一下，然后径直地指向了礼堂的对面，那个方向正对着学校正在施工中的多媒体大楼，除了一大堆建筑材料和几个工人，别无特殊之处。有异于曾毓的激动，陈孝正异常地平静，那是郑微熟悉的神情，越是对待陌生疏远的人，他就越平静而礼貌，并且表现出极度的耐心，实质却是纯粹的漠然。

过了一会儿，也许曾毓也对自己单方面的情绪起伏感到无谓，她尝试着把手放到陈孝正的肩头，嘴里依旧在说着什么，陈孝正淡淡地回答了几个字，肩膀却不落痕迹地避开她的手。他转身的时候，视线不经意对上身后的郑微，于是露出了个笑容，草草跟曾毓说了几句，就朝郑微走来。

阮阮不在身边，郑微也不知道遇到这种情况的时候正确的做法是怎么样，也许她应该视而不见，一笑了之，然而当阿正走到她面前的时候，她还是问了一句："你跟曾毓在干吗？"

陈孝正看了她一眼，用手敲了敲下巴，"我猜猜，玉面小飞龙吃醋了？"

"我才不会呢，懒得管你们！"她忽然就生气了，声音也大了起来，撇开他就往前走。

他好像在身后笑了一声，还是跟了上来，牵住她的手，"傻瓜，我跟她毕业试验是在一组的，现在是准备阶段，有些问题的看法她跟我意见不一样，争辩了几句罢了。别苦着脸，本来就不怎么样，生气就更丑了。"

这还是头一回他肯向她解释，郑微虽表情依旧不满，但心里却有一丝丝的甜，她指着他的鼻子说："我不管，以后五十岁以下的雌性动物都给我保持三米以上的安全距离！"

他笑着点头，"阁下还有什么吩咐？"

她也不客气，"还有，今年的五一跟我去婺源！"

"婺源？去婺源干吗？"他讶然。

郑微极其认真地说："我一定要去，婺源这个地方对我有很特别的意义，阿正，你陪我去好吗？"

他犹豫了。

她又开始使出无敌缠功，"好不好？好不好？去嘛去嘛，我一直梦想着跟我喜欢的人到婺源去，我要带你去看见证了我妈妈的爱情的老槐树，我也要让它见证我的爱情。这是我的梦想，顺道还可以去我家，好不好？去嘛……路费我都已经准备好了。"

他低头想了好一会儿，再抬起头来的时候脸上有浅浅的笑容，"好吧。不过路费不用你的，我帮外面的公司做那些模型还存有一笔钱，来回和中途的费用都不是问题。"

他在她雀跃的笑声中再次补充了一句，"五一我们去婺源。"

她很少见他的表情如此郑重，那郑重之中还有一种若有若无的决绝，让她几乎误以为，他经历了刚才犹豫之后艰难的挣扎，给予她的不是去婺源的决定，而是不容反悔的一辈子的承诺。

大四上学期期末，G市的应届毕业生人才交流会就在G大的球场举办。第一天，郑微和陈孝正也挤进了那人山人海的会场，两人直奔中建的招聘地点而去，这才发现中建招聘展位前的队伍已经排成了若干个 S 形。郑微拉着陈孝正站在队伍的末端，踮着脚尖试图张望着队伍前沿的情况，实在等得不耐烦，她左蹿右蹿地强行挤到前面打听了一轮，回来的时候心都灰了大半，前面的招聘启事上早已注明了仅招男生，根本不收女生的简历。这简直是赤裸裸的性别歧视，可是又有什么办法，女人会怀孕、会生小孩、容易分心、以家庭为重、干不了重活，又不能吃苦，以建筑为主业的中建拒招女生也在情理之中。

"怎么办呀？我还指望着跟你一块进中建的呢，居然连个机会都不给。"郑微哭丧着脸说。

"我也没想到会这样，要不你到别的地方转转，说不定更有收获，我们也不一定非要在同一个公司不可吧。"陈孝正安慰她。

她却不死心，跟在陈孝正的屁股后面随着队伍缓慢地向前挪动，"不招女生就不招吧，我跟着你去看看也好。"

好不容易轮到他们的时候，郑微已经站得两腿酸麻，不过看得出，招聘人员简单翻了翻陈孝正的简历之后，并没有像对待前面好几个应聘者一样，说一句"请回去等待我们的通知"之类的话就把人打发了，他们拿着简历交头接耳了几句，便将它递给了坐在旁边的一个三十出头的男子，那男子边看简历边打量了陈孝正几眼，眼里颇有赞赏之色，也顺道问了几个专业的问题，陈孝正的回答显然让他相当满意。

郑微一看，这事估计有戏，便厚着脸皮说道："他很不错是吧？"

那男子有些意外，好像现在才发现站在陈孝正身后的郑微，"是不错，怎么，他是你小男朋友？"

郑微大言不惭，"是呀，我们都觉得他很好，看来我跟你看人的眼光很相似哦。"

如此明目张胆地拉拢关系，陈孝正都觉得有些汗颜，尴尬地轻咳了一声。

"这倒也是。"那男子一笑，饶有兴味地看着郑微，似乎在等待她接下来的说法。

郑微也不客气，顺着话头说："你们觉得他好，一般来说都想留住他是吧，听说大企业都担心人才流失，照我说，什么感情留人、报酬留人都不管用，最可靠的办法就是让人才'双职工'化，这样就稳定了哦，你说对不对？"

男子的眼里已有明显的笑意，偏偏摆出一副认真的表情，"然后呢？"

"然后，嘿嘿……"郑微也觉得有点不好意思，但还是豁出去说道，"然后最好的办法就是让我和他成为你们的'双职工'，这样我们就能尽心尽力地为企业献出全部的青春和热血呀。"

陈孝正觉得无奈，但还是忍不住笑了，他看着眼前的男子用手中的简历轻轻敲了敲桌子，"可是，要是我把你俩同时要了进来，你们又成不了怎么办？要知道，中建今年并没有对外招聘女生的意向。"

"那也没有关系呀，别说我跟他一定成得了，就算有个万一，施工单位不都是男多女少吗？把我这样的青春美……不，有学识有技术的年轻女大学生招聘进去，不也是为企业单身男员工谋福利吗？"

她这么一说，周围的人都笑了，那男子忍着笑，低头做思索状，然后说道："好像确实有那么点道理，小姑娘胆子挺大，学什么专业的？"

"土木的，土木的！"郑微赶紧递上自己的简历。

"郑微，土木工程……"那男子看着简历首页郑微一脸严肃的大头照哈哈一笑，"这个都不怎么像你。"

郑微老实说："系里的老师说要老成一点才能找到好工作。"

那男子拿着郑微和陈孝正的简历背过身去跟其余的工作人员低语了几句，最后对他俩说："这样吧，你们两人的简历我们都先收下，具体最后的结果我们回去之后还要讨论，有消息我们会通知你们。"

"哦哦！"郑微高兴得跳了起来，拉着陈孝正的手笑得像朵花似的，挥手跟招聘人员告别的时候她还在强调，"一定要通知我啊！"

离开了中建的招聘展位之后，郑微本着简历既然做了不发也浪费的原则，逮着顺眼的招聘单位都递了一轮，很快手上的小册子已不剩多少，倒是陈孝正貌似没有什么兴致，陪着她瞎逛了一圈，最后实在受不了万人涌动的球场灰尘满天，就跟她早早地离了场。

招聘会结束了，学校也已放了寒假，还待在学校的大多是等待工作消息的毕业生，眼看春节一天天临近，妈妈已经打过几次电话来催郑微回家，中建一时半刻也不会那么快有消息，郑微想多赖着陈孝正一会儿，似乎也找不到合适的理由。她上火车的那天，陈孝正到车站送她，站台上她眼泪汪汪地拽着他的衣袖，让他好气又好笑，"别人看了还以为是生离死别，不过就是回去两个星期罢了，用得着这样吗？"

她气愤道："你这冷血的家伙，装一会儿依依不舍都不可以吗？"

陈孝正一手拎着她的巨无霸行李，一手拉着她往车上走，"快上车吧，时间差不多了，我今天也要回家，马上还要赶回宿舍收拾东西。"

他把她在车厢里安顿好，叮嘱了几句就离开了。郑微的座位在远离站台的另一面，陈孝正离开了之后，她一个人百无聊赖地看了一会儿上车前买的报纸，整版的娱乐新闻，她越看就觉得莫名的烦躁，实在按捺不住，就在即将开车前走到对面的座位，央求那里的乘客给她让了个位子，掀开了车窗上的窗帘往外看。站台不远处，口口声声说着急着赶回去的那个人独自站在那里，静静地看着她车厢的方向。

郑微忽然想，阿正真的太瘦了，这样会让她有一种错觉——他如此孤单。

她是个冲动的人，没有多想，抱着行李就下了车，一路跑着到他面前，她心想他必定会责怪她，谁知他只是苦笑。

"阿正，要不我跟你回家吧，就玩一两天，我跟我妈说迟一点回去好不好？"她想到什么就说什么，也没指望他会答应，所以当他迟疑了一会儿再点着头说"那也好"的时候，自己也傻了眼。

那天下午，郑微坐在陈孝正身边的汽车座位上，犹有不真实的感觉。班车在往他家所在的城市开，时间每过去一秒，就离他的家更近了一些。他终于肯带她回家，让她接触他学校之外的生活。郑微知道，这对于他们的关系来说完全算得上一个质的飞跃，虽然她从不认为自己是丑媳妇，而是人见人爱、花见花开的美少女，但在见到他妈妈之前，多少有些小小的紧张。

车子行驶了将近一半的路程，陈孝正发现身边的郑微打了一阵瞌睡之后，又开始聚精会神地埋首于一本小册子中，一上车他就问过她在看什么，她神神秘秘地不肯给他看，他也懒得理会，但是难得见她这么专注，这时又忍不住问了一句："究竟什么东西看得那么出神，不会是你换了个小本本吧？"她那个无所不包、随身携带的小本本他是见识过的，并且在看过里面稀奇古怪的内容后，对"术业有专攻"这句话开始深信不疑。

郑微见他再次询问，也不好意思再隐瞒，她把小册子举在他面前挥了挥，"错！这不是我的，是猪北的读书笔记。"

"朱小北的读书笔记，有这么好看？"陈孝正持怀疑态度地把它拿了过来，翻看了一下，这可是正正经经的读书笔记，有摘抄，有心得，还有感言，虽然看的都是些没有什么营养的小说，但比起郑微的小本本，还是要正常上许多。他翻到她刚才仔细研究的一页，上面工整地写着"巧媳妇智斗恶婆婆"，标题下面是密密麻麻的详尽内容。

他合上小册子递还给她，自己则靠在椅背上无语地打量身边有些心虚的人。

"出门前小北硬要塞给我，让我仔细看的，我是想，那个……有备无患嘛。"她有些不好意思地说，但是又怕他不快，立刻补充，"我不是说你妈妈是恶婆婆哦，只不过，我第一次去你家，心里好紧张，想起你说的你妈的事情，又听别人说只有一个儿子的单身母亲普遍不好相处，所以……唉，你不会生气吧。"

陈孝正失笑，"被你说得我也有点紧张了。"他想了想再正色说，"我妈的确不算非常好相处的一个人，但是也没你想象的那么恐怖，我既然决定带你回来，就有心理准备，有我在，她还能吃了你？何况，你也不是什么省油的灯吧？"

郑微轻轻捶了一下他的肩膀，"哪有人这样说自己的女朋友的？不过，她会不会恨我把你抢走了？"

"你以为谁都跟你一样想法幼稚？我又不是玩具，怎么抢？不过……"他微微有点窘意地说，"在我妈面前，你还是沉稳些好……"

"我一向都沉稳呀，大家都说我看起来文静又淑女。"她争辩道。

他敷衍地说："是，是，你不说话的时候是挺文静的。"接着又补充道，"还有，好歹也装得勤快一些，千万别说在学校有时候连碗都让我给你洗这些事，你知道，我妈这样上了年纪的人，观念毕竟比较旧。"

"这个我知道，我就说平时都是我把你打理得井井有条的，让你妈喜欢我都来不及。"郑微笑眯眯的。

两人聊完之后，过了一会儿，陈孝正不见她说话，才发现她不知什么时候又靠在椅背上睡着了，头渐渐地靠向了他这边，嘴唇微启，显得她熟睡的脸更加如孩童般天真无邪。他轻轻挪了挪肩膀，给了她一个适合倚靠的姿势，然后便一个人看着窗外急速流逝的风景。宽阔笔直的马路上，大客车开得太快，路边一闪而过绚烂的山花，还来不及端详，就已离得太远，即使回头，再也看不见了。

到达他家的时候，天色已经暗了下来。陈孝正的家在他妈妈所在工厂的单位宿舍区里。郑微也从小在单位大院长大，对这种小社会一样医院、学校一应俱全的大院生活相当熟悉，只不过，相对于她自幼习惯的那个垄断行业单位大院绿草香花的优美环境，现在眼前这个濒临破产的国企老厂宿舍，要显得冷清破败得多。

他家住二楼，陈孝正刚在门上敲了没两下，有些残旧的木门立刻打开了。

"阿正，你回来了？"

要不是眼前的妇人在看到儿子的瞬间惊喜地说出这句话，郑微几乎不能相信，这个看上去年届五十、略显苍老的女人居然是阿正的妈妈。她只比陈孝正小一岁，照理来说她和他两人的妈妈年纪应该不相上下，郑微想起自己妈妈白皙漂亮的面容，再看看他妈妈超乎年龄的苍老，不禁暗自心惊。

她一边想着，一边从陈孝正的背后露出脸来，甜甜一笑，"阿姨好。"

他妈妈在看到郑微的时候明显吃了一惊，然而俗话说"伸手不打笑脸人"，面对郑微的笑容，她还是仓促地回应了一笑，转而用疑惑的眼神看着儿子。

"妈，她是郑微，是……我在学校里的同学，到我们家玩两天。微微，这是我妈。"他毕竟年少面薄，不好意思当着自己母亲的面直截了当地说"这是我的女朋友"，然而，以他的性格，又怎么会轻易将女同学带到家里？何况，他对郑微亲昵的眼神和两人在身后紧握的手已经完全说明了一切。

陈孝正的妈妈已经准备好了饭菜，似乎只等着儿子回来便可开饭，桌上整整齐齐摆着三副碗筷，郑微有些意外，这屋子里不像还有别的人，难道他妈妈早已神机妙算到儿子会带回一个女孩？正想着，他妈妈却匆匆说了句："阿正，快招呼你同学坐，我再去拿副碗筷。"说罢转身进了厨房。

估计已经看出了郑微的不解，陈孝正偷偷附在她耳边说道："桌子上另外一副碗筷是我爸的。"

郑微更吃惊，几乎要脱口而出：你爸不是去世了吗？好在话没有说出口就反应了过来，在他家那似乎特别昏黄的灯光下，不由得暗暗打了个寒战。

趁他妈妈不在，郑微迅速地环视自己所在的这间屋子，她现在有些明白，为什么自己先前总觉得屋子里有种让人莫名压抑的感觉。原来首要原因是客厅的灯泡瓦数过低，衬映得四周的摆设更加老旧，那些家具似乎都还是二十年前的式样，要是在当时，应该算得上是上好的材料和手工。然而经过了时间的洗礼，早已黯淡无光，要不是身边还站着一个他，从小成长在光明温馨的环境中的郑微几乎以为自己乘坐了时光穿梭机，穿越到二十年前。

不过，老旧归老旧，在她视线所及的范围内，看不到一丝的灰尘和杂乱，所有的东西都出现在它应该出现的位置，干净整洁得不像是居家过日子的地方，反而更像一个怀旧色调的陈列馆。她想，果真是怎样的老鼠就打怎样的洞，这样一个家庭中长大的陈孝正，也难怪一丝不苟到不近人情。

接着她的视线避无可避地落在了五斗柜顶衬着黑纱的遗像上，黑白照片里的男人她不用大脑也猜得出应该是他爸爸，那样清癯疏淡的五官，阿正简直就是照片中人的翻版。不知道是不是由于他爸爸去世的时候还很年轻，模样又让她感到熟悉而亲切，所以郑微看了好一阵，居然也没觉得害怕。她低声对陈孝正说："阿正，你爸好帅，不是说还很有才华来着吗？能嫁给这样的男人，你妈妈年轻的时候一定也很漂亮。"

陈孝正刚想搭腔，正好看到她妈妈拿着碗筷从厨房里走出来，两人赶紧噤声。

"阿姨，让我来拿吧！"郑微立刻"狗腿"地笑着走上前去，这种时候，适当地表现一下自己的勤劳和朴实绝对是明智的选择。

"不用不用，哪能让你来拿？你坐你坐。"他妈妈哪里肯让，立刻用带着点责怪的眼神看了陈孝正一眼，"阿正，你这孩子，怎么还让你同学站着。"

陈孝正只得拉着郑微在餐桌旁坐下，自己也坐到她的身边。坐了半天的车，郑微早已饥肠辘辘，不过她知道这个时候要守规矩，主人家的家长还没动筷子，她也绝对不能动，不能让他妈妈以为她没规矩。

他妈妈坐定之后，看了儿子和郑微一眼，再将目光投向身边摆着碗筷的空位，用略带喑哑的声音说了句："老陈，吃饭了。今天我们阿正也回来了，你高兴的话就多吃点。"

说完了之后她又看向陈孝正，"放假回来了，跟你爸爸打个招呼吧。"

陈孝正似乎有点尴尬，不过还是照着妈妈的意思对着空气说了声："爸，我回来了……我把郑微带回来见你。"

"吃饭吧。"她妈妈说了一句，便开始往郑微碗里夹菜，"没想到有客人，所以什么也没准备，菜简单了些，如果你不嫌弃的话就多吃点。"

"哪里，阿姨你说哪的话。"郑微嘴上答得很顺，但人还没能从刚才那一幕中回过神来，手里举着筷子，都忘了怎么吃。

"怎么了……啊，我都忘了你们年轻人都不喜欢别人布菜。"他妈妈脸上是实实在在的不知所措，有些歉疚地看了郑微和阿正一眼，补充道，"不过你放心，我用的是公筷，筷子我都洗过两遍再消毒的。"

"不是的，不是的，阿姨，我刚才是太饿了，一看见好吃的，高兴得都忘记下筷子了。"郑微赶紧说，为了证实她话里的可信度，还用力扒了口饭菜到嘴里，差点没被噎着。

陈孝正赶紧给她拍着后背，他妈妈忙起身去倒了杯水放在她面前，"慢点吃，你不嫌弃就好，阿正难得带同学回来，我就怕招呼不周，阿正，你也吃饭吧。"

三人都各自吃饭，这样的情景跟郑微先前的想象大相径庭，她一直以为自己会遇上一个刻薄而尖锐的中年女人，至少也会是个难缠的主，心里早已想好了无数种对战方针，打算水来土掩，见招拆招。没想到他的妈妈会是这样一个憔悴而朴素的妇人，尽管似乎有那么一点点神经质的敏感，但这完全是一个常年寡居的中年女人身上可以理解的特质，并且一点都不妨碍她极其礼貌周到地款待了自己这个意外的客人。

饭后的情景也是如此，郑微主动提出要收拾碗筷和洗碗，被他妈妈立刻客气地拒绝了，她让阿正陪着郑微在沙发上看电视，自己一个人在厨房里忙碌，末了，还给他们端出一碟洗得干干净净、切得整整齐齐的水果。

真的，他妈妈太客气了，那是种唯恐怠慢的殷勤款待、小心翼翼的礼貌招呼，郑微顿时有被奉若上宾的感觉，然而这样的感觉更让她觉得似乎有哪里不对，她说不出问题出在哪里，但是这绝对不是她预期中的样子。

郑微在陈孝正妈妈期待的眼神里剥了个橘子，放了一片到嘴里，很酸，她嗜甜畏酸，这一下几乎让她整张脸都皱了起来，不过她强忍住扭曲的表情，害怕这个有些不知所措的妇人再露出失望的神情。还好陈孝正伸手拿过她手中的橘子，说："我好久没吃这个了。"这才算给她解了围。

他妈妈睡得早，不到十点半就要睡了，郑微和陈孝正也不便再单独在客厅待下去。房子是两房一厅的结构，他妈妈让儿子睡客厅的沙发床，把房间让出来给身为女客的郑微。

"床单和被子都是新的。"她这样对郑微说。

郑微连忙感谢，"阿姨，你辛苦了。"

晚上，郑微躺在床上，一度胡思乱想难以入睡，她认床，很难习惯陌生的地方，不过哪能说是陌生的地方？虽然没有来过这里，但是这屋子是阿正生活过的屋子，地板是阿正走过的地板，床是阿正睡过的床，这里每一寸的地方都见证了他少年时代成长的印记，还有什么比这个更让她感觉到亲密？她来到了这里，他妈妈的客气虽然让她一时有些难以适应，但是这毕竟比她原本的预期不知好了多少倍。

睡前的郑微是开心的，她想，一切都是好的。

正迷迷糊糊准备睡去，郑微听到了一阵细碎而轻微的敲门声，在午夜时分，这样的旧房子传出此等声音，不禁让她胆战心惊，那声音一再传来，她只得披衣下床，壮着胆子打开房门，阿正睡在客厅，她还怕什么。

门打开了，熟悉的身影站在门口，她惊喜地低叫了一声："阿……"还没说完，就被本应睡在沙发上的人敏捷地掩住了嘴。"嘘！"他轻声示意她，她立刻会意，也有样学样地把一根手指放在唇前，房门轻轻合上，黑暗中那个身影立刻拥住了她。郑微闻着自己熟悉的气息，感到安心而甜蜜，还带了点背着大人做坏事的小小刺激。

他们在学校里能在这样四下无人的空间单独相处的机会并不多，两个年轻人急不可待地分享这熟悉而陌生的激情和甜蜜。末了，郑微问阿正："你妈妈是不是不太喜欢我，我有哪里做得不对吗？"阿正抚摸她细细的发丝，"不是，你做得很好，我妈平时就是这样，不过，她没有坏心。"

两人窃窃私语都尽量把声音放到最低，唯恐惊醒了他妈妈。一夜忽醒忽睡，阿正清晨五点就起身回到了客厅的沙发上，他说他妈妈一向早起，要是看到他不在沙发上恐怕不好。

阿正离开后，在紧张和刺激中度过了大半夜的郑微再度沉沉睡去，一觉醒来拉开窗帘天已大亮，一看床头的闹钟，才知道竟然已经超过了九点，不由大惊失色，连忙换衣服，心里暗骂自己怎么一不留神就贪睡过了头，他说他妈妈一向早起，这下估计坏事了。

她开门出去的时候，阿正和他妈妈早已收拾整齐地坐在餐桌前等她，桌子上已经放好了碗筷和清粥小菜。碗筷都没有动过，看情形他们等她也不是一时半刻了。

郑微赧然地说了声："阿姨早，阿正早。"就低头一溜烟地跑去洗漱，终于坐在桌子旁的时候，照例又是他妈妈对空位的一番说话，然后才开始正式吃早餐。

经历了昨晚的那一回，郑微对他们家这个诡异的习惯已经没那么难以适应了，相反，她觉得有点感动，一个女人守寡二十几年，把亡夫留下的遗腹子拉扯长大，还对一个死去了那么多年的人片刻不忘，宛若在旁，这需要多么深浓的感情来支撑啊！

她喝了一口粥，都凉了，更证明阿正他们真的等了她很久，她不好意思地说："阿姨，我睡过头了。"说完又转向低头吃东西的那个人，嗔道，"你好歹应该叫我一声！"他笑笑没有说话，反倒是他妈妈打着圆场说："没事没事，年轻人贪睡是很正常的，我像你这个年纪也老觉得睡不够，现在却是想睡也睡不着了。"

"对了，阿姨你今天不用上班？"郑微忽然想起，学校是放假了，但今天并不是周末，他妈妈有工作，这个时候不应该还在家里。

"是这样的，阿正刚回来，又有客人在，我就请了两天假，一早我就去买菜了，中午和晚上我还要给你们做饭。"

吃过了早餐，他妈妈就似乎一直在厨房忙碌，郑微无所事事，又实在过意不去，深感此刻不献殷勤更待何时？于是主动走进厨房，"阿姨，我给你打下手吧。"

"哎呀，你快别进厨房，到处都是油污，弄脏衣服就不好了。"

郑微连说没事，陈孝正也走了进来对妈妈说："妈，没事的，又不是外人，让她帮帮你吧。"

他妈妈看着郑微不停点头的诚恳模样，只得找出了一件干净的围裙给她系上，"累了就说啊，我一个人也做得过来的。"

"阿姨，我给你洗菜吧！"郑微在家时哪有机会进厨房，现在穿上了围裙，觉得什么都是新鲜好玩的。

他妈妈见她拿起了水槽边篮子里的青菜，忙说："不用不用，那个我已经洗过了。"

"那我给你切菜吧，这个我会。"郑微转向了砧板上的黄瓜。

"这个还是我来吧，小心切到手。"他妈妈不放心地说。

"不会的，阿姨你忙你的，这个交给我。"郑微拍着胸脯保证。

陈孝正先前倚在厨房的门框上颇有忧色地看，过了一会儿被妈妈和郑微合伙赶了出去，他刚在沙发上坐下，就听见厨房里传来了郑微和他妈妈一前一后的两声惊叫，连忙冲了进去。只见郑微手上的菜刀撇在一边，右手紧紧抓住左手的手指，不断有血从指缝间滴了出来，他妈妈看见血，大惊失色，连忙抓起郑微受伤的手放到水龙头下冲洗，然后一迭声地催着陈孝正去拿酒精和纱布。陈孝正也吓住了，翻开抽屉找纱布的时候额角都冒了汗，他妈妈一接过纱布，就赶紧给郑微细细清理包扎着伤口，一边还埋怨着自己，"都怪我，我不该让你干这个。"

一番忙乱后，手指被包扎好的郑微被安顿在客厅的沙发上，母子二人环坐在她身旁。伤口不浅，好在没有伤到筋骨，她根本不知道浑圆的黄瓜在下刀的时候会在砧板上滑动，以至于她一刀下去切到了自己的食指。他们都在担忧地问她痛不痛，其实她此刻除了痛，更多的是怨自己的不争气，她把事情都搞砸了，这一下，他妈妈哪里还会相信她是个家务娴熟的好女孩？

她这么想着，刚被刀切到时没有出现的眼泪这时冲了上来，她都不敢看他妈妈，更觉得自己给阿正丢了脸。他妈妈去清理纱布的时候，她才抬起头来，眼泪汪汪地看着阿正，"对不起，阿正，是我太笨了，我什么都做不好。"

阿正坐在她的身边，好像什么都没听见地把她受伤的手小心翼翼地捧在手心，生怕弄疼了她，她流血的那一霎，他六神无主。这样的一双手，他最最珍惜的一双手，居然在他家缠上了丑陋的纱布。他什么都没说，只是看着她的手，一直看着，那一刀是切在他心上。

第十二章
Chapter Twelve

我不哭，愿赌服输

郑微在陈孝正家里待了两天，由于距离春节越来越近，不得不依依不舍地告别。她离开的时候，阿正和他妈妈一同将她送到了汽车站，直至客车开走才离开。

晚上，阿正在自己房间里并不明亮的灯光下一点一点搭建他的模型，经他手下成型的模型不少，唯有这个不一样，这不是什么新概念的商住两用楼，也不是水岸别墅，而是他打算送给郑微的一座小屋。他从不送她鲜花，也不能给她什么昂贵的礼物，能给的也只有这个——他们的小屋，关于未来的承诺。

小屋里一桌一椅细致之处都见功夫，他完全沉浸在手中的活计里，以至于有人站在自己的身后也浑然未觉。

"阿正。"

直到听到熟悉的声音，他才猛然回过头来，妈妈不知道什么时候进到他的房间，也不知道已经看了多久。

"妈，你还不睡？"妈妈一向睡得早，所以阿正这个时候看见她，感觉相当意外。

"我睡了，结果没睡着，看你房间的灯亮着，就过来看看。做什么那么出神，这模型是拿来做什么用的？"

陈孝正避开了这个话题，说道："太晚了，你还是先睡吧，明天不是还要上班吗？"

他妈妈没有离开，莫名地笑了一下，用手摸了摸儿子手中的模型，"真漂亮的一座房子。"

他忽然停下了手中的动作，定定看着自己的母亲，"妈，你是不是有话跟我说？"

"阿正，你过来。"

他犹豫了一下，还是跟着妈妈走出了房间，来到了父亲的遗像前。他站在一边，看着妈妈无比娴熟地点了一炷香，然后再小心地拭了拭镜框上难以察觉的灰尘。

"跪下，阿正。"她说。过了一会儿，才回过头看着毫无动静的儿子，他仍旧站在那里，一脸漠然。

"你连我的话也不听了吗？"她的声音疲惫中带着酸楚，从小到大，陈孝正最怕看到这样的母亲，每当她这个样子时，往日种种生活的凄凉便历历在目，然而他依旧没有跪下来的意思。

"我不会跪的，因为我没有做错事。妈，我当然听你的话，但是我有我的判断。"

"是呀，你长大了，开始有你认为正确的判断，所以递交了申请表之后，你又开始后悔了。"

陈孝正闻言苦笑，他知道瞒不过她，从小学时开始，她就没有放弃过用各种方式与他所在的学校、他的老师取得联系，即使上了大学也不例外。想必她打过电话给他的班主任，这么大的一件事，她当然知情。不过，他早想到会有这一天，所以并没有感到多大的意外。

"没错，我后悔了，我觉得我应该可以有别的选择，出国不一定是我必须走的路。"他放低声音说。

"说到底，还是为了郑微吧？"妈妈的声音木然。

原来她一早就知道了，然而郑微在的那两天，她只字未提，陈孝正不知道自己是否应该感激，可是他没有办法否认妈妈的这个假设，所以他只能说："没错，我承认她是其中最重要的原因。"

"以前你从来不会这样，我的儿子是那么好强，从上大学的第一天开始，出国深造不一直都是你的目标吗？如果不是的话，你那么刻苦地锻炼口语，辛苦地打工是为了什么？我们这几年过得那么艰难，把每一分钱攒下来又是为了什么？现在好不容易机会就在眼前，你的班主任说，今年全国公派留学的指标也不过三千个，你这个时候放弃，却告诉我只因为你恋爱了，所以你要丢掉这个机会跟她在一起。阿正，你看着我和你爸爸说，大声地说，这就是你的判断？"

"我是一直想要出去，国外有更先进的技术和更好的学术氛围，不过那个时候我没有想过我会遇上郑微，就是跟她在一起之后，我才知道，我也可以有那么简单的快乐。"他看着生他养他的那个人，"妈，我知道这些年你很辛苦，我也一直都尽量让自己做到最好，不过，即使当着爸爸的面，我也不怕实话实说，也许我没有你们期望的那么有出息，我贪恋她给我的快乐。"

他妈妈的手无意识地摩挲着丈夫相框冰冷的表面，声音喑哑得如同叹息，"阿正，你跟我说快乐？我不是不懂快乐。以前你爸爸还在的时候，你在我肚子里，我们一家三口在一起，我觉得我比世界上任何一个女人都幸福。你爸爸事业多顺利，两千人的国企大厂，不到三十岁，他就从厂里的技术科科长升任总工程师。那时候，逢年过节上门的人一个还没走，另一个又来了，走在大院里，谁不笑脸相对。是我福薄，天生就留不住好的东西，你才在肚子里三个月，你爸爸去工地出了事故，就再没回来。人死了，死在工地上，追悼会开得轰轰烈烈，花圈摆满了整个灵堂，但是追悼会结束，人散了，茶也凉了，分到手的那点抚恤金，你不足月的时候生了场大病，就什么都没剩下。那也就罢了，难的是我一个女人带个孩子，你小时候身体又不好，我的工种却一变再变，岗级越来越低，照顾你的时间越来越少，我去找厂长，找工会主席，只求他们能够把我换到一个不用三班倒的部门，他们过去跟你爸爸是那样称兄道弟的朋友，那个时候却只会满脸为难地跟我说厂里的难处，要我多谈奉献，少提要求。我一个寡妇，只求能够在晚上照顾我还没上幼儿园的儿子，这样的要求也算过分？你上幼儿园的时候半夜发高烧，厂里卫生所治不了，我一个人背着你走了差不多三公里才赶到医院，为了那点住院费，不知敲了多少个亲戚的门，他们只会说，再找个男人吧，何必一个人撑着。阿正，我在你爸爸灵前许诺过为他守一辈子，我不能另找一个男人，我还有和他共同的回忆和儿子。好在你从小争气，你考上大学的时候，家里所有的钱，加上我提前预支的工资都凑不够学费，问你二叔借了五百块钱，他好歹肯帮我们一把，但是给了钱之后却把家里的电视机扛走了，一个旧电视机值多少钱，他不过是算准了我们不知道什么时候能把钱还上，抵回一点损失就算一点……这些你都是知道的吧？我一再地说，你只会觉得烦，不过这就是生活，阿正，我说这些，只想告诉你，贫贱没有快乐。"

她说的每一段记忆、每一个细节陈孝正都铭记于心，他忘不了小时候那些点点滴滴的苦，所以才更愿意记住现在手上紧紧抓着的那点小幸福。他努力让自己的声音坦然，"这些我都记得，妈，但是我不认为不出国我就必定贫贱，你相信我，等我毕业了，我们的生活一定会越来越好的，你也会有享福的那一天。"

他妈妈回头看着他，布满了血丝的眼睛里一滴眼泪也没有。阿正记得小的时候，妈妈总是背着他流泪，但是现在，她再也不哭泣，"我相信不了。你以前一直都是我的骄傲，那么懂事，让人放心，可是现在你居然为了一个女孩子，把这样一个大好的机会都放弃。你要知道，你的家庭没有办法在事业上给你任何帮助，什么都要靠自己，你一生中遇到的好女孩还可以有很多，但是能改变你命运的捷径能有几条？你连这么简单的判断都没有，我怎么能相信日子会变好？你看看你，以前的你总知道自己该做什么，现在呢，三更半夜不睡觉，就想着一些不切实际的东西，你那个小房子有什么用？它能在今后给你们遮风挡雨？"

陈孝正艰难地反驳，"妈，你跟爸爸感情那么好，你应该知道有些人一辈子只能遇到一个。"

他妈妈看着自己皲裂的手，慢慢地摇头，"我读的书没有你们多，懂的道理也很简单，感情就像味精一样，只能是调味品，它是吃不饱的。如果你以为我是个恶婆婆，千方百计地要拆散儿子的幸福，那你就错了，我不讨厌你带回来的那个女孩子，我承认我自私，宁愿你一辈子都在妈妈身边，但是你长大了，终究会有这一天。对了，她叫郑微，你喜欢她，我懂，你这样的年纪，怎么能不喜欢这样长得好看又活泼的女孩子？不过你也看见了，她那样娇滴滴的样子，是吃过苦的吗？在你的'好日子'到来之前，她能陪着你熬下去吗？就算她愿意跟你一起熬，你的心里会好受？贫贱夫妻百事哀，等你尝过了苦头你就会懂。你从小就聪明，应该知道，像我们这样家庭出身的孩子，适合你的女人有两种，一种干脆就是家境好到让你的道路畅通无阻，另一种就是纵使没有什么出身，但聪明、踏实，能够跟你一起打拼，让你没有后顾之忧。郑微她哪一种都不是，她这样的女孩，需要人放在手心里捧着，阿正，你现在没有这个资格。"

阿正垂在身体两侧的手紧紧握拳，"我不想听这些，妈，别逼我，我为什么非要在你和她之间做选择？"

他面前的人再次无声地笑了，"我老了，即使有好日子，我又能过上多少天，从你爸死的时候起，我的一辈子就完了。而你的一辈子是你自己的，纵使你是我儿子，纵使我多盼望你有出息，但我没法替你活。你不想听我说那些，是因为我说的道理你都懂，你自己都想到过，所以你现在才害怕它。你三岁的时候，我还抱着你，跟邻居家的小孩一起玩，别人逗你们，问长大了都想干什么呀，别的小孩说得乱七八糟，只有你，你说你要干大事。我们都笑了，三岁的孩子知道什么叫大事？不过你是我生的，我知道，你从小就是个有野心的孩子，所以样样事都要比别人做得好，要比别人有出息。你那么勤奋刻苦，希望有一天能出人头地，都只是为了我吗？你放弃这个机会心里没有痛苦过？今天你爱她，你觉得爱是最重要的，不过等你在现实中栽了跟头，你迟早要恨她。所以，你的选择从来都不在我和她之间，你是在你自己和她之间选择。"

很晚了，他妈妈说完这些，似乎无限疲惫。她走回房间的时候，背影苍老而佝偻。陈孝正依稀记得，年轻时的妈妈曾经是那样的漂亮挺拔，直至现在仍然有人忆起当年他父母的这一对，无不说是才子佳人。在时间和现实的夹缝里，青春和美丽一样，脆弱如风干的纸。

母亲关上了自己的房门，只剩他孤身一人伫立在父亲的遗像前，现在没有人再逼他，他却扶着残旧的五斗柜边缘，慢慢地双膝跪在冰冷的水泥地上，看着照片里冷静而睿智的父亲，他如迷途的孩童，眼前的路万千条，究竟哪一条才是他要去的地方？

"爸爸，你来告诉我，我是不是做错了？"

元宵节刚过，学校就开了学。大学的最后一个学期，找工作成了毕业生生活的关键词，随着身边的同学一个个签约的消息传来，那种大学毕业前夕特有的躁动气氛也白热化了。

郑微她们宿舍里第一个签下就业协议的是何绿芽，她选择了回到家乡所在县的一个机械职业技校做老师，这样一来，就终于可以跟她毕业分配回原籍的男朋友团圆了。对于她这个决定，其他几个舍友私下也不无惋惜，她的成绩不错，再等下去未必找不到更好的单位，尤其是黎维娟，口口声声埋怨她傻，大家都削尖了脑袋往大城市里挤，偏偏她要回到那个穷乡僻壤去。不过正如阮阮说的，子非鱼，焉知鱼之乐？各人有各人的人生，未来孰喜孰悲，谁又能预言。

卓美对找工作一事倒不热衷，家里自会为她安排妥当，用她的话说，找不到工作就干脆找个人嫁了。

朱小北一心一意考研，她说：社会太复杂，像她这样雪白的人，能拖一天进入那个大染缸就是一天。

倒是黎维娟经常为了找工作的事跑得风风火火的，有一次郑微看见她明摆着宿舍的电话不用，偏偏跑到楼下的 IP 电话亭联系工作的事，不无好笑地对阮阮说：至于吗？防贼似的。阮阮置之一笑。彼时黎维娟在学校已经有个研二的男友，大概在今后的选择上两人意见存在分歧，她毫不犹豫地慧剑斩情丝。分手的时候倒也伤心了几天，朱小北说她，何必呢，有什么两人一起熬过去不就没事了？她神情悲戚，说出的话却大义凛然：大学生活寂寞苦闷，陪着走过一段就罢了，道不同不相为谋，分道扬镳是最好的选择，反正他们也不过是顺应了大四分手潮而已。

郑微问得最多的就是阮阮今后的去向，其实阮阮成绩那么好，不继续深造是有些可惜的。然而她志不在此，她说她是个胸无大志的女人，并不想成为什么学者和女强人，读书到这里，觉得已经够了，那就到此为止，她只希望以后的生活能够简单快乐一些。她告诉郑微，她跟世永私下约定，两人都不回原籍，世永在S市的实习单位对他的表现相当满意，有意在毕业后正式签下他，这一来，阮阮就必定会在S市找工作，从此跟世永一起在S市定居。阮阮说，他们这也是迫不得已，赵世永的家里过于强势，只有远离他们，天高皇帝远，才能得个安宁。

郑微不无伤心，她说："阮阮，我真想跟你在同一个城市工作，有什么事，都能第一时间找到你，然后我们还像以前那样一起逛街、吃饭。"

阮阮笑她，"天下无不散的宴席，我跟世永在一起，就像你舍不得你的阿正。何况G市和S市相邻，现在通讯和交通都这么便利，我们想见对方，不是随时都可以的事吗？"

"可是你确定赵世永能够顺利签在S市？我是说，他家里会不会早有安排，他又是那样一个乖乖男。"郑微对阮阮的事依旧有些忧虑。

阮阮迟疑了一下，还是坚定地说："他答应过我的，我相信他。"

就这样，在后来的日子里，阮阮以她无可挑剔的成绩和综合素质顺利签下了 S 市一个建筑设计院。郑微和阿正也一起在开学后不久参加了中建的初试，虽然中建依旧对他们说等待通知，但她对自己的表现相当满意，坚信自己和阿正都能够顺利经过复试，然后一路过关斩将，成功拿下中建。

说起来也奇怪，毕业班的课程越来越少，陈孝正却似乎越来越忙，他不再像以往那样天天跟郑微混在一起，很多时候，身为女友的郑微也搞不清，他究竟在忙些什么。偶尔两人一起吃顿饭，他也是行色匆匆，心不在焉，郑微知道问他也问不出个所以然，只得自行将他的症状归类为毕业生间歇性综合症。她想，只要过了这段时间，一切都会好的。

话虽如此，有时想跟他说说话，一时间又找不到人，她是急性子，终于难免在见到他的时候大发脾气。陈孝正似乎也有些内疚，安慰她之余，郑重答应她，过几天正好赶上两人都没课，要好好陪她，她想去哪里都可以。

郑微提出要去动物园，理由是她在 G 市四年，还从来没有去过动物园。陈孝正笑她小孩子脾气，但仍然愿意陪她一同前往。

四月的南国城市，花开似锦，两人下公车走了一段，陈孝正见她额上似有细细的汗珠，便提出到前面给她买瓶水，郑微变戏法地从自己身上的背包里掏出两个装得满满的矿泉水瓶，得意扬扬地说："看，我早料到会有用到它的时候。"

陈孝正接过她递来的水，诧异地笑，"你就背着两大瓶水走了那么老远的路？不沉吗？难怪你汗流成这样。"

她是个懒人，过去出门时带把遮阳伞都嫌沉，现在这样的确不像她的风格。她闻言眉飞色舞地说："这你就不懂了吧，一瓶水好歹要一块钱吧，我这么一来，不就节约了至少两块钱吗？钱就是这样一分一分地积攒下来的，我现在连逛街都不去了，得把钱留到五一去婺源的时候再用，到那时大玩特玩一轮，才叫过瘾呢。"

话是这么说，擦汗的时候她还是忍不住咋舌，傻傻地笑，"说实话，真有点沉。"

陈孝正二话不说把她的包背在了自己肩上，他喝了一口水，其中的滋味，只有自己知道。

动物园的门票二十块一张，颇让郑微心疼了一阵，不过园里那些可爱的大小动物立刻让她觉得值回票价，她一会儿喂喂猴子，一会儿逗逗小鸟，开心得像个孩子一样，连带陈孝正也跟着她一路笑个不停。

经过水族馆的时候，他们本想进去，被门口的值班人员拦住才知道这里是要另收门票的。郑微死死地盯住宣传海报上的可爱的海豚和海豹，流连着不肯离去，不过想起每人十五元的票价，还是狠下了心拉着陈孝正离开，嘴里还安慰自己，"这有什么好看的，这有什么好看的。"

她使劲向前走了几步，才发现她拉着的阿正纹丝不动地站在原地，他松开她，自己走到买票的窗口给她买了张门票，塞到她手里，笑着说："你一个人进去看看吧，我家附近临海，这些我都不喜欢，我在门口等你就是了。"

她摇头，"不行，我一个人进去有什么意思，你快把票退了，要进我们一块进，要不就都不进。"

她拗起来的时候，要说服她也不是件容易的事，两个固执的年轻人为了这张门票在水族馆的门口争执了好一会儿，最后是卖票的老阿姨见他们两个年轻人怪让人心疼的，今天又不是周末，四周冷冷清清的，一个人也没有，就做主让他们别声张，两个人一块进去吧。

郑微恨不得冲上去用力地亲那胖胖的阿姨一口，最后还是谄媚地恭维了一句，"阿姨你心真好，难怪这么年轻漂亮。"逗得那阿姨笑逐颜开，连忙挥手让他们赶快进去。

一天下来，两人玩得心满意足，回去的时候坐在公车上，郑微累了，就靠在阿正的肩膀上，开心地叹息，"好久没有玩得这么尽兴了。"良久，她听到身边的人轻轻"嗯"了一声。

有什么感觉能够比疲倦之后依偎在爱人的肩头更加美好？郑微的心里在弹奏欢快的乐章，满足而安详地倚在他的肩上昏昏欲睡。半梦半醒的时候，她察觉到他抚了抚她的头发，然后轻轻地触了触她扑闪如蝴蝶的长睫毛，沉浸在温馨和甜蜜之中的郑微忽然觉得这一幕似曾相识。是了，四年多前，十七岁的她也是在这样摇摇晃晃的公车上，感觉到心仪的男孩落在她眼睛上的轻轻一吻，那个时候的小飞龙，心中的窃喜如小鸟一样振翅欲飞，她以为没有人比她更加幸运，以为自己什么都会心想事成。然而，接下来等待她的却是那个人不告而别的远渡重洋，还有长长的离别。

她不知道自己为什么会这样，在最快乐的时候最害怕地想到离别，她忽然紧紧抱着阿正的胳膊，喃喃地说："阿正，你别离开。"

他似乎吓了一跳，反应如此吃惊，"微微，你刚才说什么？"

她对自己突如其来的神经质感到不好意思，"没说什么，就是忽然害怕你会不见了。阿正，你答应我，别让我再等你，我怕我没有足够的勇气一直等在原地，更怕我们走着走着，就再也找不到对方了。"

他没有回答。

那天晚上，宿舍里熄了灯，郑微躺在床上才忽然听见黎维娟喊了声"哎呀"，她说："郑微，我忘了说，今天早上你刚出门，就有一个男的打电话来找你，我说你不在，他就问我知不知道你去哪了，我说好像是跟男朋友出去了吧，他'哦'了一声，就没再说什么了，也没留下名字。你知道是谁找你吗？"

"谁呀？"郑微一脸迷茫地看着蚊帐的顶端，"该不是老张吧？"老张毕业大半年了，还是会不时打电话来骚扰一下小郑微。

黎维娟笑了，"哪能呀，老张那破声音我还能听不出来？今天打电话来的那人，说话多有礼貌呀，我敢说我没接过他的电话，快跟姐姐说说，是不是又有了什么好的资源，要有的话，别忘了姐姐现在单身，可千万记得肥水不流外人田啊。"

郑微疑惑地说："问题是我也不记得我认识这么个人呀，算了，真有事的话还会再打来。"她想了想，依旧没有头绪，便把这事抛到了脑后。

同样的时间，男生宿舍里，陈孝正也没睡，他在自己的桌子上，给那座小屋模型完成了最后一道工序，他看着它，这是他花了好几个月的时间做出来的心血之作，可是，现在就连他自己也不相信，这个小屋可以庇护他的爱情，让他们免受风吹雨打。

他忽然想起了曾毓那天跟他说的话，她指着学校正在动工的多媒体大楼，说："看见了吗？那些戴着安全帽的人，除了民工，还有一些人跟你我一样，大学几年，学建筑出身，这个社会就是那么现实，不管你多有才华，没有关系和背景，你一样得在工地上熬。当然，也许有一天你会熬出头，但是这一天会是什么时候呢？也许一两年，也许三五年，也许更长……谁知道？所以，阿正，你要想清楚，不是所有的路走错了都能重来。"

现实就是这样残忍的东西，它总在你不能察觉的时候，一点一点摧毁你的信仰，摧毁你以为自己可以给出的承诺。什么是长大？当一个孩子知道钻石比漂亮的玻璃球更珍贵的时候，他就长大了，他比任何小孩都要更早地明白了这个道理。

他爱的女孩，是那样的天真无邪，她爱那些充满小情小趣的一切事物，不知愁为何物，她是勇往直前的玉面小飞龙，她的男人，应该给她最广阔的那片天。而他呢，他只有一片残破的屋檐。当然，只要他愿意，他相信她会一直守在他身边，不离不弃，然而当爱情的甜蜜消散之后，在生活的消磨中，她会不会因他而变成一个现实而憔悴的妇人？他打了个寒战，如果有这一天，他会恨他自己——他更怕那一天来临时，他会恨她。

妈妈的话句句残忍，然而她是对的，他的选择从来就是在自己和郑微之间。他看着自己的手缓缓将小屋一块块拆得支离破碎——其实选择早已在他心中。

五一前的火车站提前十天售票，卧铺票并不好买，郑微在人潮涌动的火车站排了一下午的队，一无所获。最后她还算机灵，想起了已成为社会人士的老张，老张这家伙一向八面玲珑，三教九流的人都认得不少，郑微一个电话打过去，他满嘴应承下来，不到两天，还真给她弄来了一中一下两张 G 市到南昌的硬卧票。只要到了南昌，那就是她小飞龙的地盘，该怎么样转车去婺源，都是轻而易举的事情。

郑微手里捏着刚从老张手里弄来的火车票，乐颠颠地跑回宿舍，一边推开门，还一边哼着："我得意地笑，我得意地笑。"

"哟，这么早就把蜜月旅行的车票弄到手了？"朱小北一看到她那个眉毛眼睛都在笑的模样，忍不住打趣。

"那当然，我不但票弄到手了，就连七天的行程都安排好了，我要带着他进婺源，上庐山，让他见识见识我们江西的大好河山，当然，还要顺便拜访一下我爸我妈，也就是他未来的岳父岳母。"郑微一点也不怕羞地回应。

阮阮也笑她，"都说你们江西人一会读书，二会养猪，是该让陈孝正见识一下。"

郑微心情好，大度得很，挥挥手表示不屑于跟她们计较，一屁股坐到电话旁的凳子上，"我得先打个电话给阿正，告诉他票已经到手了。"

电话刚拨了一半，宿舍门被人一把推开，郑微不悦地看过去，黎维娟一脸是汗地冲了进来。

"发哪门子疯呀，快毕业了，连带不走的大门也要摧毁是不是？"朱小北说。

黎维娟却一副火烧屁股的模样，"我懒得跟你们磨牙，郑微，出大事了，我听说了一个恐怖的消息……"

"喊，你哪天没有劲爆的八卦传闻呀？"听了四年，郑微对黎维娟的"江湖传闻"已经失去了兴趣，继续拨她的电话。

黎维娟一手按在电话上，"我说你呀，被人卖了还替人数钱。我刚才在学生会得到的可靠消息，全校仅有的两个公派留学名额你们家陈孝正就占了其中之一，听说去的是美国，签证都下来了，他可真有出息，这么大的事瞒得密不透风，你这傻瓜还蒙在鼓里吧？"

郑微愣了愣，扑哧一声就笑了，"我说你呀，那些小道消息越来越没谱了啊，我前天才跟他一起吃的饭，他还跟我说起去婺源的事呢。黎大师，你少来啊，拿这个忽悠人可有点过火了。"

黎维娟这回真急了，指着郑微的鼻子就说："说你傻你还真傻，这事能开玩笑吗？别说院里，这消息就是系里的学生会都传遍了，你爱信不信，别到时没地方哭去。"

"你胡说！"郑微也赌气地站了起来，"他从来没跟我说过这事，我当然信他。我是他女朋友，他的事我还能不知道？"

"你……算了算了，是我多事，好心被你当成驴肝肺。你要不信，就去当面找他对质。"黎维娟顿足。

"去就去。"郑微是想到什么就立刻付诸行动的人，话音刚落人已跑到门口，"等我问清楚了他，看你们还怎么嚼舌根！"

她关门的声音又重又急，震得阮阮和朱小北面面相觑，阮阮忽然说了声，"糟糕。"朱小北立刻会意，当下瞪大眼睛，"妈呀，该不会出事吧？"两人二话没说就跟着跑了出去。

下了楼，朱小北拉住阮阮，"你说我们要不要往那些湖边、水库什么的地方去找呀，她该不会一时想不开……"

阮阮立刻打断她的话，"什么时候了还说这些，你往我们院里的自习室方向去，我到陈孝正宿舍附近看看，你记住，看看就好，没事我们就回来。"

"知道知道。"朱小北应着，两人分头行动。

阮阮没猜错，郑微是往陈孝正宿舍的方向去的，她走一阵，跑一阵，上楼的时候迎面遇上了同班的男生，招呼也不打就直奔他住的地方。

她推门进去的时候，他站立在自己的床前，背对着她，仿佛在收拾东西，他的脚下是一个大大的皮箱。

他是听到她急速奔跑后的喘息声才回过头来的。"微微？"他起初有一丝惊讶，很快面色平缓如常，"你怎么来了？"

"我忽然想来看看你。"她单手抚胸，试图让自己的呼吸平缓，"阿正，你该不会是这么早就收拾去婺源的行李了吧？"

他转过头去继续整理东西，她走到他身边，笑着说："你知道吗？刚才我从黎维娟那听说了一个笑话，她居然说你就要出国了，而且又是美国，哈哈，你说好笑不好笑？"

陈孝正静了静，忽然扔下手中的东西，回头抓住她的手，"微微，你先跟我来，我们换个地方说话。"

她一言不发地任他拉着自己下了楼，来到男生宿舍附近的篮球场，午休时间，篮球场空荡荡的，只有他们和风声。

他站定，松开她的手，深呼吸，"微微，对不起。"

"为什么要对不起，你是不是又做坏事了？"她像往常那样看着他，笑得一脸灿烂。

有一刹那，陈孝正觉得自己的心都抽紧了，他以为自己没有办法把剩下的话继续说下去，原来他毕竟没有自己想象中坚定，"她们说的都是真的。我以为我可以陪你去婺源，没想到签证下来得那么快。"

"她们？你指黎维娟说的那些话吗？阿正，愚人节已经过了二十多天，你还玩这个？"她拖着他的手，依旧撒娇地微笑。而他只是低着头，一直低着头，忽然害怕看到她此刻的笑容。

终于，她松开了他的手，带着点茫然，如同呓语一般地说："这么说，我是最后一个知道的？"

"我想了很久，但总是找不到一个办法，能让你不那么伤心。"

"我不伤心。你瞒着我，直到再也瞒不过去才承认，这样我就不会伤心？陈孝正，这是什么逻辑？"她不争气的眼泪又开始在眼睛里打转。

不能哭，她绝对不能哭，如果泪水掉下来，那就等于承认了悲伤已成定局，她不要这样的定局，所以她看着天，不知道眼泪能否逆流？

"我说过，我的人生是一栋只能建造一次的大楼，所以我错不起，微微，哪怕一厘米也不行。"

是谁说的，薄唇的男人生性凉薄残酷？

"所以你现在才翻然醒悟，及时纠正你那一厘米的误差？公派留学，我喜欢的人果然是最有出息的一个。只是我不明白，你的前途跟我必定是不能共存的吗？即使你一早向我坦白，我未必会阻挠你。是不是因为，你的蓝图里从来就没有我？"

他不说话，于是她吃力地推搡着他，"解释，你可以解释，我要你的解释……"她的声嘶力竭到头来却变成哀求，"阿正，给我个解释，说什么都行，就说你是迫不得已，或者说你是为了我好，说什么我都接受。"

他握住她放在自己胸前的手，"微微，总有一天你会明白，人首先要爱自己。我没有办法一无所有地爱你。"

"所以你要爱回你自己？"

"可能说出来你永远不会理解，我习惯了贫贱，但没有办法让我喜欢的女孩忍受贫贱。"

"你就认定了跟我在一起必定会贫贱？为什么你连问都没有问过我，也许我愿意跟你吃苦。"

"但是我不愿意！"他的语调第一次有了强烈的情绪起伏。

话已至此，郑微，但凡你有一点骨气，你便应当拂袖而去，保不住爱，至少保住尊严。

但是这一刻的郑微对自己说，如果我挽不回我的爱，尊严能让我不那么伤悲？

所以最后的一刻，她终于收拾了她的眼泪和愤怒，"阿正，你等我，我回去跟我爸爸妈妈说，然后我考托福，去跟你在一起，最不济，我还可以等。"

他看着她，说："不不，你别等，因为我不一定会等。"

阮阮终于走过来的时候，陈孝正已转身离去，她拉着郑微的手，"微微呀，我们走。"

四月的天，清明后的时节，天边来了乌云，天色迅速地就暗了下来，风卷起沙尘，轻易地迷了眼。

郑微挣开阮阮的手，"你看，起风了，我怎么一点都没觉得冷？"

这是她选择的道路，她选择的男人，所以也是她选择了一个人站在这样的风里，冷，也不能吱声。

阮阮伸手挡住风沙，"天太黑了，我可以假装看不见你哭。"

郑微摇头，"我不哭，阮阮，我愿赌服输。"

大学四年，郑微习惯了别人的眼神，但是她还是第一次让自己去适应那些嘲笑中带点同情的眼神，众人瞩目的一对，郎才女貌的佳偶，末了，不外乎曲终人散的结局。

她照吃照睡，偶尔也被朱小北并不好笑的冷笑话逗得开怀大笑。有什么办法，在操场上告别他的第二天，一觉醒来，她觉得天都塌了。可是推开窗，大雨过后的天多么晴朗，窗前走过的人们忙碌而表情各异，或许是悲，或许是喜。这个地球不会因为一个人彻底的伤了心而改变它的自然规律，她在梦里无望到不相信再有天光。可是次日太阳一样升起，生活依旧继续。

实在撑不下去的时候，她一个人偷偷在被子里给妈妈打电话，电话一接通，那边就传来了低至无声的悲泣。林伯伯的身体本来就不好，情绪上的剧烈起伏和事业上的打击让他死在了一个星期前的一天。他死的时候仍然是他妻子的丈夫，一个有妇之夫。纵然他生前给了郑微妈妈多少承诺，铁了心地离婚，然而当他死后，她连进入灵堂看他一眼也成为奢望。死亡让林静的妈妈孙阿姨在这场持久战中取得了胜利，她终于完美地捍卫了她的婚姻，再也没有人能夺走她的丈夫。

郑微不知道自己是怎样结束了和妈妈的通话。几天之后，她收拾行装，揣着两张火车票，前往她一个人的婺源。火车开动的时候，她不敢仰望天空，如果他在云端此刻俯视，会不会低头寻找那个他曾经允诺过要跟她一同到达的地方？

李庄村口的大槐树，就像她梦中一般枝繁叶茂，老态龙钟，它不知站在这里多少年，见证了悲喜，见惯了离合，那种看透世态的沉默和木讷莫名地抚慰了郑微的感伤。

向远——郑微在村里用十五块钱请来的当地向导，尽职尽责地陪在她的身边。这个有着狐狸一般、笑起来眯成一条线的眼睛的女孩告诉她，村口的老槐树多少代以来，都是生活过的男女爱情的见证。他们在树下相会，在树下祈愿，或许也在树下别离……就在昨天，还有个城里人，按照亡者的遗愿，把他父亲的骨灰撒在了大槐树脚。

郑微想起了那个故事，出轨的男人死前把房子和遗产留给了妻儿，却把最爱的一片树叶赠给了他爱的女人。爱情的分量，也不过是一枚落叶和死后的尘灰。

郑微请向远帮了个忙，在老槐树的树脚掘了个不深不浅的坑。向远欣然应允，她答应掘坑的代价是二十块人民币，不过她说，如果郑微给她五十块，她愿意代她好好守护这个坑里的东西。

郑微觉得这是笔划算的买卖，于是她在老槐树下，终于一点一点地埋葬了她的《安徒生童话》和木头小龙。

站在山巅的时候，郑微俯视山下的老槐树，听见向远遥遥对着山那边喊："我要发财！"

她也把两手聚拢在嘴前，用尽所有的力气喊道："美国，万恶的资本主义国家，把我的男人还给我……"

远山回音："发财……发财……还给我……还给我……"

郑微跟向远一起没心没肺地笑得前俯后仰，然后，在这个她梦想到达的地方，在一个不相干的陌生人面前，二十二岁的郑微终于泪流满面。

Best Time

白 马 时 光

爱过我们的人和伤害过我们的人，

都是我们青春存在的意义。

十八岁，郑微对阮阮说："我是谁，我是天下无敌的玉面小飞龙，有什么我得不到？"

二十二岁，她站在山顶上喊："美国，万恶的资本主义国家，我恨你，你把我的男人还给我！"

二十六岁，微醺，她看着他，"我不可能一次又一次地相信你，不可能……"

◆ 致 我 们 终 将 逝 去 的 青 春

她曾经说，那将是她一生中最亮的月光，
然而后来她才知道，月光再亮，终究冰凉。

◆ 致 我 们 终 将 逝 去 的 青 春

看得见的伤口，迟早有一天会痊愈的。

◆ ◆ ◆

正如故乡是用来怀念的，青春就是用来追忆的，当你怀揣着它时，它一文不值，只有将它耗尽后，再回过头看，一切才有了意义。

致我们终将逝去的青春

的青春

下

插图纪念版

辛夷坞

著

百花洲文艺出版社
BAIHUAZHOU LITERATURE AND ART PRESS

目录
Contents

第十三章

Chapter Thirteen

醉笑陪伊三万场，不诉离殇

　　郑微席地坐在工地施工现场附近的泥地上，十月的烈日当空直射下来，视线所及之处，无不是一片白晃晃的。施工还停留在地面工程阶段，三通一平之后的场地，连个遮蔽的地方也没有。一滴汗水落在她的睫毛上，她用手随意地抹了一把，汗水沾染到手中的泥沙，变成了混浊的灰色，安全帽贴住发际的地方，黏，而且痒。赤裸裸地曝晒了一个多月，她晚上洗澡的时候照镜子，发现自己那张原本白生生的脸蛋早已变得如包拯再世一般。黑也就罢了，偏偏安全帽的系带之下的肌肤依旧如往昔一般雪白，摘了帽子之后，远远看去，犹如被人在脸颊两侧各刷上了一道白色油彩，滑稽得很，为此她没少被工地上的那帮大老粗嘲笑。她喝了口水，徒劳地用手扇风，要不是下到工地第一天，项目经理、专职安检员和带她的师傅再三吩咐，施工现场必须佩戴安全帽，否则她真有种立刻扔掉帽子，让自己的头和脖子解放的冲动。

　　她争取这份工作的初衷，原本是想跟自己喜欢的人天天在一起，人走了，工作的机会却留了下来，郑微不知道该觉得讽刺还是庆幸。不过能进中建，据说还是赶上了这个即将面临改制的老牌国企录用正式职工的末班车，这在她的大多数同学眼中都是件幸运的事，尤其在中建今年早早放出"不招女生"的风声后，她的雀屏中选不能不说是个让人羡慕的意外。

　　说起来也可笑，她当初选择念土木的原因无非天真地想，要是看着高楼大厦在自己手中平地而起，那感觉一定很好，现在真正身临其境，才知道这个行业存在性别歧视不是没有道理的，女孩子无论在体力还是耐劳程度方面都比男生要差得很远。她从婺源回来后不久就接到了中建的复试通知。那段时间，她生活得如同游魂一般，也不知道怎么地，稀里糊涂就被录用了。报到后，她跟着其余几十个男生一起在公司总部经历了为期半个月的岗前培训，然后就统统被流放到各个工程项目部。按照中建的人事制度，新录用的大中专毕业生必须有六个月以上的工地实习经验，考核合格后才能分配到正式的岗位上。这六个月说长不长，说短不短，真正身在其中，也不是那么容易熬过去的。郑微刚被分到现在这个项目部时，工地上的那些同事一见她就纷纷摇头，都说把这样娇滴滴的小姑娘送到这来，不是糟蹋人是什么。她过了两天这样的日子，心里也是叫苦不迭，可是她生性倔强，尤其不肯在人前示弱服软，既来之则安之，大家都认为她受不了这种苦，她偏要让这些人看看，她玉面小飞龙岂会那么轻易被人看扁！

豪言壮语是放出来了，可是要达到吃苦也甘之如饴的境界也不是那么容易的事，师傅刚说大家可以休息一会儿，她一屁股坐下去，就再也不想起来了。她正打着能磨蹭一会儿是一会儿的主意，就看到了那个拿着图纸追在师傅身后请教的人。

有时候就是这样，你的生活中某个阶段会出现这样一个人，她什么都跟你不相上下，什么都跟你争，什么都跟你过不去，对于郑微来说，这个人就叫做韦少宜。韦少宜是今年整个中建集团除了郑微之外招聘的唯一的女生，不过跟郑微经历了初试、复试重重关卡最终被录用的经历不同，她据说是总部某位刚退居二线的老领导的亲戚，公司本不打算要她，不过一方面是老领导退休前力荐，一方面是她专业对口，毕业院校和简历材料均无可挑剔，为了不让老领导有人走茶凉、刚退下来说话就不管用的感觉，所以公司才勉为其难地额外给了她一个指标。

韦少宜进公司的时间比郑微晚，没有经过岗前培训就直接被分到了郑微所在的项目部。初见她第一面时，郑微本能地觉得这个女孩子绝对不是她的那杯茶，她最不喜欢自命清高、太过较真的人，而很不幸的是，韦少宜似乎恰恰是这种典型，而且她看得出来，对方似乎对她也不是那么感冒。都说不是冤家不聚头，白天在一个工地也就罢了，最可怕的是晚上回到单位宿舍还要面对那张冷冰冰的臭脸——中建给予他们这些新录用的大学生的待遇是两人共用一套两房一厅的公寓，今年的新人中只有她们两个女生，成为舍友也是没有选择的事情。

郑微不明白，都是生长在新中国红旗下的孩子，为什么有人就这么一副苦大仇深的样子，话多说两句仿佛就吃了亏，别人说笑话她也不笑，这不是扮酷是什么？不过是一个靠裙带关系走后门进来的关系户，至于成这样吗？她刚跟韦少宜住在同一个屋檐下不久就开始小摩擦不断，她看不惯韦少宜的洁癖，韦少宜也厌恶她的凌乱，好在两人下班之后各自紧闭房门互不往来，否则都各不相让，非打起来不可。

不过话又说回来，郑微天性散漫，她私心里期望全世界所有的人都像她一样胸无大志，得过且过，这样她的罪恶感才能降到最低。韦少宜略带强迫症似的勤奋给了她很大压力，同样在工地上实习，韦少宜从没有半刻偷懒，她像男人一样争强好胜，什么都苛求完美，越是困难和辛苦的事她越要抢着做，即使是在休息时间，她也总是拿着图纸追在资深的同事身后请教，不弄懂誓不罢休，并且，她的神情在不经意之间，总对偶尔摸鱼偷懒、没事就图个清闲的郑微流露出那么一丝轻微的蔑视。

两人有一次在宿舍里因为一点鸡毛蒜皮的事吵得不可开交，起因似乎是晚上九点钟还不到，韦少宜指责郑微用音响放音乐影响了她画图。总之到了最后，争吵的范围严重偏离了主题，什么难听的话都说了出来，郑微指着韦少宜说："我就不明白了，你有什么可嚣张的，别以为你每天头悬梁锥刺股的，别人就不知道你是走后门进来的。"韦少宜则反唇相讥，"我就更不明白了，中建的人事招聘制度怎么会允许你这样的人被录取，如果你被录用的过程中没有猫腻的话，我为我不是和你同一渠道进来而感到自豪。"两人说完，均大怒摔门回房，从此更是势同水火，即使抬头不见低头见，也始终冷面相对，有事没事还彼此冷嘲热讽几句。大家都看出这两个女孩子不和，不过论专业知识和勤劳肯干，韦少宜在郑微之上，郑微却胜在人缘好，处处讨人喜欢，即使犯了小错，师傅们也愿意替她遮掩过去，因此在工作中两人也算打了个平手。

郑微初入职场，不但立刻尝到了工作的辛苦，更由于跟韦少宜的交恶而感到压抑苦闷，下班之后一个人寂寞无趣的时候，就益发怀念那些已经成为过去的日子。抛开那段让她不愿回忆的片断不提，大学的点点滴滴现在回头看是多么的美好。她闲了没事，就喜欢跟阮阮煲电话粥，把一肚子的苦水都向阮阮倒了出来，心里才舒服一些。

阮阮已经在 S 市的那个建筑设计院正式上班，曾经允诺再也不会跟她分开的赵世永还是没有拗得过家里的安排。阮阮是为了他才选择了留在人生地不熟的 S 市，他却在她签约后，屈从于家里的高压政策，乖乖回到了父母所在的城市，在家里的安排下进入一个炙手可热的政府部门。也许那句老话说得对，对于女人来说，爱情是生活的全部，但对于男人来说，那只是他生活的一小部分，不管当初他给过怎样的承诺，在面临选择的时候，他们永远比女人现实而理性。

　　郑微为阮阮感到不甘和愤怒，她没有办法理解，为什么赵世永的家里会反对他跟阮阮这样聪明漂亮、性格脾气无可挑剔的女孩子在一起，这明明是多少人求都求不来的福分，难道仅仅是因为他出生在一个双亲都是厅级干部的家庭，而阮阮的父母只是小学教师？

　　阮阮不是没有伤心过，然而她依然原谅了这个她第一个爱上的男孩，她没有办法放弃 S 市的工作，在赵世永从父母家搬出来之后，每逢闲暇，她都从 S 市赶过去看他。郑微有时气不过就问她："你的火车要坐到什么时候才是个尽头？"阮阮只是笑，"也许得等到我再也坐不下去的那一天。"郑微于是哀叹，爱情究竟是什么东西，它竟然让一向聪颖的阮阮也看不透，免不了俗。

　　她经常想起大四的时候最后吃"散伙饭"那天的情景，系里热闹非凡的聚餐之后，班上很多人都醉了，这样酣畅淋漓的痛饮不知是出于离别的感伤还是对自己纯真时代的告别。她们宿舍六人在毕业聚餐散场后，又结伴摇摇晃晃地杀到了以前经常光顾的学校门口的小饭馆。

　　谁也没想到的是，在那个小饭馆门口，郑微见到了先于她们一年毕业、之后再也没有联络的许开阳，她高兴地朝他走过去，这才发现他的身边站着一个清清秀秀的女孩。那女孩她们都认识，是比开阳低两届的物电系的小师妹，跟郑微她们住同一栋楼。

　　她笑着叫了一声"开阳"，然而他的样子让她永远都没有办法忘记。那是一种戒备而小心的神情，他看了她一眼，下意识地搂紧了身边的女孩。这种戒备和小心比完全的冷漠更让郑微寒心。她很快地明白了过来，当初他对她的追求身边无人不知，大家都知道矜贵的许公子对玉面小飞龙痴迷得一塌糊涂，而她却爱上了一个穷小子。现在好了，当初的穷小子远走高飞，她又成了孤家寡人，许公子也另外找到了心中所爱，狭路相逢，他如此小心翼翼，不过是怕他身边的女孩误会，怕勾起了从前的旧事，让他现在深爱的人耿耿于怀。

郑微开怀的笑容尴尬地僵在脸上，酸楚就翻涌了上来，她其实很想告诉他，开阳，我只是很高兴见到你，真的，仅此而已。但她终于还是选择了什么都不说，只是朝他们两人点了点头，接着就尾随阮阮她们进入饭馆里。她从他身边走过的时候，肩膀不经意触碰到他手臂，这双手曾经那么温柔地执起她面前的棋子，这个男孩曾经红着眼在她面前哽咽。

所谓的擦肩而过，莫过于此。

这个世界上有谁是会永远等你的？没有。郑微知道这个道理，但是她没有办法释怀，那个戒备的眼神在很久之后都仍然刺痛着她，他们曾是多么好的朋友，原来人和人之间的隔阂永远比默契更坚固。

她不记得自己喝了多少啤酒，可是那又有什么关系，这也许是"六大天后"最后一次聚在一起开怀痛饮，她们的时光随着今晚的结束将一去不复返。估计是喝糊涂了，黎维娟没有看见阮阮不停打着的眼色，又大着舌头对郑微说："微微，我真替你不值，陈孝正那小子不是东西，我早就说过，越是他这种寒门出身的男人就越是世故薄情，你偏偏不肯听我的，才吃了这样的大亏。"

郑微眨巴了一下眼睛，嘻嘻地笑，"我吃了什么亏？谁拿枪逼着我了，别跟我唧唧歪歪地说吃亏，没谁逼良为娼，这事就图个你情我愿。我愿意傻，他愿意走，谁也不欠谁的……即使他走了，我那几年的快乐也不可能喂了狗。"

她说着说着又开始感伤，多事的黎维娟，讨厌的黎维娟，然而她毕竟也是关心自己的人，她借着酒意一把抱着黎维娟的肩头就哭了，"娟，以后没你让我心烦了，我也会不习惯的……还有你，猪北，你哪都不去，跑到新疆那鬼地方去干吗，我要是想你了，该怎么办？"黎维娟没考上研究生，找到了一份在北京的工作，朱小北倒是十拿九稳了，但打算就读的学校却在乌鲁木齐，她说那里有她暗恋的初恋情人。

朱小北推了一把郑微，"你别招我哭啊，我乐着呢，我就要跟我的暗恋对象一起吃吐鲁番的葡萄干了，我可不愿意像你说的那样，在老年人大学遇见他的时候才知道他原来年轻时也暗恋过我。我给你的榔头你别扔了，谁要是欺负你，就照着脑门给他一下。"她说得满不在乎，眼睛却也湿了，像是要摆脱这种悲伤的氛围，小北高举着杯子说，"同志们，姐妹们，我们要来点积极向上、慷慨激昂的，今天我们是学校的好学生，明天我们就是社会的好栋梁……"在同伴的一片干呕声中，她豪气干云地吆喝道，"我送姐妹们一首小苏的词，一扫你们委靡不振的情绪。何日功成名就了，还乡，醉笑陪公三万场，不用诉离觞，痛饮，从来别有肠……"

也许醉后的我们，方能真正做到不论爱憎，不论得失，也不论聚散的感伤。

郑微最后的记忆是伏在阮阮的肩膀上，泪水打湿了阮阮的衣服。

天亮了之后，"六大天后"就此解散，各奔前程。

人的韧性是种很奇妙的东西，不管多苦难的日子，也终有习惯的那一天。在工地上混了一段时间，郑微逐渐觉得这样的生活也没有什么不好，施工一线的同事大多耿直，郑微有样学样地跟着他们用似通非通的本地方言大声吆喝，中午跟他们抢着工地厨房特有的比瓦片还厚的肉片，倒也开始觉得乐在其中。其实每个学建筑和土木专业的大学毕业生，如果没有真正在工地实践过，根本谈不上掌握专业技能，这几个月里学到的经验，有可能比大学四年的理论知识更有实际意义。更让她喜欢这种生活的一个原因是，白天累得像牲口一样，晚上回到宿舍洗个澡，头一接触到柔软的枕头，几乎立刻就坠入黑甜乡，连梦都无须做，直接迎来新的一天。

可就在她觉得自己已经适应这种生活的时候，六个月的实习也接近尾声，他们这些流浪在各个项目部的应届大中专毕业生都要回到总部，等待正式的工作安排。按照中建的惯例，实习结束之后，将举办一台全部由该批毕业生自导自演的汇报晚会，届时将会有总部的公司领导和各职能部门、分公司的负责人前来观看演出。听说往年不少表现突出的新人就这样被好的部门点名要走了，所以大家都把这次演出当做是个人展示的一个舞台，大家都铆足了劲排练，争取在那天崭露头角。

一台只有两个女演员、七十多个男演员的文艺晚会，精彩程度可想而知，在时间安排得过来的前提下，郑微和韦少宜基本上每个节目都不得不参演一角，就郑微而言，她当天就有一个独唱、一个小组唱、两个舞蹈的安排，光赶场排练都忙得像陀螺似的，可这又怎么难得倒从小就是文艺尖兵的小飞龙。本来按照排练老师的建议，她还得担任女主持人的重要职责，大家都认为凭她字正腔圆、脆生生的普通话和甜美的小模样，往台上一站就是赏心悦目的一景。不过郑微坚决地拒绝了，她说主持人得多端庄严肃呀，她就怕她刚站在台上就笑了场，影响了各位领导看演出的心情岂不成了天大的罪过。相熟的男生都暗地里说郑微实心眼，做主持人多吸引眼球呀，再也没有比这个更好的在领导面前表现自己的机会了。郑微想了想，还是觉得无所谓，最后分去哪个部门都行，反正她总不至于毕业就失业。

演出的前一天，排练一直持续到晚上，结束之后郑微跟着几个玩得比较好的男孩子结伴去吃夜宵，都是年纪相仿的年轻人，有着同样刚从国内知名工科大学毕业的背景，大伙自然很快熟稔了。郑微在大学里就是个扎眼的女孩，如今落到了满眼都是和尚的单位，更成了抢手的饽饽，一起培训、实习的男生，甚至包括项目部里的青年工程师，都不乏明里暗里向她示好的，她即使心中了然，也装糊涂，嘻嘻哈哈一笑了之。

回到了单位的生活大院，她哼着歌上楼，却不经意在楼梯间撞见了拉拉扯扯中的一对男女，男的是个陌生面孔，那女的不是韦少宜又是谁。

郑微把脚步放慢了下来，经过他们身边的时候还故意吹了声响亮的口哨，自言自语似的说道："我是隐形的，我是隐形的……"眼角不经意瞄到韦少宜尴尬扭曲的表情，她心里不由暗爽，原来你也有今天。

她找钥匙开门的时候，韦少宜已经成功摆脱了那男孩的纠缠，用力推了一把对方，力度之大让那男孩差点滚落楼底，然而韦少宜不但没有露出半点慌张怜悯之色，反而指着对方一字一句地说："我希望这是你最后一次来找我！"

刚进到房间，郑微就听到她重重关门的声音，然后传来了那个男孩急切的敲门声。郑微好奇心重，按捺不住偷偷打开自己的房门，探出个头来瞧个究竟，韦少宜的房门紧闭，大门被敲得剧烈震动，那个男孩带着哭腔的声音隐隐传来，"少宜，我说的都是真的，难道你连一个解释的机会都不肯给我？"

郑微在心里嘀咕了一句："拍电影啊？"

敲门声足足持续了二十多分钟才归于沉寂，估计门外的痴心人终于心灰意冷地离去，在这个过程中韦少宜的房门纹丝未动，甚至郑微蹑手蹑脚地摸到她的门前，侧耳倾听，里面始终鸦雀无声。

郑微叹服地看着她紧闭的房门，这家伙果然面冷心更狠，看样子那男的绝对跟她有过一腿，不管对方做错了什么，姿态都低成了这样，照他那样捶了二十分钟的门，手即使不残废，基本上也得有一阵不能正常使用了，她竟然从始至终不闻不问，这样铁石心肠的女人也算极品了。

次日早上就是演出的大日子，如果按照往常的习惯，韦少宜通常比郑微早半个小时以上起床，把自己收拾妥当早早出门，这一天她却几乎跟郑微同时打开房门走了出来，郑微快手快脚地抢到先机，赶在她前面占据了卫生间，得意之余不小心看见她略显憔悴的面容上，两个眼睛红肿得如被黄蜂蜇过一般。

在后台等待演出的间隙，公司总经理还在台上发表冗长的讲话，郑微参加的舞蹈是第一个节目，正神游中，身边有个男生用手肘轻轻碰了她一下，低声说："哎，郑微，你听说没有，韦少宜跟她男朋友分手了。"

郑微望了望身边那张化妆后面目全非的脸，"哇，先生你哪位，消息好灵通呀。"

那男生做晕倒状，"我是××呀，不就涂了点口红你就不认得了？我怎么会不知道，韦少宜和她男朋友都是我们学校毕业的，谈了快两年了，那男的对她好得不得了，两人感情也不错，就因为那男的昨天跟一个初中时有点意思的女同学一起吃饭，骗她说是单位有应酬，结果被她识穿了。听说其实就吃了顿饭而已，韦少宜也是知道的，可是就这么提出分手了，一点挽回的情面都没有，他男朋友后悔得都想撞墙了。"

郑微摸着自己的下巴看着那男生，饶有兴趣地问道："你家里有没有亲戚姓黎的？"

那男生莫名其妙，"姓黎的倒没有，不过很多人都说我长得像黎明。"

郑微难得地没有笑，她看了一眼孤零零坐在后台一角候场的韦少宜，暗想，居然会有这么刚烈的人，今天算是见识了，简直就是极端的完美主义者。她又记起早上韦少宜那双异常红肿的眼睛，做人这样为难自己，又是何苦？但是，现在的她也知道，身在其外的人，又怎么能懂得别人的感情世界？

开场舞是相当重要的，郑微一行人都在这个舞蹈上下了最多的工夫，开始一切顺利，十来个年轻的男孩和两个女孩在音乐声中翩翩起舞，台下不时有掌声传来。舞蹈高潮即将到来的时刻，男演员暂时退到场外，只剩两个女红军打扮的姑娘在舞台中央英姿飒爽地跳跃、回旋，就在这个时候，音乐声戛然而止，然后便传来了一阵刺耳的音响尖叫声，舞台一侧的音响师急得手忙脚乱，可苦了正摆出最慷慨激昂姿势的两个女红军，韦少宜单膝点地，身体45°后仰，郑微双手高举，身体前倾，左脚向后舒展。作为两个同样敬业的演员，她们都深知这种情况下，音乐声停在哪里，动作就应该定格在哪里。

不知道音响究竟出了什么故障，好一阵过去了，都没有办法恢复正常，饶是郑微从小跳舞，基本功扎实，想要继续保持这个乳燕凌空小鸡独立的姿势依然有点吃力。她再度偷偷看了韦少宜一眼，韦少宜的身体仍然保持完美的跪地后仰状，蜡像一般一动不动。郑微暗自咬牙，敌不动，我不动，她这样都能坚持下来，我为什么不能，绝对不能在大庭广众之下输给了她！

于是，郑微吸气收腹，气沉丹田，不让自己的身体晃动分毫。时间一分一秒地过去，台下已经有了轻微的骚动，她感觉自己的脸色已经由红变白，一颗豆大的汗水从头发上滑落了下来，不由在心里疯狂诅咒那个该死的音响师。脚痛、腰酸、脖子发麻……她再也坚持不下去了，再这样下去她迟早僵硬地死掉，让完美的舞台操守见鬼去吧！她想到就做到，先将脚略微活动了一下，然后做了个标准的芭蕾的收式，面露微笑地转了个圈，自导自演地按照既定的编排继续跳了下去，边跳就边往后台的方向不动声色地移动，然后一溜烟就消失在舞台后。

台下鸦雀无声，不知是谁先笑了起来，然后顿时笑声一片。韦少宜愣了一下，立刻反应了过来，紧随郑微之后边跳边撤退。

一回到后台，韦少宜就一脸气愤地找到正在跟音响师理论的郑微，"你这人怎么回事呀，怎么专干莫名其妙的事情呀？"

郑微反咬一口，"你才莫名其妙，我站在那里都快累死了，你还挺尸似的，让我动也不好动。"

"搞清楚，是你不动我才不动。"韦少宜撇了撇嘴，"你这好逸恶劳的人都做得到的事，我干吗做不到？"

演出结束，郑微刚卸了妆从后台走出来，就听到身后有人叫了她一声，她回过头，看着叫她的人。

"周主任？"她有些脸红。

这样的尴尬不是没有道理的，周渠，也就是当初在招聘会现场留下她简历的那个男子，中建总部市场部主任兼总经理助理，也是今年大中专生招聘工作的负责人，想来后面她顺利被录取也少不了他的助益，只不过他当初决定留下她，主要是因为爱惜陈孝正的才华，又不忍心拆散这对小情侣。想不到后来大鱼游走了，她这只小螃蟹却留了下来。

第一天到总部报到的时候，郑微也见过一次周渠，他倒是还记得她的名字，主动跟她打招呼，还给她递了一张名片。那还是郑微有生以来第一次正式收到别人的名片，礼仪课上老师教过的东西她还是记得的，于是像模像样地双手接过，装作认真看了几眼才收到包包里，还不忘谄媚地说了几句："周主任，久仰久仰。"

当时周渠笑着问她："你什么时候'久仰'过我？"

郑微鬼灵精地回答："那天招聘的时候，周主任的风采给我留下了很深的印象。"

"这样呀。"周渠的笑意就更深了，"那好吧，既然我们是第二次见面了，你又对我'久仰'，那你还记不记得我叫什么名字？"

郑微心想，这个问题也太奇怪了，他刚才明明还给了她名片。可是问题的关键在于，她接过名片的时候装作看得很认真，实际上根本就心不在焉，也就记得他姓周，是什么助理和市场部主任，具体名字是什么，却怎么也想不起来了，名片是在包包里，可她总不能现在翻出来看吧。

究竟叫周什么呢？郑微张口结舌地愣在那里，右手无意识地挠了挠头，想破了脑袋也想不起来。

看着她这个样子，周渠当时忍不住就笑出了声，"你看，果然是'久仰'，仰得太久，你连我的名字都不记得了。"

郑微满脸通红，无地自容，只能跟着嘿嘿傻笑，看来马屁是拍到马腿上了。此后在总部大楼培训的半个月里，她也偶尔碰见过周渠几次，每次都自觉心虚，尴尬万分，这一回不巧又碰上了他，让她怎么不头疼。

头疼归头疼，他毕竟是机关的部门领导，又是什么总经理助理，中建是个上万人的国企，能爬上总部机关的都大有来头，何况他还是举足轻重的市场部主任，她这样的小虾米除了乖乖留步听候指示，还有什么别的法子？

"周主任找我有事？"她又开始不自觉地把一只手放在头上。

周渠的笑意又开始在嘴角荡漾。这个人干吗老笑话她？

终于，当他收起笑容说："郑微，你知道我为什么把你留了下来吗？"郑微才发现，他严肃起来的样子更不好打发。

她想了想，有些沮丧地看着自己的脚尖，低声说："知道。是因为你们想录用我原来的男朋友。"

"没错。"周渠面无表情地说。

郑微忽然有些难过，她辩驳道："可是，我当初面试的时候并不知道他会离开，我没有骗你们……"

周渠说："中建不招女生，并非性别歧视，因为今年我们重点招聘的是工程技术方面的人才，根据往年的经验，很多女孩子都适应不了工地的工作，这对公司、对女员工本人都是一件不利的事，要知道，中建本身就是一个以建筑施工为主业的企业，机关和各分公司的管理岗位毕竟是极少数，绝大部分大学生还是要到基层去的，所以为了职工队伍的稳定，我们尽量不招聘女性的工程技术人员，尤其是你这样一看就知道成长在城市里的独生子女家庭的女孩。"

"我知道的。"郑微抬起头，"但是，也许我并不像你们想象的那样吃不了苦，我也有我的优点呀。"

周渠意味深长地看着她，"你的优点吧，也不是没有。G 大的建筑工程学院还算不错，你也算正正经经的土木专业毕业生，不过依我看，你的专业知识也算不上拔尖，放到下面，也顶多是个勉强合格的技术员；看起来是一副聪明相，可惜只是小聪明；胆子挺大的，沉稳就欠了一点；还好长得不错，不过也算不上特别漂亮……"

"那个……周主任啊，"郑微知道打断领导的话是很不礼貌的，但是听到有人如此直截了当地把自己的缺点摊开来说，难堪之余还是有点受不了，"成功人士时间应该都很宝贵吧，您浪费这么多时间，就为了分析区区不才，小人我？我有点过意不去……"

"说你做事不够沉稳吧，你还不信，我话都没有说完。"周渠寒下了脸，郑微总算见识到他笑容后的另外一面，有些吓人，她不由立刻噤声，乖乖听下去。

"我跟你说这些目的只有一个，你可能各方面都算不上特别理想，但是你要明白一点，即使当初是因为看中那个挺优秀的男孩子才连带留下你的简历，可中建从来不招没有用的人。你把他称为前男友，也就是说他已经是过去式，那你不妨告诉你自己，你进中建与任何人无关，也与他无关。我要说的就这些，好了，你去吧。"

做领导就是好，训完了人拍拍屁股就可以走人。郑微看着周渠的背影，她问自己，是吗？我真的是靠自己进入中建的吗？

还没想明白，那位疑似黎维娟近亲的男生走了过来，熟络地向她打探，"郑微，原来你跟市场部的周主任认识呀，难怪……"

"什么呀，他刚才问我洗手间往哪走。"郑微没什么底气地说。

还好这男生没有在这个问题上继续深究下去，边跟郑微往外面走边说："哎，你有没有想过自己会被分到哪里呀？"

郑微茫然地摇了摇头，"你呢？"

"我哪知道？不过留在机关是不可能的，只能在心里求神拜佛能分到一个好一点的分公司。"那男生说。

郑微问："分公司还有好的和坏的？"

"你真不懂还是假不懂？中建一共有十四个分公司，散布在全国各地，一个妈生的孩子还有好有孬，这些分公司的效益当然也不是一样的，谁不愿意留在好的那一个？能在分公司也就算了，好歹也是主业，听说倒霉的话还有可能直接被扔去三产，那就跟直接放逐没两样了。"

"你懂得真多。"郑微做了个卡通里两眼冒星星的动作。

"事关前途，不想的是傻瓜……我不是指你啊。"那男生有些苦恼，"听说有些分公司的项目部都在西藏、甘肃那些边远地区，有些住在工地上，一个月才能进城一次。唉，我们都是没有什么后台的，估计也只能任人挑拣了，要是能进二分该有多好。"

"二分？"

"二分就是第二分公司呀，就在我们G市，地地道道的总部嫡系，据说最赚钱的工程和最好的设备都在二分，历届公司领导大部分都是从二分提拔上来的。"

"哦。"郑微恍然大悟。

"不过我们是不可能进二分的，里面的职工大多数都是领导的家属和传说中的精英，总经理的儿子据说也在二分。"

郑微一边听一边想，她算是又长见识了，社会真复杂，就连一个单位里边都有那么多门道，她居然什么都不懂，自己都不禁觉得自己的确不是个聪明的孩子。

第十四章
Chapter Fourteen

一觉醒来，玉面小飞龙
已消失在身后

　　文艺会演结束的那个晚上，公司宴请新人，白天参加和观看演出的人基本上都出现在晚宴现场。公司领导讲完话后开始挨桌敬酒，连带表示对新人的关心和问候，他们这些菜鸟大多数不怎么会说话，当然也有少部分玲珑世故的，主动回敬领导，说一些漂亮的场面话。郑微和韦少宜坐一桌，她还不怎么习惯这种单位应酬的场面，只觉得有些人说的话实在肉麻，让她这样一向以嘴甜著名的孩子都听不下去。

　　领导一行终于巡到了他们这桌，满桌人齐刷刷地站了起来，听着一个干练漂亮、秘书模样的女子挨个给他们介绍，谁是总经理，谁是书记，还有副总、总工、总会计师、工会主席……一轮介绍下来，包括郑微在内都听得晕晕乎乎，只知道眼前的都是"总"，反正对着领导傻笑总不会错。作为总经理助理的周渠也在其中，本来在郑微眼里自动归类为"大叔"的他站在一群秃头腆肚的领导堆里简直是鹤立鸡群，让郑微深感参照物果然是很重要的。这个时候的周渠并没有对她表现出任何的特别留意，郑微也和其他人一样，一个个弯腰跟领导碰杯。

　　似乎领导团对这一桌出现了两个女生深感兴趣，都夸她们是今年中建的两朵小花，还连说以后公司的单身汉之间又要掀起一阵腥风血雨。不知是哪个"总"提议，让两个女生把酒杯斟满，各自再跟领导喝三杯。周围的人纷纷开始起哄附和，似乎全场注意力的焦点都集中在这一桌上。

　　来的都是大领导，既然发了话，小兵不得不从。郑微端起小酒杯，不禁有几分为难。她不是扭捏之人，不过以前在大学里最多也不过是喝喝啤酒，白酒是半点也没沾过的，集体敬的第一杯她没真喝，酒在唇上碰了一下，已觉得辛辣得不行，她害怕自己受不了这酒劲，醉了可就丢人了。韦少宜似乎跟她一样也是窘得满脸通红，周围有人凑热闹地起哄鼓劲，几个领导的眼睛齐刷刷地落在她们身上，简直就是骑虎难下。

"女孩子能喝一点酒是好事，显得更有英气，我们中建的女将要的就是这股英气。难得公司领导都在，不是每个人都有机会跟领导连碰三杯的。"说话的是那个陪同而来的漂亮女子。

"小施说得有道理。"总经理笑了。

郑微恨不得说，站着说话不腰疼，不要钱把机会给你行不行。她眼睛不经意瞄到周渠，察觉他似乎微微地朝她点了点头，郑微立刻会意，咬了咬牙，索性一次将三小杯酒统统倒入一个大杯里，然后举杯，大声说："我没喝过白酒，就让我一口吞下去吧。我敬各位领导一杯。"还没等大家反应过来，她已经"咕噜"一声将酒一口气全咽了下去，辣得一张小脸变得通红，眼泪都差点流了下来。

周渠带头鼓掌，立刻掌声一片，领导连称这个小姑娘有意思，接着就把视线换到了郑微对面的韦少宜身上。韦少宜没有举杯，始终沉默地站在那里。听到有人催促，她开口轻轻说了一句："对不起，我不喝酒。"

那个被称作"小施"的女子笑着说："平时不喝，现在锻炼一下也没关系。"

韦少宜依旧不语，最后在众人开始沉默的注视中说了一句："我不认为我需要这种锻炼，喝酒跟我的工作能力没有关系。"

大家面面相觑，还是领导见过世面，也不跟她计较，呵呵一笑互相说：

"这个姑娘也有性格。"

"两个小女孩都有点意思。"

……

他们离开的时候，郑微悬着的一颗心才放了下来，她觉得自己整个人都在发热，借着酒劲，她朝着韦少宜竖起大拇指，"你够牛的！"

她一度以为自己会醉，头也着实晕了一阵，但是没想到回去的路上冷风一吹，打了个激灵，又慢慢地神志清明起来。她想，职场真可怕。

第二天就到了决定他们这批新人命运的日子，会议在机关多媒体大会议室举行，领导坐台上，小兵坐台下，在座的还有昨天已经见过的那些中层负责人。人力资源部主任最后上来，掏出一张名单逐个念出每个人的归属。

"×××，第九分公司，××，物业公司……"

据说散会之后，分到各个公司的新人就会被该公司领导领回去，她忽然有种想笑的感觉，真滑稽，仿佛牲口集市，大家挑中了中意的驴或马，付了钱便可各自牵回家去，从此听天由命，任人奴役。

正在强忍笑意，她就听到了自己的大名。

"郑微，第二分公司……"

她进二分了？她真的进了传说中的二分？郑微偷偷捏了自己一把，是疼的，可是她凭什么呀？

如果这还不够让她惊讶的话，那么，接下来韦少宜的归属才真正让她大吃一惊，韦少宜被分去了瑞通公司，瑞通就是所谓的三产，虽在中建管辖范围内，但资产和人员编制都在国企之外。三产也就罢了，中建的三产好几个，也不乏效益十分好的，偏偏这个瑞通是个老大难，爹不疼妈不爱的，出过几次严重的安全事故，年年都在亏损的边缘，要人才没人才，要设备没设备，虽说也在 G 市，但接的都是大家挑剩的工程，既辛苦又没钱。

郑微困惑，按说韦少宜能够破例进入中建，家里也是有点门路的，何至于落到这种田地？韦少宜本人倒是一脸漠然地坐在那里，平静得仿佛没有对这个结果感到丝毫的意外。

郑微和其余两个男生是被一个和蔼的中年男子领回二分所在的办公大楼的，后来她才知道这个人是二分的副经理，姓王，分管施工和安全。

正式上班第一天，她被单独叫到了二分人事部办公室，人事部主任对她倒是客气有加，不但让她坐下，还支使人给她倒了杯水。郑微受宠若惊，捧着水就打听，"主任，我去哪个项目部？"

人事部主任笑了，"你哪个项目部都不去。"

"为什么呀？"郑微大惊。

"我们对你另有安排，你的岗位在经理工作部。"

"经理工作部？"郑微不知所云地重复。

"是的。"胖胖的人事部主任说，"你很走运，不用下到工地，不但是在经理工作部，而且你将是我们二分的经理秘书。"

郑微手中的水几乎都要泼出来，"我？！我去做秘书？主任，你不会搞错了吧，我是学土木的，我怎么能做秘书呢？"

人事部主任似乎被她过于激烈的反应吓了一跳，"这种事怎么会搞错？"

"不行的，不行的，拜托你再考虑考虑，我胜任不了这个岗位。什么呀，让我去做秘书，太荒谬了，简直搞笑嘛，我一不耐心细致，二不善于写文章，而且专业不对口，我四年的土木白学了？"她放下了手中的水，不由分说地站了起来。

"你先听我说。这不是我的安排，而是上面的决定，除非你不打算留在中建，否则就要服从工作分配。"

"经理难道以前没有秘书吗？为什么要我这样一个什么都不懂的新人去做他的秘书？"郑微百思不得其解。

人事部主任压低声音说："我们二分刚面临领导层的人事调整，新上任的公司经理要求对原有的经理工作部人员重新进行整合，你是他点名要的秘书。"

郑微眼前马上出现了一个秃头的中年人形象，心里哀叹，完了完了，不知道昨天晚上是不是被某个色狼大叔看中了，我这样一朵小白花，要是去做了色狼的秘书，岂不是羊入虎口？

好像是看出了郑微的想法，人事部主任说道："你不要小看了秘书这个岗位，我们二分历届的秘书都是极其能干的角色，不是什么人都可以胜任的，你前任的前任，叫做施洁，现在是公司总经理秘书，年纪轻轻，副处级，级别是一回事，施洁一说话，总部的部门主任哪个不让她三分；你这个岗位的前任，刚刚结婚，丈夫是总部总工程师的儿子，现在她是总部外事办副主任。我们二分不同于一般的分公司，这是出人才的地方，你的岗位如果把工作做好了，就是一个极好的跳板。而且你不要误会，办公室秘书绝对不像你想象中那样不堪，看你是个小姑娘才跟你说句题外话，真正做到二分经理这一步的人，也算得上成功人士，越是精明的人，越是不可能对自己的秘书有任何想法，你要做的，只是干好自己分内的工作。"

　　话虽如此，可是郑微依旧没有办法接受这个事实，打死她都没想过自己会做文职，小说里的秘书也多，不是性感妖娆的甜心就是梳个包包头、戴黑框眼镜的老处女，她玉面小飞龙应该在工地上挥斥方遒，怎么能做领导的跟屁虫。

　　于是她转了一圈，犹自负隅顽抗，"我没有经过这方面的培训，一直以为我将来会是个工程师，文秘方面什么都不懂。为什么偏偏是我？"

　　"因为我需要一个土木专业，有一定专业知识的秘书，而不是一个外行的花瓶。"说话的人不知道什么时候站在了人事部的门口。

　　"周主任……不，周经理。"人事部主任也站了起来，毕恭毕敬地看着门口的人说。

　　郑微狐疑地望过去，顿时傻了眼，那个人不是周渠又是谁，他就是二分新上任的经理？这演的究竟是哪一出？

　　"任何大学生在新工作面前都是一张白纸，不懂就要从头学，我做事一向认真，所以我的秘书也不好当。这样吧，我给你一天时间考虑，不做也不要紧，我可以给你另外的工作安排。希望你认真想清楚，我的办公室在六楼。"

　　郑微在矛盾中挣扎了一天，她一方面从来没有想过要从事秘书这一行，另一方面更没想到她的顶头上司会是周渠。其实倒不是说有多排斥这个岗位，她只是没有心理准备，压根就没往那个方向想过。

　　她后来给阮阮打了电话，阮阮的声音怪怪的，好像哭过，郑微问她怎么了，她只说感冒了。听了郑微的话，阮阮也想了很久，"你们人事部主任说得也对，真正事业上成功的男人，一般不会蠢到对身边的人动脑筋。做秘书确实是跟我们的专业不一样，但也没人规定工作必须跟专业对口，况且这是个最接近领导的职务，在人情世故方面可以学到很多东西，对于你以后的提拔也是有好处的，只要别彻底地丢了专业知识，锻炼几年，你会更全面，发展也会更好。这是我的看法，关键是要你自己决定。"

郑微挂了电话，在床上翻来覆去很久，周渠说的是有道理的，她的专业知识在同学里并不拔尖，以后顶多也是个勉强够格的小技术员，既然如此，何不另寻出路？秘书，周渠的秘书，小飞龙版的秘书，好像听起来也不算太坏。

第二天一早，神清气爽的郑微出现在六楼的经理办公室，她往周渠的办公桌前一站，便一副壮烈成仁的模样说道："领导，我来了。我的办公桌在哪？"

周渠所在的经理办公室是一个大的套间，郑微的办公桌就在外面的小单间，任何员工和访客进出周渠位于里间的大办公室，都必须经过她的桌前。

郑微半是新奇半是摸索地在这个位子上坐了两个多月，慢慢地也从开始的晕头转向变得从容了许多。其实相对于 CAD 制图和钢筋配比率的计算，办公室工作要容易掌握许多，她主要的日常工作无非是代替周渠接待一切的访客，过滤电话和邮件，安排他的日常行程，做好上传下达、文件收发，偶尔也需要为他准备和搜集一些文字材料和会议记录。简而言之，她就是周渠在工作上的一个全职保姆，领导的跟屁虫，她一切的工作重心就是围绕着周渠的行动来开展，以服务好领导为至高宗旨。对于自己的工作，郑微的总结便是以下内容：出差时，领导未行我先行，看看道路平不平；吃饭时，领导未尝我先尝，看看饭菜香不香；开会时，领导未讲我先讲，看看话筒响不响。

所以，名义上她虽然在经理工作部主任的管辖范围之内，但是实际上她只需听从周渠一人的吩咐，无论请假或外出，只有在周渠的认可之后方可作准。在拥有两千员工的二分公司，周渠是负责全面工作的一把手，作为他的秘书，不说普通员工，就连各职能部门的负责人在这个小姑娘面前都要礼遇三分。郑微性格又讨人疼，平时不管是工人还是领导，只要出现在经理办公室，她一概都笑眯眯地接待，在办公楼里遇见了同事，不管老的还是少的，男的还是女的，她就像嘴里抹了蜜一样甜，什么好听就挑什么说，哄得一个两个心花怒放，谁不说新来的小秘书是个鬼灵精一样的丫头。偶尔她在周渠的授意之下将许多不愿意接见的不速之客拦在门外，或者一时冲动办事不够圆滑，大多数人也都不与她计较。就连周渠也不时被她逗得开怀大笑，连称她是个不折不扣的小马屁精。

如果说在二分里，郑微对谁心存一丝畏惧的话，那便只有朝夕相处的周渠。周渠是个矛盾而有意思的人，他并不是一个喜欢摆出一副严肃面孔来对下属起到震慑作用的领导，相反，大多数时候他面带笑容，举止言谈也相当随和，甚至偶尔有下属跟他开一些无伤大雅的玩笑，他也不以为忤。虽说也是工科出身，但他并不像大多数技术人员一样沉闷无趣，工作之余，他的爱好涉猎甚广，喜欢音乐、热爱运动、见闻广博，下得一手好棋，他会在下班时间礼貌而独到地夸奖女员工的香水，也会注意到郑微的新裙子，并予以表扬。但是，包括郑微在内，没有人敢在他的随和之前有丝毫的放肆和忘形。起初新官上任之时，二分还有少数几个资深的中层负责人不把他放在眼里，明里暗里偶有抵触心理，对他交代的事情阳奉阴违。周渠也不跟他们计较，有时找到他们谈话，也是笑容可掬，尊重有加，但言谈之间却往往一针见血，直指要害，让人无从辩驳。他的原则向来是先礼后兵，心里有数的大多暗自收敛，遇上冥顽不灵的，收场大多不甚光彩。郑微上班几个月，就曾见到两个中层老主任直接落马，一个内退，一个至今在后勤部种花。就连郑微也明白了周渠笑容后面的铁腕和精明，他平时对下属的工作干涉不多，可心里明镜似的，谁也不愿在他的眼皮底下出了差池。

周渠在工作上相当细致，许多事情喜欢亲力亲为，郑微要做的只是一些琐碎的日常事务，工作量并不大，但是他对她要求甚高，凡事稍有不满意便会打回去让她重做，一次又一次，直到他点头为止。郑微曾经由于一份文件用订书机装订不够工整对称而被他要求反复在废纸上练习，直至下意识地养成在文件或资料左侧两厘米处下钉，无论何时用直尺衡量订书钉均在同一水平线上为止。平时他加班多晚，不管是凌晨一点或是两点，郑微必须奉陪到底，次日不得以任何理由迟到——从上班第一天开始，他就要求她必须在他到达办公室之前的五分钟出现在她的位子上。只要他熬夜之后能按时上班，她绝无偷懒的借口；他在工地的烈日下一站几个钟头，她也定然要在他身后曝晒到底。刚开始上班的时候，还经常出现这样的情景，他会在某个时间出现在她面前，轻敲她的办公桌，说："郑秘书，我提醒你一件事，现在已经到了你应该提醒我开会的时间。"只要他一叫她"郑秘书"，她就知道自己肯定被他抓到了小辫子，不需他责骂，自己已汗如雨下。

她以往并不是一个细致的人，从小也没侍候过谁，开始的时候难免委屈，暗里抱怨他不近人情，久而久之也养成了习惯，自觉在做事的过程中再三反省，力求谨慎，唯恐出现纰漏。周渠明里挑她毛病的次数慢慢减少，她自己也觉得自己做事简直脱胎换骨。其实她也明白遇上了周渠绝对是她的福分，他虽严厉，但相当有耐心，骂过之后并不往心里去，几乎是手把手地教会她做事的方法和为人处世的原则。所以她对周渠始终心存感激和崇敬，她可以在下班时跟他下棋，两人面红耳赤互拍桌子叫骂，也可以在饭桌上私下取笑他酒量不佳，但是一到上班时间，立刻兢兢业业，不敢有半点造次。她在后来的工作中接触到许多其他分公司的秘书同行，他们当面对自己的领导毕恭毕敬，可大多背后讽刺暗骂，不以为然。只有她，她对周渠是发自内心的认同和崇拜，他事业顺利她会由衷开心，他遇到困境她会感同身受地担忧，人前人后不自觉地对他维护。他对于她而言是一种很微妙的存在，既是领导，又亦师亦友，亦父亦兄。这种感情完全出自一片赤子之心，全无半点杂念，他和她朝夕相处，即使孤男寡女单独在办公室里加班至深夜，也从不疑有他。郑微连想都没有往别处想，人前人后两人俱是坦坦荡荡，一个是风华正茂的上司，一个是年轻娇美的秘书，日日同进同出，公司上下也从未有过流言飞语。就连周渠的妻子，某会计事务所的注册会计师魏存晰也对郑微喜爱有加，郑微也一口一个魏姐地叫，许多次应酬场合周渠不胜酒力，魏存晰也要郑微亲自和司机送他到自家楼下才肯放心。

　　当郑微在工作上慢慢退去了毛躁之后，周渠对她的信任也益发明显。他的办公桌从不允许除了她之外的人整理，来人来客都放心地交由她过滤，他叫她传递的机密投标文件从来由她封装，并且，他会在她的面前直截了当地表达自己对某人某事的不满和牢骚，甚至包括对自己上司的抱怨。有情绪的时候他人前克制，在她面前也毫不避讳地大发雷霆。对于他的信任，郑微的回报就是即使在梦中，也反复提醒自己，有些话只能记在心里，绝对不能诉之于口，就连说梦话也不行。

郑微秘书生涯中第一个刻骨铭心的教训出现在工作大半年的时候。一日周渠出差在外，二分的工会主席不知情，拿着一份年末公司运动会的经费申报表来到经理办公室，想获得周渠的签字同意。工会主席是个和蔼可亲的中年妇女，姓李，为人亲切又热心，特别喜欢郑微，人前人后都说遗憾没有儿子，否则非把郑微娶回家去做儿媳妇不可。郑微叫她李阿姨，有事没事也喜欢跟李阿姨闲话长短。她告诉李阿姨领导不在，李阿姨就顺便在郑微对面的小沙发上坐了下来，边聊天边倒苦水，无非是二分今年忙了一年，员工都辛苦了，工会想为员工做点实事，搞些大家喜欢的活动放松一下，只是苦于没有经费。她问："微微呀，你说我报的这个金额周经理会不会批呀？"

郑微笑着说："这事我哪知道？"

李阿姨就说："你不知道谁还会知道，我就随便问问你，依你看周经理会怎么样？"

"这个呀……"郑微有些为难，她也不知道应该怎么回答。

"阿姨就是私下问问，我问了张副和钱副两个副总，他们都说周经理肯定会同意，我才敢把这个预算表拿过来，你也知道，他在资金方面抓得紧，谁想没事找涮？你整天在经理身边，多少也比我们明白他的心思，你就给个话，好让我也心里有个底。"

郑微含糊其辞地说："要是为员工办实事，经费又合理，我想周经理应该会同意的。"

李阿姨点头，"我也是这么想的。"

五天后周渠出差回来，上班第一天下午，就把郑微叫进了他办公室，二话不说就把一份文件扔到她的面前，"你自己说这是怎么回事？"

他虽然工作上一向要求严格，但是从未有过这样针对她的凌厉，郑微顿时有些蒙了，连忙拿过那份文件，这不就是前几天李阿姨拿上来的经费申请表？

"我怎么了？"她犹自懵懂地说。

周渠一拍桌子，"我什么时候同意过这笔开支？你知不知道我回来的时候，工会已经在做活动的前期筹备工作，所有的钱都是从李主席掌管的工会会费中垫支的，就等着我出差回来签字，然后到财务部领钱后填补回去？活动可以搞，但是我不认同她们以往那种铺张的方式，刚才我问是谁批准她们在我回来之前提前准备的，她们说是你亲口说过，周经理一定会同意的……郑秘书，你真是越来越能干了。"

郑微一口气堵在胸口，上不去又下不来，明明想辩驳，却无从说起，她的的确确好像说过这样的话，但又完全不是这个意思。

"我……我没有让她们准备前期工作，是李阿姨……"她抓着那份文件，六神无主。

"行了行了，你不说我也知道是怎么回事，我跟你说过多少次，你在这个岗位上，首要一条就是谨言慎行，灵活机变，宁可不说，也别让人抓住话柄，你倒是好，别人设好圈，你立马傻不拉唧地往里跳。"

郑微红着眼说："李阿姨说，张副跟钱副都说过你会同意的……"

周渠失笑，"这种话你也能信，老张和老钱在副经理的位子上那么多年是白干的？他们会傻到代表我在李主席面前说这种话？你叫我说你什么好？工会那是看准了我不会同意，拿你这个傻瓜垫背，先斩后奏罢了。"

这个时候郑微还不忘给李阿姨开脱，"李阿姨是领会错我的意思了，都怪我多嘴。"

周渠也不多说，直接示意她走到他办公室隔出来的休息室里，让她别出声，然后一个电话把李主席叫了上来。

话没说几句，周渠还来不及发难，李主席已经痛定思痛地反省，"经理，这次的确是我不对，但我的出发点是好的，我看经理您出差在外，不敢打扰，但是又怕等到您出差回来后筹备时间不足，就上来问了郑秘书的意思，她说周经理肯定会同意，我们都以为那是经理您的意思，谁知道她一个小秘书敢擅自说这种话？"

······

直到李主席离开后一会儿，郑微才打开休息室的门慢慢走了出来，周渠冷冷地看着她，一句话不说。他无须一句废话已经让她知道自己有多愚蠢，亲切的李阿姨，热心的李阿姨，掀开那层笑脸，一切如此真实而丑陋。

她哭也哭不出来，双手手指紧紧地在身前纠缠，指节苍白。

周渠最后叹了口气，"你还年轻，太多人情世故你还不懂。我希望你记住这一课，郑微，无论是工作和生活，都切记凡事三思而后行。"

那天下班，郑微在办公楼下邂逅李阿姨，阿姨的笑脸一如既往亲切，"微微，去哪呀？跟男朋友约会吧？这么行色匆匆的。"

郑微笑得甜甜的，"哪里有什么男朋友呀？还等阿姨介绍呢。我先走了，阿姨再见！"直到看不见李阿姨的背影，郑微的笑脸才慢慢地卸了下来，她觉得刺骨的心寒。

很久以后，当有人称赞已是资深员工的郑秘书为人精明谨慎，讲话做事滴水不漏，郑微都在心里苦笑着感激李阿姨，感激那些给她上过一堂又一堂课的凉薄的人们。其实并不是这个世界变得丑陋，世界原本如此，不过是她往日太过痴傻，等她终于一觉醒来，心怀孤勇，不顾一切的小飞龙已消失在身后。

毕业正好一年，郑微就被一枚红色导弹炸得晕头转向。回到原籍教书的何绿芽和师兄修成正果，他们的婚礼在一个七月的周末举行。除了远在北京的黎维娟和在新疆的朱小北，其余三人都准时出现在小镇上的婚礼现场。卓美毕业后胖了一圈，她跟家里介绍的理想对象登记了，说不上多爱，而日子依旧平稳安逸。郑微和阮阮见面之后两人几乎寸步不离，她们都在感叹，果然越是简单的人越容易获得幸福，绿芽也一样，大学时候说不谈恋爱的她居然第一个把自己嫁了出去。看着她依偎着老实憨厚的师兄，在朴素而简单的新房里淡淡微笑，这种幸福女人的光辉让原本在402并不出众的她显得如此夺目。美丽的阮阮、可人的郑微这一刻在她面前都黯然失色。何绿芽的爱情如同小溪，涓涓溪流，终入江河，而那些波澜顿起的爱情反倒远不如它永恒。阮阮说得对，在爱情里付出的心血和收获的幸福从来不成正比，越想去爱的人就越得不到爱。

晚上，除了卓美喜宴后赶回了家，阮阮和郑微都在绿芽的挽留下住在了小镇上。黎维娟打来了电话，絮絮叨叨地教了何绿芽不少婚后掌握经济命脉的秘诀，最后，还是感叹，"你是我们'六大天后'中第一个嫁出去的人，真希望借着你的东风，一个两个都找到好的归宿，一个比一个嫁得好。"三人听了，相视一笑。

然后是朱小北，电话一通，郑微就对着话筒大喊一声："猪北，葡萄干吃腻了没有，我想死你了！"

朱小北的笑声一如往日干脆，她说："你们知道我现在人在哪里吗？我刚从我初恋情人的家里吃完晚饭回来……呵呵，别急着羡慕我，今天是他儿子百日宴，他娶了个当地的维族姑娘，生的孩子漂亮得就像混血儿一样……以我如此优异的基因拥有者，也不得不承认，即使是我和他的孩子，也绝对不可能比这个小孩长得更好。他过得好，我真开心，绿芽，你结婚了，我也为你开心……我真开心……"

把幸福的新娘新郎送回了洞房，阮阮和郑微散步走回镇上的招待所。阮阮忽然说："微微，回去后我请假去你那跟你住几天好不好？"

郑微大乐，"这当然好……不过，你不用上班吗？"

阮阮说："我怀孕了，微微。"

……

郑微退后两步，用一种不可思议的眼神打量阮阮，"真的吗？真的吗？阮阮，你真的要做妈妈了？太神奇了！"她喜悦而又小心地盯着好友平坦如初的小腹。

阮阮只是笑了笑，喜出望外的郑微这才感觉有些不对劲，于是试探着问："阮阮，你告诉赵世永了吗？"

阮阮先是点了点头，继而又摇头。郑微不解，"说了还是没说呀？"

"我前几天还见过他，我说，世永，我可能怀孕了，他吓得面如土色，话都说不清楚，只会不停地重复，不会吧，不会吧，我们明明做好了安全措施……"阮阮笑着摇头，"我明知道他一直都还像个长不大的孩子，真正见到这一幕，仍然失望。所以我后来跟他说，我开个玩笑，骗你开心而已，他这才如释重负。"

郑微气急，"这个该死的赵世永，要不是他做的好事，怎么会有孩子？竟然这点担待也没有。阮阮，你怎么能说开玩笑呢？这么大的事，你得跟他说马上结婚，就算他家里再不近人情，现在也没道理再阻拦你们。"

阮阮说："我不会跟他结婚的。"

"为什么呀？"郑微怒道，"事情都到这一步了，他还不肯结婚的话，我第一个饶不了他！"

"我了解世永，如果我说，为了孩子我们结婚吧，他会答应的。问题不在他身上，是我，微微，是我不能嫁给他了，在我说出怀孕而他惊慌失措的那一刻，我的爱情就彻底地死了。这些年，我缝缝补补这段感情，始终不愿意离开他，那是因为我珍惜我青春的时候最初最好的感情，现在才发现，这段感情从来就不是我想象中的样子。我长大了，他还没有。"

"但是，你们还有孩子，那个臭男人不要也罢，孩子怎么办呀？"郑微担忧不已。

阮阮把手按在自己的小腹上，仿佛想感受那里传来的微弱感应，神情不自觉地柔和了下来，但是她说："可惜它来得不是时候，我爱孩子，可我只是个普通的女人，没有办法伟大，我不想苦情，不想为了这个冲动含辛茹苦，这个代价太大了。微微，我要打掉它，这就是我得在你那里住上几天的原因。"

郑微拉住阮阮的手，哽咽地说："你放心，还有我，我会一直陪着你。"

致我们终将逝去的青春

　　有水滴溅在两个女孩紧握的手上，落下来时温热，转瞬冰冷，不知道是谁的眼泪。

　　回到G市，郑微就陪阮阮去了市里最好的医科大附属医院，重新做了一轮早孕检验，确定怀孕并推算出大概在四五十天。中年的女医生低头写着病例，头也不抬就问道："生下来还是打掉？"那口气淡漠冰冷得仿佛在阮阮肚子里的不是一个即将成形的生命，而是一个肿瘤。

　　阮阮咬咬牙，"打掉。"

　　由于胎儿未满五十天，尚可以用药物流产，走出了诊室，阮阮忽然显得有几分虚弱，郑微让她坐在走廊上，自己去排队领了药。晚上，在郑微的宿舍里，阮阮一个人在书桌前坐了很久，然后趁郑微出去倒水，就着桌子上打开的啤酒一口气将药咽了下去。她还记得，赵世永第一次教会她喝啤酒的时候曾说，啤酒入口的味道虽然苦涩，但你轻轻让它流淌过舌尖，再细细地品味，你的舌尖上就仿佛盛开了一朵清芬的花。现在这朵花凋谢了，嘴里除了苦，就是淡然无味。

　　第二天回到医院，在产科特有的药流休息室里，阮阮吞下了第二颗药，她的宫缩比同一病房里的其余十来个药流的病号来得更快更强烈，别的女病号都有丈夫或男友陪同，她身边只有郑微。郑微坐在床沿，看着她紧紧地蜷在墙边，哼也不哼一声，脸颊两侧的碎发却都已被汗水浸湿，凌乱地黏在没有半点血色的脸上。

　　郑微吓坏了，跌跌撞撞地跑到隔壁的诊室，把情况告诉值班医生，医生只是淡淡地说，个人体质不同，服药后的反应也是大相径庭，有人不过是像来了次例假，有人却疼得像鬼门关上转了一圈，都是正常现象，不用大惊小怪。郑微急怒攻心，人都那样了，还说大惊小怪，但她最终克制住了自己，这个时候跟医生起冲突太不明智了，她只得寸步不离地守在阮阮身边，祈求时间能过得快一点。半个小时后，阮阮强撑着坐了起来，让郑微陪着她去了趟洗手间，她关着门在里面很久，郑微不敢催促，又担心得不行，只得在洗手间外无头苍蝇一般徘徊。大概过了十分钟，阮阮才全身被水浸过似的走了出来，手上是一团白色纸巾，她在郑微的搀扶下回到诊室，医生打开那团纸巾，露出里面鲜血淋漓的一小块肉状的物体，然后拿出一根棉签，随意地拨动翻看了一会儿。

她每拨动一次，郑微就觉得自己的心剧烈地抽紧一下，几次下来，几乎无法呼吸，阮阮却一直虚弱而冷静地看着医生的动作，仿佛看别人的游戏。

"好了，胚胎排出完整，你们可以走了，回去后按医嘱服药，休息几天就没事了。"

两人刚走到门口，就被医生叫住了，"哎，这个你们带走，扔在前面卫生间前的垃圾桶里吧。"

阮阮把它抓在手里，经过卫生间的时候，轻轻将它抛入了垃圾桶。走了几步，郑微忍不住转身，阮阮制止了她，"不要回头。"

直到走出医院大门，郑微犹觉得不可思议，一个生命就这样灰飞烟灭，只因为它出现在一个错误的时间？像是看穿了她的想法，步履有些蹒跚的阮阮对她说："有些残忍是吧？以前我们怎么就不知道，感情也会是血淋淋的。这样也好，我还清了他留给我的最后一样东西。"

郑微无言以对，正想得出神，就听见一个迎面走来的男子叫了声，"哈，是你呀，爱哭鬼！"

致我们终将逝去的青春

她环顾四周，除了她们再没别人，可那男子分明一副陌生面孔，她困惑地皱起了眉头，"你跟我说话吗……你哪位？认错人了吧？"

那男子哈哈大笑，"怎么可能认错？化成了灰我也认得你。四年前还是五年前来着，反正是我研二的时候，你在我的宿舍里，蹲在我面前揪着我的裤子哭得气动山河、鸟兽皆惊的，最后还是我把你请上了公车。你忘了我可忘不了，你哭完拍拍屁股就走了，我后面几个月里都成了那栋楼著名的负心人，在女朋友面前解释了好久才说清楚。"

郑微听得脸上红一阵白一阵的，心想，原来是他，林静以前的舍友，这事可够丢脸的，如果我赖皮到底，他是不是也拿我没办法？

那男子不知她的想法，见她沉默，便自动认为她认出了自己，熟络地问："怎么，你病了？"

"哦，没有，陪朋友来看医生。"

那男子点了点头，"这样呀，我老婆刚生了个儿子，我来接她出院。林静不来接你？"

"林……啊？"郑微一时间有些反应不过来，这是什么跟什么呀。

那男子向来也是个会察言观色的人，立刻觉察出自己有可能说错了话，"不好意思啊，你没跟林静在一起呀？我以为……那次你刚走的第二天，林静就从美国打电话回来，让我把他留下的那本童话书立刻邮寄过去给他，后来我告诉他，书被一个哭得很彪悍的小姑娘带走了，他很久都没有说话。你们后来没联系？"

郑微匆忙地摇了摇头，"不好意思，我朋友有点不舒服，我们要先走了。"

"哎，等等。"那男子想必跟林静交情不错，又说了一句，"去年林静回国，他还说过要去找你，你们没遇上吗？他现在在……"

"我不想知道！"郑微立即打断他，而后才感到自己的态度过于生硬，对方毕竟是好心，何况他曾经在她最痛苦地哭泣时安慰过她，"对不起，已经过去的事情，我真的不想知道。"

不知道是不是学法律的人特有的敏感，那男子重新审视了一下变了个人似的女孩，飞快地从口袋里掏出钢笔和便笺纸写下一行数字，"林静的号码，你拿着，拿着吧，联不联络他是你的事。"

郑微双手背在身后，最后阮阮将那张纸片接了过来。告别那男子，坐上计程车的时候，阮阮把纸片放在郑微的腿上，有气无力地说："傻瓜，何必逞一时的意气，跟自己过不去呢？"

郑微拿起纸片，看也不看就揉成一团，然后摇下车窗扔了出去，车窗玻璃摇上来的时候，她看着玻璃上反射出来的人影，那双眼睛里似有泪光闪烁。

那个人说林静一年前回来找过她，她并不意外，只是他已经走了四年，一千四百六十多天，在这些日子里，在她最伤心绝望的时候，他在哪里？

阮阮叹了口气，"郑秘书，你知不知道从车窗往外乱扔废弃物是要罚款的？"

郑微一直面朝窗外，很久之后，她才说："如果我愿意接受罚款，警察叔叔会不会把证物还给我？"

第十五章

Chapter Fifteen

就当我是个陌生人

　　五天后，阮阮重回 S 市上班，几日不见，同事只觉得她清瘦不少，更显飘逸，没有人知道在几天前，有什么永远地离开了她。

　　郑微后来接到了好几通赵世永的电话，他惊慌失措地询问着阮阮的去向和她的新号码，郑微对待他为时已晚的追悔只有一句话："我为我和你同为人类而感到羞耻。"

　　也许赵世永对阮阮并非没有爱，那段时间，他的电话几乎每天都要消耗掉郑微手机的一格电池。然而爱又如何，他爱的东西除了阮阮，还有许多许多。郑微一再地拒接，他一再地打来，时间长了，慢慢地电话也少了，终于归于沉寂，就像我们的一颗心，曾经火热地揣在胸膛里，滚烫得无处安放，急不可待地找人分享这温度，从没想过它也有一天会冷却，冷到我们只得自己环紧自己，小心翼翼，唯恐连这仅有的暖意也守不住。

　　郑微到中建的第三年，她二十五岁。一个二十五岁、工作稳定、面容姣好、身心健康的女人身边没有男人算不算一件很奇怪的事情？郑微觉得不算，但她身边几乎每一个人都那么认为。工会的李阿姨几次三番地把她叫到自己办公室谈心，话里话外都是一个意思，你也老大不小了，应该成家了。就连周渠也时常半开玩笑地对她说，你究竟要找个什么样的？二分这么多青年才俊你都看不上也就罢了，那么一分、三分……十四分，机关、三产、设计院……中建有五千光棍，环肥燕瘦，任君选择，总有一款适合你，别老这么漂着。

郑微一边打着马虎眼，世上好男人万万千，任我挑来任我拣；一边为自己辩护，二十五岁单身的女青年多着呢，为什么我一定要选？

周渠的回答是，我看着你就难受。

大家都说，郑微，我看着你一个人这么漂着，难受。

很多时候，当我们习惯了一些事情，就不知道这是苦。就像一个贫穷的人，一辈子没有见识过繁华，到死也不知道自己贫穷。郑微总是一个人，她一个人吃饭，一个人逛街，一个人看电影，有时也跟着一群人去狂欢买醉，最后一个人回家，一个人睡觉。她不觉得这有什么不对，只是在别人过节团聚的时候，偶尔感觉孤独。单位大院那条从办公楼通往单身公寓的林荫路，她自己陪着自己走过了无数回，每一棵芒果树她都认识，这一棵的果实特别酸，那一棵三年来一次果也没结。她总是笑嘻嘻的，日子不都是这样过吗？直到见过太多投向她的同情的眼神，他们都替她难受，她才恍然觉得，原来自己竟然是可怜的。

究竟是从什么时候开始，她自己也强烈而真实地感觉到这一点？似乎是在一个平淡无奇的夏日，她独自从超市购物返来，站在出奇拥挤的公车上，遇到忽然横穿马路的行人，公交车司机急刹车，惯性让她的身体剧烈向前倾倒，就在那一刻，她看到了身边一个跟她同样单薄的女孩，晃了一下就被身边的男友稳稳地拥在怀里。郑微身手一贯敏捷，她立即抓住了手边的护栏，定住了脚步，没有让自己在人前摔得难看，但是当她紧紧地将带着点凉意的金属护栏抓在手里时，莫名地有了流泪的欲望。她甚至带着点小小的恶意打量着身边的那个女孩，难道她不如那女孩漂亮？难道她不如那女孩聪明、勇敢、善良？可是她没有那女孩幸运。

　　就这样一件普通得不能再普通的小事，让郑微觉得自己不可以再一个人孤独下去。这世上哪来王宝钏，她从来没有想过为谁守住寒窑，只是以往她相信直觉，总以为直觉会带着她想要的那个人来到她身边。而直觉何时才能出现？也许明天，也许永远不再出现——即使出现了，未必不是错觉。

　　所以，当李阿姨已成为习惯地说："微微，我给你介绍一个男朋友吧？"郑微破天荒地回答："好呀，什么时候？"

　　李阿姨办事一向周到又细致，她惊讶郑微态度转变之余，认真询问了郑微父母所在的单位、家庭成员状况，不到三天，就给郑微安排了她的第一次相亲。

　　那一次郑微见到的人就是何奕，李阿姨一点新意都没有地把他们约在一个中规中矩的西餐厅，寒暄了几句便借故离开。似乎所有媒人都应该这样，郑微也不觉得奇怪，她只是意外李阿姨第一次就把这样一条大鱼抛给了自己。何奕姓何，中建公司总经理也姓何，何总只有一个儿子。何奕是二分最年轻的项目经理，其实郑微认识他，两年多前她跟随周渠下工地，当时就是何奕接待他们，只是后来何奕被派往支援中建在孟加拉的工程，一去两年，所以两人算不上熟。

　　李阿姨走后，两人一度相对无言，各自冥思苦想合适的话题，何奕先按捺不住地说："这样坐着真奇怪，我们随便说点什么吧。"

　　郑微点头认可，这个时候她是不是应该问问什么是他的人生追求事业规划兴趣爱好，最浅薄，也应当问问他的星座血型，然而鬼使神差地，她的开场白脱口而出，"你喜不喜欢美国？"

　　话说出了口，她就被自己的无厘头逗笑了，何奕也跟着哈哈大笑，两人笑了一阵，郑微才问："你笑什么？"何奕说："我笑我居然不知道你在笑什么。"

何奕不喜欢美国，他喜欢一切好的东西和所有漂亮的女孩，他爱玩，也会玩，追求新奇的事物，没有定性。也许这就是何总急着让他结婚的原因，在大多数老一辈人的心中，成家立业的男人才会成熟。何奕这样的性格跟郑微一拍即合简直是天经地义的事情。很快，何总的少爷放着家里几套房子不住，申请住进了单身公寓，不偏不倚"恰好"住在郑微楼上的事情传得二分乃至整个中建沸沸扬扬，大家都事后诸葛地说郑微看起来就有少奶奶的命。然而郑微却在某个周末的下午，约了何奕在她的公寓里下棋，自己却借口出去买饮料，然后一去不回，她在大院里的角落看几个老人打牌直到夜幕降临，因为她知道，韦少宜今天也休息在家。

就连她这样算不上细心的人也看了出来，每当韦少宜在家的时候，何奕特别喜欢下楼来找她下棋，只要韦少宜走过，他就像个内心雀跃、故作镇定的孩子。郑微和韦少宜不再每日争吵，但关系也算不上改善，她没指望韦少宜承她的情，何奕能否如愿以偿，韦少宜会不会坠入情网，那都是别人的缘分。她只是很清楚地知道，何奕不是她的那个人。

后来何奕对韦少宜狂热的追求日益明朗，同事们都为郑微惋惜，李阿姨更是恨铁不成钢，到手的金龟婿又平白地脱了钩。但是她和周阿姨、王阿姨、杨阿姨一样，从未放弃已婚妇女的最大爱好，她们源源不断地给郑微输送她们鉴定合格的有为青年。而郑微又太渴望结束单身的生涯，只要对方不至于太离谱，她对这些安排一概来者不拒。她见过医生、律师、会计师、公务员、小老板……当然还有数不清的建筑行业的精英。用周渠的话说，那一段时间，她就快要把 G 市的青年才俊一网打尽，这些人里有些喜欢她但是她不喜欢的，有她觉得不错但对方无动于衷的，更多的是相看两相忘。

不管面前坐着的是谁，她永远是那句经典的开场白：你喜欢美国吗？有人说喜欢有人说不喜欢，还有人莫名其妙。郑微觉得这的确像一个有点冷的笑话，可是，生活有的时候就是一场黑色幽默。

也许是因为网撒得太过于铺天盖地，大的鱼进不来，小的鱼又溜走了，郑微走马灯一样的相亲生涯收获寥寥。她曾经想，不就是找个男人吗？多简单的一件事，可事实无情地证明，她偏偏就是找不到。

不过，虽然没有实现她的既定目标，多见了几个人也并非坏事，至少她在认识了一个大学里的生物老师之后，才知道拿破仑隆头鱼濒临灭绝；至少一个秃头的连锁拉面店小老板给过她两个月都吃不完的免费餐券；至少她还在相亲的时候走运遇见过一个让她花痴不已的年轻外科医生，虽然那个姓纪的医生彬彬有礼地送她回去的时候说：再见，刘小姐。至少她终于明白，即使她愿意将就，其实也是多么的难。

那一段时间阮阮给她打电话，每逢问起"你在哪里"，郑微都是哈哈大笑，"不要问我到哪里去，我不是在相亲，就是在去相亲的路上。"

她的疯狂相亲终止于 G 市委党政机关的一个办公室主任，三十五岁，至今未婚，有房有车，而且郑微毫不怀疑他有可能是处男。她跟这个穿着黑色西装、系黑色领带、头发整齐地三七分的男人吃着淡然无味的牛排，听他滔滔不绝地赞美着为下班的丈夫跪着递拖鞋的日韩妇女，痛斥婚前性行为，她终于忍无可忍地岔开了话题，"你平时喜欢做些什么？"

"鸟，我喜欢养鸟。平时下班我不喜欢出门，外面总是乌烟瘴气，尤其现在的年轻人更是乱七八糟，鸟叫声能让我平静。你呢？我看你挺文静的，你喜欢什么小动物，喜欢鸟吗？"

郑微憋住笑说："不，我喜欢猫。"她放下餐具认真地说，"你喜欢下班后在家玩自己的鸟，我喜欢玩咪咪，你说我们是不是很有缘分？"

她模仿周星驰的声音哈哈大笑，自己把自己逗得前俯后仰，最后只记得那个"爱鸟者"惊呆了之后半张的嘴。

这个事件的严重后果是李阿姨一气之下扬言再也不多管闲事，郑微在打给阮阮的电话里差点笑出眼泪。

阮阮也笑，她说："你真胡闹。人家有什么错？爱情可以唯美唯心，相亲就是一场交易，大家把最现实的要求摆到台面上来，合适就好，不合适也罢，你何苦气不过，非要恶搞他一轮？"

笑声平息下来之后，郑微说："算了，也许这种方式真的不适合我，阮阮，要男人干什么，不如你跟我做伴。"

阮阮沉默了一会儿，"微微，我想我快要结婚了。"

阮阮要结婚了。郑微大惊之后，觉得如梦一场。她结婚的对象是医科大学附属医院的普外科主治医生，叫吴江，两人从朋友介绍认识到确定结婚意向，一共只见了六次。

"你爱他吗？"郑微问，其实她心中已有答案。一个只见过六次的人，能有多爱。

阮阮说："他挺好的，早些年为了学业没顾得上感情的事，后来回国了，工作一直又忙，他跟我一样都是以结婚为前提来找对象，虽然认识的时间不算长，但我相信他会是一个好丈夫。第六次见面他跪下来求婚时，我好像没有什么理由拒绝，也许错过了他，我未必遇得上更好的，就当是为自己找个伴吧，爱上他大概也没有那么难。"

有没有别的伴娘像郑微一样，当新娘子在婚礼进行曲中挽着父亲的手臂走向红地毯的尽头时，她站在新娘的身后，心潮澎湃，眼眶潮湿。世界上还会有比阮阮更加美丽的新娘吗？到场的亲友都对年轻有为的新郎赞不绝口，只有郑微觉得他太过于幸运，他只见了六面，就要回了世界上最最好的女人。

这是一个普通的婚礼，两个当事人都不爱铺张，只简单宴请了双方的亲朋好友。阮阮一袭白纱，娉婷地伫立在淡淡微笑的新郎身边，他不是赵世永。当年舟车劳顿只为与爱人片刻相依的她，一心只想把那份感情守成天长地久的她，可曾想到会有今天？爱着的时候，以为那个人就是自己的一生，谁料到一朝梦醒，就站在了另一个人的身边。

阮阮给赵世永发了喜帖，他没有来。六年的感情输给了一个只见过六面的人，命运自有它的安排。可是不管怎么样，只要阮阮幸福，什么都值得，在郑微心中，没有人比阮阮更配得上眼前的幸福。

司仪问："阮莞小姐，你可愿意嫁给吴江先生为妻，一生一世爱他，陪伴他……"

阮阮说："我愿意。"

她话音刚刚落下，身边忽然传来了一声抽泣，所有的人才注意到，娇俏的伴娘泪流满面。郑微真是世界上最失败的伴娘，她在好友的喜筵上，终于按捺不住哭泣。只有阮阮明白她，看着郑微，灿烂地笑，仿佛在用笑容告诉她，自己一定可以幸福。

新人敬酒的时候，重新补妆的郑微持壶和伴郎一起跟随在新人身后，伴娘和伴郎一向都是新人之外的另一个众人瞩目的焦点，尤其是仪态万千的新娘身边站着清新甜美的伴娘，如果这晚有星光，只怕也失去了颜色。面对众人的笑闹起哄的劝酒，郑微一概来者不拒，就连阮阮的那一份，她也代为挡了过去。

私下的时候，阮阮附在她的耳边，"别喝了，悠着点。"

她只是笑，"我很久没有这样高兴了。今天是什么日子？我可以醉，你不可以醉。"

十几桌下来，饶是她酒量不错，不由也有几分微醺。下一桌是新郎官的朋友，吴江一个个介绍下去，"这几位是我们医院普外科的同事，这位是《××日报》的责编……还有这位，是××区人民检察院的副检察长……"

他介绍到那名身长玉立的男子时，那恰好侧对着他们的男子转过身来，点头朝新娘微笑，然后他的视线平稳地投向新娘身后的人。

"对了，他姓林，叫林……"

郑微不期然地打断了吴江好心的介绍，她说："林静，七年不见，别来无恙？"

林静含笑举杯，"你好吗，小飞龙？"

你好吗，小飞龙？他是这个世界上第一个这样叫她的人，小的时候他陪她在大院的花园里捉迷藏，他怕她找不到会哭，从来不会藏得太隐蔽，一旦她揪住了他的衣角咯咯地笑，他总是故意这么说，"你好吗，小飞龙？"

如果她是十七岁的郑微，她会选择在这刻忘记所有，立即扑在林静的怀里痛哭失声，然而她今年二十五岁，他跟她玩了一场长达七年的捉迷藏，这一次他躲得太远，她曾经以为这辈子再也找不到他。

"我挺好的。"二十五岁的郑微说。

"你们认识？"吴江也愕然。

林静笑道："她一岁的时候，我就开始把她抱在怀里，你说我们是不是认识？"

郑微也半开玩笑，"是啊，过去我们熟到我以为一长大就可以嫁给他。"

好事之人闻言起哄，叫嚣着这样的交情值得痛饮一杯。郑微毫不犹豫地将酒倒满，平举到林静面前。林静定定看着她，若有所思，忽然摇头笑了笑，与郑微碰杯。他喝干了自己的酒之后，伸手拿过了郑微已触到唇边的酒杯，当着众人的面一饮而尽。

当即四周叫好声一片，人人都笑林检察官原来也是怜香惜玉之人，更频频追问何以两人初见时似是许久都未谋面。

郑微回答说："小时候的事情哪里说得准，长大了之后，以前的玩伴大多是各奔东西。"

她的林静已经在她十七岁那年一去不回，也许她内心深处永远藏着他的身影，然而眼前的他，是个陌生的男人。

新娘抛花球的时候，魂不守舍的郑微独自站在角落，偏心的阮阮看准了她的位置，背过了身，抛出的花球依然不偏不倚地飞向了她。花球迎面而来的时候，郑微才回过了神，她直觉地想要抓住它，终究慢了一步，只抓住一片粉色的花瓣，顷刻间，花球落地。

吴江工作的医院在 G 市，阮阮嫁夫从夫，她辞掉了 S 市的工作，陪在丈夫身边。这也许是郑微听到的最好的一个消息。婚宴的最后，闹洞房的宾客也尽兴而归，出门的时候已是夜深。阮阮送出了门，她说："林检，不如你帮我送送微微。"

郑微连连摆手，"不用麻烦，不用麻烦。楼下很好打车。"

林静朝阮阮笑笑，"你放心吧，交给我。再见，祝你们新婚快乐！"转身就再自然不过地将郑微的包包拿在自己的手中，"走吧，我的车就在楼下。"

一路上，郑微将车窗摇得很低，风灌了进来，吹走了她脸上的绯红，她始终看着窗外，电台里的音乐支离破碎。

林静开车心无旁骛，沉默地到了中建的大院门口，郑微都忘记问他，怎么会知道自己住在这里。

"我就在门口下吧。"郑微把散乱的头发拨到脑后，"真谢谢你送我回来。"

林静没有回应她的礼貌，"你住在哪一栋？我送你到楼下。"

"不，不用了，我走进去就好。"

"你住在哪一栋？"

她莫名地就开始发火，"我说过不用！你懂不懂半夜三更地被一个男人开车送到楼下，我身边的人或许会误会。"

林静把手搭在方向盘上，说："你果然还是生我的气。"

郑微把头别向一边，假装看着窗外，她没否认，因为他说得对。即使多少个夜晚，她都觉得她理解林静，她原谅了他的不告而别，然而真正到了重逢的那一天，心里竟依然还有怨恨，人们往往没有自己想象中那么超脱。当年林静的离开，不但带走了她朦胧的初恋，更带走了她最信任依赖的一个人。她发现自己竟然可耻地将后来失去爱的凄凉统统归咎于他，即使明明知道那并非他的错。

"我也生过自己的气，可是那个时候我怎么想也想不通，所以只想离开。是的，或许我不应该，然而谁是圣人，谁又没有面对不了想要逃避的时候。你也知道，我曾经以为我的父母是最幸福的一对，甚至为我的家庭能给你带来温暖而感到骄傲，原来都是假象。"

郑微笑了，声音却哽咽，"你一逃就是七年。"七年了，他一封信一个电话也没有给过她。

"我以为你幸福。"

"我是幸福，所以你可以继续消失。"

林静沉默良久，说："我一向不喜欢做没有意义的事，回国后我打过电话给你，既然你快乐，我便离开。也许是我错了，但我不会再错。"

郑微打开车门离去的时候干脆果断，她一直往前走，没有听到林静发动车子的声音，却不肯回头。到了凌晨，她觉得出奇地口渴，爬起来给自己倒了杯白开水，没有开灯，喝了一口水，就这么借着窗外路灯的一点光亮，怔怔地发呆。当她放下水杯之后，打开了房间的大灯，发疯地翻箱倒柜搜寻，她开始后悔自己为什么把它们藏得那么深。

一墙之隔的韦少宜被她的大动作惊醒，敲着她的房门抱怨道："郑微你半夜抽什么风？还让不让人睡觉。"

郑微的动作犹在继续，只转身回了一句，"前一阵子何奕发神经半夜在楼下对你唱歌，我说什么了？"

韦少宜顿时语塞，恨恨地回房。整个房间一片狼藉之后，郑微终于在从学校带过来的一个皮箱里，找到了她想要的东西。

她打开那个扁平的小铁盒，拿出压在最上方的毕业证和学位证，两张年轻无邪的笑脸穿过七年漫长的时间就那么毫无防备地绽放在她的面前。她把那张开始微微泛黄的照片拿在手中，用手指一下一下擦拭上面的尘埃，照片上的年轻男孩笑容明净，眼神柔和，这才是她的林静，她必须现在看上一眼，因为在她发呆的那一瞬间，她忽然发现自己记不清二十二岁之前那个林静的模样。刚才送她回家的那个男人，肩膀宽厚，眼神锐利，笑容总是若有所思，下巴和两腮有刮得干干净净依然泛青的胡楂，尽管他看上去那么气宇非凡，风度翩然，可她再也找不到昔日的贴心和依恋。他眼中的她，是否也早非旧日模样。她擦不掉时间覆在他们脸上的尘埃。

林静最后那一句话在她脑海里反复盘旋，越想就越心浮气躁，这样的感觉已经许久不曾有过，是他话里有话，还是她再一次猜错？

没过两天，一通打到她办公室的电话让她隐约证实了自己的猜想。

"你好，中建二分经理办公室。"接起电话时，早已说得无比顺溜的开场白脱口而出。那边传来既熟悉又陌生的笑声，她看了周渠里间的办公室一眼，立刻压低了声音，"你怎么知道我办公室电话？"她问了之后才觉得这个问题没有意义，他所在的检察院跟他们中建二分同属一个城区，对于公检法机关和政府部门来说，辖区内任何一个企业的联系电话简直都是顺手拈来。

"那天你走得太急，手机号码也忘了留下。"林静的心情仿佛不错，声音也带着几分愉悦。

"现在是我的上班时间。"郑微却没有他那样好的兴致。

林静说:"嗯,工作还挺认真的。所以我现在不打算打扰你,有什么事下班后再说,我来接你还是约在吃饭的地方见?"

郑微骇然而笑,"我什么时候说过要跟你一起吃饭?"

他的声音柔和,"你总是要吃饭的吧,就当是陪陪我,我最近应酬很多,很长一段时间都没有好好吃顿饭,觉得胃也不是很舒服,你知不知道这一带哪里有比较清淡的餐馆?"

郑微的心几乎就要软了下来,他以前饮食一向规律,稍有不正常,就觉得胃疼,可她还是硬起心肠说:"胃痛胃酸胃胀,就找斯达舒,我今晚要加……"

"加班是吧?"他好像早料到她有此一说,笑道,"不要紧,工作为重,你加到几点,我来接你。对了,你们经理现在是周渠吧?他在中建机关市场部的时候,我们曾经一起吃过饭,要不我一边等你,一边顺道拜访他一下……"

"不用了,我忽然觉得好像手上的事情明早上做也还可以。"见风使舵一向是郑微的长项。

林静再次笑出声来,"那你好好上班,我下班在你们路口的转角那等你,你忙完了再出来,我今晚有时间,等一会儿不要紧。"

郑微放下电话,暗骂自己没出息,怎么就稀里糊涂答应了他,后来转念一想,不是我军无能,而是敌人太过狡猾,让她不知不觉就上了当。

虽然明知道隔着一道门,里边的周渠不可能听到她刚才在说什么,但她还是心虚地看了一眼，那扇门紧闭着。从下午外出回来开始，周渠的脸色就有点大不对劲，她在他身边三年，深知这个时候的他绝对是个碰不得的地雷，不久前财务部主任不顾她的劝阻敲门进去，快快地碰了一鼻子灰出来。虽然不知道是谁有那么大能耐惹得涵养颇好的周渠雷霆大怒，不过他关门的潜在意思就是谢绝打扰，她才不想知道原因，非到必要关口，离那扇门越远越好。

准备下班的时候，郑微已经提前收拾好东西，忽然就听到里间传来了易碎物落地的铿锵之声，接着又是一声巨响。这种情况之下她再不闻不问就说不过去了，也是担心周渠把自己关在里面一下午不知道出了什么事，只得敲了敲门，"领导，有事吗？"

里面悄无声息。郑微有些着急了，再次敲了敲门，不见有反应，就硬着头皮推门进去。

门开了，周渠整个人陷在皮椅里，桌面文件一片狼藉，杯子的碎片散布在地板上。郑微心里暗暗叫苦，发泄就发泄嘛，何必扔东西呢，扔东西就扔东西嘛，何必偏偏扔杯子呢？他是爽了，只可怜了她这个收拾残局的人。

"领导，你没事吧？"她除了当着别人的面叫他"周经理"外，私下的时候都直呼"领导"，他也由她去。

周渠不胜疲惫地揉了揉额角，"郑微，帮我把地上的文件夹捡起来。"

她乖乖命，收拾散落的纸张时，无意中看到了其中最醒目的一张，那是封打印的匿名举报信，矛头直指二分的前任经理，现在二分下属三产公司——盛通建筑有限责任公司的经理冯德生。郑微看了一眼，立刻收回视线，可是终究忍不住，又瞄了一下，见他不理会，知道即是默许，便一边收拾一边翻看，除了举报信外，那里还有周渠从盛通那边调出来的财务档案，饶是郑微对这一方面并不精通，看了后仍然暗暗心惊。对于所有的大型国企来说，三产公司都是一个尴尬而矛盾的存在，这种为了突破国企僵化机制的束缚和为职工谋福利的需要而产生的，名义和体制上独立，实际上却依附和归属于国企的三产企业，三产在国家对国有资产重点规范管理的如今，是个敏感的问题，稍有不慎就容易捅出大娄子，牵一发而动全身。然而很显然，冯德生并不是一个很谨慎的人，许多事情纵然大家心知肚明是潜规则，但他就连场面上都做得极不漂亮，漏洞连连，而且猖狂至极。

"领导，这……"郑微把收拾整齐的文件资料放在周渠的桌上，她明白了周渠大怒的原因，不由忧心忡忡，她毫不怀疑周渠是个正直的人，但盛通虽是名义上的独立法人，实际很大程度上在二分管辖之下，冯德生本人尚是中建的正式职工，享受二分中层正职待遇，他的所作所为会让周渠连带授人以柄，处理不好，难脱干系。

周渠当然明白郑微的意思，他叹了口气，"老冯一把年纪了，依旧这么不争气。只是说到底，当年我刚分到中建，是工地上的一个小技术员，他几次提携过我，没有他我未必有今天，知遇之恩我牢记在心。"

"但是……"

"你出去吧，这些事你心里知道就行，我会处理好。"

郑微和林静坐在清净雅致的日本料理店内，依旧心事重重，为什么成人的世界就要有这么多的丑陋、不堪、无奈？

"想什么？"林静把她喜欢的天妇罗夹到她的碗里。

郑微用筷子拨了拨碗里的食物，她觉得还是应该直截了当地把话挑开了说："林静，你为什么要来找我？"

林静抿了一口清酒，慢条斯理地放下杯，"微微，你心里觉得我是为什么？"

郑微自嘲地笑，"难道是你想说，你现在才开始后悔当初离开，想要让我们再回到从前的日子？"

"你不愿意吗？"

"林静，如果我没有记错，你在美国近四年，回国三年，这期间你有过无数的机会，可以轻而易举地找到我，可是，七年来，你没有给过我半点音讯。"

她还是跟从前一样，说话总也学不会转弯抹角。

林静说："我知道你会这么想。微微，其实我没有你勇敢——很多人都像我一样，远远没有你的勇气。我们害怕解决不了的纠葛，害怕付出后得不到回报，害怕不可预知的事情，更害怕自己得不到在乎的东西。在美国的时候，我没有把握可以忘记家里发生的事情，没有把握可以若无其事地像以前那样跟你在一起，后来回来了，我爸也去世了，那时我才再也忍不住打电话找你，你的舍友说，你跟男朋友出去了。其实那个电话是在你们楼下的电话亭打的，我看着你走向他，你笑得那么甜蜜，我当时就想，即使你眼前的那个人是我，我也未必能让你的笑容比那一刻更幸福。这种情况下，我纠缠你又有什么意义，除了徒增烦恼，离开的时候就应该想过这样的结果。如果我当你是我的小妹妹，我可以不介意地守在你身边，可你不是我的妹妹，要不就离开，要不，我就得求一个结果。我不喜欢无谓的过程和徒劳的伤心，你过得好，我也应该过我自己的生活，或许你觉得我自私，不过人总会选择最大限度地保护自己。我是个普通的人，微微，我见过太多像我一样的人，正因为如此，后来我才知道独一无二的小飞龙是那么可贵。"

郑微深深地吸气，好像若无其事地说："或许我也应该做一个聪明的普通人，世界上哪里有什么小飞龙？"

"你不信也罢，即使那场婚宴上没有遇到你，我也打算好了要跟你联系。"

她笑了，"时隔那么久，你终于发现我过得没有你想象中那么幸福，所以你伟大地回头来拯救我的孤单？还是你现在终于有了十成十的把握来得到你要的结果，你料定我一定会喜极而泣地说，就当这七年并不存在，我们还像以前那样生活？你错了，林静，这七年的日子历历在目，我过我自己的生活，这段生活中没有你。我不再是你的小飞龙，我爱上了别人。"

"可你并没有跟他在一起。"林静淡淡地说。

"是，他跟你一样也去了美国，连等的机会也没给我，我现在是个不断相亲失败的单身女人，但如果我不得不找个男人，我宁可像阮阮一样，嫁给一个只见过六次的陌生人，也不会选择你们。跟一个陌生的男人就这么过一辈子，我会认命，但是如果那个人是你，我不甘心！"

他们终究没有好好把那顿饭吃完，郑微中途匆匆离席，林静追出去，还是把她送回了住处。

深夜，郑微半睡半醒时，收到林静发来的短信：那就当我是个陌生人。

她伏在枕上流泪。

第十六章
Chapter Sixteen

郑秘书和陈助理

阮阮因为嫁人而回到了 G 市，这是郑微最开心的一件事。其实她原本在 S 市的工作相当优越，但是对于阮阮来说，更重要的还是目前的家庭生活。她不紧不慢地找寻着新的工作，很显然，吴医生并不认为他的新婚妻子需要为五斗米而奔波。很多时候，郑微只要下了班，就越过大半个城市去阮阮家蹭饭。

她去的时候很少遇见吴医生，阮阮也说，他实在是太忙了，医院同一个科室里，比他资深的老医生精力不足，年轻的又没有办法独当一面，重要的手术基本都由他亲自主刀，本来值班的时间就已经排得密不透风，偶尔在家吃个饭都不得消停，一个电话打来又匆匆忙忙出了门。正因为这样，他太需要家里有一个温柔贤惠的妻子，至少累了一天回来，还可以感受到片刻家的温存，要是阮阮也工作了，两个人都忙，这才是家不成家了。

郑微坐在阮阮家顶楼天台的花架下，这些花草都还是婚后阮阮买回来亲自打理的，不知不觉，百香果的藤蔓已经郁郁地攀满了整个架子。她看着专心浇花的阮阮，问道："你这样天天在家不闷吗？"

阮阮说："我整天都有做不完的事情，老觉得时间不够用，又哪里来的闲情去发闷？"吴医生是个有洁癖的人，家里的床单被套一律雪白，每天都必须换洗，地板纤尘不染，阳光照进来的时候也不能看见灰尘，对于饮食也是相当挑剔。婚前他雇了一个做事利落整齐的钟点工，每天三个小时定时到家里来做清洁，自从阮阮进门后，为了更方便地照顾阮阮的起居，他让那个信得过的钟点工改成了保姆，长期在家里工作，但是不到一个月阮阮就发现了一个问题，他们住的楼盘位于这个城市自然景观最美丽的地段，静谧优雅是不在话下，但是周围配套设施并不齐全，小区内的住户基本有车，最近的一个超市或者菜市场至少需要十五分钟的车程。保姆不会开车，而公交车站牌又离得太远，为了让她能够顺利地买菜，阮阮不得不每天开车在家里和市场之间接送她。阮阮觉得这简直是把简单的问题严重复杂化了，她并不是什么娇贵的小姐出身，自认一个人也应付得了这些家务活，于是征得了吴医生的同意，干脆多支付了三个月的薪水，辞掉了那个保姆，由她来亲自打理他的日常生活。她做事一向周到，事无巨细地把家里的一切打理得井井有条，吴医生赞许感动之余，更无后顾之忧，全身心地投入到工作中去，三十五岁不到已是业界的中流砥柱。他总说这些都得益于他有一个最完美的贤内助。

郑微眯着眼睛说："前几天我跟猪北通电话，那家伙读书还真没完没了，估计是受刺激过度，今年又考了博，她跟我说起你的时候，简直要把你称为'新一代中国女性之耻'，说真的，要是别人知道当年我们G大××级土木系综合成绩第一名毕业的人结果成了一个家庭妇女，那简直太搞笑了。"

阮阮不以为然，"这没什么呀，至少专业的功底让我在修葺这个天台花园的时候游刃有余。"

郑微有几分为她抱不平，"我来了好几次，周末都没见过你那位大医生在家，他倒好，一枚戒指就换得了一个白天干活、晚上陪睡的全职的女佣，阮阮，你上次跟他一起吃饭是什么时候了？"

"没多久，也就三天前吧。"

郑微叹为观止，"闻所未闻事，竟出大清国。他不就一个外科医生嘛，又不是登月的宇航员，婚都结了，至于忙成这样吗？也亏你受得了。你会不会不记得他长什么模样？"

阮阮还真认真想了想，然后就笑了，"傻瓜，男人事业为重也没有什么不好。"

"你就不怕他出轨？"

"出轨？"阮阮笑着摇头，"但愿他有这个闲情逸致，我猜他都养成职业习惯了，看见女人的裸体就只想着往哪里下刀。"

郑微扑哧一笑，"怪恐怖的。"她随手扯了一片头顶上的叶子，犹豫了一会儿还是小声问道，"那……他知道你以前那些事吗？"

阮阮摇了摇头，"我不知道他知不知道，也许他心里什么都清楚，但至少他从来没有问过。微微，听我的，这种事如果对方不问，你千万不要提，过去了就是过去了，最重要的是现在。他对我其实挺好的，很尊重我，也很体贴，记得我的生日，除了清明每个节日都会送花，虽然他把这些日子都存在手机备忘录里，但是毕竟还是有心的。除了工作太忙，我不知道还有什么可以挑剔的。"

"那你感觉到幸福了吗？"郑微迷惑地说。

阮阮反问："幸福的定义是什么呢？"

末了，阮阮岔开话题，"别说我，你跟林静怎么样？终于见面了，不会就说声'你好'那么简单吧？"

郑微撕扯着手上的叶子，"还能怎么样，其实很多道理我都明白，只是心里那一关总过不去。如果当初他没有走，我跟他的孩子应该都会叫你阿姨了，可是他一声不吭地走了，我遇到……陈孝正，大概这就是别人说的缘分。如果说林静给了我最懵懂的爱情的梦想，那陈孝正才是真正给了我爱的启蒙的那个人，我是因为他才学着怎么去对一个人好，学着怎么千方百计地去爱，我学会了，他也走了。即使是这样，因为有过他，我和林静是再也回不去了，不知道为什么，每次我面对林静，都是百感交集，但是他已经不是那个我小的时候一心一意要嫁的人。"

"那你们还联系吗？"

"偶尔吧，除了那天他短信里的那句话，后来也没再往那方面提，有时出去吃个饭，就当是老朋友聚聚，我也不好拒绝。我真怕有一天我对他连怨恨都没有了，那十七年的感情，究竟还剩下几分？"

如果不是跟阮阮在一起，郑微大多数的时间还是一个人待着，她身边最好的朋友一直都是阮阮，最后也只剩下了阮阮。即使是每天同在一个屋檐下的韦少宜，也始终亲密不起来。说到韦少宜那个臭脾气，也够人受的，郑微觉得何奕对韦少宜的追求简直是莫名其妙加犯贱，别人越是不待见他，他就越来劲，坑蒙拐骗，围追堵截，能用的招都用上了，还是热屁股贴在冷脸上。谁都在背后说韦少宜不识好歹，她虽是靠了关系进的二分，但是帮了她一把的那个亲戚早已不在领导岗位，而何奕是中建最高行政领导人的宝贝儿子，长得也是一表人才，能看上她，这是难得的福分，不过郑微隐约知道何奕压根就不是韦少宜喜欢的类型，而且他以往贪玩花心的不良记录更是韦少宜最忌讳厌恶的。

能入韦少宜眼的男人很少，郑微有幸得见一次，那时她在中建总部的机关饭堂吃饭，正好遇上韦少宜，两人同在一桌，虽然话不多说两句，但是当有一个男人无意中经过她们身边时，她发现韦少宜脸上又有明显可疑的红晕。那个男的其实郑微也见过，据说是设计院的院草，长得是挺让人花痴的，不过听说人家家里后台大得很，在设计院工作只是兴趣。对于这种人，郑微一直持"只可远观，不可亵玩"的心理，上次建筑系统围棋大赛她还曾挥泪斩帅哥，亲手将他淘汰出局——话又说回来，帅哥人长得好，棋艺确实不咋的，要是她也长得那么帅，绝对不干这种自暴其短的事。

说来也巧，那天帅哥经过不久，韦少宜在郑微斜视的目光中尴尬地反应过来，转头咳了两声，居然发现餐桌旁的地板上掉落了一根银色的链子，她捡了起来，发现链子的挂坠像是一颗海蓝宝，形状跟泪滴形的耳环相似。帅哥经过之前，地板上空无一物，韦少宜想也没想就追了出去，几分钟后，回来继续闷闷吃饭。郑微哪里按捺得住好奇，也不理会她的冷淡，凑过去就兴奋地问："天赐良机，有什么发展没有，捡到了信物他有没有干脆转赠给你顺便以身相许？"

韦少宜没好气地说："废话！他倒是急坏了，我刚拿着链子走出去，他扑过来夺链子的时候眼睛都红了。我跟他说，我又不是小偷，链子是我捡来还你的，他居然掏出皮夹就要给我钱。"

郑微幸灾乐祸地大笑，"失败啊失败，怀春的梦想幻灭了吧。"

这一次韦少宜居然也没顾上跟她抬杠，有几分感叹地说："他那么在乎，我猜那根链子一定跟他一个很重要的女人有关。"

"有本事你就去跟链子的主人一决高下呗，别说我不告诉你内部消息，我们工会的李阿姨说过，他原来有过女朋友，后来不知道为什么分了。"

韦少宜讥讽地笑，"我喜欢对感情忠贞的男人，可这样的男人就更不会看上我，不过是欣赏而已。"

郑微撇了撇嘴，忽然恶作剧地喊了一句，"何奕，你也在呀。"

韦少宜差点将手里的汤打翻。

没过多久，太子爷半夜骑摩托车跟朋友飙车，撞到隔离带上，差点没变成残疾青年，他倒也懂得利用机会，在医院里哼哼哈哈，声称没有韦少宜来看他，他什么都吃不下。总经理和夫人气得无可奈何，韦少宜再度成为话题女王，机关政工人员、瑞通的领导挨个来找，当郑微抱着花到医院看天才少年何奕时，果不其然地发现脸色冷过北冰洋的韦少宜恨恨地坐在床边给笑得傻乎乎的何奕喂食，只是她的那个表情让郑微强烈感觉她往他嘴里塞的不是白粥，而是砒霜。

何奕的伤还未完全痊愈，中建内部就发生了一件惊天动地的大事。第六分公司和瑞通公司一个月内相继发生两起严重的安全事故，两次都是高空作业的建筑工人坠落致死。本来国内建筑行业和采矿业的安全形势就已风声鹤唳，各大企业各个自危，行业内有句话说的是，少干活还饿不死，但出了大安全事故大家都有可能饿死。六分的人身伤亡事故发生后，由于事故完全是因为恶性误操作导致的，中建的有关领导已经面临很大压力。事故报告刚呈交上去，瑞通的脚手架散落，再次有三人当场坠地死亡，这简直就是天要亡中建。六分和瑞通的经理当即被内部免职，而中建的安全第一责任人，也就是何奕的父亲立刻面临被问责。本来事情最坏的结果也不过是六分和瑞通被吊销投标资质，总经理和分管安全的副总行政处分，然而正应了墙倒众人推这句话，何总经理刚一落难，关于他往日各种职务犯罪的证据一夜之间就被人捅了出来，大家心知肚明，这无非是中建高层内部权力争夺的结果。紧接着，检察院介入，证据确凿，昔日无比风光的中建集团总经理当即落马，原来分管党委工作的中建党委书记临危受命，暂时主管全面工作。

牵一发尚可动全身，何况是这么大的一场风波。那一阵，就连周渠也不得不加倍谨言慎行，上下奔波，力求在这场企业内部的权力更替过程中占得先机，明哲保身。这个时候人人又开始为韦少宜庆幸，还好她头脑清醒，没有被何家表面的烈火烹油之势迷惑而嫁给了何奕，只有郑微知道，自从何家出了事，老爷子被拘留，老太太哭都来不及，韦少宜却一个人夜夜守在尚未伤愈的何奕身边。她不知道韦少宜这样的举动究竟是出自怜悯还是一个女人最本质的善良，但是不得承认，这一次，别扭而又怪僻的韦少宜让她刮目相看。

郑微也偷偷去医院看了何奕几次，那样唧唧喳喳、神采飞扬的何奕忽然安静了下来她真有点不习惯，她也不知道该说什么，只得不断地重复，"凡事往好处想，没有过不去的坎。"

她离开的时候韦少宜破例送她到门口，依旧没说什么好话，只不过叹了口气，"半个月前这里探视的人还要排队预约，花篮都快摆到走廊尽头，出事后，想不到你还是公司里唯一一个来看他的人。这个世界上的事情比任何一出戏都要精彩。"

何奕出院后没多久，就和韦少宜注册结婚，郑微成了当晚他们宴请的仅有的一个宾客。

中建原党委书记姓欧阳，欧阳书记暂兼总经理一职，党务行政两手抓，不久，他就对机关中层和各分公司诸侯进行了一次大换血，不少分公司一把手纷纷旧貌换新颜，让郑微庆幸的是，二分除了年近五十的钱副经理被要求提前退居二线之外，周渠稳如泰山，不但如此，总部对他们二分似乎更青睐有加，不但批准购进了一台大型起重设备，还直接给二分输送了一批新的技术人员，其中也包括了直接空降任命的技术负责人兼经理助理。

中建的经理助理是个特殊的岗位，待遇仅略次于副经理，而且这个职务通常意味着晋升前的过渡，这次新上任的二分经理助理虽然听说年纪不大，资历并不深，只在工地待了七个多月，可大家都知道，他极有可能是内定的主管二分市场和技术开发的钱副经理的接班人。

经理助理报到的当日，周渠亲自驱车到总部将他迎了回来，他的办公室紧挨着经理办公室，里面的办公设备和条件郑微听从周渠的吩咐，一律按照副经理待遇精心布置。

回到公司后，周渠将集中在会议室的公司中层和管理人员骨干一一向他引见。年轻的经理助理并没有少年得志者常见的轻狂狷介，看上去便是个用心用眼甚于口舌的人，虽眼神略显疏离，好在举止有度，笑容得体，话不多，偶尔几句也恰到好处。

介绍到郑微的时候，他跟前面一样笑笑与她握手，"我在机关的时候就听说二分的郑秘书年轻能干，是周经理的得力助手，今后只怕还要你多多指教。"

郑微连连自谦，"哪里的话，陈助理太过奖了，您是名校海归，年轻有为，前几天周经理还说，真要多谢总部领导偏爱我们二分，有什么好的人才、设备第一个想到我们，才把陈助理您指派了过来。办公室的布置有什么不妥或是今后办公过程中有什么需要，请尽管说。"

走回办公室的路上，经理工作部另外两个年轻的小后勤跑了过来，扯住郑微的衣袖就问："郑姐，怎么样，怎么样？"

郑微有气无力地抽回手，"什么怎么样？"

"他们都说新来的经理助理挺有味道的，我们都还没看见呢。"

郑微懒得理会，"我鼻塞，什么味道都没闻到。以后天天在这里上班，还怕没机会看见？"

"那倒也是，对了，郑姐，你的胃又不舒服呀？"

郑微嗯了一声，把自己锁进了洗手间。

晚上周渠牵头，让郑微在二分附近最好的鸿宾楼设了三桌，与全公司中层以上负责人一起为陈助理和新来的几个技术人员接风洗尘。郑微忙上忙下地招呼，几乎没吃什么东西，好不容易坐了下来，周渠就走到她身边低声说："你怎么脸色那么难看？先吃点东西，等下过去敬他一杯，以后工作中你们接触的机会还很多。"

郑微点头，胡乱地吃了点菜，端了个小酒杯就朝另一桌众人环绕的中心走去，她一过去，大家都对陈助理笑着说："我们的二分之花来了。"

郑微站到他身边，笑吟吟地双手举杯，"陈助理，我敬您一杯，今后的工作中争取向您多多学习。"

"大家都是同事了，郑秘书你不用太客气。"

"叫我小郑，叫我小郑。"郑微压低杯沿轻轻与他碰杯，"我先干为敬。"

陈助理也干完了杯中的酒，他今晚明显是喝了不少，脸上有淡淡的红，眼神依旧清明。

"我听说陈助理是 G 大念了本科才出去的是吧？那不就跟我们郑秘书是校友了？"有人问道。

他点头，"说起来我们还是一个学院的。"

"那你们两个大学的时候应该见过吧。"

郑微笑着说："也许是见过的，只不过后来忘记了。"

她酒量不错，周渠很久都没有见过她这个样子，喝完之后脸色不红反而泛着苍白。

"今天胃不好。"郑微低声说了句，然后起身走向洗手间，在里边吐得一塌糊涂。

她扶着墙走出来，用冷水洗了把脸，抬头望着镜子，她忽然顿住了手中的动作，任水珠沿着脸颊滚落。

镜子里的那个人在她身后看着她。

"微……郑……"他欲语却又迟疑。

她转瞬回过神来，转头对身后的人笑笑，抽了张面纸擦去脸上的水痕，重新朝席间走去。

晚上，韦少宜搬走后的宿舍更显空荡，不过这也是好的，至少她坐在自己房间的墙角号啕大哭，没有人会来敲她的门，她不必对谁微笑，不必理会任何人。

陈孝正的办公室就在经理办公室隔壁，郑微坐在面朝门口的办公桌前，时常可以听见他开门或关门的声音，他的脚步声很轻，可是一步一步，她都听得一清二楚，有时渐渐地近了，有时是慢慢地走远。偶尔他来找周渠汇报工作，或是两人在电梯内遇到，郑微总是笑笑，他也微微点头。

办公室的几个小姑娘都特别迷他，哪怕他大多数时候都不是个太好相处的人，凡是与他相关的事情，她们总是特别踊跃，几件小小的办公用品，都要故意来来回回地送上好几回。

郑微却是尽量避免一切单独跟他相处的机会，然而一个是经理助理，一个是秘书，工作中的接触在所难免。她记得她第一次敲开他办公室的门，将一份周渠要求会签的文件递给他过目。他说过了请进，她推开门的手却不听使唤地犹疑。

她说："陈助理，周经理让我把这份文件交给您过目，如果没有问题的话您请在上面签字，我再交给技术开发部。"

他坐在自己的位子上，把玩着手中的签字笔，一言不发地看着她。她想起那几个小后勤说过的话，陈助理沉默下来的时候特别勾人，尤其那双眼睛看得人心里轻颤。其实她知道他不说话并不是像她们说的那么酷，不过是天生就不善与人交际，尤其不喜与陌生人交谈，索性惜言如金，如果这些年来他这个脾气还没有转变，那么她很难理解他这样的性格怎么能在关系网错综复杂的中建迅速地爬到今天这个位置。

他的眼眶略深，眼珠的颜色是很深的褐色，近似于墨黑，以前的郑微最喜欢这双眼睛，虽然它总是显得太过冷清，可是她不是没有见过它温柔带笑的时候，当他的笑意出现在眼睛里，狭长的眼角微微上扬，那时的他总是说："微微，别闹。"她在他怀里，总觉得下一刻自己就会融化成一汪春水。

可是现在的郑微在他的沉默注视中避开了他的眼睛，将黑色的 A 4 文件夹展开放在他的面前，如果他留心，就会发现磨砂硬塑面的黑色文件夹上，有她手指汗湿的印记。而他只是低头认真翻开文件内容，郑微却控制不了自己的眼睛在他的无名指间流连，她为自己当时的恐惧而感到悲哀，连呼吸都卑微。

那双手还是瘦而薄，除了握住的黑色签字笔，空无一物。

他看完了最后一页，在助理签字的一栏里签上了自己的名字，"你替我对周经理说，我会督促技术开发部按照他的要求尽快办理。"

"好的，您放心。"她点了点头，合上文件夹转身离开，在门口处听见他忽然说了一声，"等等。"

她的背影就这么僵在那里，忽然丧失了回头的勇气，只听见自己的心跳声，每一声都惶然失措。

过了好一会儿，她才听见身后的人说："郑秘书，你忘了你的签字笔。"

她笑了一声，"陈助理您记错了，我来的时候没有带笔。"

后来她想，她开门的时候还是太过仓促，或许她再深呼吸几下，就可以用更从容的背影从他眼前走开，然而当时别无选择，她不能再留在原地，因为害怕下一秒，不听话的眼泪就会掉了下来。

任何一个工作场合，总有办公室恋情的花朵盛开，有人视为熊掌，有人却当做砒霜。郑微她没有办法理解，八小时内抬头不见低头见的两人，当爱情的花凋谢了之后，该如何收拾余下的残枝败叶，或许有人可以若无其事，甚至享受那明里暗里涌动的暧昧，但是她显然做不到，所以她从来都把办公室的恋情视作最愚蠢的事情，上帝却一再开了她的玩笑。

让肥皂剧里的浪漫情节见鬼去吧！那是一种没有办法形容的失落和难堪，没有身在其中的人永远不会明白，曾经跟自己一起走过青葱岁月的人，曾经一起分享过世界上最亲密快乐的人，一朝正襟危坐地出现在自己的面前，那些战栗的拥抱和抚摸换成了握手，那张说出过一辈子的诺言，也曾激烈热吻的唇，现在却带着礼貌的笑容说："你好，郑秘书。"

沉淀了三年的一颗心又变得无处安放，每一天每一天，当她无懈可击地在他面前扬起嘴角，那把钝而锈的锯子就在她心上慢慢地磨，有时她希望那是一把利刃，就像他离开时的最后一句话，挥刀见血，立刻痛到什么都不留，那才是一种慈悲。《海的女儿》里，上岸的人鱼公主为爱蜕变出人类的双足，然而落地的每一步，痛如刀割，她的痛不仅因为她丧失了原来的自己，更是因为太多的委屈因由，无处言说。

阮阮安慰她，"如果你没有办法选择，那么就只有向前看。不管他回来是为什么，你别管，你只要知道，自己想要什么。"

郑微说："我想要什么？我要的不过是平静。"然而她爱着他一天，她就不可能平静。

于是她不断地问："我们为什么都是这样，明明知道不值得，还是心存期待？"

聪明的阮阮也没有办法回答她。

即使是在那些孤独的日子里，在最无望的时候，她都还是选择记住往日的甜蜜，忘掉后来的悲哀。她不断试着把自己当做他，去理解他的决定，尊重他的选择，偶尔的恨，也是因为还爱。

她如何能不爱？感情不是水闸，说开就开，说关就关。那场感情，她豁出了自己，一丝余力也没有留下。而他是在她最快乐的时候骤然离开，中途没有争吵，没有冷战，没有给过她机会缓冲，让热情消散，如同一首歌，唱到了最酣畅处，戛然而止。

没错，她爱陈孝正，以前爱，现在仍爱。然而他说得对，人首先要爱自己，有些苦，尝过一次就已足够。

于是回到公司，依旧淡淡地相处，除了那次接风宴上他一闪而过的迟疑和失态。后来的他始终与她保持正常的相处，连微笑也带着距离，就仿佛他们之间当真只是再普通不过的同事，一切前尘旧事，不过是她的臆想而已。她暗里可怜自己的自作多情，他早已说过谁都没有必要为对方等，中建是国内最有实力的建筑集团公司，他回来，又被分到二分，不过是必然中的小小偶然，她竟然曾经以为他是为她而来。

其实，三年的时间并非没有在陈孝正身上留下痕迹，也许本性中的孤僻和凉薄始终都在，然而他终究比往日多了几分世故圆滑。办公会议上，他与向来以脾气暴躁的张副经理意见相左，张副大怒之下出言不逊，连周渠都出言制止，以陈孝正往日的脾气只怕早已拂袖而去，但现在的他只是一笑了之。他明明知道自己是对的，也不再坚持。她还曾经撞见过一次瑞通的经理冯德生特意前来拜访他，冯德生这人贪财、好色、重义气，这些都是他最为不齿的品格，她冷眼旁观，分明看到他眼里尽是鄙夷和厌恶，嘴上却依然客气有加。

人当然是会成长的，往日毛毛躁躁的小女孩还不是成了穿着一步裙、恭谨端庄的经理秘书，那么，棱角分明的陈孝正学会了戴上面具为人处世，也不是什么值得奇怪的事。她只是寒心，当她顺手给冯德生递了杯茶的时候，那老家伙嬉皮笑脸地在她手上摸了一把，说："果然不是本地人，小郑你手上的皮肤都要比我们本地的小妞好上许多。"

郑微又窘又怒，当即抽手，茶杯落地，热水溅得满地都是，她强忍住破口大骂的冲动，咬牙说道："冯经理，我敬您是长辈也是领导，大家又都是同事，何必做这样不堪的事？"

　　冯德生没料到她一个小秘书会为这事如此激烈地发作，当着陈孝正的面，脸上立即觉得挂不住，便出言相讥，"不过开个玩笑，小姑娘脾气倒挺大，难道只有你的领导摸得？你不会不知道吧？我当年做项目经理的时候，周渠还不过是个小技术员，别说我没怎么样，就是给你教点规矩，周渠也不敢说什么。"

　　郑微浑身的血齐往上涌，眼泪立刻在眼眶里打转，她下意识地看了陈孝正一眼，他低头敛目，神色漠然，仿佛刚才的一切都与他毫不相关。郑微忽然觉得如坠冰窖，连刚才熊熊燃烧的怒火都寸寸凉透，眼泪再也流不出来，唯有冷笑。她暗里捏紧双手，终究按捺下来，什么也没说，夺门而出。离开的时候，尚且听见冯德生对陈孝正说："我早对周渠说过这小妞脾气大要不得，就跟他当年一模一样。"

　　那天周渠外出回来，看到她双眼红肿，神色恍惚，就问了一句："怎么了，谁惹你了？"

　　郑微拿镜子照了照自己的眼睛，笑着说："没什么，想起了昨晚看的韩剧，韩国人泡菜吃得多，白血病也多，真惨啊。"

　　周渠摇头失笑，"代沟，有代沟。"

　　他进入里间的办公室，她的笑脸就卸了下来，镜子里欲哭无泪的人是谁？哈哈，当年威风凛凛的玉面小飞龙，在万恶的社会上摸爬滚打了几年，终于成了一条泥鳅。

　　次日，陈孝正的内线电话打到郑微办公室，"郑秘书，我急着要去年××项目部的工程档案，档案室怎么一个人都没有？"

她说："档案室的人今天都在总部培训，陈助理您等等，钥匙在我这，我这就去给您开门。"

她急匆匆地跑上七楼为他打开档案室，按照他指明的档案编号，在一排排的档案柜里好不容易翻出了他想要的东西。

"您要的东西在这里。陈助理，麻烦您过来帮我在档案出借证明上签个字。"她朝档案员的办公台走去，他站在档案柜之间狭窄的过道尽头等待，走到他身边的时候，她低头说了声，"麻烦借过。"

她等了几秒，才发现他纹丝不动。

为了纸质文件长期保存的需要，档案室的灯光永远昏暗，即使外面艳阳高照，密不透风的窗帘和温度湿度调节器仍然使这个偏安于办公楼一隅的角落显得凉爽而冷落，还带了点陈腐的霉味。郑微深深吸了口气，忽然觉得自己苦苦守着的回忆也像染上了这样的气息，她抬头看了一眼陈孝正，背光的方向，她辨不清他的五官，只觉得陌生。

"借过。"她把厚厚的档案盒环抱在胸前，再重复了一遍。

这一次，她确定他不是没有听见，而是当真没有让开的意思。两人在沉默中僵持了一会儿，挂钟的滴答声让她莫名地焦躁，也管不了他的职务在她之上，心一横，硬碰硬地就从他身边挤了过去，他被她撞得肩膀晃了一下，单手撑住档案柜，截住了她的去路。

"我不会放过他。"他突兀而急速地说。

郑微笑了。

"我绝对不会放过他。"他又重复了一遍，口气里强作镇定的焦虑让郑微几乎错觉，站在她面前的还是当初那个吵架后生涩求和的男孩。

她将他放在柜子上的手慢慢拿了下来，"陈助理，请过来签字。"

直到他完整地办妥手续，她关上档案室的门离去，两人再也没有说话。

过了几日，他的碎纸机频繁出故障，郑微去看了几次，也叫了人上来维修，始终时好时坏。他最终不耐烦地再次打给她，"郑秘书，你还是过来看看，究竟又是哪里出了问题。"

郑微说："昨天我请人看过，不是已经可以正常使用了吗？"

他说："可我现在偏偏用不了，假如你觉得可以正常使用，不如你帮我碎掉这些文件。"

郑微挂了电话，就叫来了闲得无聊的小内勤，她听说是给陈孝正打杂，二话不说就点头答应了。没过几分钟，郑微就见她讪讪地从隔壁办公室走了出来。

"碎完了？"郑微问。

小后勤做了个鬼脸，虚指了一下陈孝正的办公室，"吃炸药了一样，我算是撞到枪口上了。他说那些都是机密的投标文件，郑姐，还是你去吧。"

"我这走不开，你帮我拿过来，就说我在我的碎纸机上给他解决。"

小后勤第二次逃离火线的时候，没等郑微说话就央求道："郑姐，你别折腾我了，就算是帅哥，被骂了两次也够了啊！"

郑微安抚地送走了委屈的小女孩，正打算过去，陈孝正就捧着一摞作废的标书走了过来，他把它们重重放在她的办公桌上，"你就这么忙？你懂不懂有些资料不能随意过别人的手？"

他的口吻并不客气，也看着郑微变了脸色，他以为她会发作，没料到她只是冷下了脸，拿起他放在桌面的标书，"我知道了，我刚才一时忙，没想到这一层，不好意思，下次不会了。"

他忽然就有了几分困惑，好像现在才发现面前的是一个自己不认识的人。

"你还是生气了？"他把手按在标书上。

"怎么会呢，陈助理。"

他皱眉，"别陈助理陈助理的。"

郑微说："等到您的任命下来，我自然会叫您陈副经理。"

骄傲的陈孝正脸上终于有挫败的沮丧，他短暂地闭上眼睛，低声说："微微，别这样……"那语气已近似哀求。

三年了，她终于再度听见熟悉的声音喊出这个名字，恍若一梦。

"陈孝正，我们还能怎么样？"

他们只能这样。

周渠打开里边办公室的门走了出来，有些惊愕地看着眼前的两个人，"怎么了，有什么事？"

郑微如释重负，"没事，经理，我在跟陈助理商量怎么处理这些作废的投标文件。"

第十七章

Chapter Seventeen

月光再亮，终究冰凉

　　郑微对阮阮说："为什么女人到了一定时候就特别想把自己嫁出去？因为人年纪越大就越害怕孤独。身边的朋友一个个的成家立业，你嫁人了，何绿芽嫁人了，卓美嫁人了，就连黎维娟也结婚了，只剩我和小北漂着，可她又漂得太远，不知道还会不会回来。以前还有个韦少宜跟我吵吵架，现在也被何奕拐走了。你们统统都走吧，就剩我一个人，就像张爱玲一样，死在公寓几天都没人知道。"

　　每当她故作老成地抱怨这些的时候，阮阮都抿着嘴笑而不答。郑微又说："我真想要个伴，不一定是男人，什么都行，女人、小孩，一只鬼也好，只要能跟我说说话。"

　　没过几天，阮阮给她送来了她的"伴"。

　　那是一只流浪猫，阮阮说看见它在她家附近徘徊好几天了，风吹雨打，风餐露宿，怪可怜的，难得它又不怕人，干脆捉了给郑微，反正她说只要有个伴，什么都行。

　　"小猫多可爱呀，贴心又讨人喜欢。"阮阮说。但是当她把那个笼子提出来之后，郑微最后一点期待也落了空，猫也就罢了，可眼前笼子里的这只哪点说得上"小"和"可爱"呀，长得灰不溜秋不说，面相痴肥，体态臃肿，眼神还怪阴险的。

　　郑微不干了，"你还真会挑，我的伴就是这只丑猫？"

　　那只猫仿佛听得懂她的鄙夷，张嘴叫了一声，那惨不忍睹的声音更坚定了郑微拒收的决心，"我那天就说说而已，要我对它说话，我宁可自言自语。"

阮阮轻咳了一声，"人家长得是有特点了一些，可是大概在外面混久了才变成这个样子。你就当做个好事，我看它再流浪下去，冬天到了，说不定会冻死。"

郑微把手背在身后，"那你干吗不发发慈悲收下它呀？"

"你又不是不知道我们家那位的洁癖，要真养了猫在家，我整天收拾，只怕连睡觉的时间都没有了。"她看郑微仍然一脸的不情愿，又补充了一句，"何况，我想要孩子了。"

郑微一听这个眼睛就发了光，"阮阮，你又有了？"她忽然意识到自己的这个"又"字用得不对，有些自悔失言地干笑了两声。

阮阮没说什么，只是苦笑了一下，"没有，还没怀上，我只是希望有个孩子。可是，结婚也快一年了，也没怎么避孕，却一直都没有消息。"

郑微知道她心里害怕的因由，于是安慰她，"不会的，很多人经过那件事还不是一样正常地做了妈妈，不过是暂时没有而已。你跟吴大医生再努力一点，一定会有的……对了，是他急着要孩子吗？"

吴医生年纪不小，希望有个下一代也是正常的要求，难怪阮阮那么着急。

谁知阮阮摇了摇头，"他倒无所谓，我问过他喜不喜欢孩子，他说他对小孩没有特别的向往，不过如果有了，当然也会要。"

"那你大可以不必着急，你还那么年轻，多享受两人世界不好吗？"

"两人世界？"阮阮笑了起来，"他的世界大多数都在手术台上。所以我想有个自己的孩子，那才是世界上毫无理由、与生俱来就爱我的一个人。"

郑微也不知道再说什么，只得接过了那只猫笼，说："既然你想要孩子了，那我只有暂时收留它，我自己一个人有了上顿没下顿的，希望它不会被饿死。你也别太担心，有时候就是自己吓自己，孩子也是种缘分，该来的时候会来的。"

阮阮笑她，"真长大了，安慰起人来也一套一套、冠冕堂皇的，居然还挺受用。"

"那是。"郑微给点阳光就灿烂，"只要我甜言蜜语两句，谁不乖乖地跟着我走？"

"也包括现在的陈孝正吗？"阮阮试探地说。

郑微的脸立刻就冷了下来，"我跟他很少说话的。"

送走了阮阮，她一个人把那只肥猫拎上楼，真够沉的，长那么胖的流浪猫，她还是第一次见到。回到家刚打开笼子，那肥猫眼睛滴溜溜地环视了四周，就不紧不慢地踱了出来，到处走走看看，闻闻嗅嗅的，似乎还挺满意这个陌生的地盘，转了一圈，就躺倒在墙角。

郑微听阮阮说，已经带它去打过预防针，见它瘫在地上，虽然称不上可爱，倒也憨憨的挺有意思，就走过去摸了它的头一把，见它不反抗，又拎了拎它的耳朵，"以后你就跟着我混了。"揉到它肚子的时候，肥猫的忍耐终于到了尽头，抬起爪子就挠了郑微一下，郑微痛得立刻缩手，手臂上已是一道血痕，吓得顾不上找它算账，急匆匆地把手放到水龙头底下冲洗，然后用酒精抹了一轮还不放心，她的青春年华不会葬送在这只死猫手里吧？她越想就越害怕，拎起钥匙就冲出门去打狂犬疫苗，末了还不放心，就把那该死的猫重新塞进笼子，她得先去宠物医院检查一下这只猫是不是带着可怕的病毒。

从宠物医院回来的路上，她无精打采地提着重得不可思议的"鼠宝"，这是她给肥猫起的新名字，另外还顺便捎回了宠物医生推荐的减肥猫粮。医生说，这只猫是纯种的中国本土狸花猫，简称纯种的土猫，它很健康，大概两岁左右，做过绝育手术，是个太监，该打的预防针都已经打过了，估计不太可能是流浪猫，应该是被遗弃或是走失。如果一定要说它有什么问题的话，那就是营养过剩，体重超标，很有可能导致冠心病，建议今天正式成为它主人的郑微以后多带它运动，尽量吃热量比较少的食物，至于她手上的伤，消毒处理过就好，大可不必担心。

从那一天起，鼠宝就正式入侵她的生活，它很懒，大多数时候都在地上瘫着，喜欢吃，但是相当挑剔，非皇家猫粮不肯下咽，每天必须一个妙鲜包，不喜人大声对它说话，愿意被人轻轻揉肚子，熟了一点之后它开始会在郑微脚边蹭来蹭去，但是不让抱，在郑微的膝盖上待不了一分钟就会急着挣脱。别人都说猫是优雅而神秘的小动物，郑微觉得鼠宝这猫完全不具备这些特性。它的眼睛被肉挤得很小，贼兮兮的，虽然胖，但是一点也不憨厚，相反整个透露出一股小市民的狡诈，最爱躲在郑微的背后趁她不注意的时候拍她一下就跑。她追过去的时候它却狡猾地缩在角落；她给它喂食的时候，如果手上有两包妙鲜包，它绝对不喜欢放到它碗里的那一份，而是看着她手上没拆过的喵喵直叫，典型的小人之心。热衷打架，狂热地喜欢欺负隔壁单元的小腊肠狗，但是一见楼上那只混血小狼狗就立刻灰溜溜地逃跑。表面热爱卫生，猫砂两天不换它宁可憋着也不进去大小便，可又讨厌洗澡。种种的迹象，郑微统统把它归结于小太监的阴暗心理。她是个在生活方面大而化之的人，只要过得去，什么都不理会，因此一人一猫慢慢地磨合，也算相处和谐。有些时候，郑微因为应酬或者加班晚归，鼠宝就会特别的不高兴，把猫砂拨得到处都是，水也打翻，郑微心疼它也是个怕孤单的，从此以后如非必要，都尽量提前赶回家陪在它身边。它丑陋也罢，痴肥也罢，阴险也罢，既然因缘巧合地来到了她身边，那就不妨相依为命。

　　九月下旬，二分经理办公室有两个意外来客，这两个客人的来访让在工地视察的周渠接到电话就匆匆赶了回来。那天郑微出去办事，回来的时候正好赶上周渠送客到门口。

　　她听到周渠说："林副检察长一定要赏个脸，让我们有机会请你吃个便饭，难得你亲自过来，我事先又不知情，结果让你久等了，实在是太过意不去。"

　　正值盛年的年轻检察长笑了笑，"你们中建二分是我们院辖区内最大的企业之一，按理来说平时我们之间应该加强沟通和交流。平时一直都是我们反贪局的梁副局长负责跟你们联系，他工作很到位，我平时杂事又太多，所以直到今天才第一次拜访。饭就不吃了，以后工作需要有麻烦到周经理的，还希望谅解和多多支持。"

　　周渠连声说："林副检察长说的就见外了，我们二分一向依法经营，也很愿意跟检察院配合，只是平时请也请不到两位，要是不留下来吃个晚饭，我心里实在很遗憾。"

　　另外一个年纪大一些的检察官郑微见过几次，姓梁，是他们城区检察院下属反贪局的副局长，二分这一块的工作平时都是由他直接负责的。梁局长平时过来，都不怎么拒绝周渠等几个二分领导人的宴请，不过这一次见顶头上司婉拒，他也顺着话风对周渠说："周经理，并非我们不承你们二分的情，实在是林副检工作比较忙，要不下次，下次有机会再一起聚聚。"

郑微站在电梯口，退了不是，直接离开也不是。她看到周渠对林副检察长看似礼貌实则疏离的态度流露出些许忧色，便主动说了一句："林副检、梁局，现在也快到下班时间了，就算工作再忙，也不能耽误了吃饭呀，身体还是革命的本钱呢。我们是真心留客，如果你们不肯赏脸，反倒显得二分有招待不周的地方了。"

林副检看了她一眼，假装忽略她一闪而过的局促。他笑着转头对周渠说："周经理，这是你的秘书吧。"

周渠点头，介绍道："对，这是我的秘书小郑，小女生，工作还不错。"

林副检察长笑道："介绍倒可以免了，我跟这个小姑娘挺有渊源的，不但是老乡，父母都在同一个单位，可以说是看着她长大的，一直听说她在二分工作，不过还是第一次在你们公司遇见。你说是不是呀，郑微？"

郑微只得点头。

周渠顿时面色一喜，"我倒是从来不知道有这层关系。这样一来林副检就更应该一起吃顿饭，抛开工作的事不提，旧友相见，也该一起叙叙，我们没有这个面子请到你们，只有托托郑微的福了。"

梁局长一听笑逐颜开，"我说林副检的老家怎么这样人杰地灵，果真是出人才的地方，难怪我早看这小姑娘也是怪机灵的。林副，于情于理，周经理这顿饭都师出有名。"

林静含笑看了一眼郑微，见她恳切点头，于是只得对周渠说："既然这样，我再拒绝未免不近情理，那就恭敬不如从命。"

前往酒店的路上，林静和梁局长自己开车，郑微坐在周渠的车上。周渠问："原来你认识林静，他真是跟你一个大院长大的？"

郑微点头，"嗯，我们以前是邻居。"

周渠意味深长地看了她一眼，"我看他对你态度挺友好，你们过去很熟？"

郑微吃了一惊，立刻说道："小时候两家还算经常来往吧，不过他比我大四五岁，平时也不怎么跟我们玩在一起，后来又出国念书，很久都没见了，今天遇到了挺意外的，难得他还记得我。"

她的话倒也算不上谎言，林静从小就是个挺有想法的孩子，并不跟他们这些野孩子一样整天在院子里疯疯癫癫地跑，他跟她这个年龄段的小孩都不怎么熟——只是，唯独对当年的小飞龙例外。不过，这个时候郑微不愿意把跟林静的这段往事示于人前，就连她一向崇敬的周渠也不行。因为她不想将个人的私事与公事夹杂在一起，尤其是林静以这样特殊的身份出现在他们公司，她更应当谨慎。要不是看到周渠留客时的无奈，当时她甚至想装作不认识蒙混过去，只是不知道林静会怎样看待她的装聋扮哑，见他方才举重若轻地几句话轻描淡写把他们的关系带了过去，句句是不假，但又句句话外有话，她猜不透他的用意。

周渠开着车，跟郑微一样一路沉默。遇到等红绿灯的路口，他忽然对郑微说："今天全靠你才留住他，你也知道，这些公检法部门的，如果肯赏个脸吃饭，才可能有说话的余地，要是他老端着，反倒有点麻烦。以前老梁过来都是例行公事，他不难打发，但是今天林静亲自上门，说是顺道拜访，但我也猜不透用意何在。他比老梁年轻，职务尚且在老梁之上，城府也比老梁深，又是检察院分管经济犯罪的领导，虽说我们二分没有什么把柄让他可抓的，但是这个敏感时期，谁见了检察院的没有三分心惊？"

郑微想了一会儿才说："领导，真像你说的，如果我们完全没有授人以柄的地方，是不是也不用忌惮他？"

周渠叹气，"哪个国企没有几分烂摊子？郑微，你知不知道，我们中建的前任总经理何绪山的专案就是林静负责的，当然，我们内部也有人推波助澜，但是林静在何绪山落马的案件中绝对起了关键作用。他年纪不大，但绝不简单。"

他们两人到达预订的包厢时，张副经理、书记和陈孝正都已经提前等在那里。没过多久，林静和老梁也在服务员的引导下走了进来，周渠立刻起身为林静引见，介绍到陈孝正的时候，周渠说："林副检，这个年轻人是我们二分最年轻的中坚力量，目前是我的助理，陈孝正。陈助理，这位就是我们××区的林副检察长。"

"你好，林副检察长。"陈孝正微笑地伸出手去。

林静回握，"你好，陈助理。你年纪应该比我还小几岁，果然年轻有为。"

"在林副检察长面前说年轻有为，岂不是让人笑话？"陈孝正笑道。

"何必客气，我们年纪相仿，你可以叫我林静。"

林静……林静！

不知道林静是否察觉他刚才握住的那只手松开之前短暂而轻微地一抖。陈孝正抬头寻找检察长的那双眼睛，是呀，他一直疑惑，明明是初次见面的人，为何有挥之不去的熟悉。他怎么能忘记这双眼睛？自信而淡定，照片里的林静将"他的小飞龙"拥在怀里的时候，那眼里还有淡淡的温情。这双眼睛，曾是陈孝正午夜梦回时嫉妒和失落的根源，那是他渴望而不能拥有的一种本质。如果他也有着这样与生俱来的自信，他是否也能向全世界毫不迟疑地宣告：那是他的小飞龙，他的！

郑微站在后面，看着这两个男人稍长停顿的一次握手，汗水湿透手心。

菜很快端了上来，林静被周渠邀请至主宾席，郑微陪在末席，陈孝正谦让地把靠近主桌的位子留给了张副经理，自己坐在了郑微的身边。

周渠发了话，大家都纷纷举杯，酒过三巡，二分的几个领导人都分别敬过了林静，周渠便笑着说："今天说到底，我们能有幸请到林副检，不是我们二分的面子大，而是靠我们郑微的面子。郑微，你真该敬敬林副检，他乡遇故知已经不容易，难得你们还自幼相识。"

郑微如梦初醒，她今天怎么就忘了这个规矩？大概她下意识里仍然没有办法把握着她的手一笔一画描红的那个人视作公司的座上贵宾。她见自己的小酒杯里还是空空如也，连忙斟酒，林静远远地用手制止了她，"你用饮料就行了。"

郑微哦了一声，张副经理就说道："郑微，林副检那是客气，你怎么能真用饮料代替？"

跟随林静前来的梁局长也笑道："林副检，你是不知道，你这个小老乡酒量相当的不错，我都未必是她的对手。"

林静淡淡地说："我一向不主张女孩子喝酒，意思到了就行。"

郑微左右为难，周渠替她解了围，"林副检既然这么说了，你就照办吧。"

郑微走过去跟林静碰杯，"林副检，我敬您。"

他扬眉，笑着对在座的人说："小姑娘长大了，以前她跟在我屁股后面林静哥哥、林静哥哥地叫，现在她叫我林副检。"大家都笑了，陈孝正也笑着说："是呀，郑秘书，大家都知道你跟林副检是旧相识，太客气就未免矫情了。"

郑微低头喝了口饮料，匆匆回座，真希望这场晚宴越快结束越好，每一秒钟都是煎熬。

中国人的酒文化就是奇怪，一到了酒桌上，好像没醉几个就不能体现主客尽欢，就不够酣畅淋漓。难怪都说："你朦胧，我朦胧，大家正好签合同。"周渠一行人纷纷举杯轮番向林静二人敬酒，他们二分今天来的人多，每人几杯，他们检察院就喝得够呛，没过多久，梁局长就已满面通红地跟张副经理称兄道弟地说着豪言壮语，哪里还有来时的半点矜持，通常这就是他们主方最希望达到的效果。林静喝得不比梁局长少，脸上也有了微红，但至少神志清明，谈笑自若。郑微不知道他的酒量究竟有几分，小的时候他们时常一起吃饭，他从来滴酒不沾，太多东西，都是他们在离开对方之后学会的。

书记方敬罢林静三杯，林静刚喝了口茶，陈孝正又执杯站了起来，"轮到我敬林副检了，今后的工作还希望多多指教。"他手中拿的是用来分酒的酒樽，五十六度的烈酒，那里边至少有近一两的量，林静微微蹙眉。

"怎么，虽然我们不是旧友，但林副检的情面除了卖给郑秘书，也要分一些给我们吧？"陈孝正半开玩笑地说，张副经理他们纷纷点头，附和称是。

林静又喝了口茶，也没有说什么，只将面前的酒樽加至跟他等同的量，"指教谈不上，大家相互学习。"

郑微看了陈孝正一眼，林静刚喝了三杯，气都没喘一口，这个时候苦苦相逼又是何必？

然而陈孝正面无表情，并不看她。

林静举杯的时候，眉间的褶皱明显加深，郑微没有办法不想他那从小就不怎么好的胃，着急之下也管不了那么多，大脑反应过来之前已起身阻止，"不如慢慢喝，何必急在一时？"

陈孝正似笑非笑地看着她，"果然是一起长大的情义，林副检的酒量摆在那里，你又何苦这样心疼地护着。"

郑微咬唇，她为他的话感到难过，但更多的是气不打一处来。既然他都这么说了，她就偏要明目张胆地护给他看，于是露齿一笑，"既然都说是一起长大的情义了，那么陈助理的这杯酒，我代林副检喝了，也没什么吧？"

她倒满自己面前的酒杯，不由分说地跟陈孝正的酒杯一碰，仰头就喝了下去，她喝得太急，呛得满脸通红，转过身去剧烈咳嗽。陈孝正的悔意和懊丧一点点吞噬着他，面上偏要装作若无其事的样子，手却急着去拿桌上的餐巾纸。然而林静立刻起身走了过来，拍着郑微的背，埋怨道："我也不是喝不了。"他起身的那一刻开始，陈孝正抓住纸巾的手便停在了桌面上，纸巾在他手心悄无声息地揉成了一团，没有人看见。

郑微在林静的轻拍之后咳嗽慢慢缓解，低声对他说："不用了，你回去坐。"大多数人对这一幕看得都是颇有意味，只有周渠冷眼旁观，一声不吭。

结束的时候大家相送走到酒店门口，除了郑微各自都开了车过来。只有陈孝正跟她一样住公司大院，周渠说："陈助理，要不你负责送郑微回去，路上小心点。"

陈孝正说："不好意思，周经理，我等下有点事可能要赶过去，不知道林副检住得远不远，要不林副检麻烦你送郑秘书一程？"

郑微冷眼看他，面带微笑。

"当然没问题，郑微，那我们走吧，各位再会。"

大家各自上车离去之后，郑微摇头对林静说："你喝了不少，我打车就行了。"

他不由分说，抓起她的手就往自己的车走去。

"人民检察官也酒后驾驶吗？"郑微坐在林静的驾驶座旁边，闻到了他身上淡淡的酒味。

林静耸耸肩，"我不喜欢喝酒，不过现在风气就是这样，好像没有碰过一杯，事情就没有办法开展，要想和各种人打好交道，应酬也可以说是工作的一部分。回国这几年也慢慢习惯了，喝过了之后总得回家吧，只有提醒自己尽量开慢一点。"

郑微戏谑地说："我可不可以理解为，你是在为革命的正义事业而妥协？"

林静说："正义是相对的。"

郑微听了，又想起周渠白天的一番话，低头说："很多事情我都没有办法明白。"

"有些事情不明白是好的。"林静淡淡地说。

"那我就会一直傻下去。"

林静笑了笑，"我也是矛盾的，有时看到你像个大人的样子，开始对很多事情应付自如，就会觉得欣慰，但是很多时候还是希望你仍然是那个天不怕地不怕的小飞龙。"

郑微也跟着笑，"我的老师太多了，不得不长大。"有句话她没有诉之于口：林静，你又何尝没有给我上过一课？

他似乎也猜到了她的言外之意，没有再说什么。

他依她所言将车停在中建大院门口，郑微说："我走进去就可以了，你也回去早一点。"

他点头，看了她一眼，突如其来地说了一句："其实他不适合你。"

郑微愣了一下，"他，他是谁？"可恶的安全带却卡在那里，怎么也解不开。

林静不理会她的故作不知，伸出手替她在活扣上轻轻一按，束缚顿时解开，可她心上却仿佛有一根细而长的绳子在慢慢地缠。

"起初我还不敢肯定他就是三年前在你们学校见到的那个人，不过看你的举止神态，就什么都明白了。你还是喜欢他吧？但他不是你可以托付一生的人。"

即使她不认为他说的有错，但是这并不是她现在希望听到的话，尤其这样的话出自他的口中。郑微变色，"林静，你有什么资格来安排我的生活？"

她说话还是不喜欢绕弯子，然而林静很显然并没有被激怒，他平静地说："我见过的人比你多。陈孝正或许有几分才气，可是一个自己都没有安全感的人，怎么给你幸福？"

"他不能给我幸福，你就可以吗？"她冷笑。

"你想知道答案的话，为什么不试一试？"他挑眉。

郑微顿时被激怒了，"你们这些自大狂，通通都自以为是地摆出一副为我好的样子，你们知道我想要什么吗？问过我想怎么生活吗？别说得那么好听，好像真的在乎我的幸福，其实你们都自私！一个两个都走了，这不要紧，我不怪你们，可是走了为什么还要回来？他不是什么好东西，你也一样！林静，你敢摸着自己的心说一句，你当初半句话不说就离开，回来三年不闻不问都是为了我好？我跟你十七年的感情，十七年，我把你看成我最重要的人，除了我爸妈，没有人比我们更亲，可是你呢？你一句不知道怎么面对，就丢下我七年，就算是出了我妈和你爸的事情，我们做不了情人，难道做不了情人就必须恩断义绝？回国的三年里，你哪怕给过我一个问候，哪怕只是给个肩膀让我靠一分钟，我们今天就不会这样。说什么我幸福你就离开，你们都把算盘打得太精，我怕了你们这些聪明人。"

她哭的样子很狼狈，林静伸手去擦她的眼泪，被她一手拍开，"你走吧，大检察官。"

她推门出去。

林静对着她的背影说："你骂得都对，少年意气的时候我觉得有很多东西比感情更重要，后来才发现我们能记住的偏偏只是一些小的幸福，就像你摔倒了抱着我哭，就像我练字的时候你在旁边玩得一脸的墨水……我不敢说今天我变得多伟大，至少我说想给你幸福，这句话不是假的。微微，这个世界凉薄的人太多了，就算你找个陌生人，他也未必能给你想要的生活。我会走，不过你要知道，今天送你回来的，不是一个检察官。"

郑微一路小跑回到住处，她忽然想念鼠宝。人还不如一只不怎么样的猫，至少你对它好，它都知道。

老旧的走道黑漆漆的，她摸黑走了上去，掏出钥匙开门，听到远远的脚步声，半举着钥匙站在那里，莫名的就有几分期待。然而那脚步声渐近，不过是个晚归的邻居。她一再笑自己无药可救，摇了摇头，开门进去。

陪鼠宝玩了一会儿，洗了个澡，打开窗，晚风吹在脸上，郑微才觉得自己又活了回来，开门把垃圾袋放到门口的时候，在旁边心怀鬼胎许久的鼠宝出奇灵活地从打开一半的门缝里溜了出去。

"鼠宝，回来！"郑微着急地喊了一声。

冲动地奔向自由的鼠宝哪里会听她此刻的呼唤，一眨眼就从楼梯口溜得无影无踪。郑微担心它找不到回家的路，急急忙忙回房间披了件衣服就追了出去。

郑微住的是大院最老旧的一栋公寓楼，中建的宿舍区并不在闹市，尤其她们住的这一栋，背后直接靠着一个尚未开发的小土坡，小土坡上杂草丛生，她最担心的就是鼠宝溜到了那里，黑漆漆的就再也找不回来。

大概这天是农历十五左右，月亮又大又圆，借着月光，郑微看到鼠宝肥硕的屁股在前面的室外健身器材处一闪而过，要是跑过了那块休闲空地，很快就到了后山。郑微没敢多想，一边小声地叫着"鼠宝鼠宝"，一边跟了过去。这片单位开辟的休闲区早已因为设备陈旧，位置偏僻而无人问津许久，郑微站在单杠附近，焦灼地环视四周。一转身，阴暗角落的一个人影吓得她顿时毛骨悚然，"谁！"

"是我……"他急急地说，似乎没料到会吓着她。

听到这个声音，郑微气不打一处来，"没事跑到这吓人干什么？你这神经病。"

他自我解嘲，"你总算不再叫我陈助理。"

郑微惊魂未定地喘了口气，"别告诉我你是在这里散步。"公司给他安排的住处在新的 11 栋，那边有中建大院最美的绿化带。"你那么忙，来这里干什么？"她以为自己的声音可以很平淡，就如同跟一个不相关的人陈述一件无关紧要的事，话说出了口才知道仍有那么一番酸涩讥讽的滋味挥之不去。

他什么都没说。

郑微苦笑一声，继续就要再去找鼠宝。

"很多次，我都不敢走得太近，怕正好遇上了你，但是，又怕看不到你窗口的灯光。"

他总是如此，一脚把她踩进尘土里，还埋怨说，你站得太低，我听不到你说话。

郑微嘲弄道："是不是因为你的大楼即将分毫不差地竣工，所以就开始怀念那有趣的一厘米误差？"

他依旧沉默，没有争辩。于是她回头，"如果我不下楼，你就一直站在这里？就算你站在这里落地生根，又能怎么样？中国那么大，你既然已经如愿以偿地镀金回来，为什么还要回中建，偏偏还选了二分，是不是这样衣锦还乡的感觉让你觉得很爽很有成就感？不过说实话，我真看不起你这个样子。"

陈孝正说："从工地回来之后，人事部问我，你最想去哪个部门。我心里想，哪里都行，只要不是二分。所以当我听见自己说'二分'的时候，自己都不敢相信。从走的那一天开始，我就知道我没有资格再站在你身边，如果只能看着，那能近一些也是好的。我希望看到你幸福，又怕你幸福。"

林静说得对，陈孝正其实是个太没有安全感的人。一个被逼迫着长大的孩子，不管表面上多么冷静克制，骄傲清高，也只是个孩子。这个孩子总做着自己认为正确的事，结果伤人伤己。

郑微忽然想起了阮阮的那句话：我长大了，他还没有。

他慢慢走到她的身边。郑微靠在单杠上，冰冷的铁栏给了她支撑。

三年里，她想过无数次这样的场景，当他再度站在她的面前，说："微微……"

她可以有很多选择，或是若无其事地微笑，或是头也不回地走开。然而她始终高估了自己，当这一幕出现，她如同所有软弱的女子，唯一的渴望，只是流泪。

当她在渐渐低头的他面前慢慢闭上眼睛，他的呼吸已在唇边流连。在放弃了思考之前，她想，对也好，错也罢，就让他这样吧。

然而，一切错在月亮太亮，最后一刻，她忽然记起了多年以前校园静谧的篮球场上，她也是这样在他怀里半仰着头，那个夜晚，月亮也是这样亮。她曾经说，那将是她一生中最亮的月光，然而后来她才知道，月光再亮，终究冰凉。

"不。"她在那个吻落下来之前别开了自己的脸。陈孝正也如梦初醒，仿佛打了个寒战，骤然松开了她。

一声难听的猫叫声传来，郑微立刻循声望去，鼠宝坐在不远处的草地上看着他们，两只小眼睛在夜色里泛着幽光。

她跑了过去，它也并不再逃，仿佛玩累了，迟早等待着她的寻找。

"鼠宝，我们回家。"

那夜郑微睡得很早，睡前她拉上了所有的窗帘，害怕自己忍不住会去张望。她不知道他究竟是什么时候离开的。第二天两人在电梯里相遇，正值上班高峰期，电梯里满满当当都是相熟的同事，郑微跟大家一样例行公事地打着招呼，最后看着站在身边的他，"陈助理早。"

他还是那样整洁得一丝不苟，白色的衬衣每一处细小的褶皱都恰到好处地挺括，笑容随和，眼神疏远。在一群表情疲惫、睡眼惺忪的同事里，他的冷清就像一面墙，将他无形地隔在人群之外。

他看了一眼郑微，回应她的问候，"早。"

电梯停在六楼，他欠身让她先行，郑微连忙做了个手势，"您先请。"他笑笑，先走了出去，郑微才紧随其后离开电梯，随即两人各自走进办公室。

昨夜的一切，清梦了无痕。

然而从此郑微每次晚归，步入楼梯口的时候脚步总是踌躇，她从不往那个方向看，客厅的一盏灯却总是亮至夜深。

白天在工作场合相逢，再没有比他们更客气融洽地相处的，周渠交代的很多事情都需要他们两人共同完成，郑微做事利落，陈孝正严谨细致，一向要求甚严的周渠对他们的工作成果也表示赞许。只是八卦的小后勤经常说："郑姐，你跟陈助理在一起的时候，随便用 DV 拍一段，就是礼仪课的绝佳教材。"

有时办公会上郑微从会议记录中偶尔抬头，她会错觉他的眼神流连在她的身上，然而当她若有若无地朝他的方向看一眼，却总发现他的视线不过是越过了她，停留在某处。

第十八章

Chapter Eighteen

这么低劣的戏码，
居然让我哭了

八月份后，周渠参加的各种大大小小的会密集了起来，郑微也不时加班给他整理会议材料，有时在办公室待到很晚，离开的时候才知道整栋楼只剩了自己一个人。

第一次在加班的时候遇上陈孝正，他刚结束了一场应酬归来。

郑微看到他有些意外。

他说："我上来拿点东西，看到你办公室还亮着灯，就顺便来看看。"

习惯了白天的相敬如宾，晚上寂静的办公室里，多了一个人忽然就变得局促而狭窄。

"哦，我还有些事情没做完。"她以为马上可以说"再见"，他却疲惫地在会客沙发上坐了下来。

"您还有事吗？"她努力让自己看起来很忙碌。他听出了她的言外之意，"我坐一会儿就离开。"

郑微埋首工作中，没过几分钟，还是忍不住看了他一眼，他倚在沙发靠背上，双眼微闭，脱下来的外套搭在腿上，领带也扯松了挂在脖子上，似睡非睡的样子，她远远地就闻到了酒气。

"你别在这里睡着了。"她说着还是起身给他倒了杯水，放在他身边的茶几上，"喝吧，热茶可以解酒，清醒了一点就回去。"

他睁开眼看着那杯茶，"这还是你第一次给我倒茶，以前你真懒，开水都是我给你提到楼下，连碗都要我给你洗。"

"你醉了，还说那些过去的事干什么？"

他端起杯子，笑了笑，"你不说我差点忘了，真的已经过去三年了。大概真是喝多了一点……这样也好，我真怕太清醒。"

郑微把话题岔开了去，"跟谁在一起喝，弄成这个样子？"

他说："跟其他几个分公司的负责人，这种聚会没多久就有一次，周经理不怎么喝，二分就我们两人，全灌到我这来了。"

郑微皱眉，"不会是遇上了一分那几个酒鬼了吧？"

陈孝正摇头，"不是，一分的倒没去，我跟七分的副经理喝了不少，你还记得他吧。"

"七分的副经理？我没印象。"郑微茫然。

"你不记得了？"陈孝正有些惊讶，"我刚到二分的时候，有一次跟他吃过饭，那次你也在场，他就坐在你对面，老看着你。"

郑微参加的饭局无数，怎么也想不起这么个人。"有吗？你记错了吧。"

他笑了，"我怎么可能记错？那天你穿着一件白色的上衣，裙子是淡绿色，带着小圆点，头发没有扎起来，也是今天这副耳环。"

他这么一说，她依稀记得自己是有这么一套衣服，只是大半年过去了，她早忘了，他却还记得。如果她没有记错，在那些场合里，他从来没有正眼看过她。

这番话说出了口，两人俱是沉默，郑微怔怔地看着电脑屏幕，也不知道在想些什么，他手上的热茶散发着袅袅的白烟。

"微……"

"别说……"

那晚以后，郑微加班的时间越来越多，他看见灯光，经常会上来坐一会儿，她仍旧不怎么理他，可是他没来的时候，每次听到风吹动树叶，她都误以为是脚步声。

周渠惊讶于她越来越惊人的工作效率，白天交代她办的事情，要求她半个月内做好，她次日清晨就递到他办公桌前。

"晚上加班了？其实不是很急，没必要让自己那么辛苦，年轻的女孩晚上应该有更多的私人时间。"

他不知道，三年多了，她这才又觉得时间对于自己而言又有了意义。她感觉得到自己心里萌生的死灰复燃的期待，一点点，无声无息地蔓延。是的，她知道，她什么都心知肚明，再也没有什么比这样的期待更为愚蠢，然而她太渴望那簇微弱的喜悦的火苗，摇曳的，风一吹就会熄，但这毕竟温暖了她。他静静地坐在沙发上看报纸，有时跟她说几句话，这个时候，郑微想，我们为什么不可以选择自己的记忆，记住快乐，忘记悲伤，难得糊涂。她毕竟还是爱他，正因为爱，才可以因为一分的甜忘记九分的苦。

有一次周渠忽然想起什么似的问她："郑微，你跟林副检察长那天吃过饭之后还有没有联系？"

郑微愣了一下，"嗯，很少。"

周渠点头，"我见他对你挺上心的，听说他还没结婚，条件固然是好，但人太精明了，也不一定是良偶。"

郑微感到有些意外，周渠以往从未对她的私生活有过这样具有倾向性的评价，即使他对她和陈孝正以往的关系了然于心，也从不点破，不知道他现在貌似无心的一句话，用意却是为何。

"领导，你想到哪去了。"她有些尴尬地呵呵一笑。

周渠也笑，"我就随便说说，也没别的意思。"他想了想，又云淡风轻地提到，"对了，我上个星期一连两个晚上在办公室写点东西，居然都遇到陈助理，我问他有什么事，他说加班，看见我在，顺便跟我聊聊，可是刚坐下，没说几句话就走了，年轻人真有意思。"

郑微忽然脸红，嘴上应和着，"是挺有意思的。"转过身却开始不自觉地微笑。

没过多久，郑微迎来了自己二十六岁的生日。本来也没打算大肆宣扬，偏偏一上班就收到了一大束送到办公室的百合，上面的卡片没有落款，只有简单的几个字，"生日快乐"。这下一来，大家追问神秘送花人的来历未果，就纷纷嚷着晚上要她请客，其中又以最爱玩的何奕为首。何奕结婚后收敛了一些，加上他父亲出了事，不再像以往那样胡天胡地。他还在二分工作，虽然已不是当初的太子爷，但他却满不在乎，也许对于他而言，少了那层身份的束缚，反而会更自在一些。他父亲拘留了几天后，经中建的上属部门与检察院协调，终于得以内部处理解决，单位开除了他的公职和党籍，让他提前退休。能够有一个普通的安逸的晚年对于他而言已经是最好的一个结局，当然，他悄无声息的退休和封口，让不少人也暗地松了口气。

郑微拗不过何奕和一帮平时关系不错的同事的撺掇，只得晚上请他们一帮人吃饭。包厢里，大家闹哄哄地要敬寿星的酒，郑微感叹于自己又长了一岁，不知不觉中也喝了不少。

何奕见她好几次看手机，就笑她，"等谁的电话？不会生日还安排相亲吧？"

郑微白了他一眼，"胡说八道什么，我怕我妈打电话给我。"

正说着，她的手机就响了起来，她一把抓起手机，何奕贼兮兮地凑过去看，被她灵活地避开。急匆匆地走出了包厢，关上门，她才接起电话。

"喂？"她不知道自己的声音是否透露出心跳加速的秘密。

"是我。"

她当然知道是他，今天她一直都有种预感，所以始终在等待着这个电话。

"有事吗？"

"没什么事，忽然想起今天是你生日。生日快乐。"

郑微咬着自己的唇，"嗯，谢谢。"

"你那边很吵，在外面？"

"何奕跟市场部那帮家伙非要我请吃饭。"

"这样呀……好吧，那你去吃饭吧。"

她忽然涌起了一股强烈的失望，她等了一晚上，换来的却是这样一句话，于是便赌气似的道："我进去吃饭了，没什么事我挂了，再见！"

"再见……等等……"

就在她打算掐断电话的时候，他忽然急切地补充了一句。

郑微咬牙，"陈孝正，是男人就别婆婆妈妈，到底想怎么样？没事的话别浪费我的时间。"

"你们什么时候结束？我想见见你。"他低声说。他从来都是这样，绕来绕去，不逼到死角就不肯说出心里的话。

"你要是等下有事的话那就算了。"

她忽然想痛骂他一场，不过终究还是放过了自己，"我吃完饭给你电话，有什么到时再说。"

走回饭桌的时候他们都看着她。

"看什么，没见过女人？"郑微对着为首的何奕笑骂了一句。

何奕说："你带镜子没有，照照你脸上的笑容，接你妈的电话用得着笑得这么春心荡漾吗？"

郑微还真拿出了化妆镜仔细端详，"有这么夸张？"镜子里的她，脸红扑扑的，就连眼睛都在发亮。

"快说是谁，我们去找他拼了，二分和尚本来就多，好不容易有个长得正常的女的，还有外面的色狼来抢食，还让不让人活了。"

郑微指着他们说："你们这帮狠毒的家伙，有老婆的有老婆，有女友的有女友，我孤家寡人的时候没见你们可怜我，现在倒一个两个冒出来了，谁坏了我的好事，我才跟他拼了。"

何奕说："这孩子单身久了，都疯魔了。这么说还真有男人撞你枪口上了？"

"关你什么事？"郑微笑着吃东西。

"工会李翠芬那八婆估计要吐血了，前几天她还说，看来看去二分估计只有陈孝正能入你的眼，还说要给你们牵线，说不定能成。"

郑微暗暗一惊，强抑住脸上的不自然，笑道："李阿姨又乱点鸳鸯谱了。"

何奕心有戚戚然，"我也觉得是，你挑谁也不能挑陈孝正那家伙呀，海归又怎么样，阴恻恻的，就快没到天上去，你要是做他女朋友，非疯掉不可。"

郑微想起了以前，莫名就想笑，大多数在一起的日子，经常被气得疯掉的那个人似乎是他。

跟郑微关系挺好的市场部副主任说道："何奕，你还别说，李翠芬平时消息挺灵通，这回却犯了傻，陈孝正是什么人，人家那是完全有本钱的。我听公司人事部的人说，他从工地回来的第一天，是我们欧阳老板亲自带去人事部的，当着人事部主任的面就说，想去哪个分公司锻炼几年，直接提出来。"

"对，我也听说过，当初陈孝正选了二分，周渠还去找过欧阳老板，明里当然讲那样的人才来二分是屈才了，说到底是想拒之门外的，结果被欧阳老板一句话挡了回来。你们也知道，周渠这几年风头太盛，在上面多少要收敛些，只好上头说什么就是什么了，平时对陈孝正也客气得很。"

"你们说欧阳老板看中陈孝正什么？听说有时老板周末钓鱼都叫上他一起。说是爱才吧，中建的海归也不止他一个，说是亲戚，好像也不太可能吧，老板家里不是北方的吗？陈孝正好像是本省人。"

"你们懂什么，世界上有一种亲戚关系是不需要血缘的。"

这句话一说，大家当下了然，纷纷做出一个恍然大悟的神情。

何奕讶然道："难道他跟欧阳婧……对了，我怎么没想到，他和她在美国应该是同一个大学。"

"这就没错了。以后你们可悠着点，别得罪了驸马爷都不知道。何奕，你认识欧阳老板的千金？"

何奕说："什么呀，欧阳婧那家伙从小就住我家对门，当时我老头还当权，欧阳是副书记，她光屁股的样子我都见过。"

有人笑道："那你干吗不下手呀？让别人拣了个便宜。"

何奕拍了拍胸口，"饶了我吧，她那个脾气……全世界的男儿在她眼里都是脏的，想不到居然还会有男人入得了她的眼，不简单呀不简单。不过欧阳婧好像没有回国吧？"

大家七嘴八舌地议论纷纷，带着点洞悉机密的兴奋，当然更多的是夹杂着羡慕的鄙夷。过了很久，才有人发觉今天的主角一直都没有参与他们的讨论，背过身去一声不吭专注地看着包厢角落里的电视机。

何奕扫了一眼，电视里播的是最近的黄金强档剧集《哑巴新娘》，受尽欺凌的小媳妇在悲戚的插曲中抽抽噎噎。他好笑地拍了郑微一下，"喂，你不会喜欢看这种煽情肥皂剧吧？不像你的风格呀。"

郑微笑着转身，却是满脸泪水，"是呀，我也没有想到，这么低劣的戏码，居然让我哭了。"

何奕看着郑微笑着擦眼泪，无奈地说："女孩子就是这样，少宜也是，平时争强好胜的，看到稍微悲情一点的电视剧就哭得稀里哗啦的，真想不通。"

郑微说："没办法，女人就是容易为别人的故事流自己的眼泪，挺可笑的。"她眼睛还红着，兴致却陡然高涨了起来，站起来招呼道，"别光说那些闲杂人等不相干的事，喝酒啊！"

大伙纷纷点头。如果说起初她喝酒还有三分保留的话，现在就是来者不拒，越喝就好像越清醒，在这样的气势如虹之下，那些酒场上的老手都连称怕了她。

埋了单，一行人说说笑笑走到饭店门口，何奕半开玩笑地提议，"现在还早，要不要找个地方开始下一场？"

郑微爽快地点头，"都没事吧，没倒下的都来啊，去泡 PUB 还是唱 K？"

何奕有些意外，他见她起初心神不宁的样子，料到她饭后还有约会，不过是说来逗逗她，没想到她还当了真。在场的都是二分一些年轻的中层和骨干，平时关系比较好，又都是爱玩的，听见郑微提议，纷纷响应，几辆车浩浩荡荡直接开往说好的地点。

在 KTV 包厢里，大伙又点了几扎啤酒，都是半醉的状态，东倒西歪地玩牌的玩牌，唱歌的唱歌。何奕一向都是麦霸，唱张学友的歌颇有几分神似，一连几首下来都是他所谓的成名曲，唱着唱着，才发现到了这边之后，东道主忽然变得很安静，背靠在沙发上，静静地一声不吭。何奕跟她关系一向最铁，一屁股坐到她身边，"怎么了，刚才还好端端的，谁给你气受了，哥哥我给你出气。"

郑微推了他一把，"去去，唱你的歌去，这首歌我喜欢，今天唱得不错，超水平发挥啊，我听着呢。"

何奕就坐在她身边，拿起麦克风继续唱。

"……我唱得她心醉，我唱得她心碎，成年人分手后都像无所谓，和朋友一起买醉卡拉 OK，唱我的歌陪着画面流泪，嘿……陪着流眼泪……"他转过头，"换一首，今天唱这个不太应景，要不我给你唱首祝寿歌？"

郑微鼓掌，"这首唱得好。"然后拿起啤酒杯跟他碰杯，"我干了，你喝不喝随便你。"

何奕哪甘示弱，仰头喝到底，还嘀咕说："回去又有脸色看了……看吧，电话来了……"

他掏出了手机，一看号码，惊讶地皱了皱眉，示意把音响的声音调弱一些，然后边接边走出包厢外的走廊。

没过几分钟，他推门进来，沉着一张脸。

有人笑道："何奕，老婆查岗了吧？"

他恼怒地摆了摆手，"不是。你们继续吧，我要先走了。"他是大伙中的活跃分子，大家纷纷说："你走了我们还有什么意思？怕老婆也不能被管得死死的呀，叫你们家韦少宜一起过来。"

郑微也说："是呀，叫少宜一起过来，她没事老待在家里干吗？"

何奕说："是她还好。电话是陈大助理打来的，说我们项目部的质保文件有问题，让我亲自连夜修改给他，老王，估计你也得跟我回去，有些数据还得从你们市场部那边提供。"

大家都说："他至于吗？有什么不能明天上班再做的？"

"算了算了，官大一级压死人，你们又不是不知道他那个脾气，明天一早东西不放在他办公桌前，脸色只怕更不好看了。"何奕拿起外套，"老王，我们走吧。"

这样一来，谁都觉得有几分扫兴，"周渠还没他这样呢。"

郑微看到这种情景，也拎起东西站了起来，"依我看，既然他们有事，大家也一起散了吧，下次没事的时候再玩得尽兴一点。"

她既然都这样说了，众人也都点头。

出到门口，有车的人纷纷说："郑微，要不要我送你？"

何奕也说："你不是住大院吗？我正好送你一程，走吧。"

郑微摇了摇头，"你先回去吧，这里离我大学母校挺近的，时间也还早，我过去走走，顺便散散酒气。"

"你一个女孩子，又喝了酒，在外面不安全，跟我回去吧。"何奕说。

郑微把他推上车，"走吧走吧，叫你别管我，啰唆什么。"

何奕一副会意的表情，"哦，我知道了，你另有安排是吗？说出来，我们也不是不识趣的人呀，那我可走了啊，你小心点。"

郑微送走了他们，一个人沿着人行道往 G 大的方向走，她知道自己喝了不少，脚步有些虚浮，但是神志却从来没有这么清明，脑子里是一片空白的澄净。

G 大就在前面一个路口，毕业快四年了，连校门都不是当初的那个样子，不过郑微还是轻易地找到了以前最常去的那个篮球场，她坐在旁边的观众席上，幽暗处隐隐有成双成对的身影，只是不知几年后，这些恨不能两个并作一体的人又会是怎样的天各一方。

她坐了一会儿，包里的手机再度振动了起来。这一次她终于接起了电话，还没开口，那边焦灼的声音就传了过来，"你在哪？干吗不接电话……说话呀，你怎么了？我打了多少个电话你知道吗？"

他当然看不见她此刻的表情，只听见她说："不好意思，我没听见，我现在在 G 大篮球场，你要不要过来？"

他疑惑地说："你跑去那干吗……微微，是不是出了什么事？"

她淡淡地说："没什么事，很久没回来看看了。你要是过来的话，我们再说吧。"

他来得很快，也许是她沉浸在自己的思绪里，连时间的流逝都没留心。他坐到她身边的时候她才发觉，这样的地点，这样的场景太过熟悉，但怎么也没办法跟回忆重叠。

"喝了不少吧，脸红成这样。"他的声音里有心疼的责怪。

她转过头去，看着他嫣然一笑，这笑容让他有片刻的眩晕，每天，他们微笑着点头示意，他有多久没有亲眼再见到这让他魂牵梦系的开怀笑脸。

他着了魔似的抬起了手，想要轻轻地触碰她笑容绽放的脸颊，那里有无数次让他醉倒的酒窝，可是，刚触到那娇嫩的肌肤，他的手又微微缩了回去，仿佛害怕眼前的只是泡影，一碰触就会消失无踪。

她的手及时按住了他，叠在他的手背，慢慢贴在她的脸上。

"阿正。"她如同梦中无数次那样叫着他的名字。

陈孝正闭上了眼睛，这是他渴望了多久却早已不敢奢求的温暖？如果上帝这个时候问他，为了留住这一刻，你愿意用什么来换？他会说，"所有。"

真的，功名、财富、前程、身家性命……什么都可以不要，只要她，只要这一刻的温暖。他不是个为爱不顾一切的人，然而此时别无他求。

他感觉她的手在他手背轻轻摩挲，带着点诚惶诚恐，几乎不敢呼吸，害怕自己一个男人会因为这样而流泪。他反复地在心里问，陈孝正，你何德何能，还会有这一天……

她的手找到了他的无名指，然后是中指，一次一次地在上面徘徊。

"阿正……"她又呢喃了一声。

"我在这里，我在。"他低声回应。

郑微单单握住他的中指，这样的暧昧让他脸红，神迷意乱，以至于几乎错过了她轻描淡写的一句话。

"这里是不是少了什么东西？"

　　"嗯？"

　　"或许是一个戒指？"

　　……

　　他不知道自己用了多久才消化了她的话，猛然暗惊，停留在她脸上的手生生缩了回去。她再次一把抓住他的手，笑容依旧甜蜜，一如相爱时贴心的戏谑，"回答我。"

　　他没有说话，慢慢地、慢慢地头就垂了下去，感觉到她手上的温度渐渐冷却，连带让他寒到刺骨。

　　她笑容还在，却变得无限怅惘，"你知道吗？即使在刚才那一刻，我居然还有一丝期待，我希望你说，微微，我听不懂你说什么，又或者，你摇头。"

　　她忽然觉得不再悲伤，或许在饭桌上流泪的那一刻，所有的一切都已有了定论，她在耳闻到那些真假难定的道听途说时，即刻就醒了，那时她才知道，她并不是听信流言，不过是太了解他。现在的求证，不过是拼着最后的希望，只等它彻底地消亡。

　　"别这样，阿正。"她看到他疼的样子，就想要安慰他，"她是适合你的那一种女人，能够让你的大厦平地而起的那一种吗？如果是，我真为你高兴，你终于还是找到了她。"

　　他什么都不争辩，这是他选择的人生，只是没有料到这一生还能体会到刚才那样的甜，才又生起了奢望，从最美丽的梦境中跌醒，痛也是当然。

　　他的沉默于是便有了绝望而自弃的意味。

　　郑微没有看他，她看着远处，仿佛在对他说，又像是对自己说："也许你是知道的，我从没有想过一天不再爱你的郑微会是什么样子。你离开的那几年，我最难受的时候也没有恨过你，因为你给我的快乐不输给分开时的痛苦。你走了，我还有回忆，我可以继续相亲，嫁人，然后守着我的回忆过一辈子。老了那一天，我或许早忘记了你最后的离开，只对我的儿孙说：年轻的时候有个男孩爱过我，他给过我最快乐的几年。但是你回来了，这次你帮了我，我不但恨你，而且彻头彻尾地看不起你。陈孝正，我终于可以不爱你了，为了这个都值得感谢你。"

她以为自己哭了，其实没有。解脱是件好事，心里的那点火种埋了四年，谁都看不见，但它没有熄灭。现在好了，他将它挑拨了出来，再亲手掐灭，除了陈孝正，还有谁可以把郑微心中的火掐灭？

他抬起头来的时候脸是湿的，转而用另一只手把她的手包裹在掌心，仿佛横下了心，最后一搏，"如果我说我跟欧阳之间有特殊的理由，你会不会再相信我？"

郑微柔声说："我不可能一次又一次地相信你，不可能……"她一字一句地说，看着他眼里的光慢慢消退，终于冰凉。

或许他们早该明白，世上已没有了小飞龙，而她奋不顾身爱过的那个清高孤傲的少年，也早已死于从前的青春岁月。现在相对而坐的，是郑微和陈孝正，是郑秘书和陈助理，是日渐消磨的人间里两个不相干的凡俗男女。犹如一首歌，停在了最酣畅的时候，未尝不是好事，而他们太过贪婪，固执地以为可以再唱下去，才知道后来的曲调是这样不堪。

"你走吧。"郑微说，"明天我们都还要上班。"

"是的，明天还要上班。"曾经我们都以为自己可以为爱情死，其实爱情死不了人，它只会在最疼的地方扎上一针，然后我们欲哭无泪，我们辗转反侧，我们久病成医，我们百炼成钢。你不是风儿，我也不是沙，再缠绵也到不了天涯，擦干了泪，明天早上，我们都要上班。

"我送你回去。"

她笑了笑，看着他终于克制了自己，站了起来。

他是聪明人，话说到了这一步，再说又有何意义。注定要失去的东西，失去了，也不过是早死早超生。

"不用了，你走吧。"

"这么晚了，你怎么能一个人在这里？"

"我让你走。陈孝正，如果你还念一点旧情，现在就离开，因为在明天上班之前，看着你多一秒，我还是很难受。"

他别开脸去，静默了一会儿，然后开始拿起电话拨号。

"打给谁？"郑微问。

"出租车公司。"

郑微指着他的鼻子说："别逼我叫你滚。"

他离开了，她留在原处，俯下身去，大口大口地呼吸，天气真好，夜凉如水，谁在乎这样的角落，两颗心暗暗地死去。她试着站起来，才发现身边的一切都在飘移旋转。她喝了多少，自己知道。

这个时候她第一个想到的还是阮阮，拨通了电话，那边却始终没有人接，打到固定电话，也是如此。她慢慢地走了几步，头越来越重，只得再次坐了下来，恍恍惚惚间，只知道自己终于拨通了一个电话，那边只喂了一声，她就开始呜咽，"我在 G 大，你快来。"

郑微的电话挂得很快,她甚至没有去想,他现在在做什么,他会不会来。等待的过程中,她抑制不了胃里的排山倒海,挣扎着走到旁边的树下呕了一轮。火辣辣的喉咙和抽搐的胃让她难受得冷汗涔涔,有片刻,她希望自己如果真的醉了的话,就干脆醉得彻底一些,什么意识都没有,痛也不晓得。

然而吐完了之后,风干了冷汗,只剩凉凉的黏意,毕竟神志清明了一些,只是头仍然灌了铅似的沉。她记起一个很重要的问题,电话里她只说了自己在 G 大,可 G 大那么大,他要到哪里去找她?

郑微暗骂自己糊涂,坐下来之后就摸出手机,找到了刚才拨过的那个号码,按下去的时候又犹豫了,手忙脚乱地掐断。也许她本来就不应该找他,自己在原地再坐上一阵,也未必是回不去的。

夜渐渐地深了,应该已过了大学熄灯的时间,操场上的鸳鸯们也各自归巢。深夜的篮球场上又只剩了她一个人——只有她的篮球场,真安静。大概也因为酒精的妙用,她浑然未觉丝毫的害怕和着急,只想坐着,一直坐着,什么也不想。也不知过了多久,长时间地保持同一个姿势,腿也麻了,她晕乎乎地侧过脸去说了一声:"阿正,阿姨要关门了,我们回去吧。"

阿正没有回答她,她的身边是长长的、空荡荡的观众阶梯座席。即使阿姨彻夜洞开宿舍大门,他们还回得去吗?

郑微一直低着头,所以最先看到的是他的鞋,她摇晃着脑袋,沿着修长的腿,缓缓地将视线上移,那张熟悉的脸似远还近地就在眼前。她咻咻地笑,"林静,你终于肯从美国回来了?"

这个笑话相当的冷,不过林静还是很给面子地笑了。

"你的样子真糟糕。"他说。

　　就在他话音落下，不紧不慢地朝她伸出手的时候，她也几乎同时大咧咧地把手交到了他手心，似乎一切都是那么熟悉。他略一施力，她就顺势站了起来，两人都笑出了声。小时候她走路就是横冲直撞的，眼睛只看着前方，从不留心脚下，摔痛了就哇哇地哭，不痛也赖在地上不肯起来，只等林静来拉，那时她以为，不管摔得多重，他总能一手把她拉起来。

　　林静顺手拍了拍她身上的灰尘，说："可以走了吗？"今晚的郑微特别听话，她乖乖地跟着他走到车旁，打开车门，安安静静地坐在副驾驶座上。林静发动车子之前看了她一眼，酒精淡去了重逢后她对他的疏离，但是看着她这个样子，他一时难以判断这究竟是好事还是坏事。

第十九章

Chapter Nineteen

快乐是多么容易的事情

　　林静开着车子慢慢驶出 G 大校区，刚没入霓虹灯影里的车流，陈孝正黑色的广本便去而复返。幸而深夜的校园行人渐稀，他超乎寻常的车速才没有引起别人的侧目。

　　他下了车，一个人走到空旷的篮球场中央，以前为什么从来没有发现，空无一人的球场，风吹动树叶的声音是那样的清晰可辨。他环视四周，徒劳地在原地转了一圈，仍然只有他一个人，闭上眼睛，好像还听得见当年的郑微伏在他肩上呢喃……

　　"阿正，你答应我，别让我再等你，我怕我没有足够的勇气一直等在原地，更怕我们走着走着，就再也找不到对方……"

　　他已经走得太远，而她不可能永远等在原地，也许他们真的就再也找不回对方，这些他早已知道，他只是后悔回头，就像登山者沿着一个注定的方向往上爬，途中多少苦都在意料之中，但是唯独不应该回头望。因为回头的那一瞬，他才惊觉自己身在悬崖。

　　他回到车里，静静地伏在方向盘上，离开的时候他将车窗都摇了下来，音乐声调至沸点，如果他开得足够快，那么没有人会看到，一个面孔平静到冷酷的男子脸上，有肆无忌惮的眼泪。

　　郑微有点恍惚地看着窗外擦身而过的车辆，忽然嘀咕了一声，"你怎么知道我在篮球场？"

　　林静轻描淡写地说："兜了一大圈，总算找到了。"他说着，从身边找出一瓶水递给她。

郑微机械地喝了口水，然后听着车里若有若无的音乐，轻轻地跟着哼唱。G大到中建大院是一段相当长的距离，夜风是醒酒的最佳良药，她希望自己能够再迷糊一点，然而毕竟是渐渐醒了。她忽然很感激林静，不是因为他能在这样的深夜为了一个电话大老远地来寻她，而是因为他从始至终没有问过一句，为什么会在那里？为什么喝那么多？为什么一个人？她什么都不想回答。

最后一个十字路口，并非城市主干道的马路上已经没有太多的车辆，当然也没有值班的交警，然而红灯亮起的时候，林静还是把车停了下来。

郑微说："其实这里没有电子警察，要是我，肯定一踩油门就冲过去了。"

林静答道："我们知道自己要去的地方，并且不急在一时，就完全可以服从规则，一步一步来。"

说话的间隙，郑微偷偷打量他，这个时候才发现，如果她的样子真的很糟糕，那他也好不到哪里去。他一向服帖的头发有些凌乱，身上浅米色的长袖衬衣上，整个肩膀的位置都满是已经干涸的紫红色印迹，还有些星星点点地溅到了胸前，当她再靠近一点，就闻到了红酒特有的气息。

她想问，生生憋住了。林静可以对她不想说的事情保持沉默，她为什么不可以？她已经不再是那个无所顾忌地向每一个人宣告自己对林静的所有权的那个小飞龙，他有他自己的生活，这很正常，因为他们都长大了。

倒是林静察觉到了她鬼鬼祟祟的张望和欲言又止，下意识地看了看自己的右肩，苦笑道："被你的电话吓了一跳，衣服没换就跑了出来。"

郑微笑着说："美国让你养成了晚上一个人在家喝红酒的习惯？"

致我们终将逝去的青春

他耸了耸肩，"这也许是个坏习惯。"

这一次，她没有异议地让林静将她送到了公寓楼下，她太累了，不想在一些细枝末节上再计较。下车之前，她犹豫了一下，还是看着他说道："对不起。"

林静不解。她用手指划着车门上的把手说道："我是指那天你送我回来，我在车上对你说的那些话。当时我心情不好，说出来的话很偏激，其实我知道我没有立场要求你为我做什么，更不应该把我一些不愉快的事转嫁到你的身上。你去美国，不理我也是应该的，说到底，林伯伯的事……过去我只是太习惯你……"

他看着她，沉默地听着，这种专注让她觉得有几分难堪，感觉自己说的话词不达意，越讲越不对，只得匆匆收尾，"我只是想说，那天我不应该对你发脾气。"

林静抿着嘴笑了，他笑的时候，眼睛里总有种说不清道不明的东西，左边脸颊上的酒窝和下巴上的那道沟就特别明显。郑微心想，他仕途顺利，是否也得益于大多数犯罪分子容易被这样的笑容蛊惑？

"我……我要上去了，鼠宝在家等我太久，估计都要着急了。"她为自己找了一个绝佳的理由，于是下了车，帮他关上车门。

她已经说了再见，但很显然，他并没有马上离开的意思，依旧微笑地在车里看着她。

"那个，很晚了，你快回去吧。"她朝他挥了挥手。

他说："没事，我看着你上楼，帮我问候你的鼠宝。有机会真想看看它。"

郑微挠了挠头，嘿嘿一笑，"看它还不容易，它又不是很红。等你有空请你上去喝茶。"

他说："好啊，我有空。"

"啊？"他答得太过于顺理成章，以至于郑微一时没有反应过来，笑容不上不下地挂在脸上。她住的地方根本就没有茶，平时连开水都不烧，冰箱里都是瓶装纯净水和饮料。那句"上去喝茶"完全只是客套而已，大家都这么说，也都心领神会地不去当真，莫非几年国外的经历让他开始听不懂中国人的客套话？

眼前如果换了别人，也许郑微会理直气壮地说一句，"你有空，我没空。"但是他不是别人，他是林静。小时候自己一周四次在他家蹭饭吃的经历都还历历在目，她心里暗骂自己多嘴，但拒绝的话毕竟说不出口，只得言不由衷地说了声："好啊。"转身背对着他，懊恼地引路。

"这边。"她先他一步走上楼梯。这房子本是八十年代末期的老旧建筑，楼梯走道的灯已经坏了多时，单位的物业不闻不问，住户久而久之也就习惯了。郑微脑子清醒了，脚步却是虚浮的，心不在焉之下，一步踏空，险些摔倒，幸而林静在后面及时地扶了她一把，然后自然无比地把她的手抓在自己的掌心，"太黑了，这灯应该修一修。"

"是呀，该修该修。"郑微心慌意乱地附和，"哎呀，我的钥匙不会忘带了吧？"她说着，顺势就将手抽了出来，一路翻找着钥匙直到门口。

"原来在这里。"她这才将钥匙掏了出来。

林静只是笑笑说："女孩子一个人住，最好在楼下就把钥匙准备好。"

郑微嘴上应着，开门进去，按亮了灯，鼠宝照旧在冰箱顶上酣睡，看见有人，难得给面子地挪动尊驾跳了下来。

"鼠宝，你也知道妈妈回来了？"郑微受宠若惊地要去抱它，它却挣扎着下地，一个劲地在林静脚边转悠，还不时用头去蹭他，这热情的模样让习惯了热脸贴在冷屁股上的郑微傻了眼。

"鼠宝，要矜持。"她对着林静干笑两声，"估计是饿了，它平时不这样。"

林静半蹲下来，给鼠宝搔了搔下巴，它舒服得闭上了眼直哼哼，奴颜媚骨得让郑微都看不下去。她借机推开房门，把林静挡在了外面，"你先别进来，我收拾收拾。"她住的地方跟大多数男女光棍一样，所有的日常起居都在自己房间里进行，客厅只是一个多余的摆设，除了冰箱，什么家具都没有，现在更成了鼠宝的地盘，满地都是它的玩具和撕碎的报纸。

她心急火燎地把床上的内衣裤、丝袜、衣服塞到所有可以隐藏的地方，然后再将散落的零食杂志聚拢在一堆，忙乱间，差点被房间中央的高跟鞋绊了一下，低声咒骂了一句，才发现鼠宝不知道什么时候已经把虚掩的门顶开，林静似笑非笑地站在门口。

"收拾好你的闺房了吗？"他好整以暇地说。

郑微的脸顿时红了，本来还想粉饰几句，话到嘴边忽然恶向胆边生，乱就乱，她本来就这样，也没指望他能对她有什么期许。于是索性不再收拾，只努力将房间里唯一的一张搭满衣服的靠背椅子清理出来给他。"就这样了，你将就点吧，我这除了原来舍友的老公，还从来没别人来过。"

林静若无其事地越过好几双高跟鞋在地板上布下的雷阵，看着那张衣服堆成山的椅子，说："别收拾了，我坐一下，喝杯茶就走。"她的床上被子卷成一团，笔记本电脑搁在枕头上，很显然，那里才是她战斗和生活的地方。面对这一团糟的局面，他一点也没感觉奇怪，长大了的她在这方面还是一点长进都没有，只不过他想象着每天从这样的狗窝走出门，光鲜亮丽地去上班的郑秘书，就觉得莫名地想笑。他指了指床沿，"介意我坐这里吗？"

郑微本来就心里有事，现在更为这一顿手忙脚乱的收拾头疼不已，那张床本来就是她的卧榻、书桌兼沙发，于是忙不迭地点头，"你坐你坐，电脑我开机了，你可以放点音乐，我给你弄喝的，你想喝什么？"

"不用麻烦，普通的绿茶就可以了。"林静找到了她电脑里的 MP3 播放器，音乐声飘荡出来之后，他才发现她仍然哑口无言地站在门口。

他马上明白了过来，"没有绿茶也不要紧，你有什么？"

郑微走出去看了看冰箱，"呃，有冰的纯净水和不冰的纯净水。"

"都行，你平时喝什么我就喝什么。"

郑微把水递给他，他接过，说道："你去洗把脸也许会好一些。"

她不明就里地朝穿衣镜看了看自己，吓了一跳，镜子里的那个人头发蓬乱，睫毛膏糊掉了，出门前特意上的一层淡淡的粉也有些斑驳，这哪里是美丽又智慧的郑微，简直就是一只鬼。

她捂着脸，逃也似的跑去洗手间。整理完毕出来的时候，林静正坐在床沿，手上是一本她枕边的时尚杂志。

水也喝过了，现在都快十一点半了，但是话没说两句，也不能立刻就送客。林静见她有点局促地站在那里，就说："过来陪我坐坐吧。"

郑微心里说，这是什么跟什么，在我的地盘上，为什么他闲适得像个主人，我才像一个不速之客？坐就坐，谁怕谁。

郑微坐到距离林静一臂的距离，然后发扬她没话找话的特长，跟他聊着这些年各自的琐事。电脑里悠悠地放着音乐剧《金沙》的插曲，她听他说着异国求学的苦与乐，自己也徐徐讲述着初入职场闹的种种笑话，他还是以前那个样子，即使不说话的时候，也总让人觉得他在耐心倾听，气氛终究不至于太过冷场。

那首《花间》唱完，音乐声悄然而止，恰好两人的上一个话题刚告一段落。他不再说话，她忽然也不知道该从何接起，没有了音乐的陪衬，气氛骤然变得沉寂而诡异。她越是拼命想找话题，越是语拙，他居然也一声不吭。

人和人之间的气场是很奇妙的东西，上一秒还粉饰太平，相谈甚欢，下一秒却是僵持。尴尬间她仿佛可以听见空气中的呼吸声，不知道是他的还是她的，她感觉手脚都无处摆放，也许是时候结束这次意外的邀请了。于是她打定主意，清了清嗓子，正打算说："太晚了，别耽误你明天的工作。"才刚张嘴，扔在床头的手机就忽然响了起来，这样突如其来的动静却没能让她如释重负，反倒像有一双无形的手，将她的整颗心都揪了起来。她吓了一跳，没想那么多，几乎是像坐在弹簧上一样弹了起来，飞快地起身去抓电话，然而身边的人却比她更快地按住了她的肩膀，她还来不及惊叫，就感觉到他的唇覆了上来。

郑微整个人都傻在那里，脑子里的发条都断成了螺旋形，这个没有任何前兆的吻并非浅尝辄止，而是带着强烈的侵略性攻城略池，一时间她的呼吸里都是淡淡的红酒气息和须后水的味道，还有一种奇特的香味。她就在他一臂之外的距离，他探过身轻易地掌握了她，然后不费太多力气地将她顺势按倒在床上。

那一刻，郑微仅有的感觉只有两个字：荒谬！

林静从来没有这样对待过她，在此之前，他们之间最亲密的接触除了拥抱和牵手，便是公车上那落在眼睛上的轻轻一吻。林静在她的记忆中，犹如他书桌上那盏橘红色的台灯，是一种温暖而安详的存在。即使是她从小发誓要嫁给他，她想象的婚姻生活也仅止于一辈子在一起，永远不分开，从来没有联想过眼前这样亲密的纠缠。林静的名字中性，从小到大一直都有人问她，你的林静究竟是男还是女，郑微的回答是：林静就是林静。可以这么说，林静对于她而言，是一个特殊而重要的个体，但是，从来与性无关。

然而此刻，他只需几个动作，就轻而易举地击碎了她所有的心理设定，让她恍惚，这个激吻摸索着她的，不是她记忆里的林静，而是一个不折不扣的男人。

她犹在不敢置信，他的手却开始让她脸红心跳。郑微于是推着他，借着喘息的工夫连声道："你这是干吗呀？"

他不回答，只是低低地笑了一声，半边身子的重量都压在她的身上，连带一双手，正好制住她，让她轻易不能动弹，力度却恰到好处。她如果奋力挣扎，其实也并非无法摆脱。也许他一早就看了出来，她累了，由心而生的疲惫，而他的强势和力量竟然莫名地就填补了她心中的软弱和虚空。她居然想，如果这一刻她不顾一切地将他从身边推开，他是否再也不会给她温暖，她心里的那个空洞是否会无止境地扩大？

也许她的确需要一种强有力的填充，即使并非永恒。

可理智被逼到角落，毕竟会负隅顽抗，在震惊和冲动交替的边界，她依然隐约知道，如果再任他这样，关系只会更混乱，即使她把他当做一个男人，可正常的途径不都应该循序渐进吗？过去种种不提，重逢后，他们从没有认真讨论两人之间的问题，甚至他在此之前连个拥抱亲吻的缓冲都没有给她。

这个时候的郑微，心理上的冲击远甚于身体，她的矛盾是源于不知所措，而对于一个激情中的男人而言，这种欲拒还迎无异于火上浇油，他的手很快突破衣服的障碍，游走在她羞于启齿的角落，当然还有他的唇。她感觉浑身的血液沸腾在头顶，他放肆地撩拨着她，让她辗转反侧，即使她并非未经人事，但仍不敢置信，两个人竟然可以亲密至此。

枕边的手机音乐声一再响起，这个时候没有人想过要去理会。

他攻陷她之前，双手捧着她的脸，她双眼紧闭。

"睁开眼看我。"他说。

郑微在他眼里看到了自己。

"我没想过这样，林静。"

"可我想过。"

他深入她身体的时候，并非没有疼痛，她已经四年没有做过了，而他的动作又过于坚决，以至于这种破体而入的感觉尤甚于懵懂的第一次。郑微剧烈喘息了一声，听见他含糊地叫了声，"微微。"她心中一恸，几乎立刻闭上了眼睛，眼泪就掉了下来。

痛楚让她的身体本能地扭动闪躲，他的手一把稳住了她，她如此清晰地感觉到，他不是阿正，他们多么的不同。如果说和陈孝正之间的亲密带着少男少女间青涩的相互摸索和新奇的刺激，那林静就是一个男人，他的前戏缠绵，交合的时候却直接而强势，他在她的身体上，就是一个征服者。曾经在那个人面前，她只想着不顾一切地狂喜地将自己交出去，而现在她只需承受，只需接纳。

她听到了自己的呻吟声和他的喘息，年少时淡定自持的林静，谈笑用兵的副检察长，那张永远笃定自若的迷人面庞此刻因欲望而扭曲。

她的回忆也沾染了欲望。

即将攀到顶峰的时候，他轻触她的眼泪，忽然就有了短暂的不确定，"微微，你快乐吗？"

她咬着自己的下唇沉默。她的身体很快乐，快乐是多么容易的一件事，而灵魂呢？谁在乎？

事后，林静在她身上伏了很久才慢慢地退了出来，他离开的时候，那点温度也随之抽离，她才发现自己比之前更冷。

他清理完自己，轻轻拍了拍她，"一起去洗洗好吗？"

郑微翻过身去背对着他。

他从浴室出来的时候，已经收拾停当了自己，苦笑着说："你看我这一身，大概还得赶回去。"他见她不语，不由有些担忧，便坐到她身边，轻轻抚她光裸的背，"微微，你要我陪你吗？我也可以明天早点赶回去换衣服。"

她说："不用了，你回去吧。"

林静承认自己或许是乘虚而入，但是如果那个"虚"确实存在，他为什么不可以去填补？他做事一向只重结果，所有的手段都只是过程，他希望能给她幸福，也自信可以给，这就是他要的结果。

他坐了一会儿，还是拿起了车钥匙，"那我回去了，待会儿你洗洗，好好睡，我明天给你电话。"

走到门口的时候，他忽然听见郑微说："林静，把你的猫带走。"

林静有些意外，但是并没有否认，他说："你还是猜到了。其实我没有别的意思，小胖……不，鼠宝它小时候确实是只流浪猫，那时我刚回国，它经常在我住的地方附近徘徊，我见它瘦得可怜，才把它捡了回来。后来我工作越来越忙，照顾它的时间越来越少，所以才托了吴医生的太太把它送到你这里，希望它能给你做个伴，因为你小时候就一直特别喜欢猫。之所以没有告诉你我是它原来的主人，也是怕你多心。"

郑微裹着毛毯回头看他，"我是多心吗？"

"我以为……"他还想再说些什么，从床上砸过来的枕头将他的话打断，他措手不及，险些被枕头迎面砸个正着，堪堪在面前用手接住，不由有几分狼狈。

"你以为你以为，什么都是你以为！"

他没有再说话，掸了掸枕头，把它重新放回床上，替她掩了房门，走到客厅，伸手抱起了又睡回冰箱顶上的鼠宝。离开之前，他在门口停留了一会儿，她的房间里始终没有声音传来，他叹了口气，摸了摸鼠宝的头，然后开门离去。

郑微伏在床上，听着他砰的一声关门，下楼的脚步，打开车门，发动引擎，轮胎摩擦地面……终于什么声音也听不到了，她想要安静，现在终于安静了。然而在这个过程中，她仿佛远远地听到鼠宝叫了一声，差一点就有了探头在窗口看一眼的冲动。

过了很久，她才渐渐意识到身上不适的感觉，晕沉沉地去洗了个澡。重新回到床上的时候，闹钟时间显示已是次日凌晨的光景，她的二十六岁生日，在无比热闹中过去，犹如一场好戏，你方唱罢我登场，到这时才算曲终人散。入睡之前，她拒绝再思考，连闹钟都藏了起来，不过是一天，可她觉得像是过了一生。

次日清晨，生物钟让郑微准点起床，爬起来后才发现自己连骨头都酸胀。她记起上午有个会议，只得打消了请假的念头，出门前，她习惯性地往鼠宝碗里倒猫粮，却不见它像往常一样跑过来，才记起它已经回到了原主人身边。

上午的办公会一开就是两个小时，陈孝正并没有出席会议，郑微上班的时候已经迟到了两分钟，经过他办公室的时候，发现门是紧闭的。

散会后，她习惯性地最后一个离开，整理好自己的东西，准备关灯关门的时候，周渠走了进来，他拿起自己忘在座位上的笔记本，顺便说道："哦，对了，陈助理过两天要去参加上头举办的青年后备干部培训班，大概要去四十多天，他想这两天在家收拾东西，整理一些必要的材料，我批假了。"

郑微负责经理办公室所有人员的考勤，所以她点了点头，"好的，我知道了。"

周渠走到会议室门口，回头看了郑微一眼，"没什么事吧？"

"啊？"郑微表情有些惊讶，继而笑了，"能有什么事呀？领导。"

周渠挥了挥手，"尽快整理好会议纪要。"

郑微回到自己的办公室，拿出昨天晚上一直没有查看的手机，整整七个未接电话，全是来自同一个人，她一条条地翻看来电时间，11：34、11：37、11：42……12：11，她可以体会来电者在这段时间里或许有过的焦灼和绝望，然而这又有何意义？她翻阅到最后一条，随手将这些记录全部删除。

整理会议纪要的时候，郑微忽然记起昨晚阮阮始终没有接她的电话，后来也没有复电，隐隐觉得有些不对，这不是阮阮做事的风格，于是有些担心，赶紧再一次拨打她的手机，依旧没有人接。郑微越想就越不安，偏偏手机里

致我们终将逝去的青春

又没有吴江的电话，也不知道阮阮出了什么事，只得不停地打过去，心想要是下班前电话仍旧无人接听，她就要亲自跑一趟阮阮家看个究竟。

第四次重拨的时候，阮阮的声音终于从电话那头传来，郑微没讲几句，就赶紧挂了电话，向周渠请了个假就慌忙往医院跑。

阮阮住院的地方在骨伤科，郑微赶到时，看到的是腿上打着石膏，手臂肘关节包着纱布在吊点滴的阮阮，好在她脸色虽然有些不好，但至少在看到大惊小怪的郑微时，脸上还带着笑容。

"我都说了现在没什么大碍了，你上着班还过来干什么？"阮阮微微抬起没受伤的手，指了指床沿。

郑微坐了下来，"我说嘛，干吗昨天那么晚了打你手机和家里的电话都没人接？好不容易打通电话了，就说人在医院，差点没把我吓死。"

阮阮有些抱歉地说："昨天是你生日，我本想给你打电话的，谁知道这么没用，在家里洗个澡都能把自己摔成这个样子。当时疼得厉害，没想到是胫骨骨裂了，就这么倒在浴室里，半点也动弹不了，家里没人，邻居又离得远，连电话都不在手边，明明听得到客厅固定电话的铃声，只能干着急。"

"那你老公呢？他晚上什么时候才回来把你送到医院？"

"他晚上一直在医院里，今天早上回家换衣服的时候才发现我，赶紧把我送过来了，好在没有摔出个脑震荡什么的。"

阮阮始终说得轻描淡写的，但郑微却很久都没能反应过来。她想象着阮阮一个人动弹不得地躺在潮湿冰凉的浴室里，身上的伤痛入心扉，可意识偏是清醒的。身边一个人都没有，叫天不应叫地不灵，就这么一分一秒地等待天亮，直到第二天早上，那个忙碌的男人终于回到了家。她在浴室里待了将近十个小时。

郑微想着那种滋味，自己打了个寒战。如果吴江早上没有回家换衣服，如果阮阮受伤的不仅是腿……她都不敢再往下想。

"我昨晚没打通你的电话，就应该想到可能出事了，应该当时就去你家看看的。"郑微红着眼睛低声说。

阮阮笑，"别傻了，谁知道会有这样的事情。对了，昨晚你那个时候打我电话有事吗？"

郑微含糊地摇了摇头，"先别说我，你老公人呢？他不就是在这个医院上班吗？我倒要当面问问他，连自己老婆都照顾不好，还算什么大医生，算什么男人？"

"他早上已经陪了我一会儿了，现在估计在手术室，听说上午有个重要的手术。"

"有多重要，比你还重要吗？"郑微激动了起来。

阮阮笑着替吴江开解，"这事不怪他，是我自己不小心，他也不知道我会摔倒在家里，说起来还多亏了他早上把我送过来。"

郑微看着天花板，忽然觉得匪夷所思，"阮阮，你真的一点都没有怪过他，就连断着腿躺在浴室里熬到天亮，等他给别人做完手术回来的时候也没有怨过吗？他现在不是个陌生人，是你丈夫，应该陪伴你一辈子，保护你一辈子的那个人！"

阮阮沉默了一会儿，缓缓地在枕上摇了摇头。

郑微哭了，越想就越难过，她不知道阮阮的"不怪"是因为绝望，还是因为从一开始就根本没有过希望。难道这就是阮阮的幸福？没有爱，没有恨，也没有任何要求和期待。如果是，这样的白头到老、举案齐眉多么绝望。

她在阮阮平静的目光里抽泣，到了最后也不知道这眼泪是为了阮阮还是自己。阮阮想劝她两句，张开嘴，却什么也没说，只是轻轻拍了拍她的手。

"生日过得开心吗？"阮阮等到她哭累了，才岔开话题，"昨天早上，林静打电话给我，特意问你现在喜欢什么花，我说你好像挺喜欢百合的……花收到了吧，他后来有没有打电话给你……怎么，是不是后来出了什么事？"她从郑微的眼泪里也看出了一点端倪。

郑微说："我跟林静做了。"

饶是阮阮这样波澜不惊的性格，听到她骤然冒出这样一句话，也吃了一惊。郑微一五一十地复述昨晚的事，从陈孝正到林静，说到后面在她住处发生的"意外事件"，她草草地说自己是喝多了。

阮阮听她说完，只问了一句："你自己怎么想？"

"我什么都不想。"郑微说，"可我不明白，为什么连你都帮着林静，还跟他合伙拿鼠宝来骗我……"

阮阮说："我没想过帮他，我只是想帮你。我不敢说他有多好，可毕竟是有心的，你对他也不是一点感情都没有。有个人在身边，即使哪天倒霉摔了一跤，也不至于像我现在这个样子，况且，你不也挺喜欢鼠宝的吗？"

郑微茫然地点了点头，又再摇头。

接下来几天，郑微一下了班就到医院看阮阮，好几次在病床前遇到一身白大褂的吴江，他笑着跟郑微打招呼，可郑微始终没有办法用笑脸来回应他。

林静给她打过很多次电话，每次看到他的电话号码，那天晚上的一些片断就让她脑子乱成一团，所以她总是草草说几句就挂断，不肯与他深谈，也不肯再见他。林静的口气似乎也有几分无奈，不过他也许觉得让她冷静一下并非坏事，便也没有了那晚的咄咄逼人，电话依旧每天打来，只问候两句，她态度不好，他也装作感觉不到。

大概过了四五天，林静再次打电话给她，郑微正不耐烦，他马上解释说自己要出差一个多星期，雇的钟点工也请假了，没人照顾鼠宝，只有把它寄养在宠物店里。

"你别做梦，我才不会再收留它。"郑微一口拒绝。

林静说："我没想过让你把它带回去，不过你也知道它性格不是很合群，怕在宠物店有什么不习惯，如果你有空的话就去看看它行吗？当然，要是没空的话也就算了。"

郑微明知道这个时候要想彻底斩断跟他的联系，就应该忘了那只猫。可她晚上起来喝水的时候，看到冰箱的上头空荡荡的，地板上还四处摆着猫玩具，就不由自主地开始想念那只并不可爱的肥猫。虽然它有奸细的嫌疑，但毕竟多少个日子以来，下了班之后，就只有它陪伴她，甚至在忽然停电的夜晚，因为有它在身边"喵喵"地叫，她才觉得自己不是一个人在黑暗中。

第二天，从医院出来，郑微还是去了那个宠物店，一进门，她就看到了独自坐在一个笼子里的鼠宝，别的猫咪都是几只相互玩耍或依偎着睡觉，只有它郁郁寡欢。宠物店的主人说：鼠宝不喜欢跟别的猫咪玩，只要一靠近其他猫咪，就变得紧张而具有攻击性，自己单独在一个笼子里还好一些，就是不怎么吃东西。

郑微想起它平时霸道骄横、懒惰贪睡、吃嘛嘛香的模样，不由有几分心疼，怎么看都觉得它似乎瘦了一些，刚走到笼子边，鼠宝就站了起来朝她直叫唤。郑微伸手指进去摸了摸它，它就用下巴轻轻地蹭着她。以前在家的时候，它跟她反而没有这么亲近。郑微心一酸，害怕自己心软，不敢久留，正打算离开，就看到一个妇人牵着小男孩走进来看猫。

那小男孩指着鼠宝说："妈妈，这是只什么猫，长得又胖又丑。"

那妇人看了看，对宠物店主人讶异地笑道："这不会是只土猫吧，你们宠物店连这种土猫也卖？"

郑微听了怒从心起，土猫怎么了，王侯将相宁有种乎？她再看看鼠宝在好几只品种各异的名种猫里竭力抬头挺胸的模样，就觉得莫名难过。

一番交涉之下，店主打了寄养人的电话，最后同意了郑微把鼠宝带走。她当着那对母子的面视若珍宝地抱着鼠宝离开，当时觉得挺解气的，走着走着却后悔了。她何尝不知道再把它领回家是不明智的，可偏偏没有办法眼睁睁地把它留在那里。

回家的路上，郑微在计程车里接到爸爸的电话，她一般每周各打一个电话给爸爸和妈妈，他们分开很多年了，都没有再婚。

爸爸跟她聊了一些日常起居的事情之后，有些吞吞吐吐地问起郑微妈妈的近况，其实郑微远在千里之外，反倒是爸妈他们生活在同一个城市里，现在却要通过她来了解对方的事情。

"我前天打电话给妈妈，她说都挺好的。"

爸爸还是欲言又止。郑微心领神会，干脆把话挑明了说："爸，是不是想跟妈妈复婚？"

爸爸默认了她的话，"微微，爸爸快退休了，这些年，我也没有别人，你妈妈也是孤零零的一个，少年夫妻老来伴，年轻时吵架都是意气用事，我希望能跟她一起过完剩下的一二十年。"

"妈妈知道吗？她怎么说？"

"我没有当面明确提，可意思她应该是知道的，她没说什么，所以我希望你在她面前给爸爸说几句话，别人的话她不听，女儿说的她总会认真考虑考虑。"

郑微答应了爸爸，其实她也是想到了妈妈这几年独居的孤单，何况，在内心深处，只要有可能，她仍然期望父母能够破镜重圆。

晚上，她抱着鼠宝给妈妈打电话，刚有意无意地提到了爸爸，妈妈马上就明白了，"微微，你是替他来做说客吗？"

郑微艰难地说道："妈妈，我不在你身边，你一个人我总是不放心……爸爸也说了，他不会再跟你吵架……"

"你也知道，我跟你爸爸离婚并不只是因为吵架。"

"可是林伯伯都不在了……你又何必……"郑微不知道该怎么说下去。

妈妈的声音很平静，"是，他死了好几年了，我也不是为他守着，我不答应和你爸爸复婚，不是怕他再跟我吵，而是性格确实不合适，缘分尽了就尽了，我不想再试一次。你跟他说，趁年纪不是太大，另外找一个吧，我遇见好的，也会考虑的。还有，你别光操心我的事，你怎么样了？都大姑娘了，妈妈像你这个年纪已经有你了。"

"不着急，你女儿还怕没人要吗？"她笑着说，忽然闪过一个念头，便问了一句，"妈，孙阿姨现在好吗？"

妈妈跟孙阿姨还是在一个单位上班，"老样子吧，人都死了，还有什么可争的？她是单位领导，也不能老为这事跟我纠缠，最多是视而不见罢了。对了，微微，我听说林静回国后，本来在上海找了一个不错的单位，后来又去了 G 市，你们……"

郑微赶紧打断，"妈，我们还能有什么，上海的单位好，但说不定这边的单位更好，难道你以为他会是为了我来 G 市？他不是这种人。"

第二十章
Chapter Twenty

我们终究差了一厘米

一个星期后，林静出差回来，郑微接到电话的时候，还可以听到机场广播的声音，他说："微微，晚上一起吃饭好吗？"

郑微暗暗揪着自己的裙子说："我今天没空。"

他笑了，"你要忙到什么时候？"感觉到电话那头的沉默，林静说道，"任何犯罪嫌疑人都应该被允许有申诉的权利，你不觉得我们应该谈谈吗？"

"今天阮阮出院，我真的要去接她。有什么事以后再说好吗？"她没有再给他说话的余地，匆匆收线。

阮阮的腿伤恢复得不错，虽然还不能拆石膏，但在旁人搀扶下也能支撑着走几步。吴江对郑微来接阮阮出院再三表示感谢，他说他忙完手上的事情就会马上赶回家，另外，阮阮行动不方便，他也请到了有经验的保姆照顾她的起居。

郑微抢白了几句，"谢我干什么？我是来接我的朋友，又不是来接你吴医生的夫人。你继续去发扬白求恩精神，我肯定会把她平安送到家。"

阮阮见吴江面露惭愧，便笑着对郑微说："恩公，我们走吧。"

吴江帮忙搀着阮阮走到医院门口，正待为她们打车，看见停在路边的车子，就对阮阮笑道："这回免费的车夫也有了。"

郑微当然也认出了林静的车，他看到了他们，走了下来，跟吴江打了个招呼，就看着郑微和阮阮说道："走吧，我送你们。"

郑微脸上红一阵，白一阵，眼睛却不看他，专注地在马路上留心过往的出租车。

阮阮站了一会儿，忽然皱着眉嘶了一声，表情里似有痛楚。

"没事吧？"郑微问。

"有些疼，不过还挺得住。"

正好赶上出租车交接班的时间，拦车并不是件容易的事，郑微担心阮阮的腿，叹了口气，只得对林静说："那谢谢你了。"

林静赶紧为她们打开后面的车门，吴江小心地协助阮阮坐了进去，郑微也坐到了阮阮身边。

吴江嘱咐阮阮回家后好好休息，谢过了林静，车子发动后就返回了医院。

一路上，郑微只跟阮阮低声交谈，并不理会林静，反倒是阮阮跟他闲聊了几句。郑微用余光偷偷打量他的侧面，大概是上飞机前刚结束公务，他正装打扮，形貌言谈均是一副谦谦君子模样，她很自然地想起了一个词"衣冠××"，可是又本能地抗拒这个说法，也许她还是不习惯把贬义的词汇用在林静的身上。

开到阮阮家门口的时候，保姆接到电话已经在门口等待，郑微说："我送你进去，晚一点再回去。"

阮阮摇头，示意保姆过来扶了一把，"回去吧，你也上了一天的班了，我回去后马上就休息了，明天再给你打电话吧。"她继而对林静说，"谢谢了，林副检察长，麻烦你送微微回家了。"

林静自然点头，"叫我林静就好。别客气，都是应该的，你好好休养。"

郑微无奈，也不好再说什么，挥别了阮阮，就又坐回原来的地方。

"去哪吃饭？"林静看着后视镜中的她问道。

郑微闷闷地说："不用了，我直接回家。"

林静没有再勉强她，车子径直往中建大院开，郑微低头玩着自己的指甲，两人都异样的沉默。

刚到楼下，郑微立刻下了车，她想想，又回头问："你是现在把鼠宝带回去还是改天？"

林静无奈地说："都行吧，要不我跟你上去接它。"

郑微毫不犹豫地拒绝，"不用了，你在楼下等我一会儿，我去把它带下来。"

林静当然知道她在害怕什么，不由失笑，"别把我想得那么可怕，我忙了一天，刚下飞机，累得没有心思想别的。"

她脸一红，扭头噔噔地上了楼。林静不紧不慢地随着她走了上去，门没关，她低头抱着鼠宝，不知道在喃喃说着什么。

她看见他走了进来，便把鼠宝塞到他怀里，"别因为没时间陪它，就老宠着它，给它吃那些高热量的罐头，医生都说它要减肥了。"

林静换了个姿势抱紧不安分的鼠宝，忽然将一只手朝她伸了过来，还没触到她，她就像受惊的小兔一样，满脸涨红地一连退了几步。

"干什么？"她厉声说。

看着她紧张得花容失色、全身戒备的模样，林静有些尴尬地收回了手，示意她放轻松，柔声道："我只是想帮你拿掉头发上那根鼠宝的毛。"

林静见她愣愣的样子，便低头笑了，"傻孩子，看来我真把你吓着了。"

郑微窘得不行，她承认从他走进这个屋子开始，她满脑子都是那晚他毫无预兆对她做的那些事情，既紧张又难堪，整个人绷得紧紧的，犹如惊弓之鸟。他这么一解释，她反而觉得更无地自容，不禁恼羞成怒，为什么他笑得如此舒心，而自己在他面前总是稚嫩蹩脚得不行？她的怨愤顿时迸发，狠劲一上来，便上前一步，使劲推了他一把，"你笑什么笑？不准笑！"

林静没料到她会有这一招，被她用尽吃奶的力气推得后退了几步，鼠宝脱手蹿到了地上。他嘴上说："好，好，我不笑。"可脸上却忍俊不禁。

他的从容更刺激了她。郑微像被激怒的豹子一样冲上去，两手并用地推搡着他，"还笑，我让你笑。"

这一次她没有推动林静，反被他顺势一把抱在怀里。此刻的林静终于收起了笑容，紧紧地抱着眼睛红红的郑微，任凭她在怀里挣扎撕扯踢咬怒骂，就是没有再松手。

郑微挣不开他的怀抱，总是刚刚摆脱，他又拥紧了她，饶是他打不还手骂不还口，一番折腾下来，依旧筋疲力尽，尽情的宣泄之后，她忽然就松懈了下来，混乱、矛盾和怨怼全化作委屈。林静感觉怀里的人渐渐安静，终于无力地伏在他的胸前，他于是放慢了自己的呼吸，生怕惊动了她，胸口贴住她面颊的衣服却一点点地濡湿。

那晚林静没有离开。半夜，两个没吃晚饭的人都感到饥肠辘辘，林静在她床下翻出了几包方便面，略作加工，两人凑合着填饱了肚子。好在他出差的行李都还在车上，清晨换了套衣服，直接从她的住处开车到检察院上班。

郑微不知道自己为什么没有办法拒绝林静，也许她寂寞得太久，太需要这样一个胸膛来停泊。她就像一艘早已经没有了方向的船，误入林静的港湾，这才惊觉不用担心下一秒会漂去哪里的感觉原来是那么好。她未必想过一生一世的停靠，然而他此刻给她的安定谁都不可取代。

当然，这些都不重要，因为在得到答案之前，林静已成功地进驻到郑微的生活中。开始的时候每隔一段时间两人会在一起吃饭，然后他送她回家，顺理成章地分享一个属于对方的晚上，渐渐地，周末的夜晚她习惯了他的陪伴，到了后来，一周的大部分晚上他都在她的单身公寓里度过。

对于郑微来说，要习惯林静的存在并不太难，毕竟之前十七年的感情摆在那里，即使模糊掉了许多，但默契依然还在。林静外表温和，实际上却极有主见，恰好弥补了郑微看似机灵、实则单纯的性子。他用最大的延展性去包容她，不要求她的改变，她不想谈将来，他就绝口不提，实在看不惯她乱糟糟的生活习惯，就自己动手整理。有时郑微见他不厌其烦地一次又一次把她乱踢的高跟鞋重新摆放得整整齐齐，就会不好意思地问："你这习惯就跟我妈一模一样，但你为什么不像我妈那么念叨？"

林静就反问："如果我念叨，你下次就不会这样？"

郑微老老实实地回答："一时间改不了，大概还是会老样子。"

"那就是了。"林静说，"如果我一边念叨一边收拾，那就必须同时做两件事，还不如省省嘴上的工夫，多一事不如少一事。"

林静身上有一种特别笃定的气质，这让他在大多数时候都显得从容不迫、气定神闲，郑微遇事容易着急，每当她不知所措的时候，林静的沉稳总能恰到好处地安抚她的焦躁，任何麻烦到了他这里，仿佛都可以大事化小小事化了。

在过去的四年里，郑微已经学会任何事都只靠自己，虽然日子难免过得潦草一些，但是也还凑合，当林静重回到她生活中，那种有人可以依靠的感觉又回来了。他会在晚上她口渴的时候睡眼蒙眬地起来给她递水，会在她上班之前把钥匙手机钱包清点好放在她的包里，会耐心地陪她逛商场和超市，不失时机地赞美并提出中肯的建议，会为了她新买回来的上衣掉了一颗水钻特意回到店里退还，他比她更记得她准确的经期时间，把她所有任性无理的要求都视作理所当然。

依赖上林静这样一个人简直是太容易的事情，习惯也会上瘾，林静用他看似没有企图性的方式潜移默化到郑微的生活中，以至于后来的郑微不管遇到什么事，第一个念头总是：怕什么呢，还有林静。是呀，只要林静在，什么事都可以交给他。郑微其实并不是一个特别刚强独立的女人，她贪念他给的安逸，于是默许了自己站在他的身后，让他为自己遮风挡雨。

她还求什么呢？这样一个男人，也许是许多人求也求不来的福分。郑微知道人应该知足，只是午夜梦回，她借着窗外透进来的月光静静地看着他的侧影，总有那么片刻心惊——他是谁？

他是她的林静哥哥。她从小想要嫁的人终于睡在了自己的枕畔，这不就应该是幸福吗？可别人的幸福是否也带着怅惘？阮阮问得好，幸福的定义是什么？对于郑微而言，幸福或许就是闭上双眼，遗忘林静缺席的日子里那段浓墨重彩的时光。

对于两个人的生活而言，郑微的单身宿舍未免过于简陋，林静曾经提议过让她搬到他的住处里，郑微一口拒绝了，所以他不得不将自己常用的生活用品、换洗衣服和笔记本电脑逐渐转移到她这边。几年的留学生涯让原本在家十指不沾阳春水的林静学会了下厨，做的虽然都是一些简单的饭菜，但也有模有样。两个人都不忙的日子里，自己开伙做顿晚餐，他做菜，她偶尔也会洗碗，有时似乎觉得日子就是这么过的。只是唯一让林静难以适应的是郑微的单人床，她一个人睡在上面正好合适，多了一个人，不管靠得多近，仍然拥挤不堪，林静身材高大，躺在她的单人床上就总觉得手脚都没法舒展，加上她睡觉又过于霸道，每每将他逼到床沿，一不留神就有掉下去的危险，长时间如此，睡眠质量难免受到影响，有时早上醒来，腰酸背痛，因此他不止一次提出过要买一张新床的建议，郑微没有同意，她下意识地抵触着这个决定，也许，她抵触的不是那张床，而是一张双人床所带来的象征意义。

在郑微这边过夜的时候，林静很少把车停在她的楼下，但是大院就是一个小社会，它让你的一切隐私无所遁形，不管再怎么不张扬，郑微有了亲密的同居男友一事还是很快地传得尽人皆知。当然，大多数人未必知道林静的职业身份，只不过明里暗里都在羡慕她找到了年轻有为的如意郎君。林静和郑微都是从小过惯了大院生活的人，对这种人多嘴杂的情景见怪不怪，而且现在早已不是他们小时候那种生老病死都需要单位包办的时代，男未婚女未嫁，下了班之后的时间就属于自己的私生活，所以两人并没有受到多大影响，只是在公开的场合尽量避免态度亲密，郑微对所有的试探打听通通一笑置之。

倒是周渠对郑微和林静的关系进展感到相当的意外，他问她："郑微，我有一天早上，正好遇见检察院林静的车从大院里出去，不知道是不是看错了？"他的语气带着少见的困惑和迟疑。

"我想应该不是看错。"郑微的回答肯定了他的猜测。

"我一直以为……"

他的话只说了一半，可郑微明白他的言外之意。彼时陈孝正已经结束了培训重新上班了一段时间，上级部门的干部提拔考核小组已经对他进行了考核，对于他将成为二分副经理一事大家已心知肚明。郑微对周渠说："领导你放心，公事和私事我还分得清。"

现在的郑微和陈孝正，比陌生人更陌生，除了必要的公事交谈，他们不会有多余的半句话。陈孝正结束培训从北京回来之后，变得更加冷傲和寡言。何奕他们这些在他面前吃过排头的项目经理背地里抱怨不迭，不过陈孝正这个人虽然难说话，但他在技术要求方面确实严谨精确，指出的问题也都是有的放矢。在严于律人的同时更严于律己，所以包括何奕在内，许多人虽然对他颇为不满，但也不得不承认他做事有一套，而且除了关于他和欧阳家千金捕风捉影的猜测，于公于私他都让人无可挑剔。

二分目前正有部分工程争创国优，陈孝正分管技术和质量，许多文档类的工作周渠都授意郑微协助他完成，郑微不敢怠慢，自然兢兢业业，但他的苛刻和挑剔让她不得不一遍一遍地重复做同一件事，直到让他无话可说为止。

工作量多的时候，加班在所难免。她在办公室忙得昏天黑地，他办公室的灯也总是亮到夜深，不过两人甚少交流，就连他有事交代，即使只是一墙之隔，也是通过打内线电话与她沟通。

那段时间林静也很忙，有时应酬得太晚了，怕打扰她，就会住在自己那边，算下来两人有一个多星期没有好好在一起吃顿饭，所以周四那天，他中午就给她打电话，约她一起吃饭，郑微想到周五还有一天的时间可以把手上的事做完，便欣然应允。

林静订的餐厅就在中建附近的一个韩国菜馆，于是就把车停在大院里，吃完饭之后两人一起去逛隔壁的超市，买了点生活必需品和鼠宝的猫粮，就散步回她的住处。

走进大院的时候天已经全黑了下来，林静一路笑着听郑微叽叽咕咕地说话，好一阵没有这样享受两人相处的时光，他也感觉到郑微似乎比以往更黏他一些，内心不是没有喜悦的。走着走着，林静就附在郑微耳边低语了几句，郑微傻了一会儿，红着脸作势踢了他一脚，嗔道："滚一边去，你这坏蛋。"

林静笑吟吟地轻松躲开，没有提购物袋的手抓住了她的手。郑微没有像往常那样挣开，微微侧着脸，似笑似嗔地看着他，眼光流转，无限娇俏。她喜欢林静此时看她的眼神，这几天里，他不在的时候，她其实也是想念他的。

林静不说话了，拽着她越走越快，最后成了两人的一路小跑。郑微咯咯地笑着任他拖着自己往前，她当然知道他为什么急切。

经过办公楼的时候，郑微的笑容在与人行道上迎面走过来的一个人相遇后骤然消散无踪。

其实说不上巧合，陈孝正已经回来好几个月了，在这几个月里，郑微路遇何奕三次，李阿姨五次。中建大院说大不大，说小不小，可她从来没有在下班后偶遇过他，而这一次，她牵着另一个男人的手，不偏不倚，狭路相逢。

他的外套搭在手腕上，手中还拿着一个厚厚的档案袋，显然是刚从办公室下来，朝他住的 11 栋的方向走。他们发觉对方的时候已经离得太近，连半点收拾情绪的缓冲都没有留下。陈孝正的眼睛落在郑微的脸上，再慢慢降落到她和林静交握的手，那眼神如此直接，连掩饰都来不及。

犹如黑白默剧里的慢镜头，郑微觉得这一瞬被切割成无数个苍白的片断，她看着陈孝正吸了口气，目光破碎，而自己的手不自觉地从林静掌中挣脱了出来，紧紧握拳，藏在了身后。

林静转过脸来看了她一眼，她竭力微笑，点头的时候脖子僵硬，但姿态应该无懈可击，陈孝正却连个礼节性的笑容都没有给她，仿若不曾相识一般擦身而过，倨傲而冷酷。

一切不过是电光石火间，她不该看得太清楚。

怔怔地往前走了几步，林静的手指与她再度交缠，他指间的力度才让她如梦初醒，"林静……"她用力回握他，他淡淡一笑。这还是她熟悉的林静，但又仿佛不是刚才笑着牵住她奔跑的那个人。

回到住处，刚关上门，林静便把她抵在门背后，两人激烈地肢体纠缠，购物袋散落在一边。鼠宝好奇地挪了过来，它对成年人的打架不感兴趣，伸出爪子在袋子里搜寻它的妙鲜包。

郑微不顾一切地回应林静的热情，似乎透过彼此的体温在求证些什么，他扯着她身上仅有的衣物时，她喘息地制止了他，"不要在这里。"她还不习惯在鼠宝面前如此裸露。

林静打横着把她抱回床上，直奔主题，郑微推了他一把，欺身跪坐在他的身上，她上班时盘好的头发披散下来，好几缕垂落在他胸口，"让我在上面。"

以往这种时候，林静都乐得纵容她，这一次却例外，他不顾她的抵抗，翻身将她压在身下，挺身进入。在沉重的呼吸声中，他说："我还是喜欢这样。"

身体的疲惫让郑微早早睡去，恍惚间，她和林静仿佛又开始了新一轮的爱欲纠缠，她在快乐中泥足深陷，即将忘记所有的时候，她忽然听到一个声音在喊她："微微，微微……"

她颤抖了一下，如坠冰窖，先前忘我的激情荡然无存，睁开眼，发现自己竟然漂浮在云端，而陈孝正却在不远处的峭壁半中央冷冷地看着她。她慌乱地找寻东西蔽体，可是身边不见寸缕，除了虚无缥缈的云，就只有林静，只有他能遮蔽她，所以她把林静抱得更紧。

陈孝正悬空挂在峭壁上，支撑他的仅仅是一根细得不能再细的绳索，他单手握紧绳索，风一吹过，摇摇欲坠，她看不清他的神情，只知道那双眼睛是幽深的，黑得看不见底。

他说："微微，如果我跳下去，你会不会伤心？"

郑微说："你不会的。"

陈孝正笑了起来，分离后，她再也没有见过他这样开怀的笑。"微微，我走到了这里，终究差了一厘米。"

他说完，手上的绳子骤然断裂，整个人便如同断线的纸鸢一般往看不见底的深渊坠落。

"阿正！"她大叫一声，痛彻心扉。弹坐起来，没有悬崖，没有坠落的人，只有台灯昏黄温暖的光线，和半靠在床边正在笔记本电脑上敲着键盘的林静。

"怎么了，做噩梦了？一头冷汗。"他有些担忧地替她抹了抹额上的汗水，她才发现自己的睡衣都被汗打湿了，黏在身后。

"林静，你别走。"她在他的安慰下躺了回去，手却紧紧地抱住他的胳膊。

林静说："我不走，只不过还要赶一份报告。你先睡吧，听话，不要想那么多，就不会做噩梦了。"

郑微这才松了手，闭上了眼睛又睁开，"我刚才在梦里有没有说什么？"

林静帮她把黏在额头的头发拨开，笑道："你说你很爱我。"

"骗人！"郑微不信。

"知道就好。"他把注意力转回自己的笔记本上，"你什么都没说，快睡吧。"

郑微再一次入睡前，残存的记忆里只有这橘红色的灯光。她忘了自己有没有说过，从小时候开始，这样的灯光就让她感到安心。

清晨上班的高峰期，从二分到区检察院约有二十五分钟的车程，林静习惯提前几分钟到办公室，所以他通常都比郑微起得早。出门的时候，郑微还迷迷糊糊地赖在床上，林静拍了拍她，"该起来了，再不起来连吃早餐的时间都没有了。"

郑微含糊地"嗯"了一声，听见他走出去喂了鼠宝，然后说："我接下来几天可能都要忙到很晚，加班的话就有可能暂时不过来了，冰箱里还有牛奶，你记得喝。"

他关门的时候郑微就清醒了，拥着被子坐在床上发呆。

早上，郑微在文印室门口等待的时候遇到了工会的李阿姨，一向关心她感情生活的李阿姨笑眯眯地说："郑微啊，今天早上我上班的时候又看到你谈着的那个男朋友去车库取车，小伙子真不错，长得一表人才的，也有礼貌，看见我这个阿姨老打量他，还跟我笑着打了个招呼。"

这已经不是李阿姨第一次问起关于林静的事了，郑微不好说什么，只好使出万能的微笑。

李阿姨见她不说话，就一副了解的模样说道："还害什么羞啊？你年纪不小了，身边有个人再正常不过，现在又不是我年轻时候那会，结婚前牵牵小手都脸红，社会风气变了，住在一起的多得是，阿姨也不是什么老古董。不过啊，你早有了这么好的，一早就应该告诉我，省得我还老瞎操心，给你乱牵线……"

文印室旁的小会议室门轻轻被打开，陈孝正站在门口客套地对李阿姨说："李主席，麻烦您两位尽量轻点声，里面有个会议。"说完又重新掩上了门，回到会议室里。

李阿姨在单位里是老资格，年轻一辈的公司领导，包括周渠在内都对她还算礼遇，陈孝正这几句话口气虽客气，但言外之意颇让人难堪。

郑微也觉得有些尴尬，正待回到文印室看看自己的文件复印好了没有，以便尽快离开是非之地、是非之人。李阿姨扯了扯她的衣袖，有些讪讪地压低了声音，虚指了一下紧闭的会议室大门说道："在公司的内部网站上看到他的任职公示没有？年轻人爬得快，不过这脾气……算了，谁叫人家即将是领导了呢，我们就忍着点吧。"

郑微回到自己办公室，刚把二十多份复印文件装订成册，就接到了陈孝正办公室打来的电话，"郑秘书，麻烦你把我要的资料送过来。"

郑微暗暗庆幸自己正好将他要的资料文件整理完毕，便急忙抱在手里，走过去敲了敲他办公室的门。门是开着的，他坐在办公桌后，听到声音，抬起头来看她。

郑微在称呼他的时候犹豫了一下，不知道还该不该叫他陈助理，任职公示已经张贴出来，如无意外，他七天之后就是二分的副经理，于是她选择了和大多数人一样及时改口，"陈副，你的文件在这里，请您过目一下。"

她把东西双手放到他面前，他若有若无地扫了她一眼。郑微赶紧低眉敛目，等待他初步看过没有问题，自己就可以顺利撤离。

郑微听着陈孝正缓慢地翻动纸页的声音，不知道是因为他确实看得很仔细，还是自己度秒如年，时间过得很慢，可是他始终不说话，她也没有理由擅自离开。这个等待的过程过于漫长，当她终于忍不住看了看他翻阅的进度时，正好发现他合上了文件，刚吁了口气，整沓文件就被他单手推回了她面前。

"陈副，有什么问题吗？"郑微有些不明所以。

陈孝正沉着脸说道："郑秘书，文档工作没有任何技术要求，最要紧是细致，这个你应该明白的。"

郑微赶紧拿起一份翻看，果然，双面复印的文件，由于复印机卡纸，第六、七页重复出现了两张。她心里懊恼自己没来得及认真检查一遍，赶紧承认错误，"对不起，我马上重新装订。"

陈孝正冷笑道："重新装订是小问题，我不过是提醒你一句，如果你肯把投入到私人感情中的时间稍微放一点到工作中来，这个错误绝对可以避免。"

这一句话堵得郑微又羞又恼，自从周渠让她协助陈孝正以来，她整整有一个星期，每天待在办公室的时间超过十二小时，他要的东西往往临时起意，又容不得有半点延误，要不是赶得太急，也不会有这样的事情发生。现在他居然当面指责她为了私生活延误工作，这简直是再明显不过的找碴。

他静静地靠在椅背上，仿佛在等待她的发作。郑微确实有股冲动，想要把这堆文件统统砸到他的脸上，然后指着他的鼻子破口大骂："陈孝正，你算是什么东西？"

可是她忍住了，抛开他职务在她之上不提，她也看出来了，他不过是想激怒自己，她越失态他就越得意，可她偏不让他如愿。于是郑微毕恭毕敬地把他推乱了的文件整理停当，带着点歉意地说："不好意思，陈副，我昨晚上没有睡好，所以检查的时候没有专心，下次不会了。"

郑微成功地看见陈孝正眼里的平静被打破，虽然面上还是漠然的，可他每一丝细微的变化骗得了别人，却骗不了她。她离开的时候，听到他低声问了一句："你晚上会不会做梦？"

她想起了昨晚自己梦醒后的一身冷汗，他坠落的那一刻，自己痛的感觉是那样清晰。但梦里那个人跟眼前的他是同一个人吗？现实中的陈孝正永远不可能为了他生命中仅有一厘米的感情行差步错。

郑微笑着回答："我睡得很好。"

中午的时候，郑微下楼到饭堂吃午饭，正好看到办公楼搞清洁的阿姨急匆匆地往六楼走。郑微对这些清洁工、杂工一向和气，彼此都算熟悉，这时并不是清洁的时间段，所以她问了一句："阿姨，这个时候匆匆忙忙地去干什么？"阿姨见私下无人，偷偷对郑微说道："陈副经理把杯子弄破了，也不知道是怎么摔的，听说掌心都是血，现在好像在医务室包扎。"

郑微哦了一声，若无其事地去吃饭。

看得见的伤口，迟早有一天会痊愈的。

第二十一章
Chapter Twenty-one

谁是路人，谁陪我们走到终点

一个星期后，陈孝正顺利度过公示期，从任职文件下来的那一天起，他正式成为中建二分的副经理，也是中建历史上继施洁之后，第二个未满三十岁的副处。他的事业潮平两岸阔，风正一帆悬，乐于锦上添花的人自然不在少数，但是这个时候，谁也没有心思大张旗鼓地庆贺，因为，检察院对二分的三产公司盛通涉嫌非法经营、盛通总经理冯德生涉嫌职务犯罪一案正式立案调查。

据说在调查前的几天，冯德生还宴请过检察院反贪局的梁副局长，饭桌上大家相谈甚欢，一片太平之象。检察院的这次出击事先没有任何风声，主管调查的不再是一向负责中建这块的梁副局长，而是刚从其他城区新调来的反贪局正职，姓刘。刘局长跟二分和盛通素无往来，性格也远没有梁副局长好打发，盛通在措手不及之下接受调查，势如破竹，就像本来已经烂在心里的苹果，一刀切下去，满目疮痍。

冯德生风光了很多年，其实背后背着一笔烂账。行贿受贿、非法招投标这些都还是小问题，检察院的切入点是放在盛通涉嫌非法转移国有资产上的，一旦罪名落实，数目之大，不但冯德生再无翻身之日，就连二分都难逃干系。

冯德生已经被行政拘留，检察院的调查范围虽然还只限于盛通，但是二分乃至中建其他分公司纷纷自危。周渠让财务部门连夜加班加点对账目进行重新盘点，各种档案、会议记录都要重新整理，尽最大可能理清和盛通之间的关系。然而，盛通就像一个空壳，完全是依附于二分而存在的，其中千丝万缕的联系大家心知肚明，又岂是一时半刻可以撇清关系的。二分和盛通的关系并非特例，只不过冯德生这些年太过张扬，检察院此番行动也绝对不是临时起意，必定是出于某种特殊的原因，又或者杀一儆百。

中建枝繁叶茂，只要二分账面上做得周全，要过这一关也并非不可能。那段时间，几乎所有二分的相关人员没日没夜地加班。郑微手上所有涉及盛通的会议记录都必须调出来重做。周渠几乎就把家安在了办公室，领导那里阴云密布，她这里自然小雨连连，跟在周渠身边好几年，郑微还从来没有见过周渠为了什么事担忧至此。她对财务管理那方面了解得并不多，关于盛通的认知也仅仅止于它是二分实质上的下属部门，周渠日夜忧虑，她自知也帮不上什么大忙，唯有做好自己的本分。

那天周渠和张副经理在办公室谈了很久，就连午餐都让郑微叫了外卖，郑微敲门把外卖送进去的时候，听到在敲门声响起的那刻，里面隐约的谈话声立刻消失了。

周渠说了"进来"，她才小心翼翼地推门进去，把盒饭放到茶几上，周渠神色如常，张副经理盯着她看的时候，眼神里却全是戒备，郑微咬了咬自己的下唇，沉默地退了出去。

下午下班之后，张副经理已经离开，林静打电话来，问她晚上有没有时间，她说最近一段时间都会很忙。挂了电话，才发现周渠不知道什么时候站在她的办公桌前，说不出什么原因，明明只是一通再普通不过的电话，郑微却觉得心里有种异样的感觉，仿佛刚才做的是一件见不得光的事情。

周渠手指轻轻敲着她的桌子，斟酌着说道："下午张副的态度你别介意，这个时候，你跟林静的关系……不过我还是相信你分得清公私轻重的。"

郑微放好了手机，看着周渠，认真地说："我跟他从来不谈公事。"

周渠有些倦意地坐在她对面的沙发上，"我知道。不过这段时间也辛苦你了，公司现在的状况你也知道一些，说实话，现在哪个企业经得起这样细究。总部那边不闻不问，如果检察院苦苦追查，我的角色就会相当被动。"

郑微再三想了想，还是问道："我还是不明白，如果二分是干净的，检察院也无从下手。"

周渠苦笑，"清浊的界定是很模糊的，二分和盛通之间的关系就是国资企业最尴尬的部分。有时出发点是好的，但是……我也有错，某种程度上，我确实纵容默许了冯德生。"

郑微说："你明知道冯……"

周渠点头，"老冯这个人就是对身外之物太过贪恋。不过他说得对，没有他，也就没有我今天。"

两人沉默了一会儿，周渠再度开口，"郑微，你知道我为什么把你招进中建，又把你留在身边吗？你的脾气像足了我年轻的时候，性格中的那点率真是最难得，也是最容易吃亏的。以前我是个小技术员，一毕业就分到了工地上，总是太过于坚持我自认为的原则，结果同一批进公司的大学生都混得不错了，我还在工地上熬，老冯是我所在项目部的经理，是他拉了我一把，然后我也慢慢学会了人情世故，才有今天。我看到你的时候，很容易想起以前的自己，可是我也很矛盾，一方面希望你一直是那个率真的小姑娘，又担心你过于单纯的本性会吃我以前吃过的亏。不过，你比我过去聪明，很多事情应该比我年轻的时候更懂得判断。"

郑微由衷地说："我算不上聪明，只知道没有领导你，就未必有今天的郑微，这些年你对我的关照我都清楚，只是我没有什么能力，这个时候也不能帮到你什么。"

周渠笑着说："今天张副经理居然有个很荒谬的提议，他说，以你和林静的关系，应该……"

郑微暗暗一惊，就听见他接着往下说："我当时就让老张立刻打消这种念头，虽然林静是坐镇在反贪局之后的直接领导，但是公是公，私是私，他未必会徇私情，我也不会让你难做。"

郑微无意识地摆弄手里的笔，迟疑地说道："我从来不问他工作方面的事。"

周渠站了起来，"我知道的，跟你说这件事只是想告诉你，即使张副经理或者谁跟你提起这件事，你直接拒绝就好。下班了，你也加了好几天班，早点回去吧，工作归工作，生活还是要继续的。"

周渠回到自己的办公室里，郑微仍然在回味他刚才说过的话，直到手中的笔不留神间掉落在地板上，那清脆的声音才让她骤然清醒了过来。

几天之后，检察院正式要求二分将五年之内所有的财务档案移交审查，那天，办公楼来了七八个穿着制服的检察官，都是陌生面孔，林静不在其中。郑微记得她的衣柜里也有这么一套蓝色的制服，不过林静平时大多数时候都是便装打扮，如果他今天也以这副行头出现在二分，她都不知道自己应该如何处之。

检察院带走的档案足足装了十来个大纸箱，周渠也被请去谈话、协助调查。从检察院那几辆白色的车子停在办公楼前开始，整个二分上下人心惶惶，说什么的人都有。比起对未来的忧虑，郑微更担心周渠，她害怕这个对自己而言亦师亦友、给过自己无数提携和关照的人陷入泥潭。

下班的时候，她不愿再见到一个个向她打探消息的同事，于是选择从办公楼后门绕回她住的地方，避开下班的人潮。二分办公楼的后门正对着大院的一个鱼池，郑微经过的时候，看到何奕正跟一个年轻的女子站在一起，不知道说些什么。从身形和打扮上看，那女子并不是韦少宜，走近了，郑微才觉得她十分面熟，原来是中建过去的总经理秘书施洁。

何奕看到她有些惊讶，打了个招呼，就指着施洁说道："施洁你还认识吧？她以前是我爸的秘书，找我有点事。"

郑微现在没有心思理会他突兀的解释，对施洁笑了笑，就从他们身边走了过去，经过施洁身旁时，淡淡的香水味飘进了郑微的鼻子。

郑微停步转身，对施洁说："施秘书，你的香水味我很喜欢，能告诉我是什么牌子吗？"

施洁精致的唇角往上勾了一下，"RUSH 2，我也很喜欢，看来我们的喜好很相近。不过现在我已经不是施秘书，我辞职了。"

郑微不记得自己是怎么跟何奕、施洁道别的，这一天的变故太多，RUSH 2 的香水味让她头痛欲裂。

回到住处，鼠宝喵喵叫着在郑微脚边绕圈，似乎在暗示她像往常那样给它揉肚子，郑微无心理会它，她觉得自己应该是感冒了，头晕，喉咙微微发疼，整个人莫名地疲倦。

她在床头的置物栏里翻找着维 C 银翘片，每次疑似感冒的时候，吃这个就特别有效，可是把整个置物栏翻了个底朝天也没有找见，她上个星期明明让林静买了，她亲手放在置物栏里的。

万般无奈之下，郑微拨通了林静的电话，过了好一会儿他才接起，"微微，有事吗？"

她无心寒暄，直接问："你看见我的维C银翘片没有，到底放哪去了？"

"好端端的吃药干什么？"他的声音压得很低，郑微仿佛还听见有透过话筒说话的声音，看来她电话打得不是时候，他正在一个会议上。于是她草草说："你告诉我你放在哪就行了。"

林静说："维C银翘片应该在衣柜旁边的那个药箱里吧。"

郑微拿着电话走到药箱旁边，果然看到自己想找的东西放在最上面。林静继续问："你吃饭没有，不舒服最好去看医生……"

她莫名烦躁地打断了他的话，"你别管我，下次不要乱动我的东西。你开会吧，我挂了。"

一次吞了四颗维C，郑微拉上窗帘，衣服都没换，倒头睡在床上，过了一会儿，她又打开了林静带过来的那盏台灯，在熟悉的光线中，她昏昏睡去。

不知道睡了多久，连梦都没有，她感觉到有双手在触摸自己的额头，才醒了过来，慢慢睁开眼睛，果然看到林静坐在床沿，用手试探她的体温。

"还好没有发烧，怎么了？哪里难受？吃饭了没有？"

郑微不说话，就这么躺在床上，睁大眼睛看着他。

她的目光让林静觉得有些奇怪，"是不是有什么事？"

郑微抱着头坐了起来，"没事，可能是昨晚上着凉了，头有点疼。"

"难怪，电话里听你声音没精打采的，脾气又特别坏，药找到了吧，我上次不是跟你说过都放在药箱里了吗？"

她随口说："有吗？我不记得了。你开完会了？"

林静说："整天文山会海的，下了班还开个不停，也没有什么重要的事，我就回来了。那边有我路上买的馄饨，我记得你一生病就喜欢吃这个。"

他把还冒着热气的馄饨拿了过来，看见她低头、眼睛红红的样子，伸手就去揉她的头发，"不想吃？"

"我不饿。林静……"

"嗯。"他应了一声，却不见她说出下文，就笑了起来，"你这个样子让我心里有些发毛。"

郑微用手理了理自己的头发，突然就精神了起来，"我现在头不疼了。林静，你帮我做件事好不好？"

林静摸了摸下巴，"我可不可以先知道是什么事？"

"不会要你上刀山下火海，不用怕。"她指了指对面的衣柜，"你穿上那套制服给我看看行吗？"

林静说："你又怎么知道我害怕的是上刀山下火海？哪套制服？我上次从干洗店拿回来放在你这里的那套？"

郑微点头，笑着推他，"快点，穿给我看，别那么多废话。"

"这有什么好看的？"林静摇头，不过还是从衣柜里把制服拿了出来，"现在穿？你又打什么主意？"

郑微抱着枕头盘腿坐在床上，歪着头笑道："你难道没有听说'制服的诱惑'？"

林静差点都跟不上她的跳跃思维，愣了一下，就开始微笑，"这有什么难？"

郑微看着他解着身上的衣扣，脱去上衣，换上蓝色的制服，还不忘指手画脚地说："裤子！裤子！都换上。"

林静依言照办，他看着郑微，四目对望，空气中顿时有了暧昧的味道。

他整理好了着装，走到她面前，"满意吗？"

郑微自上而下地打量他，"我是想看看你另一面的样子。"

制服很合身，穿在林静的身上，让他原本温厚恬和的气质平添了几分锐气和英气，不知道是不是因为胸前徽章的缘故，连他的眼神都衬映得有些许凌厉，郑微想象着他坐在审判席上的时候，应该也是冷酷而刚硬的。

然而，当他笑起来时，先前的冷硬消失殆尽，"好看吗？"见惯了林静成竹在胸的模样，郑微很少见他像现在这样，带着一些不确定，就像等待大人肯定的孩子。

"你应该相信林副检察长披块树叶在身上也是好看的。"郑微的夸奖让林静脸上的酒窝愈发明显，他晃了晃手中的领带，"还需要系上这个吗？"

郑微探过身去，接过领带，扯松了套在他的脖子上，然后微笑地仰视他，双手不期然地在领带末端稍稍用力一拽，他整个人被拉得更贴近她，还不等林静做出反应，郑微顺势就吻上了他的唇。林静心里也许早对这旖旎的一幕有所准备，然而抱着回吻她的时候仍然激动得有些失控。她很快扯乱了他整齐的制服，他把她面对面地抱着跨坐在自己身上，一边享受地上下其手，一边满足地叹息，"这是用行动对我的赞美吗？"

郑微加重一点力道啃咬他的肌肤，带着笑意说："不，这是我对你的审判。"

林静低低地呻吟，"那我甘愿伏法。"

郑微从来没有这样取悦过他，他被她带入幸福的顶端，闭上眼，霞光绽放，直至两人洗去了身上的汗水，赤裸地相拥在狭窄的单人床上，那点光便化作了缱绻的火苗。郑微依偎着林静，感觉他的手漫无目的地在她身上轻抚，温柔如同羽毛。

她把身体靠得与他更紧密，用手掌去磨蹭他有点刺刺的胡楂，忽然幽幽地问："林静，你也这样抱过别人吗？"

林静的手慢慢地停了下来，过了一会儿，才笑着说："我可以理解为，小飞龙也为我吃醋了吗？"

郑微从他的怀里抬起头，"我想知道。"

他做思考状，"女性朋友当然是有的，不过那都是以前的事情。"

"女性朋友？"郑微笑了起来，"跟我一样的女性朋友？"

林静终于开始认真地撑起身体看着她，"别用跟你在一起之前的事情来苛求我好吗？这样并不公平，就连法律也都是没有追溯性的。"

郑微说："你别误会，我不是要追究你的旧事，我也没有这个立场，只不过忽然好奇，你记得她或者她们的味道吗？你爱过她们吗？"

他若有所思地看着她说："我们一生里有可能遇到很多人，有时正好同路，就会在一起走一段，直到我们遇到了真正想要共度一生的那个人，才会把余下的旅途全部交给这个人，结伴一起到终点。"

"你的意思是说，在没有找到最后那个人之前，没有爱你也可以让一个女人暂时做你的旅伴，共同走一段再分道扬镳？如果在一起不一定是因为爱，那总有让你们走到一起的原因吧，各取所需？"

"微微，你是不是听到了什么不实的流言，还是有人对你说了什么？"

林静开始面露忧色。

"应该有人跟我说什么吗？"郑微笑得无邪，"没有人跟我说过什么，只是我突发奇想。"

林静说："一个人走得太久了，难免会孤单。我承认在我还没有肯定要跟谁度过一生之前，如果有人提出跟我暂时结伴走一段，而这个人各方面条件都合适的话，我可能不会拒绝。至于爱，我的爱分量不多，所以如果不是我要的那个人，我没有办法给。"

郑微给了他一个佩服的表情，"你的爱真是收放自如，不知道谁才能有幸得到你珍贵的感情。"

林静假装听不出她话里的嘲弄，轻抚她的脸庞，"这个人是谁，其实你心里知道。"

郑微的笑容里带了几分怅然，"一辈子那么长，一天没走到终点，你就一天不知道哪一个才是陪你走到最后的人。有时你遇到了一个人，以为就是她了，后来回头看，其实她也不过是这一段路给了你想要的东西。林静，我说得对吗？"

林静避而不答，"为什么今晚上有这么多问题？"

"因为我忽然感到害怕。"

"怕什么？"

"怕人心里藏着的秘密和欲望。"

林静躺回她身边，看着天花板，郑微不再说话，呼吸渐渐轻浅，就在林静以为她快要睡去的时候，她喃喃地问了一句："周渠会坐牢吗？"

"这就是你今晚对我热情的原因？"有那么几秒，郑微仿佛觉得林静的语气里有说不清的失落，但他很快恢复如常，"如果我说，这个问题我没有办法回答你，你会不会很失望？"

让他意外的是，郑微摇了摇头，"不会。"

周渠高估了她，但她有自知之明。在男人的世界里，女人其实只是一片点缀的白云，他偶尔会赞叹它的无瑕和美好，也会对它留恋，但决不会为了它而放弃浩瀚的天空。当然，还有更聪明一些的男人，可以踏着云彩叠成的阶梯一步登天，又或者在风雨来临之前，希望在云下得有片刻安身之地。

郑微说："你有没有听说过一句话，企业就像树，没事你别老摇晃它，否则它很难长得枝繁叶茂。"

林静淡淡地说："但是如果这棵树爬满了虫子，不摇晃它只怕枯死得更快。"

"哪一棵树上没有虫子，你们现在挑中的难道是虫患最严重的一棵？"

林静没想到她会问这个问题，他沉吟片刻，"没错，它的确不是最严重的一棵，但是谁让它长到了森林的边缘。"

郑微点头，慢慢说道："那每次将一棵树晃倒之前，先摘下它的一片树叶，就是你一贯的作风？"

林静陡然变色，从床上坐了起来，呼吸也变得急促，眼里的怒意一闪而过。郑微倔强地直视着他，他紧紧抿着唇，别开目光，最后俯身拾起了掉落在地上的衣服，一边往身上穿，一边漠然说道："你要这样想我也没有办法。"

郑微也坐了起来，看着他整理好了自己，把钥匙抓在手中。他走到门口，又折了回来，半蹲在床沿，让视线与郑微平行，"微微，你可以尽情指责我，但你把我看成过要陪你一辈子的那个人吗？你何尝不是把我当做一块浮木，希望有个人陪你走过最灰暗的一段？我敢说，我至少想过要跟你走到最后，但你没有。"

他说完就站直了身子，"我有事还要赶回去，你早点休息。"

"林静。"她叫住他。林静几乎是立即停住脚步，却没有转身，只听到郑微在他身后问道，"最后一个问题——你爱我吗？"

这是个全世界最愚蠢的问题，也是全世界女人最喜欢追问的问题。男人总笑女人无聊，女人其实也自知问出来太傻，但她们还是会一次又一次地寻求个答案。为什么？因为人心隔肚皮，因为女人太在乎，因为她们从另一颗心上找不到带给她们足够安全感的证据。即使男人给出的答案大多虚无，但她们需要那一秒的慰藉。

林静说，他想过跟她走到最后，郑微是相信的。可她发现自己居然会在意，他许诺的一生是因为他千帆过尽才想要重拾回忆的美好，还是她只不过恰好是正确的时间里那个正确的人。

林静回答："如果你心里不相信，我给多少次肯定的回答又有什么用？同样的问题，你又爱我吗？"

也许这才是成年人的感情，放在天平上小心计量，你给我几分，我还你多少，我们可以付出的东西是那么有限，再也经不起虚掷和挥霍。而年少时不计代价去爱的我们又到哪里去了？

郑微失望了，她的失望不仅是源自于林静，更源自于自己，她把她的最重要的珍宝弄丢了，回过头想要去找，才发现竟然不知道它是什么时候离她而去的——这件珍宝的名字就叫"勇气"。

背对着她的林静同样没有等到一个答案，于是他说："我过几天过来的时候再打电话给你。"

"过几天你没有必要过来。"郑微感觉到他微微惊讶地侧过身。

"理由？"

"因为那几天正好是我的经期。"

他走了，谦谦君子的林静，泰山崩于面前而色不变的林副检察长关门的声音重得让窗户的玻璃嗡嗡作响，受惊的鼠宝尾巴炸开地躲进了床底下。郑微曾以为没有人可以激怒林静，原来他也不过是个有血有肉的普通人。

郑微开了灯，连这最爱的灯光也暖不了她。

接下来将近一个月的时间，林静再也没有联系她，他消失在她的生活中，就像原本就没有回来过。郑微有时想，这是否意味着他们暂时结伴走的那一段路已经到了尽头，然而，即使我们遇到的那个人只是暂时的旅伴，但他们或多或少地会给我们留下一些东西，当然，也把我们的一部分带走。这一次，郑微没有让林静把鼠宝带走，他也没有打过电话来索要属于他的猫和留下来的一些衣物、日用品。郑微心里打定主意，不管他陪她走多远，她都要把鼠宝留下。

公司里，周渠已经暂时停职接受调查，张副经理主管全面工作。郑微让自己忽略张副看她时客气而防备的神情，她知道，如果周渠回不来，自己这个二分经理秘书也不会再继续做下去了。

张副在工程管理方面是把好手，但是为人缺乏决断，加上年纪大了，做事容易思前想后，在这个相当不稳定的局面下，即使想有所作为，也是心有余而力不足。他以往并不特别喜欢陈孝正，但是，不可否认的是，同为二分公司领导之一的陈孝正在这个时候给了他最多的支持和助益。在面临变故的时候，陈孝正也确实比他头脑更为清楚冷静。所以，不但张副对陈孝正刮目相看，大事小事都与他商量，公司里的明眼人也都看得出来，表面上是张副经理做主，实际上，大多数事情还是陈副经理说了算。

郑微看着陈孝正的手掌慢慢拆掉了纱布，那条可怖的伤疤也一天一天地变淡。时间真是一剂霸道的良药。

第二十二章
Chapter Twenty-two

我很幸福，这是我想要的结局

阮阮的腿伤也随着时间的推移逐渐恢复，石膏拆掉一阵之后，行动已经没有大碍。郑微老说阮阮在家都快长出青苔了，阮阮便在周五约了她一起到左岸吃晚饭。

见面之后，阮阮说："你最好别再瘦下去了，眼睛就占了整张脸的三分之一，看上去像灵异片女主角。"

郑微摸着自己的脸，"我以前小包子脸，那叫青春美少女，现在总算没了婴儿肥，就成古典美女了。"

阮阮扑哧一笑，继而问道："林静还没打电话给你？"

郑微摇头。

"看来是真的被你惹恼了，你也算完成了一个壮举，修养再好、情商再高的人遇到你都得栽。"

郑微白了阮阮一眼，"你怎么老胳膊肘往外拐呀，他到底给了你什么好处？你净帮他说话。"

阮阮喝了一口水，认真地说："说实话你又不爱听，林静对你不错，你自己应该也感觉得到。你得到了一颗钻石，只管戴上就好，又何必追究它从哪里来，为什么落到你的手上呢。"

郑微说："他是什么都好，好得都无可挑剔了，但是他的感情太过于理智和冷静，我总觉得看不透他，这让我害怕。"

"你对他苛求，就证明你心里有了期待，林静会生气，就证明他在这段关系中也没你想的那么理智。既然这样，干吗为难自己？暂且不管有多少爱，你们过去和现在的感情还不足够好好过一辈子吗？"

"一辈子，就像你跟吴江那样的一辈子吗？"郑微在阮阮面前一向想到什么就说什么，话出了口才知道有可能伤人。

阮阮看着玻璃杯里的气泡，说："幸福就是求仁得仁。我嫁给吴江之前，他也没有避讳自己结婚就是想要个家庭，而我也一样，现在又有什么不知足的呢？微微，我来之前刚在家做了个早孕检验，我怀孕了，我终于可以做妈妈了。"

郑微闻言顿时喜极，她是为阮阮高兴，因为知道阮阮是多希望有个孩子，"很久没有听到好的消息了。太好了，我要做阿姨。不，我应该是干妈……你告诉吴江了没有？"

阮阮笑着说："还没有，不急，等我去医院得到化验的结果再告诉他都不迟。"

郑微跟阮阮从十七八岁一路走过来，她看得出阮阮的笑容背后似有心事，"有什么不对的地方吗？"

阮阮沉默了一会儿，坦然地对郑微说："昨天我接到了一个电话，是世永打来的，大概是从别人那里问到我的手机号码。他说他快要结婚了。"

"赵世永？"郑微变色，"那个臭男人，他想干吗？"

"他告诉我，他要结婚了。"

郑微怒道："他结婚就尽管结去，专程打电话告诉你又是什么意思？不会是玩什么花招吧？"

阮阮摇头，"他再怎么不好，说到底也不是个坏人……我接到电话的时候，竟然记不起来我们多久没见了，三年还是四年？他也该结婚了。"

"阮阮，你应该庆幸跟他结婚的人不是你，他哪点配得上你？我要是他，就识趣地彻底消失在你面前，居然还特意打电话来告诉你婚讯，真是太不要脸了——对了，他打电话不会还有别的事吧？"

"他说，结婚之前，很想再见我一面。"

郑微用力一拍桌子，"简直是无耻！这种要求也提得出来，疯了才会去！阮阮，你肯定拒绝了他，是吧？"

阮阮靠在椅背上，说出的话让郑微目瞪口呆，"微微，你说得没错，疯了才会去……可是我想去。"

郑微露出匪夷所思的神情，"你要去见他？为什么呀？见了面又能怎么样？不行，你不能做傻事，就算你不打算要吴江，也不能找赵世永呀，你忘了他以前是怎么对你吗？一个男人一时不负责任，一世都是这样。何况你还有孩子，你跟他去了，孩子该怎么办？"

阮阮理解郑微的激动，她低下头去笑了笑，"你先别急，我没打算抛夫弃子地跟他去做亡命鸳鸯，你忘了，他也是快要结婚的人了。我只不过想要去看看他，当初离开的时候太过仓促，总觉得很多事情都还在心里，见一面也好，就当说声再见。我们说好在 S 市就见一面，然后各自回到原来的地方。"

郑微茫然，她曾经以为阮阮的心就是一口古井里的水，原来只不过把波澜藏在了看不见的地方。"见一面又能怎么样，你一向理智，难道连这个问题都看不明白？"

阮阮抬头看着郑微的时候，有一滴泪顺着脸颊滑落下来，当初失去孩子时那么惨痛，她也没有流泪。"见一面是不能怎么样，我也没有想过要怎么样。四年了，我过得不坏，也以为自己已经忘了他，可在接到他电话的时候，我才忽然又觉得自己的血是热的，才觉得我的心还会跳。他即使有千般不好，万般辜负，毕竟是我爱过的人，除了赵世永，我再也爱不了别人了。微微，我理智得太久，如果我的一生都要这么过下去，趁我还没有老到鸡皮鹤发，趁他还没有成为别人的丈夫，我想要好好看看他，然后才能回来，死心塌地继续做一个好妻子、好妈妈，直到老死。你能明白吗？"

郑微垂下头去沉默，如果她不明白，也不会觉得凄凉。爱情是足以焚身的烈火，不管是聪明人还是笨蛋，爱上了，都成了飞蛾。谁都知道扑过去会成为飞灰，但那又怎么样，百年之后，不管燃烧过与否，我们都将成为尘土。

"什么时候走？机票订好了没有？"她说服自己，阮阮的决定也许是对的。

阮阮擦干眼泪笑着说："我坐火车去。就像以前那些周末一样坐三个小时火车去看他，这也是最后一次了。明天就走。"

"那吴江那边会不会介意？"郑微有些担忧。

阮阮说："我说去看个朋友，他是不会追问的。"

郑微的手机在包里振动，她心里一动，接起来却发现是好一段时间没见了的老张。老张同学在校时成绩不怎么样，一不留神还留了一级，到了社会上却如鱼得水，混得风生水起。他不像大多数同学校友一样，毕了业就削尖了脑袋往大公司里钻，而是干起了倒卖建材的行当，开始的时候只是小打小闹，风里来雨里去地混个糊口，但是他头脑灵活，交际广泛，为人又仗义豁达，在建筑行业，好人脉就意味着钱财，所以这几年老张的买卖做得越来越大，俨然已经是小老板的模样。他读书比郑微她们晚，又在学校耽搁了一年，现在已经快三十岁的人了，还是一副吊儿郎当的模样，女朋友倒是走马灯一样地换，就是定不下来。

郑微跟老张一向投缘，这几年也没断了联系，总是隔三差五地出去一起喝喝小酒。在郑微相亲不断失败的那段时间，老张还和她开玩笑地约定，要是再过十年，他未娶她未嫁，就干脆两人凑合着过日子，好歹也算肥水不流外人田。

老张说："我刚才在左岸的一楼大厅看到一个人背影很像你，当时跟客户在一起，正想叫住你，一转头人就不见了。你现在是不是在左岸？"

郑微说："那你应该没看错人，我在二楼吃饭，跟阮阮在一起。"

"正好我刚喝了一轮，肚子里除了酒精别的没有。要不我过去给你们挨个桌边？"老张一点也不客气。

"你等一下啊。"郑微捂住电话，笑着对阮阮说，"是老张那家伙，这么巧也在左岸呢，说要跟我们一起吃饭，你看怎么样？"

阮阮说："这有什么关系，毕业后我都没再见过老张了，快叫他过来吧。"

老张风风火火赶到的时候，阮阮的脸上已看不到泪痕。他一坐下来，就夸张地看着阮阮，"今天真有福气，两大美女陪我用餐。阮阮，好几年不见，越来越美丽动人了，让哥哥我后悔当年没下手啊，不过看你过得不错，我也就放心了。"

郑微指着老张说："你放什么心呀，真当你是贾宝玉了？饭还没吃，口水就流了一地。"

阮阮只是笑。

老张嘴里含着刚点的饭菜，不忘对郑微说道："微微你可是比我上次见你时瘦多了，女孩子还是有点肉好，抱上去都舒服。"

"别狗嘴吐不出象牙。"郑微白了他一眼。

有老张在中间插科打诨，时间过得很快，阮阮看了看表，"我看我得先回去了，要不你们继续聊，我先走一步？"

郑微说："对哦，你明天还要赶火车，我跟你一块走吧。老张，你继续花天酒地去吧。"

"这哪能呀？"老张也站了起来，"我送你们回去。"

"你都喝了酒，还能开车吗？"郑微表示怀疑。

老张哈哈地笑，"离喝醉还远着呢。别跟我客气啊，跟我客气就是不把我老张当人看。"

郑微无所谓，阮阮也不是矫情的人，她脚伤刚恢复，并没有自己开车。

下楼的时候，老张也看出阮阮行动还有些不便，就问起了原委，阮阮如实说是在家摔了一跤，老张心疼咂舌的样子让郑微笑了很久。

"我要是把这么个好女人娶回家，非天天捧在手里不可，就算是要摔跤，我也得做人肉垫子，哪舍得让你磕着碰着。"

阮阮说："那你也赶紧找一个吧，世上的好女人多着呢。"

老张嬉皮笑脸地说道："男人一旦见过了玫瑰，其余的女人都是野草。对了，阮阮你明天什么时候的火车？我送你吧。"

"不用不用，何必麻烦呢？我在楼下叫车就行了。"

老张取了车出来，先把阮阮顺路送回了家，然后再把郑微兜到她宿舍楼下。

郑微下车前，老张熄了火，闲聊般说道："前段时间我在一个招投标会议上遇到了阿正，才知道你们现在居然在同一个地方上班，也够难为的了。那天我请他喝酒，顺便恭喜他荣升，结果他喝得一塌糊涂。你是知道他这个人的，什么事都放在心里，偏偏对自己要求得太多，能让他难受成这样的人，我看也没有多少个。"

郑微不怎么想听，"别跟我说这个，没意思。"

"说实在的，我算是一直看着你们两个过来的，阿正和你都是我老张的朋友，我不想多事掺和，也没有把你们硬送作堆的意思，只不过看到朋友不开心，就觉得自己心里憋得慌。听说你又找了一个，那男的还是检察院的？唉，要我说啊，好的话就赶紧定下来吧，女人最要紧的是归宿好，你要是过得好，把婚给结了，那边也好断了个念想。"

郑微嗤笑，"得不到才会念想，送上门去他未必真的会要。功名利禄在手，就偶尔嗟叹往昔，有些人，要的也仅仅是念想而已。"

"你还别恼，那天他喝多了之后，我就是这么劝他的，男人嘛，谁没个初恋忘不了。你猜他怎么说，他吐字不清地说那不是他的初恋，是末恋。我想了好一会儿才明白过来，你说他那么心气高的一个人，弄成这样，不是造孽吗？"

郑微在脸上抹了一把，"老张，你车上空调开得太凉了。我上去了，你回去小心点，没事别喝那么多，小心没娶老婆就喝死你。"

老张大笑，"我这样的人要是娶了老婆才是暴殄天物呢。回去吧，下回再一起吃饭。"

G市开往S市的城际列车还是在下午六点多始发，大约到了上车的时间，郑微给阮阮打了个电话。阮阮说她已经在车上了，出门的时候在小区门口遇上了老张，非把她送到了车站，再亲自送到月台。

"那我就放心了，你的腿，还有肚子里的宝宝都要留点神。早去早回吧，赵世永要是敢欺负你，你可别给他机会啊。"郑微说。

"没事的，别想得那么可怕。车要开了，我回来后再打电话给你。"火车的汽笛声在催，阮阮的声音是愉悦而轻快的，这让郑微仿佛觉得时光倒流到当年，沉浸在爱情甜蜜里的阮阮风雨无阻地去赶她的火车。

这时郑微也开始觉得，即使她赴的是一个没有意义的约会，但为了这一刻的快乐，还有什么不值得的？

仿佛心灵相通一般，阮阮在挂电话前轻轻说了一句："微微，我现在觉得幸福。"

郑微在大院食堂里解决了自己的晚餐，回去洗了个澡，就躺在床上用笔记本电脑看电影。很奇怪，千看不厌的《大话西游》这天晚上也没能让她笑出声来，心里莫名地闷得慌。

紫霞仙子说："我猜中了开头，却猜不中这结局。"郑微迷迷糊糊地睡去，梦里辗转不安。

半夜，手机铃声将郑微惊醒，本来就睡得很浅，静悄悄的夜里突兀的音乐声更让她莫名地心惊。

郑微最怕半夜的电话，总觉得那是什么不好的事发生的前兆。上一次午夜被电话惊醒，是妈妈在家胃出血，被送到医院急救，现在想起来还惊魂未定。但是她更不想关机睡觉，总害怕会错过什么。

手机屏幕显示的是个陌生的电话，郑微有些怀疑是六合彩信息，不过还是按下了接听键。

"喂，请问是郑微郑小姐吗？"电话那头是个陌生男人的声音。

郑微的心像被鼠宝的爪子挠了一下，"我是，你哪位？"

"我是××公安局××分局的干警，请问你是不是阮莞的家属或朋友，她现在人在××医院，伤得很严重，你的号码是她手机里最后一条通话记录，能否麻烦你代为通知她的家属，尽快赶到××医院急诊室。"

郑微的脑子轰的一声，后面那个干警说了什么完全听不清了。她所有不安的预感在这一刻都得到了印证，披上外套，跌跌撞撞地抓起包就往医院跑。

上了出租车，司机问："请问要去哪里？"

郑微机械地回答："××医院，麻烦快一点。"

司机从后视镜里看到了她的模样，问了句："小姐你没事吧？"

"我有什么事？"郑微吓了一跳，这才发现自己整张脸都是湿答答的。不会有事的，谁都不会有事！阮阮这样的一个人，老天也会庇护的。

她这才想起要给吴江打电话，阮阮所在的医院并不是吴江工作的地方，他接到电话也吓了一跳，说立刻就会赶过去。

郑微一路飞奔到急诊室，手术室里的灯是亮着的，门口站着好几个戴着大盖帽，穿着不同警服的人。

"阮莞是不是在里面？"郑微白着一张脸问。

几个大盖帽对望了一眼，其中一个看上去像是负责人的打量了郑微一会儿，"请问你是……"

"我是郑微，她的好朋友。她到底怎么样？不会很严重吧？到底出了什么事？她上火车之前还是好好的。"

那个负责人神情严峻地把事情的原委跟她说了一遍，其实过程很简单，火车开到将近一个多小时的时候，铁路公安局的警察在车厢里发现了一名重案通缉犯。在逮捕的过程中，那名歹徒竭力反抗逃脱，并且手中持有凶器。参与围捕的干警中有一名年轻的警员，年轻冲动，一时情急之下居然不顾规定在人群密集的车厢里开了两枪，一枪正中歹徒后背，另一枪则不偏不倚地射中了在慌乱的人群中闪躲不及的阮阮。

"这是我们工作的重大失误，真的很抱歉。开枪的干警已经被拘留，医生也在对阮小姐进行全力的抢救。关于这件事，我们一定会给家属一个交代。"

郑微欲哭无泪，警匪追逐，枪战上演，这是多么遥远的事情，好像只应该出现在电视剧里。而她和阮阮都只是普通人，平凡地生活，挣扎着去讨一点小幸福，然后甘之若饴，这种事怎么可能发生在她身边，发生在她最最要好的朋友身上。枪伤！阮阮那么柔弱的身体，还怀着刚满月的孩子……她靠在急诊室的墙上，止不住地瑟瑟发抖。

"郑小姐，还好吧。"她在朦胧的视线中看着重叠的焦虑面孔。

"车上那么多人，为什么偏偏是她？"子弹是不长眼睛的，难道老天也看不见吗？这样对待一个怀揣着最后一点甜蜜的女人又是为什么？

郑微手忙脚乱地擦眼泪，心里默念：一定可以渡过这一关的，阮阮是这样，孩子也是！

她没有宗教信仰，但是所有的神佛不都应该站在善良的人这边吗？

手术室的灯终于灭了，白大褂上血迹斑斑的医生走了出来。郑微屏住呼吸，听到医生清晰地说："很抱歉，子弹嵌在心脏三尖瓣膈瓣，我们通过手术切开右心房后，发现弹头残片没入心脏表面难以取出，病人送来的时候已有心包填塞心源性休克，由于弹头引起的室颤，最后还是抢救无效。请问哪位是死者的亲友？"

郑微的心里有一面镜子，被人重重一击，震耳欲聋的巨响之后，是无数细碎的破裂声，延绵不绝。

医生的嘴巴一张一合，她只听懂了一个词：死者！

美丽通透的阮阮，陪着郑微走过青春岁月的阮阮，成了医生口中的"死者"，郑微第一次发现，白色原来是世界上最绝望的颜色。

身边的大盖帽脸色也变了，有的相互交头接耳，有的在跟医生交涉，还有的似乎在安慰她。郑微浑然未觉，指甲嵌进了掌心的肉里，痛也是钝钝的。她在短暂的静默后爆发出一声骇人的号哭，她的阮阮，她对幸福的那点期待再也回不来了。

郑微不顾一切地痛哭，迸发的眼泪能否把心中的苦痛冲刷至稀薄？每天都有人死去，每天都有愿望无疾而终，但是不应该是阮阮，她本应该过着最平静的生活，现在却为了一个完全没有理由的意外死在了手术台上。

熟悉的电话铃声在郑微对面的那个警察手里响起，"……我们都是好孩子，最最善良的孩子，相信着爱能永久啊……"这首《我们都是好孩子》是阮阮最喜欢的一首歌，还是郑微替她下载的手机铃声。

那个警察打开手机，"是一个叫赵世永的打来的，你要不要接一下？"

郑微这才想起了也许还在 S 市苦苦等待的赵世永。"我接。"她拿过电话，"喂"了一声。不知道是不是因为痛哭让她的声音改变，赵世永居然分辨不出电话那头并非阮阮，他吞吞吐吐地说："阮阮，对不起，我未婚妻和我妈今天忽然到我这里来，我现在暂时去不了 S 市，你能不能等我一天，我明天马上飞过去，一定要等我……"

如果赵世永此刻站在郑微的面前，她毫不怀疑自己克制不了撕碎他的欲望。

"你没来！"

是他给了阮阮一个不得不赴的约定，而他居然没有来。郑微流着泪长长地叹息。

赵世永终于听出了不对劲的地方，"你不是阮阮？郑微？是郑微吗？阮阮在哪里？她是不是不想再听我的电话，你告诉她，我真的不是故意的，让她等我。"

"她等不了你了。"郑微咬着自己食指的关节，才能让声音连贯。

"你是在哭？出了什么事？"赵世永也开始害怕。

"阮阮她死了。"

电话那端安静得诡异。

郑微忽然哭不出来了，这就是阮阮爱着的男人，她飞蛾扑火就是为了这样一个男人？他甚至不配做火焰，只不过是一捆半干不湿的废柴！然而如果阮阮还在身边，她会不会也只是苦笑着说："是我决定要去见他的，没有人逼过我，他有什么错？"

郑微对赵世永说："你害怕了吗？不要怕，她是死于火车上的一场意外，跟你没有半点关系，在法律上你没有罪，就连在道德上，谁也谴责不了你，你只不过是有事不能来，即使你来了，她也永远到不了你们约定的地方，所以，你可以放心地去结婚，好好过日子……"

郑微听到了细碎的哭泣，但这并不妨碍她继续说下去，"赵世永，我只是想知道，你余下来的后半辈子，如果梦到了阮阮，会是什么感觉？如果我是你，我一生都不得安宁。往后的日子，我不管过得多幸福都会觉得自己可耻……赵世永，死的那个人为什么不是你！"

电话是被身边的人从近似崩溃的郑微手中夺走的。她靠着墙缓缓蹲坐在地板上，法律的存在有什么意义？它居然不能把这种男人判为死刑。我们希望负心的人不得好死，可是他偏偏活得好好的，短暂的伤痛过后，他还是会结婚，生子，顺利老去。

郑微为阮阮不值，也为她庆幸，如果这场劫难注定避无可避，阮阮死在了到达 S 市前的火车上未尝不是一种幸运。因为这样，她永远不会知道那个男人的失约，永远不会失望。

在阮阮临终的最后一刻，想着赵世永在等着她，心里想必是幸福的。

吴江匆匆出现在手术室的走廊上，他看到郑微的眼泪，心里已经凉了半截。

"医生，你要找的死者家属在这里。"郑微指着吴江漠然地对医生说道，她看到了吴江瞬间的惊痛。

她差点以为吴医生是只为普度众生而存在的圣人，想不到圣人也会心痛。

"郑微，究竟是怎么回事？"

郑微看着门半开着的手术室，"你终于做完手术了？那就再去看一眼你的妻子和孩子吧……哦，对了，你还不知道孩子的事吧？都怪阮阮没有来得及告诉你，何况你那么忙，又怎么有空注意到这个。接下来都是你的事了，我要回去了。"

她抓紧外套的前襟，想要给自己一点温度——如果那里还有温度。

告别吴江的时候，她没有说再见。

老张的车停在医院门口，他呆呆地站在长廊的尽头。

今天晚上真热闹，他们一个个出现了。如果阮阮的灵魂就在上空俯视这一切，她会不会不习惯？她在那些一个人等待天亮的日子里早已对孤单习以为常。好在一切都结束了。

"是我亲自把她送上了火车，我亲自把她送上了死路？"老张像在问郑微，又像是在问自己。

郑微没有回答他，就这么从他身边走了过去。

原谅她不能给他安慰，每个人最终都只能自己舔着自己的伤口。

郑微上了最靠近医院大门的出租车，这一次，司机对于她的异样没有多问一句，在医院门口跑车的人只怕早见惯了生离死别。

出租车把郑微送到了楼下，她在付钱的时候看了一眼自己的窗口，黑黢黢的，没有一点光。她忽然就害怕了这个自己一个人生活了四年多的地方，毫不犹豫地对司机报了个地名，车都没下，直接开往另一个地方。

司机依言将她载到了 G 市颇具风格的一个南派园林式小区其中一栋的楼下，郑微来过这里两次，凭着记忆，她居然在这样的半夜时分顺利地找到了自己要去的地方，敲响了那道门。

敲门声响了好一阵，郑微才听到脚步声，门开了，带着睡意的林静站在门口，他惊讶地看着外套下还穿着睡衣的郑微，再回头看了看客厅的挂钟，指针显示在凌晨两点半。

"你这是干什么？"林静问道。

郑微低头看着自己的鞋尖，"里面有别的人吗？有的话我马上离开。"

"胡说八道什么？"林静斥责道，"半夜三更的，先进来再说。"

他侧身让她进去，关上门，"今天晚上多少度知不知道？你穿成这样像什么样子……"

他的话没有机会说完，就被忽然扑入他怀里的那个柔软的身体打断，林静一时间反应不过来，有些狼狈地挣开，她又不管不顾地缠了上来。

"郑微，你找我就只能有这件事了吗？"他似乎还为那天她最后一句话耿耿于怀。

郑微抬着脸看他，那张生动的圆脸只剩下大大的眼睛和尖尖的下巴。林静隐隐觉得不对，却又一时猜不透发生了什么事。

"你不想吗？"她问。

他自我解嘲地笑了笑，"我在你眼里就这么饥不择食？如果单纯地要找个女人，你不是上选。"

意外的是郑微没有被他激怒，她苍白着一张脸，"可是我想，你就当帮我，别不理我行吗？"

在他困惑的时候，郑微又贴了上来，踮着脚尖去吻他的脸。林静却触到了她脸上冰凉的一片，带着微微的咸。

"哭了？怎么了？别哭，先告诉我出了什么事！"他终于确定必然是有了什么变故，也顾不上先前对她可恨言行的恼意。

"嘘……别说话，林静，你抱着我。"她把自己嵌入了他的怀里，像只冬夜里哆嗦着乞求温暖的小兽。

林静原本并没有那个心思,却经不起她一再纠缠,她要温度,他便只能给,渐渐地也被挑起了兴致。

两人一路摆脱障碍到了卧室,双双跌倒在还残留着林静先前体温的卧床上。

林静回应郑微的疯狂,用相同的索取加诸她的身上。他感觉到这一晚的郑微如此需要他,不管是身体,还是灵魂,即使这一切或许都事出有因,然而当她最渴望一个怀抱的时候,第一个想到的是他,这已经足够了。

他下意识地腾出一只手要去拉亮床头灯,郑微一把按住了他,"别开灯,就这样。"

他进入她体内惊人的顺利,她体内有种特别的湿滑,郑微像藤蔓一样紧紧缠住他,在他的动作下发出介于最极致的痛苦和快乐之间的低吟。

高潮来得比他们想象中要快且强烈。事后,林静想要退出来的时候,发现她依旧抱着他不肯松手,他安抚地停留了许久,最后拨开她脸上的发丝,轻声说:"我等会儿再陪着你,听话。"

他坐起来的时候还是拉亮了灯。借着灯光,林静这才发现两人交合之处竟是鲜血淋漓,白色的床单也血迹斑斑,他初见之下不由得心惊肉跳,呆了几秒才反应过来,边手忙脚乱地擦拭着污渍,边怒道:"你吃错药了是不是?来那个为什么不早说?这不是明摆着作践自己的身体吗?简直太不可理喻了!"

郑微任他斥责,没有半句辩解。她在林静转过身去之后,对着他的背影无声地流泪,最后说出的一句话也支离破碎,"林静,阮阮她死了,她死了……"

她太痛了，这难以言语的痛如果找不到一个出口，她觉得自己也会死。

林静愣了愣，"阮阮？吴江的妻子阮莞？"

她除了哭泣，连点头都无能为力，好在他明白，什么都不说，转身拥住她，任她的眼泪如同没有尽头一般流淌。

林静抱着她去浴室里冲洗彼此身上的液体，她乖乖地任他摆布，直到他撤去了脏污的床单，两人躺在床上，她面朝着他蜷在他怀里，头抵着他的胸口，双腿屈起，如同新生的胎儿回到了安全的母体里，安静而纯白，直至陷入梦境。

有梦真好，郑微知道阮阮是舍不得不告而别的，她站在人来人往的月台上，笑容清浅。

阮阮说："微微，别哭，我很幸福，这是我想要的结局。"

郑微果然就不再哭，她想起多年前的一个晚上，她、阮阮、小北在宿舍里喝着啤酒畅谈梦想，谁也想不到，一语成谶，这是幸运还是不幸，也许冥冥之中早有定数。

郑微从梦中醒来，阮阮归去了，天还没亮。她依旧紧闭双眼一动不动，林静却没有睡着，郑微察觉到他以最轻微的动作缓缓起身，仿佛竭力不去惊醒她，下了床，走到卧室的露台。

她好像听到打火机的声音，然后从露台的方向飘来了淡淡的烟味。她从来不知道林静也会抽烟。

也就是一支烟的工夫，林静又以同样的动作轻轻躺回她的身旁，关了床头的灯，帮她掖了掖被子，就在郑微即将再度被睡意吞噬之前，她感觉他的唇小心翼翼地落在了她眉心，带着残留的烟草气息。

郑微依旧没有动，林静的呼吸也渐渐均匀，也许她永远不会告诉他，这个晚上，她清醒着承受了他眉心的浅浅一吻，一滴眼泪悄无声息地滴落在枕上，这滴泪终于与悲伤无关。

不管她追问多少次"你爱我吗"，也不管他给过多少次肯定的回答，都比不上这云淡风轻、无关欲望的一吻。这一刻，郑微终于愿意相信，身边的这个男人，他毕竟还是爱她的，不管这爱有多深，不管这爱里是否夹杂着别的东西，然而爱就是爱，毋庸置疑。

清晨终于来临，郑微醒在了一张陌生的床上，身边的枕头已经空了，她睁开眼睛看着窗帘缝隙里透进来的晨光，太阳每天都会升起，但是有些人一旦离开，就再也回不来了。

推门进来的林静已经穿戴整齐，看见她醒了，就坐在床沿，把她的电话递到她手里，"打个电话去请假吧，你这个样子不适合去上班。"

郑微知道他说的是对的，周渠不在，她把电话打给了经理办公室主任，主任很快同意了，这个时候她暂时不出现在公司，也许是好的。

"继续睡还是起来吃点东西？"林静问她。

"我还是想睡，你上班去吧，我走的话就给你锁门。"

"没事，我也请了一天的假。"

"我真的没事，你不用特意留下来陪我。"

"是不是非要我承认昨天晚上我也很累，而且受到了惊吓，你才确定我也有休息的必要？"

郑微终于笑了起来，闭上眼睛又躺了一阵，半梦半醒之间，仿佛听到他的手机响了好几次，他都是压低了声音讲话，郑微依稀听到是交代工作上的事，后来估计他是将来电设置为振动，再没听到铃声，只知道他都走到露台上去接电话。

林静讲完最后一个电话走回房间，郑微已经坐了起来。

"不睡了？"他笑着说。

郑微实话实说，"你的电话好吵。"

林静无奈，"最近事情比较多。"

"是二分的事情吧。"

他没有否认。

郑微的睫毛轻颤，"林静，你一个月没打电话给我，我以为你再也不会理我了。"

林静说："我是觉得我们在这个时候分开一下也是好的，我们都说公私分明，但是要分得清楚其实并不容易。二分的案子，我的压力也很大，每天都有各方面的人打电话过来，各有目的。你担心周渠，我可以理解，现在我能够告诉你的是，从二分目前的账目上发现的问题并不大，而且冯德生这个人相当重义气，居然大包大揽地把许多罪名都主动承担下来了，他的罪是免不了，周渠那边，如果在财务档案方面没有进一步的证据，他的问题不会很大，你可以放心。"

"其实你可以不告诉我这些。"郑微说。

林静笑笑，说："那天我从你那边回来，心里很不是滋味，也确实是恼了。我承认我是在介入中建的案子时，才间接得知你当时的一些近况，这让我觉得重新跟你在一起并不是没有可能的。我是个行动主义者，当我渴望一样东西或者一个人，只要有机会，我不会放过，所以即使没有在吴江的婚礼上遇到你，我也有了要去找你的打算，当然，我也不否认我知道自己的身份在接近你时有便利，但是如果陈孝正他更有决心一些，又或者换作我处在他的位置，我绝不会那么轻易放弃。"

郑微一惊，但是她没有追问，听着林静继续说道："事业对于男人来说是很重要，但是我们心里有一些东西也需要好好呵护。我说过我不是完人，不过也绝对没有卑劣到利用女人的感情来达到目的的地步。微微，七年前我觉得离开是最好的选择，但是依然后悔，而且这种后悔在后来的日子里，每见到你一次，或听到你的消息就更加深一些。我希望跟我过一辈子的那个人是你，如果这不是爱，那我不知道爱是什么。我不敢说可以为你生为你死之类的话，但是只要我在你身边，我会尽我所能，给你幸福，护你周全。"

郑微不说话，林静也觉得心里有点没底，似乎他记事以来所有的挫败感和无能为力感都集中在眼前这个有点麻烦的人身上。他在想，他现在说这些是否操之过急，怎么会犯了恋爱中的少年人才有的毛病，于是他选择了退一步，"当然，我说这些只是表明我的态度，如果你不想改变，我们可以维持现状，只要你别再说'那个'了，我就没有必要出现那样的话，真的有点伤人……我的话说完了，你好歹也说一句吧，你安静下来我真不习惯。"

郑微扭过头来说："你别吵，我在回味。其实一起床就被人表白的感觉挺不错的。"她说完，专注地打量他的房间。

林静松了口气，带着点喜悦地抓住她放在被子外的手，"看什么？"

郑微说："林静，我真佩服你，你房间那么一尘不染的，住在我那个乱糟糟的地方居然也面不改色。"

林静笑，"我那不是入乡随俗嘛，说真的，别的都还算了，你那张床会让我的关节炎提早二十年出现。"

郑微把头缓缓地靠在林静肩上，长舒了口气。

阮阮，有时我们要的，也不过是一个可以依靠的肩膀。

第二十三章
Chapter Twenty-three

那就一辈子吧，何须伤感

阮阮的葬礼相当简单，她的父母从江浙一带赶了过来，与吴江商量过之后，将骨灰抱回了家乡。赵世永没有出现在葬礼上，反倒是当初的几个姐妹，何绿芽、卓美，包括远在北京的黎维娟都不远千里赶了回来，大家相见，均是欷歔。唯有朱小北还在新疆，她在电话那头痛哭了一场，末了，便说道："人都走了，在哪里送她都是一样，阮阮这样一个明白人，她会看得透的。"

郑微哽咽着问她："小北，你博士毕业了是不是打算在新疆念到烈士学位才肯回来？"

小北的事郑微多少也知道一些，她暗恋的那个男人于半年前丧偶，他的维族妻子死于胃癌，只给他留下了一个年幼的女儿。在他最伤心的时候，是小北一直陪在他身边，那男人何尝不知道她这么多年来的心意，孩子还小，不能一直没有妈妈，他接受了别人安排的相亲，却没有接受一直守在他身边的女人。他说，小北太好了，她一个年轻漂亮的女博士，完全没有必要嫁给他这样一个丧偶的普通男人，他害怕她有一天会发现，其实他远没有她心里的那个人美好。

小北说："也许我一辈子都不会离开这里了。不管当初是为了什么而来，但是在我看过了月亮下的戈壁之后，那种一望无垠的广漠和荒芜让我忽然觉得，原本我们苦苦放不下的一些东西其实是那么微不足道。他说的也许是对的，我爱的不是他，而是我对爱情的想象，现在，我是爱上了这个地方。"

黎维娟离婚了，她赢了一场漫长的离婚官司，得到了一笔可观的财产，她以前常说，抓住了钱就等于抓住了男人，她现在得到了钱，却丢了她的婚姻，但是她说她并不在乎。卓美准备随丈夫全家移民挪威，那个生活节奏缓慢、昼短夜长的北欧国度也许再适合不过散漫的她。何绿芽的孩子都上幼儿园了，她胖了许多，再也不是当初那个细瘦清秀的女孩，但浑身上下流露出的安详，无不透露着她对生活的满足，也许到头来，最幸福的那一个还是她。

郑微请了三天的假，回到公司上班，方知山中只一日，世上已千年。林静没有骗她，之前周渠只是接受调查，并无大碍，二分被调取审查的财务档案和各种文档记录也没有什么大问题，只是冯德生在劫难逃，但这早已是意料之中的事。

就在大家都要松一口气的时候，检察院那边再度传来消息，他们已经掌握了二分的部分原始财务档案，跟原本调取的账目有很大的出入，从目前的证据来看，二分涉嫌组建员工持股公司，通过关联交易转移国资确有其事，同时，极有可能被控以不提折旧和大修理基金、费用支出挂账等方法伪造账目。作为公司法人代表和直接责任人，周渠的处境顿时变得相当被动。

如果检察院手中掌握的原始财务档案不假，那么让人百思不得其解的是，已经处理销毁的原始档案如何会落到他们手中。二分上下能直接得到这部分材料的人并不多，张副经理就曾在办公会上公开指明二分内部必有内鬼。张副经理跟周渠关系一向不错，他自己也说，到了他这个年纪，升迁的可能性并不大，而且也没有多大意义，所以他并不为一把手的倒台而沾沾自喜，反倒三番五次地往总部跑，希望上下协调，找到解决的方案。

究竟是谁把那些材料交给了检察院？大家不得而知，但是看向郑微的异样的眼神却越来越多，张副经理更亲口交代，有关的机密文件绝对不能再经她的手，接下来的大小会议，记录人也一律换成了新来的一个大学生。

郑微并不意外别人会这么想，但是她问心无愧。诚然，她没有能够因为跟林静的关系而帮到周渠什么，但是也绝对没有将公司的任何事情透露给林静。她没有解释，因为知道这个时候解释只会越抹越黑，只能对自己说，清者自清，浊者自浊。

周渠不在，张副又交代很多事情不再交给她办理，她这个经理秘书其实已经形同虚设。但是当有一天，她从张副办公室门前经过，无意中听到里面意有所指的一句话：我最恨吃里爬外的人。她心里还是说不出的难堪和委屈。

那天下班时，她一个人站在电梯里，门刚要合上，陈孝正匆匆挤了进来。电梯降落的时候，他看着别处，说了一句："谁也没有证据怪到你头上，别往心里去。"郑微知道，他当时也在张副的办公室里。

她笑笑，没有吱声。

"你，你最近好吗……阮莞的事我听说了，确实很遗憾，不过人既然已经去了，你也要想开一点。"

"我没事，谢谢。"

他忽然转过头来，眉宇间有痛楚，"谢谢？我们之间就只能说这个了吗？"

郑微不露声色地退了一步，离开他靠近的身躯，提醒道："陈副经理，公司的电梯是受到监控的。"

陈孝正就要触到她的手颓然落下。

每一次，每一次他离她最近的时候，他总是无奈地放开了手。

看，她多了解他。郑微明知道会是这样，心里还是抽痛了一下，有多少爱经得起这样一次又一次的放手，即使他曾经站在离她最近的地方。

没有什么比郑微脸上了然于心的笑容更让陈孝正体会到"惩罚"二字的意味，他在他爱的女人面前无地自容。

一楼到了，郑微先他一步走出电梯，呼吸远离他的空气，却听到他在身后的一句忠告："你现在公休一段时间对谁都好。"

郑微真的就把一年七天的公休一次用完了，她和鼠宝现在都搬到了林静的家里，林静白天上班，她大多数时间都在睡觉，闲得无聊的时候就上网玩游戏，有时也动动他书房的笔墨纸砚。

林静的一手柳体写得遒劲峻拔，颇具神韵，凭着在各种书法比赛上获得的名次，他从小学到大学一路都得到过加分的优待，工作以后一手好书法也被传为佳话。郑微从小跟着林静临帖，但是除了会把书桌弄得一片狼藉和满身墨水之外，一无所获，林静看着她歪歪斜斜的大字，总是感叹天赋这种东西是与生俱来的。

周末，林静带着郑微开车到北海。其实郑微不会游泳，但是林静知道她这段时间遇到了太多不开心的事，尤其是阮阮的死对她冲击太大，怕她憋在心里闷坏了自己，到海边呼吸一下新鲜的空气，当视野开阔的时候，很多事也更容易想得通。

去的时候郑微是勉为其难的，她只是不想扫了林静的兴，但是当她站在银滩上，看着冬天的大海，一望无际的白色沙滩，郁郁的红树林，在视线的尽头与海洋相接的天空……心中的郁气仿佛也随着那带着微腥的海风一起，穿过身体，淡于无形。

　　林静笑她，来的时候老大不情愿，玩起来比谁都疯，郑微专注地在潮湿的沙地上堆砌一团看上去什么都不像的东西，脸颊沾上了细小的沙砾也浑然未觉，蹲在她身边的林静习惯性地伸手去擦拭她的脸，却在上面留下了更多的沙砾，这才想起自己刚才因为帮她拍打那个"四不像"而弄脏了手。

　　郑微大为不满，变本加厉地报复，她趁林静不留神的时候，抓起一把沙子从他的衣领处塞了进去，冰凉且带着湿意的沙子顺着领口处洒落在衣服内的肌肤上，痒痒的，带着奇异的触觉。林静错愕，赶紧扯动衣服的前襟试图将那些细小的异物抖落，看着一向整洁的他那副狼狈的样子，郑微幸灾乐祸地咯咯直笑。笑了一会儿，她才发现林静一直紧抿着唇，眉头是微皱的，才意识到自己可能玩过了火，贴过去可怜兮兮地问："生气了，要不你也把沙子洒到我身上消消气？"

　　她只是说说而已，没想到林静在她身子靠近之后出其不意地回过头来，笑着制住她，"这可是你说的，待会儿不许哭。"他将沙子抓在手里，刚将她毛衣的领子拉开，郑微已经吓得闭上眼睛哇哇大叫，"啊啊救命……林静，你敢！"

　　"看来你是只许州官放火，不许百姓点灯。"林静单手按住她胡乱挣扎的两只手，慢条斯理地说，"你不知道沙子沾在身上痒得怪难受的吗？也该给你尝尝这个滋味。"他的手离开了郑微的衣领，却另辟蹊径地飞快地从她上衣的下摆探了进去，郑微又是哭又是笑地立刻将身子蜷了起来，他的手有些冰凉，和着粗糙的沙砾轻而缓慢地游走在她赤裸的肌肤上，让她体会到一种前所未有的异样感觉，好像有点难受，但是又不希望他立刻停下来。她的笑闹求饶慢慢化作了自己也听不懂的低声嘟囔，沾满沙粒的脸红得像珊瑚一般。

林静低头吻下去，两人滚在沙地上，郑微的背下是柔软起伏的沙堆，她在情迷意乱中不经意睁开眼，看到了久违的广阔天空。

林静似乎并不打算就这么放开她，郑微吃力地用手抵在他胸前，不解风情地说："林静，我嘴里有沙子。"林静停了一会儿，撑伏在她身上也笑出声来，"好像我也是。"

两人笑作一团，最后郑微认真地捂着肚子，"吃到了沙子我才发现真的很饿。"

他站了起来，随手拍了拍衣裤，一把将她拉了起来，"回去洗好澡就去吃饭。"

他们下榻的酒店就在银滩的边上，林静牵着她赤脚踩着沙地走进大厅，直奔房间冲水。

洗过澡，换完里外衣物，两人来到酒店餐厅的大堂，这间酒店做的海鲜一向很有口碑。郑微点了白灼的斑节虾、一条小的石斑和奇大无比的带子螺，并不是什么稀罕的东西，但都是附近最新鲜的海产，坐在靠窗的卡座上，透过玻璃，可以看到黄昏的海滩，晚餐也因此变得别有一番风味。

不知道是不是因为刚洗过热水澡的缘故，郑微从脸到脖子都有一种透明的嫣红，一双大眼睛却特别地亮，就连扑闪的睫毛也是灵动的。林静一身休闲的打扮，整个人显得年轻了许多，身上惯有的精明和沉稳都被新鲜的朝气取代，这样两个人坐在一起，并不是不吸引别人目光的。

林静低头帮郑微剥着虾壳，发现她好奇地四顾大厅一周之后，就双手支着下巴，定定地看着他，碗里好几只剥好的虾都一动不动。

"没胃口？刚才不是还嚷着饿得一点力气都没有了？"林静停下手中的动作笑着问，"老看着我干吗？我比海鲜更能满足你的食欲？"

郑微说："不知道为什么，我忽然想起了我十七岁那年春节，你带我到城隍庙逛庙会的事，那一天，我也是这么开心来着。"

林静用餐巾拭了拭手，那次城隍庙一游后，等待他们的就是长长的离别。他单手按在郑微的手背上，说："如果你愿意，我们可以一直这样开心。"

郑微眨着眼睛娇憨地笑，"你喂我，我会更开心。"

林静当然乐意从命，"还像个小孩子一样，也不怕别人看见会笑话你。"

郑微说："谁是别人？我们又不是奸夫淫妇，没事看我们干吗？"

她看着林静的视线终于落在大厅的某个角落，只停留了几秒，又立刻收回了目光，把一只虾喂到她嘴里，继续谈笑如常。

晚餐相当的不错，林静却吃得有些潦草，他放下筷子，等待郑微心满意足地吃完最后一口，"吃好了吗？等下带你去看海边的夜景，晚上凉，先回房间给你拿件外套。"

刚打开房间的门，林静的电话就响了起来，他看了一眼，顺手挂断，径自到行李箱里给她找衣服。

"谁呀？"郑微随口问了一句。

"最烦那些打电话为某个案子说情的人，周末都不肯放过我，不用理他们。"

郑微点点头，他的电话又不依不饶地响了起来。

"我看你还是接吧，老打来也怪烦人的，随便说点什么的把人打发了也好呀。"郑微对林静说。

林静接起了电话，脸色顿时就冷了下来，郑微发现，当他皱眉的时候，眉眼和鼻梁的线条就显得特别的凌厉。他对着电话嗯了两声，语气极为冷淡，偶尔说句话也都是"没错""不用了""随便"之类简单而没有实际意义的词。

仿佛一时间没有办法立刻结束这场对话，他放柔和脸部的表情，对郑微指了指房间里的沙发，示意她坐着稍微等他一会儿，自己走出了阳台。

郑微没有心思等在那里，便跟出阳台，拍了拍林静的肩，用口型说道："我先下去走走。"然后拿出自己的手机，做了个打电话的姿势。林静先是犹豫了一下，然后捂住电话低声叮嘱了一句，"小心点，别走远了。"

郑微听话地点点头，朝他挥了挥手，就往门外走，还没到门口就听见林静喊住她，"微微，别忘了拿外套。"

夜晚的沙滩上远比白天要宁静，乌蓝的海水轻触沙滩，如情人的手，一次次贴近，一次次犹疑，月亮是细细的一芽，远处的红树林成了深黑色的重影。

郑微沿着酒店前的海岸线漫无目的地向前走，不时有嬉戏的孩子抱着游泳圈跑过，更多的是年轻的情侣，相拥在一起，你侬我侬。她停下脚步的时候才发现自己已经走了很长一段路，回头看，建筑物的灯火已被远远地抛在了身后。

林静或许已经打完了电话，他下楼找不到她，应该会着急的，可郑微不想立刻回去，她需要这样一个地方独自待着，好好喘一口气。她把防雨的连帽外套铺在沙滩上，席地坐了下来，捡起被海浪推上来的一块尖锐的小石块，随手在平整的沙地上胡乱地画。

身后传来了脚步声，郑微回过头，看到了一个高挑而窈窕的身影，随之而来的，还有让她记忆深刻的 RUSH 2 的香水味。她并不意外，只是无奈地朝着天空翻了个白眼，说："你果然还是来了，有话跟我说是吗？别问我怎么猜到的，电视上都是这么演的。真的不能有别的招数了吗？"

RUSH 2 的主人也笑了，"这情节是挺腻味的，只是我们都不知道，谁是配角，谁才是真正的女一号。"

她把身上的披肩解了下来，像郑微一样将它铺在沙滩上，"你介意我坐下来吗？"

郑微说："沙滩也不是我的。但是，我觉得如果你有话说，应该找的那个人不是我，除了勉强算得上是同事，我们一点关系都没有，连恩怨都不应该是我和你之间的。"

"对，我们本来就是陌生人，但是一个男人把你和我联系了起来。"她的口气并不咄咄逼人，相反，就像一个跟闺中密友吐露心事的小女人。

"那你就应该去找那个男人，如果我猜得没错，你已经打电话给他了吧？况且，你大老远地跟着来，带着另外一个男人出现在餐厅里，不就是希望让他看见吗？这个目的也达到了呀。你从我这里入手是没有用的，做决定的那个人是他，我什么都帮不了你。"郑微抱着膝盖，看着身边的这个女人。

施洁玩着潮水退去后湿漉漉的沙子，一点也不介意涂满丹蔻的漂亮的手变得脏兮兮的。她说："郑微，我就知道你在餐厅的时候也看到我了，我和林静的关系你也不是今天才猜到的吧？"

"你和他以前的关系我管不着，至于现在，你打算像电视里那样，告诉我你们一直藕断丝连，而且你还有了他的孩子吗？如果是这样，我会觉得很搞笑，而且会觉得你远没有我想象中那么有脑子。"

"如果我真的那么说呢？你敢说一点都不介意？"施洁挑高了眉。

郑微歪着头想了想，"相比之下，我更相信林静。"

海风吹得施洁披散的卷发飘了起来，让这个美丽而高傲的女人显得有几分落寞，她笑着对郑微说："你是对的。但是，你之所以那么笃定，无非是吃准了林静爱你，而我爱他，所以在我们三个人的食物链里，你在最顶端，我在最末端，你有理由居高临下。"

"我没有对你居高临下，你爱他是你的事情，但是干吗把何奕牵扯进来？他是有老婆的人，你根本就不喜欢他，为什么还要利用他，破坏他的家庭？"郑微想起韦少宜，莫名地就对施洁添了几分不满。

施洁把手中的沙远远地抛了出去，"我没有逼他，是他自己愿意跟我来的，就像林静没有逼我，而我偏偏愿意跟他在一起，谁怪得了谁？"

"那你还浪费时间跟我说这些干什么？"郑微开始不耐烦了。

"我只不过要你知道，郑微，我输了，但是并不是因为我不如你，而是人的心由不得自己把握。我两年前在一次商务宴请上第一次见到林静，那时他还不是副检察长。男人我见多了，但是没有一个人像他那样，看上去温厚淡泊，眼睛里却写着征服欲，他笑起来的时候很好看，当他在桌子的另一端，隔着闹哄哄互相敬酒的人朝我点头的时候，我就开始爱上了他。"施洁说这些的时候，嘴角带着似有若无的笑意，连眼神都是柔和的，这样的神情郑微多么熟悉，多年前，那个站在宿舍的镜子前，一遍又一遍打量着刚结束了初吻的那个女孩，脸上不也有着这样的光？这一刻，郑微相信施洁对林静的心，也许每一个爱过的人都是如此。

施洁沉浸在自己的回忆里，完全不理会郑微的心绪变化，"那天，我主动问林静要了他的联系方式。我自问条件并不差，身边追我的人也不少，可我偏偏喜欢林静对我不冷不热的，我一次又一次想尽各种理由去见他，他对我笑一笑，我会开心很久，他随口的一句话，我会想上一整个晚上，完全就像是个初入情网的小丫头片子。"

"后来林静对你也这样了吗？"她不该问的，施洁的来意里就带着挑衅，郑微自然不会完全相信她的话，可到底还是会介意。

果然，施洁冷笑道："如果我说，林静后来同样也这么爱着我，他现在对你说过的情话、做过的动作全部都在我的身上演习过，你还会继续一副置身事外的表情吗？"

郑微没有说话。

"害怕了？其实你不用担心，男人的心都是硬的，只有在面对某些个特定的人时才会变得柔软，我一直希望我是林静的这个人，可惜不是。林静一开始就看穿了我的心思，他告诉我，我很好，只不过不是他想要过一辈子的那个人，换言之，他不爱我。不过我不在乎，只要他愿意接受我，我可以等，等到他终于爱上我的那一天，我不相信还有谁比我更好，更爱他。我们在一起两年，虽然没有承诺，他也未必把我放在心里，但偶尔会想到我，我已经很开心。觉得为了他什么都是值得的。那时候，我明知道他在查何总的事，那是他升任副检察长之后的第一个大案子，他需要这一次的成功来向那些不满意他年纪轻轻就身居高位的人证明他的能力，说实话，何总待我不薄，可是我太想为我爱的人做点什么……"

郑微打了个冷战，"所以你把中建的商业机密透露给林静，而他也接受了？"

"他当然不屑于要求我为他做什么，也许没有我，何总在那种情况下迟早也是要倒台的，是我不想他那么辛苦……"

"也就是说，林静到底是没有拒绝你的'好心'？"郑微咬了咬牙。

"至少我把那些文件偷偷放到他的公文包里，他后来什么都没说，而我知道这些恰好是案子迅速了结的关键。人都是这样，虽然知道自己一定可以达到目的，但是有捷径的话，谁愿意绕弯路呢？"

"你知道我最想说什么吗？你真蠢！"郑微狠狠地说。

施洁点头，"我是蠢。他现在对二分下手了，你想必不会那么帮他，因为你没有爱他到不顾一切。不过不要紧，林静不会在乎这个，相比起二分的案子，我知道他更看重你，这就是爱和不爱的区别。我第一次注意到你，是在中建附近的一个西餐厅，那天我约了林静一起吃饭，居然看到你跟何奕也在那里，我跟何奕关系一直不错，那个餐厅也是我介绍给他的，所以我也知道你就是跟他相亲的那个女孩。林静看了你很久，那天晚上，他送我回去，我邀请他上楼，他没有答应。我猜一定是哪里出了错，只是没有想到居然是你！那次之后，他对我渐渐冷淡了，过了一段时间，我打电话给他，他刚从一个朋友的婚礼上回来。我说，我很想他，他却说，施洁，我们散了吧，我找到了想要过一辈子的那个女人。郑微，这个人是谁，你比我更清楚吧。"

郑微想起了那晚在阮阮婚礼上与林静的重逢，但是万万没有猜到后面竟有这样的故事。

"你可以继续往下说。"

施洁看着海上忽明忽暗的渔火，"我在他身边两年，豁出了整个人整颗心来爱他，他不是我第一个男人，但是我一直把他当做最后一个，结果，他一句话就要散了。林静是个说到做到的人，这我知道，只是到头来还是受不了他的绝情，我哭过，该求的也都求过，不管我怎么闹，怎么缠，他不生气，也不肯回头。不怕你笑话，我甚至试过用死来威胁他，他连到我家看看都不肯，只说，命是你的，请自己珍重。他的心真狠！"

郑微听得有些出神，施洁嘴里的这个人，是她完全不了解的林静，但是不知道为什么，她相信施洁说的是真的。

"后来我也想通了，也许他真的不爱我，所以我给他打电话，让他再陪我吃一顿晚饭，就当为我们这两年的交往一场做个结束。那天我等到很晚他才出现，但是他肯来，我已经很满足，从见到他的那一刻起，我才知道编了那么多理由，也只不过是我太想见他一面。我们一起吃饭，他从头到尾心不在焉我都可以不介意，但是手机一响，他二话不说就要走……"

"于是你就泼了他一身的红酒。"郑微接着施洁的话说了下去。

施洁笑到眼泪都流了出来，"他果然是去了你那里，可以把一个男人呼之则来挥之则去的感觉是不是很好？"

郑微选择了沉默。

"再也没有人比我更蠢了，我知道他经常为了你出入大院，所以就不断地去找何奕，希望他看到我跟何奕在一起，至少会有一点介意，一点点也好，这一次跟着你们来到北海也是一样。但是他看到我的时候，根本就不在乎我身边的男人是谁，他只在乎我会妨碍你和他在一起。郑微，我比不上你吗？我比你漂亮，比你成功，比你爱他，唯一比不过的是，他爱你却不爱我。"

　　要一个女人承认，深爱的男人心里根本就没有自己，该有多残忍？郑微别开视线，她太害怕这样的绝望，就像又一次翻开了自己。

　　两个女人静静地坐在海边，听着潮汐的声音，各自想着自己的心事。爱情跟美貌、智慧、财富一样，不是我们想要就可以得到的，真的。

　　末了，郑微揉了揉酸胀的小腿站了起来，她对施洁说："我有一句话，经常用来在最伤心的时候安慰自己，现在我把它送给你，很简单：愿赌服输。"

　　施洁走了，郑微看着她的身影消失在视线的尽头，衣服口袋里的手机已经振动了很多次，她接起电话，没过多久，心急如焚的林静匆匆忙忙地出现在她面前。

　　"不是说了别走远吗？电话为什么不接？一个人在这里多危险你知道吗？这么大一个人了，还像小孩子一样不知道分寸！"他很少用这么重的语气对郑微说话，但她知道，这不过是因为关心则乱。

　　郑微看着眼前这个为自己紧张不已的男人，他在另一个爱他的女人面前，何尝不是郎心如铁。林静之于施洁，就像陈孝正之于郑微，总有一天，她的阿正也会变成另一个微微的林静。或许每个女人年轻的时候都曾遇到过她的陈孝正，然后才会找到林静；而每一个男人都曾是陈孝正，当他终于成熟，就变成了林静。

　　"微微，你是不是……"林静的眼里闪过一丝担忧。

　　郑微憨憨地笑着挠头，"衣服太厚了，手机振动都没有听见。"

　　林静看着她满是沙子的外套，叹了口气，脱下了自己的大衣裹住她，"你非得把每件衣服都弄成这样吗？"

郑微嘻嘻地笑着又坐回她的外套上，仰着头拽了林静一把，他先是不肯，抵不过她故作无辜的表情，无奈地笑了起来，小心坐到她身边。

她捡起刚才的石块，继续在沙滩上涂鸦，写完了几个大字，自己看着直笑。林静凑过去一看，写的无非是：林静是坏蛋。

他笑着抢过她的石块，在另一端也写上：郑微是笨蛋。

郑微佯怒地拍打着他的肩膀，非要把石块夺回来，无奈屈从于身高的差距，他抬起手，她怎么都够不着。林静侧身避过她的攻击，顺手抹去了多余几个字，只留下两人的大名，然后在两个名字之间加上了两个字，末端是一个大大的问号。

郑微忽然就不闹了，她轻轻咬着下唇，手悄悄地背到了身后，还好夜色掩盖了她的面红耳赤。

林静去拉她背在身后的手，被她泥鳅一样躲开。他好像也不知道该说些什么，只是嗯了一声，郑微知道他是在寻求她的答案。

正在别扭间，又一波海浪扑过来，林静拉着她退后几步，等到浪花退了下去之后，刚才在沙滩上留下的痕迹已经消失无踪。

林静有些失望，郑微却顺理成章地赖皮，"噢噢，刚才你写的什么，我没看见，肯定是骂人的话，算了，不跟你计较了，我好累，回去吧。"她拖着他的衣袖往回走，他却一步也不肯动。

就在郑微打算继续贫嘴蒙混过关的时候，林静却不期然地单膝跪了下来，郑微吓了一大跳，"这是……是干……干什么？不要吓……吓……吓我。"

林静反手握住她的手腕，"这样你看见了吗？"

她掩耳盗铃地慌慌张张用另一只手捂住眼睛，却忘了塞住耳朵。

"我是很认真的。微微，你嫁给我吧，这句话我只说一次，但是我会一辈子照顾你，给你幸福。"半跪在沙滩上的林静抬头看着郑微，她仍旧是单手捂住眼睛，什么也不说。他等待了一会儿，终究按捺不住心里的忐忑，强行将她捂住眼睛的手拉了下来，那只手的手心却是湿的。

"哭了？为什么？"他没想过她会在这个时候哭泣。

他求婚的宣言一点创意都没有，但是郑微没有想到，同样一句在港剧、韩剧里听到烂熟的对白，当主角换成了自己，那种震撼简直难以言喻。这就是一生一世的承诺？这就是一个男人对女人最大的赞美？她想镇定一点，眼泪却不太中用。这曾经是她从小时候起最大的梦想啊，人生若能如初见，让他们回到当年的小飞龙和林静，该有多完美无缺。

她想起了那双深黑色的眼睛，想起篮球场上圆满无缺的月亮，想起施洁脸上的绝望，想起了林静的妈妈孙阿姨……她如果伸出了手，就不会允许自己回头。

郑微说："对不起，林静，太突然了，我没有准备……"

林静的脸色微微变了，他从跪下来的那一刻起，心里都一直忐上忑下地，他最不喜欢做没有把握的事，但这一回不得不让自己赌上一把。郑微的回答让原本没底的一颗心开始发凉。

"你的意思是……"他试着让自己的喉咙没有那么发紧，不到最后一刻，他不会放弃——不，应该说，即使她拒绝，也未必是最后一刻。

郑微流着眼泪微笑，"我不知道我会不会是个好妻子，但我愿意试。"

她在林静喜出望外的拥抱中抬头，透过朦胧的泪眼看到那弯上弦月，月亮只有一夕如环，夕夕长如玦，何况是人？那就一辈子吧，大多数女人都没有嫁给最刻骨铭心的那一个，她得到了林静，并非不爱，何须伤感？

一起走回酒店的路上，郑微说："林静……"

"嗯？"他的手抓得太紧，郑微的掌心带着点疼。

"我是不是应该收到一个戒指？"

他笑了起来，"出来的时候走得太急，忘在房间里了。"

"还有，你刚才的表现真的很土。"

"我也是第一次，没有什么经验。"

第二十四章
Chapter Twenty-four

阮阮，只有你的青春永不腐朽

回到 G 市，林静继续上班，郑微的公休还剩最后一天。林静做事一向效率第一，既然决定了要结婚，就索性速战速决。他原本的打算是一回来，通知了双方家长，就即刻注册登记。他妈妈那边的反应始终是郑微最担心的一件事，虽说从小孙阿姨就把郑微当女儿看，但是中间发生了那么多事，任何一个普通的女人都不会接受自己婚姻第三者的女儿成为自己的儿媳妇。

给孙阿姨的电话是林静在回到 G 市之后的第一个晚上打的，郑微在旁边，只听见他把事情的大概经过解释了一遍，表明了和郑微结婚的打算，之后就拿着听筒，一直没有说话，直到挂断。想来，电话那边传来的绝对不是祝福。

看着郑微面露忧色，林静没说什么，只是让她别怕，一切都交给他。这是他的问题，他说他会解决。

郑微父母这一关则好过许多，爸爸更多的是惊讶和对宝贝女儿即将出阁的伤感。妈妈问过了孙阿姨的反应，叹了口气，说："他妈妈那边一时想不通也是意料之中的事，如果你决定了要嫁给他，时间长了，也许什么都会好的。林静是个好孩子，你跟他在一起妈妈是放心的，你们早就应该在一起了，都是我的错……"

妈妈再婚了，对象却并不是郑微爸爸，而是一个退休的中学老师。那是个再普通不过的男人，五年前妻子去世，有一对成年的儿女，跟郑微一样因为工作的关系不在身边。他对郑微妈妈不错，两人的日子过得很平静，几乎从不拌嘴，也许对于妈妈来说，这样的普通和平静是她余生最渴望的东西。

妈妈得知郑微和林静有立刻去登记的打算，上了年纪的人毕竟比较讲究风俗，她还是翻了翻皇历，建议他们把登记的日子改在半个月之后的一天。林静想了想，虽然只是注册结婚，但是挑个好日子也是应该的，于是他决定尊重老人的意思，婚期就正式定在半个月之后。

林静的房子设计得相当有格调，但是，在郑微正式进驻之前，未免失之单调，书多，装饰物少，家具多是冷色调，虽然整洁，但是缺乏生活气息，郑微并不喜欢，所以她搬过来的最初一段时间，就提议林静把窗帘换了，沙发套也改成暖色调，房子的各个角落都添了不少乱七八糟的小摆件，虽然显得乱了一点，但林静喜欢这个改变，他说郑微就是这个家的女主人，该怎么改变、怎么布置，大权全部在她手中。

郑微今天动动这个，明天挪挪那个，居然也有了点小主妇的快乐意味。鼠宝上蹿下跳的，跟她一样什么都新鲜。她忽然想起林静说过，他原本的床单被套什么的，颜色非蓝即白，太过冷清，希望等到注册那天，把它们全部换成喜气的大红色。

趁着有时间，郑微一个人去了商场，在五楼家纺区转悠了一大圈，一无所获，最后视线停留在一套大红提花的贡缎六件套上。她用手抚过样品的表面，手感很细腻，花形也精致，虽然价格贵了一些，但是她实在喜欢。年轻的店员走过来，殷勤地说："小姐，您眼光真好，这套六件套用在新婚之夜再合适不过了，除了样品之外，我们店里也仅有最后一套，您现在购买的话，我们还有一床同色系的羊毛薄毯赠送。"

郑微听到"新婚"两个字，联想到床单，忽然有些脸红，她想，就是这套了，林静应该也会喜欢的。

正打算让店员开票，却看到另一双白皙的手轻轻碰触着床单上的流苏，不经意抬起头来，两人视线相对，俱是一愣。

还是对方先反应过来，淡淡地打了个招呼，"郑微，好久不见。"

"是啊，毕业之后就没再见过了，曾毓。"

郑微和曾毓原本也算不上特别熟，她们两人最大的联系也不过是源于曾经喜欢上同一个男孩，简单问候过之后，一时无话。

曾毓继续把玩着那柔软而纤长的流苏，打破了僵局，"你想要买这套床单，准备结婚了？"

郑微说："是啊。"

曾毓把那点小小的惊讶收敛得很好，她说："如果我没有猜错的话，新郎并不是阿正吧。"

"你不也一样吗？"郑微反问。

"在学校的时候，怎么会想到有今天。那时……你们是那么好，我是恨过你的。"曾毓坦然地说。

郑微笑了，"现在不用恨了，到头来谁都没有得到，扯平了……你后来不是跟他一起去了美国吗？"

曾毓也像在说一个关于自己的笑话，"那时候还小，以为感情是做选择题，没有了你，他就只有我。其实我一开始就想错了，也许你不是适合他的那个女人，但我也不是，我和你的区别在于，他至少是爱你的。"

"爱和不爱，结果都是一样的。现在讨论这个毫无意义，他也找到了适合他的女人，欧阳家的千金，也许才是陈孝正梦寐以求的吧……"郑微扬手招来店员，"小姐，麻烦把开好的票给我。"她把小票捏在手里，对曾毓说，

"不好意思，我先走了。还有，顺便也恭喜你。"

郑微朝收银台走去，曾毓却叫住了她，"你还爱他吗，郑微？如果爱，就这么结婚你会后悔的，欧阳根本不喜欢男人，在国外时，同学的圈子里大家都知道，她是有爱人的，只不过是同性。阿正只爱过一个人，还需要我告诉你她是谁吗？"

购物小票在郑微手里骤然被捏成了一团，那个让她终于决定永不回头的晚上，陈孝正用绝望之前的狂热抓住她的手，他的话犹在耳边，"如果我说我跟欧阳之间有特殊的理由，你会不会再相信我？"

这就是他的"如果"。

郑微不是没有试过为他想尽各种理由，为他开脱，也让自己好过，然而当她终于从曾毓口中得到了一个答案，这才发现，真正的答案原来早已在自己心里生根。她笑着看向曾毓，"这对于我来说有区别吗？"

是呀，有区别吗？即使有，这区别也只是属于陈孝正，而不是属于郑微。他们都不懂，让郑微彻底斩断来时路的原因，从来就不是他不爱，也不是他的离开。

"谢谢你告诉我这些，曾毓。"郑微对若有所思的曾毓说，"其实我想说，当年我也一样恨过你。"

曾毓的笑容终于也释然，她用小女人特有的俏皮调侃道："那现在呢？"

现在？一笑泯恩仇。

郑微一年的公休用完之后，正式回到二分，她带去的还有自己的辞职报告。郑微并非不爱自己的工作，她曾经满腔热血地一头扎进中建的深水里，呛过几口，也有人拉过她一把，最后渐渐地习惯，变得游刃有余，也想过在这里奋斗到她职业生涯的最后一分钟。但是人算不如天算，她万万没有想到一向视为良师益友的周渠会出了这样的事，更难堪的是，即将成为她丈夫的林静恰恰是这个案子的直接负责人。

在这场纠葛里，郑微分不清谁对谁错，也不想去分，不管林静对二分做了什么，他对她的心意都是真的，同样，不管周渠是不是有罪，都没有办法改变郑微对他的感激。说她放弃了也好，厌倦了也罢，她只是不想再卷进这些男人的争斗里，更不愿意为此背上莫须有的黑锅，再加上她和陈孝正之间说不清道不明的关系，也许离开才是最明智的选择。

其实在从北海回来之后，郑微就正式有了这个决定，她跟林静商量过，林静的意见是尊重她的选择。辞职手续办得相当顺利，周渠仍然离职接受调查，张副经理看了郑微的报告，说了几句客套挽留的话，很快还是签了字。接下来各方面的交接都没有大的问题，只是郑微最后在人事部办理档案转移时，人事部主任告诉她，按照程序，所有的正式职工在离职时都必须得到分管人事的公司领导那签字，才能在人事部办理手续，继而到总部人力资源中心将档案转出。二分分管人事的公司领导正是陈副经理。

郑微站在陈孝正的办公桌前，看着自己的档案调出函在他指尖显得削薄而苍白。他很认真地在那张纸上端详了几分钟，而上面的所有文字加起来还不到一百字。

"听说你辞职是因为打算结婚了，恭喜你，嫁给了年轻有为的检察长，有了一个好归宿，工不工作都无所谓了。"

他的平静颇有些出乎郑微的意料，不过这对于郑微来说是好事，现在她只希望以最快的速度把这一切了结，所以她也尽可能让自己看起来平静无澜。

"谢谢。陈副，麻烦您在上面签字。"

"签字？容易。"陈孝正扬起那张档案调出函，当着郑微的面，微笑着缓缓将它送入办公桌一侧的碎纸机。

郑微听着纸张被刀片粉碎的声音，说道："不要紧，陈副您不喜欢这一张，我还有备用的复印件。"

直到档案调出函的末端也消失在机器里，陈孝正才抬头看着站在对面的郑微，一字一句地说："我不会签字的。"

郑微笑出了声来，"你知道你现在像什么？像个无理取闹的孩子。你可以让我的离职手续办得没有那么顺利，但是你阻止得了我结婚登记？要做到那一步，只怕攀上一个欧阳小姐远远不够。"

要激怒眼前这个人是那么轻而易举，陈孝正隔着桌子探身将郑微拉近自己的时候，额角的青色血管都在脉脉跳动。在他的作用力下，郑微的腿用力撞上了桌沿，她低叫了一声，面露痛楚之色。

陈孝正的表情远比她更疼，他问："疼吗，微微？如果你觉得疼，那应该知道我现在的感觉。你是不是还打算在婚礼的时候发请帖邀请我参加？"

"我很荣幸，如果你愿意来。"郑微压抑着声音里因疼痛而导致的颤抖。

"你说，你要结婚只是气我，说呀，你不会真的嫁给林静。"他的声音就这么慢慢地低了下来，犹如他的一颗心，终于学会低到尘土里，"微微，我没爱过别人，欧阳和我之间除了一个约定，什么都没有，她根本就……"

"你给她一个挡箭牌，她许你平步青云？"

"你都知道？那为什么不能再等等我？三年，我答应她三年，我以为我一定可以熬过去。"

"你当然熬得过，但我不会奉陪。我嫁给林静，不是因为跟你赌气，陈孝正，你没有那么重要。"

他摇头，拒绝接受这套说辞，敲门声却在这刻响起，郑微如蒙大赦，"有人来了，放手。叫你放手听见没有？"

陈孝正看了门口一眼，咬牙一声不吭地将她抓得更紧。门外的来客显然没有多少耐心，敲了几下，见门锁是松动的，便试探着推门进来。

"陈副，差旅费报销……"何奕站在办公室门口，看到让他瞠目结舌的一幕，一丝不苟得不像真人的陈孝正隔着办公桌将郑微的手使劲拽在手里，眼里的狂烈哪里还是平时那个客气而冷淡的人，桌上的文具一片狼藉。

陈孝正看到了何奕，却依然没有放开郑微的意思。何奕干笑两声，"有什么事慢慢说，大家都是同事……"

"谁告诉你我跟她是同事？"陈孝正指着大门的方向厉声对何奕说，"滚，马上给我滚。"

何奕摸摸鼻子，毕竟是顶头上司，在没搞清楚里面的状况时，他也不敢蹚这个浑水。

何奕离开后，顺手带上了门，郑微骇笑，"你真疯了。"

陈孝正这个时候才松了手，几步走到门口，将门反锁，然后回过头来抱住倚在桌子旁有些木然的郑微，将她的脸扳过来看着自己，"疯了就疯了。微微，要辞职可以，我跟你一起，我什么都不要了，只要你别走，这样可以了吗？如果你觉得不够，那你要我怎样，你说，你尽管说，我都可以做到。"

他颤抖着将脸贴在郑微的脸上，肌肤是烫的，而泪水却很凉，这样的冷热交融如同绝望里而生的祈盼。

郑微闭上眼睛，听着他像个孩子一样在她耳边喃喃地重复："我什么都不要了，什么都不要，只要你……"她不知道自己流泪了没有，一直以来，在他们的爱情里，郑微都是输家，他在前面义无反顾地走，她在身后不停地追，今天，她终于扳回一局，可走到这一步，赢了又能如何。

"真的吗？你真的可以什么都不要地跟我走？"

陈孝正说不出一句话，唯有点头，不停点头。

郑微尝到了泪水的咸涩，"阿正，即使你今天丢开一切跟我走，你总有一天还是会后悔的。我不想让你有机会怨我。"

陈孝正拉开一点距离看着她，"你是不再信我，还是不再爱我？"他仿佛又回到了当初那个一无所有的少年，郑微的爱是他唯一的凭借。

"我有没有跟你说过，我小的时候有一个洋娃娃，是我从表姐那里抢过来的，所有的玩具里，我最爱它，每天晚上不抱着它就睡不着觉，不管它多旧多丑我都不在乎。后来，我弄丢了那个洋娃娃，我不停地哭闹，嗓子都哑了，还是找不到它。爸爸妈妈买了很多新玩具来安慰我，我通通都不要，那时候我以为，一天找不到这个洋娃娃，我一天都不会开心，再也不会爱上别的玩具。一个月，两个月，一年，两年，我都忘不了它，直到上了小学，有一天家里大扫除，我才在旧橱柜的角落里找到了它，这时我竟然发现，它对我来说已经没有那么重要了，或许在找寻它的过程中，我就已经过了需要玩具的年龄。"

郑微感觉陈孝正的身体渐渐离开自己，原来竟会有这么一天，他已经愿意放弃所有，才发现他的"所有"郑微并不稀罕。

"你不签字也不要紧，大不了我放弃档案，只要我不再回到国企，档案对于我而言意义并不大。最重要的是，如果我这个时候辞职，所有的人都会认为我出卖了周渠，无地自容，引咎离开，再也不会有人猜到，把那些证据亲手交给林静的人是你。"

"林静告诉你的？"

郑微轻笑，"林静当然不会跟我说这些，他恨不得我永远也不知道你们之间的交易。"

"我说过不会放过冯德生，就一定要他在这一次付出最大的代价！至于周渠，你那么维护他，把他看成你工作上的偶像，但是他何尝没有利用过你？我这么做有错吗？"

郑微说："你们都没有错，各为其事，无可厚非。但是别再说你可以为了我抛开一切。"

陈孝正颓然坐回自己的办公皮椅，他是个聪明人，偶尔做一场梦，醒得还是会比别人快。他最终还是在她备好的另一份函上签了名，写过无数次的"正"字最后一笔落下，他才终于相信，郑微和陈孝正已成回忆。

陈孝正把签好字的函推到郑微面前，这时的他已理智矜持如常，在郑微说完"谢谢"之后，他问了最后一个问题："如果没有欧阳婧，如果当初我跟林静公平竞争，你会不会给我机会？"

这个答案其实已经没有意义，人生没有如果。郑微完全可以含糊其辞，给陈孝正一个似是而非的答案，但她没有，她把那张函小心地拿在手里，只对他说了一个字：会！

郑微无从得知陈孝正的反应，说完之后便转身离开，她知道他不会有事，从今往后，他会功成名就，如愿以偿。至多，也不过是梦里感觉心中有痛——如果他还有梦。

　　收拾好办公室的私人物品，郑微抱着一个大纸箱走出办公楼，何奕追上去帮了她一把。他说："郑微，今天的事就当我没有看到，但是，那天在北海看见我，你能不能在少宜面前保密？"

　　郑微用余光看了他一眼，"既然害怕少宜知道，这证明你还在乎她的婚姻，我不明白，你为什么要跟施洁在一起，她根本就是利用你。"

　　何奕说："我不是不爱少宜，但是跟她在一起我觉得很累，离开又做不到，施洁至少给了我快乐。"

　　郑微禁不住鄙夷，他当初千辛万苦追求少宜的时候为什么没有觉得累？她招手拦住了出租车，上车前，她对何奕说："放心，你们的事我管不着，即使少宜迟早有一天会知道，但是也不应该是我去告诉她。她是什么性格你比我清楚，希望到时你还能这么快乐。"

　　晚上，林静触碰郑微的时候，发现她腿上瘀青一片，一连追问怎么这样不小心，郑微说白天在办公室收拾东西的时候不留神撞到了。林静闻言，心疼得不行，给她涂了药，让她不要乱动，小心睡觉。

　　入睡前，郑微从一旁抱住靠在床头看报纸的林静。

　　"怎么了？"林静笑着把注意力从报纸转移到她身上。

　　郑微说："没事，就想抱抱你。"

　　林静把手臂从她颈下绕了过去，让她靠在自己胸口，安静地听着彼此的心跳。郑微埋头在他怀里说："林静，我想去婺源。"

他有些惊讶，"婺源？可是我最近没空，要不过一段时间，等我们登记之后一起去，顺便回家一趟？"

她摇头，"你忙你的，我想一个人去，在结婚之前，就当了个心愿。"

林静的手微微收紧，但是最后还是点了头。

第二次独自前往婺源，郑微已轻车熟路。当村口在望，她在心里说了一声：老槐树，好久不见。

郑微先去了向远的家，时隔五年，她还记得那个陪着她流泪的有趣的女孩，只可惜向远家的土坯房已人去楼空，邻居都说，前几年向远的父亲出了意外去世之后，他们家两姐妹都去了城里，再也没有回来。

寻人不遇的郑微孤身重返老槐树下，五年前，她在这里埋葬了她的童话书和小木龙，现在她忽然想念它们，不知道它们是否还安安静静地躺在树下。

老槐树还是跟以前一模一样，五年对于它来说不过是睁眼闭眼间的事情，可是树下的人却一变再变。

郑微在很远的地方就看到了陈孝正，他背对着她的方向站在树下，不知道心里在想什么。郑微停住脚步看着他的背影，比以前更感觉到他的孤单。想不到他竟然也会出现在这里，原来婺源的老槐树不仅仅是她一个人的梦。

郑微在这一刻忽然感到释然，她彻底原谅了这个给过她辜负的男人，也原谅了自己年少时不问因由的爱。她曾经把最好的青春都灌溉在这个男人身上，用尽了笑和泪，让爱萌芽，虽然最终也没开出一朵花，可是这又有什么关系，即使没有陈孝正，郑微的青春也不会永垂不朽。正如故乡是用来怀念的，青春就是用来追忆的，当你怀揣着它时，它一文不值，只有将它耗尽后，再回过头看，一切才有了意义——爱过我们的人和伤害过我们的人，都是我们青春存在的意义。

郑微想，她毕竟比阿正幸福，不管是过去还是现在。因为她爱的时候没有保留，流泪的时候淋漓尽致，在这份感情里，她没有亏欠，她的爱是圆满的。正因为陈孝正给过玉面小飞龙跌宕起伏的爱，才让后来的郑微学会在平凡的幸福里甘之如饴。

再见，阿正。

郑微离开的时候终于可以微笑。她一直梦想着和自己爱的人一起来看老槐树，而不管是林静还是陈孝正，他们都曾在树下缺席，不要紧，这是她一个人的老槐树，她来赴的是和青春的一个约会。

结束了婺源之行回到 G 市机场的时候，郑微毫无意外地在接机处看到了林静，她笑着投向林静的怀抱，汲取他怀里的温暖，她说："林静，我回来了。"

林静回应她的是包容她身心的拥抱。

一个多月后，二分的案子有了结果，冯德生被判入狱十五年，周渠却只因为监督不力和渎职交由中建内部处分，自然不能再担任公职。

周渠下定决心和妻子一起移民加拿大，离开的那一天，郑微到机场给他送行。在见到周渠之前，已成为林静妻子的郑微始终有一丝犹豫，但面对面的时候，周渠却给了她一个毫无芥蒂的笑容，不管周渠是否利用过郑微，也不管郑微是否辜负过周渠的栽培，郑微都为自己涉世之初遇到周渠而感恩。

飞机起飞后，郑微没有回家，她忽然想念阮阮，就一个人坐车到了公墓，沿着静穆的小径朝阮阮安息的地方拾级而上，正好遇到了刚刚下山的老张。

郑微离开二分后，在老张的劝说下加入了他和几个朋友组建的建筑公司，负责公司内勤方面的工作，公司的股东之一也包括了那个曾让韦少宜心动的设计院"院草"，近距离接触之后，郑微发现他也是个有趣的人。在一个新公司里打拼当然比在国企时要累上许多，但眼看公司规模日益壮大，就像看着自己的孩子在成长，那种喜悦的感觉是无法言喻的。林静心疼她的辛苦，但也鼓励她有自己的事业和天地，重新在生活中斗志昂扬的郑微才是最生动的。

郑微和老张在这个地方都没有交谈的兴致，寒暄了几句就相互挥别。郑微坐在阮阮的墓碑前，将先前来过的人留下的花摆放整齐，她现在已经知道了满天星的花语——"甘做配角的爱"。

郑微只想陪着阮阮安静地坐一会儿，电话铃声却一直不肯放过她，先是林静问她晚上想到哪里吃饭，然后又是何奕打电话来问她，知不知道韦少宜去了哪里。

何奕的事情到底没有瞒过少宜，女人的第六感永远是敏锐的，少宜在感情上的洁癖郑微见识过，但是她痛揲了何奕两个耳光，最后却没有离婚。也许爱情是刚性的，婚姻却是柔性的，我们都得学会妥协，即使刚烈如韦少宜也不能例外。

郑微挂了电话，就跟阮阮说起了公司里几个小姑娘的玩笑话。二十出头的女孩子总想不明白年过三十的女人为什么活着，她们说，如果有一天脸上出现了皱纹，宁可去死。

郑微对着阮阮笑了起来，你还记得吗，以前我们不也跟她们一样？其实活着的人总有一天都会老去。阮阮，只有你，只有你的青春永不腐朽。

番外一
Postscript

2月13日 到此为止

2月13日10：00 林静

这一天的林静醒得很早，虽然早起一直是他的习惯，可是他知道，今天和以往，甚至是和今后的任何一个日子相比，都将是特别的。因为，二十一年前就说过长大后一定要嫁给他的那个女孩，终于要在这一天成为他的妻子。

其实严格说起来，早在半年多前，林静和郑微已经是法律上的夫妻，可林静骨子里毕竟还是个传统的中国男人，在他的观念里，只有经过了这一场仪式，她才真正成为他生命中的另一半，他的虚位以待的人生才算圆满。

婚礼在 G 市举办，他们俩都不是地道的本地人，晚上宴请的大多是双方的同事和朋友，南昌那边的一些至亲好友也特意赶了过来。按照林静的意思，等到两人都有时间的时候，再回到南昌邀请没有参加这边婚礼的亲戚和朋友吃顿饭，也算两头都有了交代。

按照旧的习俗，婚礼的前一天，新郎和新娘是不可以见面的，林静虽然觉得这没有什么道理，但他们还有一辈子的时间厮守，分开一夜又有什么关系。所以从前天开始，郑微已经跟她的父母住进了婚宴所在的酒店。将近两天没有见到郑微，想起她披上白纱的模样，一向从容的林静也觉得时间委实过得太慢。

从早上八点半开始，他的手机就没有安静过，有打电话过来真心贺喜的，更多的是借此机会拍马屁拉关系，总之你方唱罢我登场，饶是今天的林静心情大好，也烦不胜烦。

伴郎韩述是林静的旧同事，前两年交换提拔的时候调到另一个城区的人民检察院任职，也是公检法系统的后起之秀。他见林静为电话所扰，关机又恐有失礼貌，索性拿过新郎官的手机，所有的电话一律由他代接打发，林静这才耳根清净。

前往酒店接新娘的途中，韩述才把手机交还给林静。林静信手翻看把收件箱塞得满满的短信，看到了一个颇为陌生的电话号码，那个号码发来的信息只有短短的一句话——

"恭喜你如愿以偿。"

他看着那寥寥几个字好几秒，然后笑了笑，将这条信息连带这个号码的所有通话记录从手机里彻底删除，抬起头来的时候，酒店的停车场已在眼前。

林静参加过许多场婚礼，也听过不少新郎官抱得美人归之前所经受的"磨难"，当时只觉得滑稽，轮到自己担当主角的时候，才知道真正如热锅上的蚂蚁。

隔着1918号房薄薄的一扇门，他甚至已经听到郑微咯咯的笑声，红包也不知道塞进了多少个，那扇门却始终唤不开。最让他头疼的是她那个叫朱小北的伴娘，真正刀枪不入，软硬不吃，伙同新娘子一起极尽搞怪之能事，就连以临阵不乱著称的林检察长也硬生生地被这甜蜜的折磨"磨"出了一头的汗水。即将步入婚姻殿堂的伴郎心有戚戚焉，"这哪里是什么女博士，活脱脱一个女流氓。"

林静也不知道自己说了多少好话，表了多少决心，甚至哭笑不得地应着门里面的"法官"的要求，讲了一段带颜色的笑话，成功将新娘子逗笑之后，那扇门才总算打开。当郑微站在门的另一头朝他露齿而笑的时候，林静才知道，为了这一刻，所有的过程都是值得的，就连几日前他母亲在他脸上狠狠甩下的那一记耳光所带来的阴霾，也随着她的笑容烟消云散。

世事岂能两全，我们的一生中，得到的同时也总在失去，幸与不幸的区别只在于得失之间孰重孰轻。如果是这样，拉起郑微双手的那一刻，林静想，上天对他毕竟是眷顾的。

2月13日18：45 陈孝正

当他还是那个除了骄傲一无所有的少年时，曾在无数次的梦中幻想过这一刻。象牙色光面软缎最衬她白皙皎洁的肌肤，及膝小礼服的款式让她的一张娃娃脸灵动无比。她左边耳垂上有一颗小痣，她曾说：阿正，如果有一天我们走散了，再见的时候我老得白发苍苍，记得这颗痣，你总能认出我。现在，彼此容颜未改，他站在一米开外，只看得见她脸侧摇曳的珍珠耳坠。她的那双手还是那样美好无瑕，他曾梦想过自己有一天可以紧握着它，踩着红毯，微笑地站在贺喜的人面前……

没错，他知道这些都只能在梦中，就连当初还拥有着郑微的陈孝正，在清醒的时候也没有奢求过这一幕真实的降临，因为太过美好，他不敢伸出手，怕自己抓不牢。

连他自己都不相信自己可以拥有，所以注定得不到。

她和她的丈夫肩并着肩，男在左，女在右，一对璧人。

他对自己说，陈孝正，你可以不来，但既然来了，就知道该怎么办。所以他扬起嘴角走到他们跟前，一句恭喜，应该说得无懈可击。

　　郑微手里还握着一只精巧的打火机，接过他的红包，顺手放在伴娘的托盘上，笑着对他说："谢谢，我给你点支烟吧。"

　　他从不抽烟，她比谁都清楚，可是他还是从托盘里拈起一支，极不熟练地叼在嘴里，顺着她的手势微微欠身，1992年的防风Zippo，在她手里好几次都打不着火，他不知道轻抖的是她还是自己。

　　有一刹那，陈孝正以为时间可以这样恒久地静止，然而，下一刻，另一只手轻轻覆在了郑微的手背上，指节修长，稳定而有力，在这只手的配合下，一切恢复如常。火苗蹿起，陈孝正心里的最后那一点光便灭了。陈孝正差点忘了，她身边的这个男人，有一双比他更有力量的手，这双手可以温柔地抚在心爱女人的手背，也可以翻手为云覆手为雨。

　　他对新上任不久的城区检察院一把手含笑点头，"林检察长，祝你们夫妻俩白头到老，地久天长。"

　　对方亦对他报以微笑，"多谢，陈副经理好事应该也近了。"

　　这个男人的语调永远是温和而矜持的，陈孝正不会忘记，当自己在某个午夜，看着这个男人怀抱着猫一步步走下她家的楼梯，然后笑着说："听说陈助理的任命就要下来了，贵公司欧阳总经理对你厚望有加，你是聪明人，这个时候，为谁风露立中宵？"那个时候，陈孝正就知道自己手上已经没有了筹码。

　　或许他停留得太久，身后等待着跟新郎新娘打招呼的客人已面露不耐，他再一次看向娇俏的新娘，那些年，在那些年里他们几乎以为对方就是自己的整个世界，然而现在，他和那一个个手拿红包、面目模糊的来客有何不同？

"这位客人，请先入席吧。"伴娘打扮的朱小北对他这样说道。他欠身从他们身边走过，将朱小北眼里一闪而过的鄙薄抛在身后。

他只有一杯清水，原已觉得足够，然而偏偏让他一度尝到从未奢望过的甜，这才觉察出后来的寡淡。今后这半生，他或许再也觅不到那样的滋味，没关系，水还是水，他已失却味觉。

2月13日23：49 郑微

婚宴酒店所属的夜总会包房里，大半客人已经陆续离开了。林静说，不愿意在洞房花烛夜面对闹洞房的人离去后的一片狼藉，所以他在酒店预订了两间大的包房，意犹未尽的客人都可以来，爱怎么喝就怎么喝，爱怎么闹就怎么闹。

喧哗热闹了一晚上，夜深了，剩下的都是好朋友。

半醉后一直歪在沙发上的朱小北这个时候忽然又打开了一听啤酒，半举在空中，喃喃说："敬阮阮。"

她周围的几个人很久没有说话，老张第一个附和，举杯说了同样的一句话，大家都喝得差不多，谁也听不出谁的哽咽。

只有郑微放肆地哭了，林静也劝不住。

阮阮，我嫁人了，我很幸福，如果你在天有灵，是不是也会像我一样喜极而泣？

黎维娟皱着眉说："新娘子在好日子里不要哭。"

郑微不在乎，这已经是她今天第二次掉眼泪。前一次是婚宴刚开始的时候，她接到孙阿姨——应该说是她婆婆的电话，当时她听到电话那端熟悉的声音，一句"妈"怎么也喊不出口。

郑微还记得上个星期她随林静回南昌，林静先跟她去见过了她的父母，接着又把她带到了他自己家。郑微没有预期过会顺利过他妈妈这一关，然而孙阿姨面对她时，那完全无视她的态度还是让她十分难过。阿姨过去是那么疼她，她在林家的时候，满桌都是她爱吃的菜。

该说的话林静都已经说过了，孙阿姨始终一言不发，最后林静跟他妈妈进了厨房，郑微不知道他们母子俩后来说了什么，总之没过几分钟，林静面无表情地走出来，拉起她的手就往门外走。

她问发生了什么事，林静说，什么事都没有，可是他脸上清晰可见的指痕却骗不了人，她还没问他疼不疼，他反倒安慰她，要她别担心，没有解决不了的事。

孙阿姨果然没有出现在 G 市的婚礼上，郑微决定了要嫁给林静，谁也无法改变，然而如果得不到他妈妈的祝福，多么遗憾。

那通意料之外的电话只有寥寥几句话。孙阿姨说，今晚敬酒的人多，别让林静喝醉了，你也是，小时候就毛毛躁躁的，现在都做人媳妇了，总要像个样子。

郑微当时一边点头一边掉眼泪，话虽然没有一句好听的，但是老人家爱面子，他妈妈肯做到这一步，已是最大的退让，她很知足。

"看看你的妆，都糊成什么样子了？"黎维娟还在喋喋不休，郑微哭了又笑，既然已经没有形象，那么索性豁出去了，她单脚踩在软榻上，大声招呼着身边的人举杯。老张和程铮他们已经使了一晚上的坏，变着法子捉弄两个不能反抗的新人，周子翼却拉着林静坐在角落里，又是拍肩膀又是低声细语地说个不停，明显地乘机套交情。她非要把这些人统统喝倒，大家不醉不归。

孙阿姨叮嘱郑微别让林静喝醉了，结果林静没醉，她却醉得东倒西歪。散场的时候，何绿芽忽然想起什么似的偷偷把一个包得严实的盒子塞到郑微手里，吞吞吐吐地说："这是那个，那个谁让我给你的，还没开始敬酒的时候他就走了。"

郑微愣了一下，原本醉后无力的手一不留神，盒子掉落在地，砸在大理石的地板上，一声脆响。她蹲了下来，不管不顾地撕着盒子上的胶带，打开盖子，里面是一个已经摔得七零八落的模型，依稀看得出是一栋小屋的样子。

她保持着打开盒子的那个姿势，一动不动，良久，林静轻轻拉了她一把，"没事，喜欢的话，还是可以找人拼凑回来的。"

郑微小心地把盒子盖上，顺着林静的力道摇摇晃晃地站了起来，"不用了，也许我摔之前它就坏了。"她凑到林静跟前，贼兮兮地朝他笑。

"又干什么？"林静故意皱着眉。

郑微蹭着他，就像撒娇时的鼠宝。

"你锁在床边第二层抽屉里的那本书什么时候还我？"

林静还来不及回答，热闹的大厅里忽然传来了 DJ 激情澎湃的声音和众人的欢呼。

原来十二点已过，一年中最缠绵的一天到来。

如歌所唱，喜悦出于巧合，眼泪何必固执。

2 月 13 日，到此为止。

番外二
Postscript

琴瑟在御，莫不静好

　　林静小时候不喜欢自己的名字，初识的人永远以为这个名字应该属于一个乖巧的女孩子，而他的小学、高中都曾出现同名同姓的同学或校友，对方也都是女孩。可是他爸爸告诉他，他的名字取自《诗经》里"宜言饮酒，与子偕老。琴瑟在御，莫不静好"之意，他才知道，这个名字也许是父辈期许的完美爱情的象征。

　　林静十分尊敬他的爸爸林介州，爸爸对他一向严厉，妈妈反倒是跟他更亲些。林介州理工科出身，是"文革"结束恢复高考后的第一代名牌大学毕业生。自林静记事以来，不如说林介州就是当地一个老牌国企的负责人。与其说是个管理者，林介州更像一个学者。在林静看来，他的爸爸睿智、沉静、理性、正直、学识渊博，一直是他成长历程中的楷模，更重要的是，林介州对家庭的重视和对妻子无微不至的爱，让林静觉得自己拥有世界上最幸福的家庭。

　　对于一个男人来说，除了成功的事业，还有什么比一个安宁和美的家庭更重要？林静从小耳濡目染，他觉得为自己的家人遮风挡雨，给自己所爱的人幸福是一个男人最起码的职责。可是，不是所有的家庭都能像他家一样幸运，就连快乐无边的小飞龙，回到家里，也不得不面对征战连年的父母。

　　每次家里发生世界大战，小飞龙就会出现在林静家的饭桌上，她总是自动自觉地坐在林静身边，以为大家都看不见一般，把她的小凳子悄悄地往林静身边越挪越近。林静低头吃饭，很配合地假装看不到她的眼睛在他身上滴溜溜地打转。一向主张食不言寝不语的林介州，不但在小飞龙眉飞色舞地讲着趣事的时候笑得无比开怀，还兴致勃勃地参与到讨论中去，哪里还有平时端正严肃的大家长和领导者的样子，林静的妈妈也笑眯眯地看着这个活泼灵动的小女孩，满桌都是小飞龙爱吃的菜。

林静一点也不嫉妒，在他看来，这个女孩是他的第三个家人。

林静比小飞龙大五岁，她的功课一直都是他辅导的。她有小聪明，但学习并不专心，作业出的错都是由于粗心大意，往往他正给她讲着书本上的重点，她的注意力却腾云驾雾地飞到了千里之外。

她说："我真喜欢你的这盏台灯，橘红橘红的。林静，你送我一盏好不好，我回去天天看着它。"

林静回答她说，这种老式的台灯市场上已经没有卖了，他家这盏又是他爸妈新婚的纪念物，不能送她。她倒不生气，说过就忘了，可每一次灯泡烧掉，林静都特意坐上一个多小时的公车，到这城市边缘的一个老旧五金市场去买。全市只有这个地方还在出售这种颜色的灯泡，他怕有一天连这个市场也消失了，于是一次通常买上许多个。他知道自己的私心，他不肯送她这样的台灯，是希望当她想念这样的灯光时，就会出现在这盏台灯旁。他希望自己是全世界独一无二能给她这样温暖的人。

林静习柳体，因为爱柳体的法度谨严，遒劲有骨。看他的书法，老师总是觉得奇怪，明明是个性格平和的孩子，写出来的字却险峻凌厉。小飞龙最怕写毛笔字，可她爸妈说，经常往林家跑是可以的，但是跟在林静哥哥身边，总得学点好的东西，他们希望学书法能让她无法无天的性格收敛一些，所以她每周有三天跟着他临帖。

林静在小飞龙面前并不是个严厉的老师，大多数时候，他任她不务正业地玩墨水玩得不亦乐乎。这样的结果就是直到他上了大学，暑假回来，她的一手书法还属于印象派风格，完全拿不出手，不过，唯独一个"静"字她写得有模有样。是的，他曾特意认真反复地教，但是，她是否也曾一再有心地练？每次应付大人的检查时，她都耍赖地使出这一字绝招，看着这个写得流畅秀挺的"静"字，林静开始爱上自己的名字。

大院里的孩子特别多，他从小习惯了做别人的榜样。大多数的家长教育小孩时，口头禅通常是："你看看人家林静是什么样子，你就不能学着点。"林静知道自己的优秀，也并不打算掩饰，他喜欢别人仰视的目光，可跟他最亲的小飞龙却说："我一点都不崇拜你。"

林静笑着问她："为什么？"

她说："我要嫁的人当然是最好的，这不是很正常的事情吗？"

这样的话，他已经听得习惯了，也许从她刚知道人长大了要结婚开始，她就总是一本正经地说："林静，我要嫁你，一定要嫁给你！"

她在他面前说，当着许多大人的面也这么说，小小的一个女孩子，斩钉截铁地说着一辈子的承诺，大家都被逗乐了，开玩笑的时候便说她是林家的小媳妇。林静也笑，可是他看着她跟那帮野孩子玩疯了之后变得红扑扑的脸，不禁怀疑她到底知不知道"嫁给你"的意义。

六岁的时候，她的理由是："孙阿姨做的菜真好吃，妈妈说我不能嫁给林伯伯，也不能嫁给孙阿姨，我只能嫁给你。"

九岁的时候，她说："我看着张小明这臭男生就想揍他，林静，还是你好，我就想跟你结婚。"

十四岁的时候，她扯着他的衣袖说："你要等我，我很快就会长大。"

他一直笑而不语。

她十七岁那年，他寒假回家，带她到城隍庙逛庙会，她从小就喜欢往热闹的地方钻。他去买水，一转身回头已经不见了她，最后当在庙后的大榕树下看到她的背影时，隆冬的季节，林静发现自己额头上居然有汗水。

他走过去问："微微，你干什么？"

她在专注地想把写着两人名字的锦囊用红线拴在树枝上，听见他的声音，回头着急地说道："你比我高，你来系。"

"系那么高有什么用？"

"高一点才不容易碰掉，等我们结了婚，是要来还愿的。"

她说得那么理所当然，林静不是第一次听到她这样的论调，不知道为什么，这一次他没有笑，在踮起脚尖系红绳的时候，他好几次都打不好那个结。

小飞龙终于考上了跟他同一个城市的大学，她上火车的前一天，林静把那张写着"我的小飞龙"的照片夹到了她送的那本童话书里。这些年，很多话都是她在说，可是，有些话必须由他来开口，他只说一次，就是一辈子。

那天晚上，他接到了一个电话。挂上了电话，他才知道从刚才那一刻起，他的世界颠覆了。

"宜言饮酒，与子偕老。琴瑟在御，莫不静好。"多么动人的誓言，原来是他最敬爱的人和另一个女人渴望的天长地久。他所拥有的"全世界最幸福的家庭"原来是个笑话，那这个世界还有什么是值得坚守的？

他忽然害怕即将来到他身边的小飞龙。

林静站在医院病房的窗口，轻轻撩开窗帘，午后的阳光便急不可待地刺了进来，让他皱了皱眉。这阳光也投射到床上病人的脸上，原本就睡得极不安稳的病人发出了几声无意识的呻吟。他走过去，坐在床沿，看着被病痛折磨得形如槁木的那个人，哪里还像他儒雅强健的父亲。

从美国拿到学位后不久，林静就接到了妈妈的电话，说爸爸病得不轻，让他尽快赶回来。回国之后的大部分时间林静都陪在医院里，林介州何止是病得不轻，根本就是肝癌晚期，癌细胞扩散了之后，他的生命实际上已经走到了最后一段。

每次林静这样看着病床上身体每况愈下的林介州，他都在想，这还是曾经被他视为偶像和楷模的父亲吗？为了和那个女人的一段见不得光的感情，他把好端端的一个家毁了，事业也不要了，名誉也不要了，最后连健康都无可挽回。到了这一步，能留住的又什么呢？生命比爱情还脆弱。

林静的妈妈还在职，工会的工作琐碎而繁杂，每日忙得不可开交。她在丈夫生命垂危的时候大度地原谅了这个背叛了她的男人，却也不可能再日日守在床前。林静理解他妈妈，这种时候，林介州生或是死对她来说都是种折磨。

医生也表示束手无策后，林介州陷入昏迷的时间越来越长，即使在醒过来的时候，意识也越来越混沌。很多次，他定定地看着林静，问："你是哪个部门的？"又或者，"林静为什么还不回来？"能够认出林静的时候，他就一再地重复着一个地名，"婺源……婺源……"

婺源，林静记得这个地方。几年前，他曾经答应小飞龙要陪她一起去那里，重游见证过她妈妈的爱情的地方。讽刺的是，他当时没有想到那个地方对于他父亲来说竟然有着同样的意义。

终于有一次，林介州把枯瘦如柴的手覆在林静的手上，声音微弱但字字清晰，"林静，在我死后，把我的骨灰带到婺源，撒在李庄村口那棵槐树下，这是我求你的最后一件事情。"

林静想起了这几年迅速憔悴的妈妈，心中一恸，极其缓慢地抽回了自己的手，"爸，你病糊涂了，自己说什么都不知道。"

林介州没有再说话，看着儿子的一双眼睛却渐渐黯淡了下去。

那一天，林静去拿药的时候在病房走廊的尽头看到了那个他过去一直叫"阿姨"的女人。她站在背光的角落，看着林介州病房的方向。林静听说，在他回国之前，也就是他爸爸刚入院的时候，她来过很多次，每次都说只想看林介州一眼，可都被林静的妈妈骂了回去。大院里也传得沸沸扬扬，都说如果不是她和林介州的丑事，林介州也不至于肝火大动，早早发了病。她连累了半世清名的林介州跟她一起成了作风败坏的典型，自己更是成了人人唾弃的狐狸精。

林静没有走近她，她也一直没有走过来的意思，就这么如泥塑一样静静地朝着病房的方向。林静看不清她的眉目，但他感觉她脸上应该有泪，他忽然害怕直视那张脸，隐约神似的五官让他想起了另一个人，这让他几乎就要在这个毁了他家庭的女人面前心软。

父亲的病暂时稳定下来的那几天，林静去了一趟 G 市，×× 省的法院、检察院系统招考公务员的资格预审已经正式开始。他喜欢这个堂皇的理由，虽然之前他在国内研究生导师的推荐下，刚刚收到了上海一家知名律师事务所的邀请函。

站在 G 大的一个电话亭下，林静觉得这里的空气里仿佛都弥漫着一种若有若无的甜味。不知道为什么，所有与她有关的一切都带着这样的气息，就连回忆都是如此。

刚到国外的时候，林静也有过一段荒唐的时光，很多次，他在梦里一再地把那本童话书拿起又放下，可醒过来却不知道自己身在哪里，身边又是谁。从他远渡重洋的那一天起，他就知道，他离小飞龙只会越来越远，这样的距离是他以前无法想象的，可是理智一再地告诉他，没有比离开更好的选择。

林静不是个容易迷失的人，也许他的本性终究不适合这样的放纵，很快也就厌了那样的生活，把心思收回到学业中去。他觉得不管在什么情况下，人都应该让自己尽可能过得最好，父母的裂痕他无法弥补，发生过的事情他不能改变，唯有让自己向前看。

在异国的那些日子里，他得到了导师的赏识，在当地华人的同学圈里也颇受欢迎，当然，感情世界也并不贫乏，他先后有过几个正式交往过的女友，无一不是聪慧明丽的女子。有时他也觉得，自己就是喜欢那些成熟懂事、精明独立的女人，在一起轻松惬意，离别了也风轻云淡。

在一起时间最长的是一个叫琳西·吴的女同学，那也是他归国前最后一段感情。琳西是第三代华侨，家境殷实，漂亮而豁达，她生长在美国，国语却说得流利，一手簪花小楷写得妩媚风流。有时候，就连林静也觉得，再没有比她更契合自己的伙伴。

琳西曾经力劝林静扎根在洛杉矶，两个一样聪明能干的男女在一起，何愁闯不出一片天地，可林静始终没有打消过回国发展的念头。离开之前，他和琳西共进晚餐，两人友好地告别，他送她回去的时候，她给了他一个长长的拥抱，然后笑着祝他一路顺风，他开车离开，假装不知道她在家门口蹲着哭泣。

回国很久之后，林静才接到琳西的一封邮件，她说，她一直在等他一句话，如果当时他说，琳西，跟我回国吧，她不顾一切也会跟着他去的，可惜他并没有这样要求。其实林静也在想，假如当时她在他面前流泪挽留，他会不会就动了留下来的念头？

可惜她不是小飞龙，只有小飞龙才会在林静离家的时候，毫无顾忌地哭得惊天动地。从小到大，只要她不管不顾地抓住他的衣袖，他就再也狠不下心离开。所以，就连当初考上了 G 市的政法大学，到学校报到的前夕，他也不敢让她送行，就怕她大哭的样子让自己六神无主。

是的，这个世界上只可以有一个玉面小飞龙，当初他喜欢琳西，不就是因为她的聪颖独立？所以他和琳西注定是路过。

林静辗转联系到了同在大院跟郑微一起上高中的几个同学，才得到了她现在的宿舍电话，快四年了，他以为没有什么坎过不了，没有什么人不能忘记，可拨动电话的时候，他在电话亭隐约反光的玻璃隔板上，发现自己在不自觉地微笑，每一寸记忆的影像都是过去十七年里关于她的点滴。他忽然觉得，即使为此得不到母亲的谅解，也并不是那么可怕的一件事。

电话通了，她的舍友是个热情的女孩，她不但告诉林静，郑微刚跟男朋友出去了，还不忘好奇地追问，请问你是谁？

你是谁？我是谁？林静客气地对她的舍友说再见，他不知道现在自己对于郑微来说是什么人，是一起长大的邻家哥哥，还是很久不见的故人？每一种解释，都比他想象中的要疏远。

他是看着郑微朝自己的方向走来的，她比四年前高了一些，头发也更长了，一张娃娃脸还是长不大的模样。她低着头，边走边把两个灌得满满的矿泉水瓶吃力地往背包里塞，当她看着前方的时候，脸上顿时像笼罩着一层幸福的光，而她的光源并不是他，而是站在不远处的一个清瘦少年。

她一路奔跑着朝她的光源而去，没有看见就站在路边电话亭里的林静。

林静也没有见过这样的郑微，当然，她从小就是快乐的，可她在他身边时，那快乐是天经地义的，而现在的她，只因为那少年浅浅的一笑，便喜悦得如获至宝，那幸福满溢得连他这样的旁观者都看得一清二楚。

在接下来的几天里，林静有条不紊地办完了所有的事，坐在返程的航班上，他看着窗口擦过的云，过去种种，如浮光掠影般滑过。身边一对夫妇手忙脚乱地哄着痛哭不已的儿子，连回忆也安静不下来。林静索性收敛心神，微笑地看着流泪的男孩，"小朋友，你为什么哭？"

男孩抽泣着说："我丢了我最爱的一本书。"

林静说："原来是这样，但你也不算最惨，你看，我也丢了我最爱的一本书，可我并没有哭。"

"那为什么你不哭？"

"因为掉眼泪也不能让我找回它。"

男孩当然听不懂他的话，仍旧抽咽，"你们都不懂，那不是一本普通的书。"

林静笑笑看回窗外，他当然是懂的。他也丢了最爱的一本书，更丢了原本属于他的小飞龙。

"他是鬼迷心窍，林静，连你也一样？"

林静面对眼神凄厉，咬牙不已的妈妈，暗暗往后退了一步，她把丈夫的骨灰盒单手环抱在胸前，另一只手则直指唯一的儿子，整个人颤抖如秋日枯叶。林静唯恐她激动之下失手将那白瓷的坛子摔落在地，只得噤声。

"你要把他的骨灰拿去那个地方，除非我死！"

林静叹了口气，几日之内，他生命中最亲的两个人竟然不约而同地用自己的死亡来威胁他，并且，其中的一个成功了。

他从 G 市返回后的当天傍晚，林介州的病情就开始急速恶化，凌晨时分，已经让医生摇头的林介州奇迹般地清醒了过来，把儿子和妻子都叫到了床前，用病后少见的清明神志，将家里的大小事宜仔细交代了一遍，房产、股票、存款、保险统统转到了妻儿名下，他是个细心而条理分明的人，即使在这一刻仍是如此。林静半蹲在父亲的病床前，他心里明白，他自幼崇敬的这个人，已经快要走到生命的终点。

林介州的声音越来越无力，只剩下如残破风箱般的喘息声，最后那一刻，他已说不出话来，一双眼睛却不肯闭上，艰难地用目光找寻林静。

林静的妈妈在这个时候也按捺不住地泣不成声，她抓住这个她爱过也怨过的男人的手，"你还想说什么，还有什么心愿放不下？"林介州却不看她，犹自迫切地看着儿子，喘息声越来越沉重。

只有林静对这无声的哀求心知肚明，饶是一向理智果敢的他在这个时候也不禁心乱如麻，一边是父亲临终的最后心愿，一边是母亲的眼泪。他避开那双眼睛，将脸埋进手掌里，却避不开心里的影像——那个女人站在没有光的角落里，仿佛恒久不变一般面朝病房的方向，黑暗中她的轮廓太过熟悉，渐渐地竟然跟他心里另一张脸重叠。

为什么我们总要到过了半生，总要等退无可退，才知道我们曾经亲手舍弃的东西，在后来的日子里再也遇不到了。那声声喘息也渐渐微弱，林静抬起脸，恰恰迎上林介州的视线，生前身后的声名都可以抛却，连躯壳都可以抛却，只为回到最初的地方，这值得吗？如果这不值得，那什么又是值得的？他忽然心中一恸，在父亲最后的目光里缓缓点了点头，他答应了就一定会做到，不管这有多难。

林介州没有能够熬到第二天的清晨。他死后，单位给他举办了隆重的追悼仪式，中国人的习惯是为死者讳，即使他生命的最后一段有过什么不光彩，死亡也将它抹清了。追悼会后，尸体被送去火化，把骨灰捧回来后的第三天，林静决定开诚布公地跟妈妈谈这件事，他的父亲也是她的丈夫，她有权利知道一切，而妈妈的激烈反应也在他的意料之中。

"妈，人都不在了，只剩下一坛灰，还争什么呢？"

林母短促地笑了一声，比哭更难受，"我争什么？你以为事到如今我争的还是他的人？他活着的时候，心都不在了，我要人有什么用？我争的是一口气，儿子，我只争这最后一口气！他喜欢那个女人，可以，但是当初为什么眼巴巴地娶了我？如果没有他林介州，我未必找不到一个真心实意的人，他说他蹉跎了半辈子，那我的半辈子呢，难道就比不上他的值钱？他跟那女人瞒得我好苦，我把她当姐妹，把她女儿当自己亲生的一样来疼，只有我最蠢。你现在让我成全，我为什么要成全？！到死他都要寻他的旧梦，休想，他休想！"

"我答应过爸爸，他也就这最后一个要求了。他是对不起你和我们这个家，可人已经死了，你就当可怜他。"

"谁可怜我？林静，别以为我不知道你的心思，你爸迷那个老的狐狸精，你就迷那个小的，你拿这个去讨好她，别忘了是谁生了你！"

林静觉得脑子里有根神经尖锐地疼，"妈，你有什么不甘心和伤心我都可以理解，可是你也知道爸爸的事跟郑微无关，你恨她妈妈是正常，可她有什么错？小时候你对她的疼爱也不是假的呀，她现在有她的生活，我何必讨好她，我是为了你。爸爸不在了，你的日子还长，恨他又怎么样，人死如灯灭，不能解脱的反而是活着的人。你也说为他蹉跎了半辈子，难道还要继续蹉跎？让他去吧，不是为了他，是为自己，小时候你教过我的，我们在任何时候都应该让自己过得好。"

"我这辈子怎么还可能过得好？"林母转身躲过儿子试图拿回骨灰坛的手，激动之下双手举高骨灰坛，"我宁可砸了它，谁也别想称心如意……"

林静没有再与她拼抢，语气也是带着疲惫的心平气和，"你可以砸了它，如果这会让你好过。可是，妈，你砸了它还会好过吗？"

他看着妈妈的神情从激动到犹豫、悲切，最后放声痛哭，这个刚强的女人在哭泣中佝偻着腰，如同迷路的孩子。

"林静，我什么都没有了。"

林静拥着妈妈的肩膀，让她依靠着自己宣泄，"你还有我。"在把父亲的骨灰坛重新抱在手里之后，他心里长舒了口气。

婺源这个地方林静其实早已去过，在中学时代他曾经跟同学一起在阳春三月去看过漫山遍野的油菜花，美则美矣，当时却并没有给他留下很深的印象。真正把这个地方记在心里，是郑微说起要和他一起去看老槐树之后。他没有告诉她自己去过婺源，不想破坏她最初的惊喜，只是没想到当他再一次站在老槐树下，身边已经没有了她。

"你喜欢这棵树？它算得上我们村的守护神，如果你愿意，我可以给你讲个它的故事。"

林静闻声回头，看着从进村开始一直跟在他身后，问他需不需要导游的年轻女孩，她也算是个执著的人，即使他一再强调自己认得路，她也没有放弃游说。

"抱歉，我不喜欢听故事。"林静朝她笑笑。她也不恼，笑嘻嘻地站在不远处，不再出声。

林静打开手里的瓷坛，将坛身倾斜，风很快卷走了尘埃。前尘旧事，灰飞烟灭，也不过如此。

他在树下站到日落西山，那个做导游的女孩去而复返，手上拿着一大串旅游纪念品。

"这个地方对你这么有意义，真的不需要带点什么回去吗？"

林静摇头，"有些东西不需要记住。"他在这个女孩略显失望的神情里继续说道，"虽然我不要纪念品，但我需要一个干净的地方住上几天。"

那女孩果然惊喜地笑，"那你就太走运了，方圆几里再也没有比我家更干净舒适的家庭旅馆了。"

林静在婺源陪伴了父亲七天，向远的家距离舒适还有很远的距离，可到底还算干净，她这个房东也称得上热情周到。第七天的时候赶上了五一黄金周，那时到婺源旅游的人还不算太多，但足够向远忙得不亦乐乎，一大早就不见了人影。林静离开的时候，将几天的房款交到向远妹妹的手中，那个叫向遥的小姑娘却怎么也不肯收，"谁敢拿向远的钱，你还是亲手交到她手里吧，她中午一定会回来的。"

林静告诉向遥，如果她姐姐回来了，可以到村口的老槐树下找他，然后他带着行李回到树下，面对着虚空向父亲道别，却远远地听到了山的那边传来回声。

"……还给我……还给我……"

"……发财……发财……"

其中的一个声音他分辨得出属于向远，然而另一个声音呢？林静觉得自己的心就像这回声，在山谷间无止境地荡。

不知道过了多久，他看到了找到树下的向远，不知道是不是刚从山上下来的缘故，她年轻的脸庞上有细密的汗珠。

"要走了吗？不多留几天？"

林静把房款递到向远面前，"今天的游客很多吧？"

向远把钱仔细地点了两遍，小心地塞到口袋里，这才笑着说："看来这棵树对你们城里人来说特别有意义，今天又来了一个女孩，你撒骨灰，她埋东西。"

林静看着树下新翻动的泥土痕迹良久不语，心思灵敏的向远很快觉察到了一些东西，她背着手走到林静身边，惋惜地说："那么大老远跑过来埋在树下的，应该也是很重要的东西，所以我收了她五十块，答应了她要替她好好守着这些宝贝。"

林静不动声色地将一张红色的钞票塞到向远手里，她默默将钱收下，然后速度惊人地给他弄来了一把小铁铲。他轻易地翻开了那些仍然松动的泥土，用手拂去玻璃密封罐上的浮尘，打开了用防水塑料纸包裹着的东西，那本熟悉的、梦里无数次遗失又找回的书掉落了出来。他翻到《安徒生童话》的第三十二页，毫不意外地看到了歪歪斜斜的几个钢笔字——"玉面小飞龙藏书"。

这是天下无敌的玉面小飞龙在他十八岁生日那年送给他的生日礼物，她最爱的书成了他最珍贵的收藏。二十四岁那年他弄丢了它，他想过也许终有一天他可以把它重新找回来，可是从来没有想过会是在尘封的泥土里。

"喂，喂，你还好吗？"向远见他一直低着头，忍不住问了一句。

"她在哪里？"

"刚住进我家里，好像打算后天才走。你们认识，用不用……"

林静将塑料纸包裹的东西重新放回密封罐，再一次将它埋在地里。末了，向远拿着他连同铲子一起递过来的钱，不由得愣了一下。

"这些钱就当买你什么都没看见。"

"我的'什么都没看见'不值这么多，可是我也没有零钱找给你。"

林静说："多出来的，算作她的房费和食宿费，就当她是你的一个朋友，在这两天里好好陪着她。"

当天林静回到家，接到了 G 市检察院的录用通知。晚上，他在橘红色的灯下一页页翻看久别重逢的《安徒生童话》，合上书页的时候，他对它说："不如我们做个伴。"

番外三
Postscript

回忆如风干的果实

爱人间战争的最可怕之处就在于彼此太了解对方的弱点和死穴。

记得大学的时候，黎维娟某次跟舍友姐妹火锅聚会，大家喝得东倒西歪之即，突发奇想地发表过一番"精辟妙论"。

她说，挑男人就像到商场买水果，你得看准了，慢慢选。有的男人像榴莲，闻着奇臭无比，可吃进嘴偏有人觉得香喷喷的；有的男人像香蕉，外表黄得很，内心雪白雪白的；有的像石榴，你不剥开他，就不知道原来他藏着那么多心眼……最好的男人就像货架上最贵的水果，谁都知道好吃，但你得看看有没有吃到嘴的运气和本事。大家都是普通人家的孩子，谁也不是什么王公贵族的后代，在这场"挑水果"的博弈里，关键就是眼要准，手要快，心要狠，用最合理的价钱办最好的事。你也别盯着那最贵的，咱买不起，等到打折的时候都臭了；也别贪小便宜省钱买那廉价的，吃了一口你吐都来不及，正确的选择是广泛地进行市场调查，了解行情，该出手时就出手，用尽自己每一分钱，尽可能买到最值得的东西……

黎维娟话一说完，大家一片哄笑，连称"至理名言"——是啊，男人是水果，那女人是什么？黎维娟又说，女人如果也是水果，那就都是荔枝，"一骑红尘妃子笑"，它新鲜不了多少天，所以，最可怕的事情莫过于用有限的青春去等一个男人未知的前程。等不起的，到头来烂在筐里的还是自己。

黎维娟滔滔不绝，犹如智者先知，其实她当年也不过是花季女孩，明知青春有限，但是总觉得离用完的那天还远，懵懵懂懂，遇到梦中的少年，拥在怀里的时候满心喜悦，哪里还顾得上深究他又是水果里的哪一种？

那时，黎维娟读书的时候还很清贫，所以，从学生会里揽了勤工俭学的活计。每天清晨五点半，天还没亮，她就拿着扫帚在校园里扫地，每月挣得生活费 150 元。

黎维娟很喜欢这份差事。那时，茅以升塑像园那一片都是她的责任区，修葺得整齐漂亮的小园林里，除了落叶没多少别的东西，也没有多少人像她起得那么早，她在只有她一个人的花园里哼着歌，将落叶拢作一堆，空气中充满露水的味道，她的动作时不时的还会惊动栖息在枝丫上的不知名的小鸟。

不知什么时候开始，黎维娟的清晨花园里多了另一个人。学校申请勤工俭学的学生太多，而这些象征性的清闲工作却是有限的。她在学生会抗议未果，所以，她的责任田只得分作两半，每个月到手的补贴也成了 75 元。

为此，黎维娟有足够的理由讨厌这个新来的入侵者——庄澄总不如她到的早，他穿着价值不菲的球鞋来做这扫地的工作，总是闷声不吭，仿佛在他身边的她只不过是枝头一掠而过的小鸟。

黎维娟在他们的责任田中轴做了个标识，以此为界，山南水北，各占一边，大家各自完成各自领域里的工作。因她总比他早到，偶尔会恶作剧地将自己这边的树叶统统扫往他的那头，起初他无所谓，可做得过分了，他便挂着扫帚在界线的另一边冷冷地朝她看着。可黎维娟并不害怕，她瞪着眼睛回望——那一天，太阳出来得比以往更早，透过树叶的间隙，阳光在少年的发梢洒下一片碎金般的颜色。清晨的风中，他干净而瘦削的面容如同叶尖露珠一样清洌。黎维娟"瞪"了他很久，自己都没察觉那目光渐渐变得像脚下的落叶，绵软而柔和。

后来的日子，那条分工的界线慢慢模糊，不知什么时候便开始彻底地不存在，庄澄来得太晚的时候，黎维娟扫完了自己的，便在他的那一边慢腾腾地挥舞扫帚驱赶落叶，等待他的到来。终于有一天，叶间藏匿的鸟儿见证了这无人的角落里最甜美的一瞬，从此，这个地方不再是她一个人的花园。

年轻的时候爱上一个人是一件很简单的事情，无需太复杂的因由，也许是他微笑着的一个侧脸，也许是他忽然柔软下来的只字片语，也许只是因为风拂过时，他微微扬起的发端。于是，爱了便爱了。

黎维娟的舍友朱小北调侃热恋中的她，"在水果架前寻寻觅觅了这么久，终于出手了，我倒想知道你们家庄澄是什么果——是最贵的一个，还是物美价廉的？

是的，黎维娟并不是没有选择——在这样一个男女比例极度不协调的理工科大学，她一个面孔秀丽、学习勤奋、活跃能干的女孩子，何愁没有追求者？

庄澄不是最好看的，也不是最出色的，纵然家境尚可，却因为父母离异，一怒之下与家人闹翻，落到勤工俭学的地步。可黎维娟偏偏爱他，他在她最没有防备的时候，击中她心里最柔软的地方。

黎维娟对朱小北说："他是我误打误撞摘到的甜美野果。"

那时的恋爱就像白开水一样纯净，喝进去没有味道也觉得甜。黎维娟和庄澄没有多少钱，日子却过得依然开心。早上在两个人的花园里无需约定，中午的时候你一口我一口地吃食堂里粗糙的大锅饭，晚上除了自习，偶尔会结伴在校门外的热闹小夜市闲逛，即便一整晚下来什么也不买，回来也不觉得有什么遗憾。

春天的时候，他带着她到南山的公园看杏花，为了省下几块的车钱，两人手拉着手沿着盘旋的山路走了一个半小时才到达山顶。而那次看到的杏花也比以往任何一次都要娇艳。

返回学校的路上大雨倾盆，庄澄用外套遮着她，从山顶往下，一路小跑。回到宿舍的时候，身上没有一寸干燥的地方，她洗了个澡，精神抖擞，回忆这一天觉得委实太过美妙，怎么也不能理解同是去看花的舍友，一场大雨后归来，为什么痛哭失声？

就这样，大学的光阴流水般过去，一眨眼就到了毕业前夕——校园情侣劳燕分飞的季节。别人在操场上告别流泪，天各一方，黎维娟和庄澄却忙着在校外寻觅他们爱的小巢，终于盼到可以自力更生，他们有手有脚，何愁创不出一番事业？

辗转租来的小单间狭窄而昏暗，对于他们而言无异于天堂，终于不用再在深夜冒着被宿舍管理员发现的危险攀爬紧闭的铁门，也不用各自躺在单人床上思念对方。他们自己动手粉刷墙壁，跑遍整个城市的廉价家具市场来充实自己的小窝。

黎维娟凭着优异的毕业成绩和院系的推荐，在一间港资的唱片公司担任行政助理。计算机专业毕业的庄澄到朋友的计算机公司做了技术员。他们加入了这个城市朝九晚五的上班族大军，早上衣冠楚楚地坐公车、挤地铁，夕阳西下的时候，又拎着盒饭回到鸽子笼一般的小房间，偶尔也加班加点直到深夜。

黎维娟每月到手的薪水有一半要用做房租，而且，她偶尔还补贴家里，所以，生活中每一分钱都要算计，到头来更是所剩无几……车子、房子据说总会有的，但是究竟要等到哪一天，遥远得如同下个世纪。幸而还有彼此相亲相爱，他们的爱是彼此忙忙碌碌一天后最甜蜜的慰藉。

毕业后第一年的情人节，庄澄背着黎维娟偷偷给她买了一大束花。这一天的玫瑰和爱情一样昂贵，为此他花光了原本打算用来买件新外套的钱。他欢天喜地点好蜡烛，等待加班的黎维娟回家，而她打开门看到那一捧花，却顿时翻了脸。

两人第一次天翻地覆地争吵——庄澄气愤自己的满腔心意对方丝毫不能理解，黎维娟却怪他大冷天用了一件外套的钱换了一束华而不实的鲜花。他们吵得筋疲力尽，蜡烛和鲜花都变做一片狼藉，黎维娟背对着他坐在床上泪水涟涟，然而说到底，他不过是想尽办法盼望她高兴，她愤怒也只是心疼他衣衫单薄。于是，庄澄一个拥抱，两人尽释前嫌，鲜花零落了不要紧，没有蛋糕，他们照旧点燃了蜡烛许愿。

烛光摇曳，将两张年轻的脸都映得半明半灭的。吹灭蜡烛之前，黎维娟说，她最大的心愿就是有个幸福的小家，一个永远不离不弃的伴侣。

庄澄却说，如果他有了钱，希望能开一间以两人名字命名的小书店。

书店是庄澄的梦想。也是机缘巧合，毕业后的第三年，黎维娟家住本地的大学舍友卓美全家移民比利时。出国之前，将家里的房产统统变卖，黎维娟去了几次，一眼就看中了卓美家楼下原本出租作为蛋糕店的小铺面。那里临近几个人口密集的大社区，附近还有中学和高校，用于做书店选址是再理想不过了。只是卓美一家没有再回国定居的打算，铺面只卖不租。

黎维娟跟庄澄一同去看过那个梦想中的铺面后，一整夜辗转难眠。天快亮的时候，她咬咬牙，翻出了抽屉里两个人这几年来的所有积蓄，存折、基金、股票……清点完毕之后，再借遍所有可以借的亲戚、同学和朋友。

她的姐妹们不少人对这个投资感到怀疑，却还是纷纷伸出了援手，毕竟黎维娟是如此好强的一个人，非到万不得已，绝对不会向朋友开口求助。

最后，就连庄澄也硬着头皮从他那已经决裂了好些年的父母家筹得了几万块钱。当他们用这些钱从卓美家换回铺面钥匙的那天，两人将那冰凉的金属小东西交握在手里，颤抖着，仿佛已将能够梦想成真的未来抓在了掌心。

庄澄辞去了电脑公司鸡肋般的工作，他已经厌倦了整日面对冰冷的机器和永远编不完的程序。他和下了班之后的女友一起全心全意没日没夜为了这个即将实现的梦想奔波，开张的前一天晚上，他们双双累得筋疲力尽，并肩躺在铺满了书的地板上。庄澄看着天花板，一遍一遍向黎维娟描述他们将来的样子，小小的书店会越来越大，从一间到两间……然后是无数间，他想让象征他们爱情和理想的"维澄书屋"开到有人的每一个地方，然后带着她告别狭窄潮湿的出租屋，告别捉襟见肘的生活，过上童话般的日子。

庄澄是个不善言辞的人，黎维娟记忆中似乎从未见他如此刻般滔滔不绝，她在他描述的美好将来中昏昏睡去，想到明天的太阳，就觉得现在已如童话中那不可思议的美妙。

书店开张的那天，小小的铺面顾客盈门，道贺的亲朋好友、周遭看热闹的居民和淘书人，你来我往挤个水泄不通。营业结束以后，关门盘点，却发现真正售出的书并不如他们想象中的多。

起初以为总是万事开头难，但店门口的花篮刚彻底凋谢，书店的门庭就越来越冷落，他们试过发传单、赠代金券积分卡、甚至打折扣，日子一天天过去，这凝聚了一对爱人所有积蓄和心血的书店益发门可罗雀。

他们关上门来再三反省，她才注意到他摆在书架上的书都是冷门。于是痛责男友全无经济头脑，他却坚持他的初衷，反怪她太过急功近利。两人都无法说服对方——店继续开，生意依旧惨淡。当初投入的全部积蓄如同石沉大海，而欠着朋友亲戚的钱却总要还的。

黎维娟不顾庄澄的反对，进货的时候给书店里添了许多眼花缭乱的漫画小说、杂志周刊，她知道这些才是最得学生这一购书主流群所喜爱的东西。

除此之外，在小店门口，她还申请摆设了一个小小烟摊，为此两人又不止一次地争吵，互相指责，眼看入不敷出，庄澄不得不暂时妥协，任她把那些乱七八糟的东西往书店里搬，然而黎维娟不在的时候，他总是会把她进回来的热门书籍塞到书架的最下方。

对于庄澄的这些小小抗拒，黎维娟何尝没有看在眼里。为了这个书店，为了和他走到今天，她做得太多，累得不轻，原本的宏图壮志在现实的齿轮里慢慢地磨，渐渐地面目模糊，她不再幻想这书店可以越开越大——得以维持经营，就像维持她和庄澄之间的感情已经成为了她现在最大的心愿。

她开始庆幸当初没有头脑发热地跟他一样辞职，全心投入到书店中去。黎维娟在唱片公司做了三四年，业绩渐有起色，工作屡获赞赏，眼看升迁有望，港人身份中年离异的公司老板还对她示爱。

谁能没有虚荣？麻雀飞上枝头似乎是每个像她这样平凡女孩的梦想。然而她更盼望有一个家，家里的另一半不是中年秃顶的成功商人，而是和她走过最美好岁月的庄澄，那才是她想要的爱。

那几年，往日的同学姐妹一个个步入婚姻的殿堂，她们未必比她聪明，未必比她漂亮，也未必比她爱得深，她们却嫁给了医生、检察官，觅得了良伴。有一次婚礼归来，黎维娟在白日的艳羡过后忽然觉得很疲惫，她身边的庄澄呼吸平缓，不知道从什么时候开始，原本睡着了也要手牵着手的他们开始背对彼此，各朝一方入眠。

她叫了一声他的名字。

"嗯。"庄澄含糊地应了一声。

"我们结婚吧。"

他没有回答，黎维娟又再重复了一遍，良久，却听到了他的鼾声。她一个人躺在静夜里，从未觉得如此愤怒和失望，她知道他没有真的入睡。她可以不在乎他给不了她好的生活，但却不能容忍他拒绝给她一个家。

庄澄不知道为什么黎维娟的脾气变得越来越暴躁。她加班常常加到深夜，回来之后，一个小小的细节都可以点燃两人之间的战火。书店每况愈下的经营也消磨掉了他往日的好脾气，慢慢地，他们都忘记了以前没有争吵的生活——大骂、冷战成了家常便饭。然而，毕竟那样深爱过，再怎么争执，始终狠不下心离开。

黎维娟开始习惯晚归，她下意识地逃避这个往日的温馨甜蜜已一扫而光，如今只剩下愁云弥漫的小窝。她宁可一个人在办公室工作至凌晨，然后回家看庄澄熟睡后的样子——安详、平静。她的生活为什么不能这样？远离争吵、远离责难呢？庄澄的话益发的少，他习惯了黎维娟再不到他的小书店来，也习惯了她喜怒无常的脾气。唯一不能忍受的是流言——那么多人一再地传，她和她的老板出双入对，形影不离。庄澄不愿意怀疑每夜在自己身边入眠的爱人，但是却没有办法忽略她越来越加剧的冷淡和漠然。

终于有一天，他们甚至不记得因何而起，总之暗自隐忍了许久的怨愤和不满由一个小小的争执点燃，他们各自搜肠刮肚，用遍了最恶毒的语言来诅咒对方，仿佛站在自己面前的不是多年来甘苦与共的恋人，而是不共戴天的仇敌。

他们过去爱上对方的原因都成了对方的致命缺陷——她曾那么欣赏他的清高执著，现在都成了顽固矫情；他曾经最爱她好强能干，如今看来全是世故虚荣。

爱人间战争的最可怕之处就在于彼此太了解对方的弱点和死穴。黎维娟一贯伶牙俐齿，庄澄愤怒之下也是句句一针见血。最后忘了是她先咬牙流泪痛斥他是"一文不名的废物"，还是他先轻蔑地将她贬成"水性杨花的贱人"，话一出口，谩骂就变做了歇斯底里地厮打——他们像野兽一般纠缠，往日情分在拉扯之中哪里还在？

庄澄将黎维娟推倒在地，她的腰重重地撞上了桌角，许久动弹不得，他还来不及去扶，黎维娟已经将任何手能够触及的东西都拾起来朝他砸去。杯子、相框在他的闪躲中落地粉碎，最后一个正中他额头的是个红色绒布的小盒子，盒子顺着他因疼痛而扭曲的面容掉落，接触到地板的时候铿然有声。那银白色的小小的环和当中璀璨的一点，曾是她梦寐以求的珍宝，然而这个时候掉落在满屋狼藉之中，那冷冷的光便如同一个绝世的笑话。

"你滚，立刻滚！"庄澄感到自己尊严的最后一块遮羞布被无情地掀开，甚至在惊怒之下指着大门的手，都在颤抖。

黎维娟捂着腰冷笑，"滚，你凭什么要我滚，这房子、桌子、椅子，这所有的东西哪一样是你的？不过算是便宜你，因为我再也待不下去了，要我滚，要我爬都无所谓，钱，把我的钱还给我！"

她终于一语中的，说到所有问题的核心——钱，不就是钱……可他们所有的隔阂，所有的纷争，归根结底不是钱又是什么？

年少时觉得微不足道的东西才是消磨了爱的始作俑者。让这么深深爱过的一对，到头来，打破了头，撕破了脸。

庄澄说："只要你现在马上消失，我赔了命也会还上你那点臭钱。"

这是这对爱人彼此间的最后一句对话。黎维娟想，她精挑细选了那么久，摘下的原来是个彻头彻尾的苦果——第一口的甜蜜滋味欺骗了她，尝到了最后才知道是无尽的苦涩。

那天晚上，黎维娟收拾东西走出了出租屋再也没有回头，几个月后，她嫁给了对她苦苦追求的唱片店老板，跟着她年近半百的新婚丈夫移居北京，做起了唱片店的老板娘。

大概过了半年，一笔和她当初投入到书店的资金同等金额的钱悄无声息地打到了她的银行账户。她从银行提了出来，约上几个富贵闲人打了一整晚的麻将。最后，她输了个精光，在归家的时候才感觉酣畅淋漓，犹如最恰到好处的买醉。

这一场婚姻持续了两年有余，她的丈夫大概改不了爱上年轻女下属的嗜好，不过这没有关系，她痛快地签字，拿回她应得的一份，然后再嫁人，又再离婚。

黎维娟的每一次婚姻都不长久，可无一不给她带来可观的财富。第三次婚姻"失败"之后，她已是一家大型唱片公司的拥有者。朋友和幕僚劝她趁大好形势投资图书出版业，她考虑之后决定出资，误打误撞之下，出版公司做得风生水起，大型连锁书店开了一家又一家。

　　黎维娟和庄澄的重遇并不戏剧化，第三家书店在他们原本共同生活过的城市的最繁华地带隆重开张。在一群人的簇拥下，她盛装在广场前为新店剪彩，礼成之即，掌声雷动，她看到台下鼓掌的人群里，有一张面孔似曾相识，然而在遥远遥远的曾经，同样是这张脸却是刻骨铭心。

　　庄澄比过去胖了几圈，原本的棱角早已被岁月磨平，仿佛为了看热闹，一个很像他的孩子坐在他肩头，他小心地扶着孩子，还不忘腾出手鼓掌喝彩，那脸上的神情，完完全全已是只属于观众的木然。

　　他们分开了十年，整整十年。在这十年里，黎维娟辗转听说庄澄为了还给她钱，忍痛将那间小书店转手出售，清算了他和她之间唯一的联系。

　　之后，他为了生活继续找工作，做过销售，也重操旧业做过电脑公司技术员。他不再抱怨生活枯燥，不再记得理想，找到匹配的爱人，结婚生子，在和她完全不同的另一个世界里，像所有平凡的男人那样幸福地生活着。

　　那天晚上的庆功宴上，黎维娟把这段旧事当作酒桌上的佐餐笑料说与那些合作伙伴、股东代表听。她不强调真假，别人也如听传奇，最后惊叹一番，一笑了之。去洗手间的时候，她对着镜子细细地补妆，镜里那个人依旧年轻秀美，可如果不是纸巾抽得及时，也许一行泪水早已将这样妆容精致的脸冲洗出时间的痕迹。黎维娟曾经的理想不过是和爱人共同拥有一个家，庄澄则是希望有一家梦想中的书店。可命运开了个玩笑，十年过去，她得到了他梦想的书店，他却拥有她渴望的一个家。

　　在这十年里，黎维娟常想起大学时自己的那一番言论，她要的究竟是什么水果？挑了又放下，如今，答案还重要吗？最初的那个果实早已在时间里风干，没有甜，当然也没有了苦和酸。

番外四
Postscript

听说那时你哭了

那场丧礼，郑微到得很早。

去世的是 G 大建筑工程学院的曾院长，郑微大三时修过他的《结构抗震设计》，真正学识渊博、桃李满园的一位师长，没想到未及花甲之年竟匆匆辞世。留在郑微记忆里的依然是考试前院长笑着说"郑微啊郑微，挂在我的科目上你就麻烦了"的矍铄模样，还有每年学院期末晚会上他登台高歌一曲的翩翩风度。那时的她也仍在尽情地享受着年少懵懂所赋予的快乐轻狂。阮阮还在，"六大天后"每晚寝室聊到夜深。那时她有憧憬，有他……沧桑还远，离散还远，从不曾想到青春会逝，人也一样，现在回过头去想，如同午夜草草收场的梦。

曾院长的吊唁据说是发在本地各大报纸上，但郑微却是从师兄老张那里得到的消息，她和老张的意思一样，一日为师终身为父，再怎么说也该来送老院长最后一程。因为这段时间林静总是出差，孩子上幼儿园之后，双方的父母都回了老家，平时多半是郑微和保姆带着孩子，每到周末儿子总是黏得她很紧，去哪都爱跟着。本来郑微还在犹豫该不该让孩子参加丧礼，林静在电话里打消了她的疑虑。林静说男孩子不该太娇惯，让他慢慢懂得生老病死的自然法则也未尝是件坏事，所以郑微把儿子林予宁也带在了身边。

不知道是郑微出门前的警告起了作用，还是殡仪馆静穆的氛围给了孩子心理暗示，今天的阿宁并没有像往常那样活蹦乱跳吵得让她抓狂，只是睁着滴溜溜的眼睛不住地四下张望着，偶尔好奇地问妈妈几个问题。

进入殡仪厅前，郑微给老张打了个电话，果然，号称一早就出门了的老张还在路上。郑微只得自己先进去,她刚迈入正厅,就和站在门口的曾毓打了个照面。

虽然已经过了那么多年,明知很多事都已过去,但两个曾为同一个男人伤神的女人乍然相逢,要说一丁点尴尬都没有那是鬼话。郑微迟疑了片刻,正在想开场白,曾毓却笑了笑。

"你们连尴尬的表情都是约好的吗?"

"啊?"郑微愣了愣。

曾毓不以为然地说:"你是装糊涂,还是结婚生子会消耗女人的一部分智商?"

郑微下意识环顾四周,视线很自然地停顿在不远处的角落。果然是他先到了,正和某个似曾相识的旧面孔寒暄着,原本是侧身面对正门的方向,郑微看过去的瞬间,他正好转身和经过的另一人打了个招呼,便一直背对着她。

"节哀顺变。"郑微收回视线,真心对曾毓说道,"曾院长是个很好的人,没想到走得那么早。"

曾毓点头,"谢谢你能来。我爸爸要是知道还有这么多学生惦记着他,一定会很高兴。"她扭头看了眼父亲的遗像,又看了看郑微,接着说道,"其实我爸对你印象挺深的。"

"哦?该不会是因为我老是在他的课上迟到吧?"

郑微的玩笑话引起了阿宁的注意,他仰着脸好奇地问:"妈妈不是说迟到的是坏孩子吗?"

曾毓弯腰轻轻拧了拧他的脸,"小帅哥你真可爱。"

三岁的小朋友已经听得懂这种赞美,红着脸抱住了妈妈。

　　"你看，我都成怪阿姨了。"曾毓自我解嘲地笑笑，"说实话，我爸爸对你印象特别深刻，是因为当初他的另一个学生曾找到他要放弃公派留学的机会，我爸爸追问原因时曾经听到过你的名字。后来那个学生又后悔了，可是已经错过了名额。是我哭着求我爸爸想办法，再给他一次机会，就当是对我的成全……"

　　阿宁感觉到妈妈环着自己的手一紧，不解地在两个大人之间来回张望。

　　"那也能够理解，任何一个父亲都会那么做的。"

　　"的确，可是我爸爸一直认为我不该明知不可为而为之。他说阿正是应该和你在一起的。我不是个听话的女儿，可是后来我才觉得，我爸爸或许是对的。"

　　郑微摇头，"那也不一定。很多事情都没有对错可言，不在一起自然有不在一起的理由。"

　　她揉了揉儿子的头发，长舒口气道："别说这些了。几年不见你还好吗？"

　　曾毓耸肩，"马马虎虎。不过几年不见可不是我的问题。都干这一行，圈子就那么小，大家也算同学校友什么的，大大小小的聚会都不少，可你，不，应该说你们从来都没参加过。这一点也不像你过去的风格。"

　　郑微婚后依然爱热闹怕寂寞，可唯独同学聚会去得少。一则是因为当初的挚友多半天各一方。朱小北留在新疆，卓美远嫁异国，黎维娟北上打拼，就连何绿芽也在婚后去了丈夫所在的小城。二来虽然她和别的同窗关系也不错，可她不愿在那些熟悉的面孔中想起曾经和他们一样的阮阮已不在的事实，也不愿和那个人碰面，不愿在旁人好奇又强忍着不问的神情中翻出那些往事……然而她又注意到了曾毓刻意强调的那个"你们"。那也没有什么可意外的，他一向是个不怎么合群的人。

身后又有新的来人，郑微结束了寒暄，牵着阿宁的手从曾毓身边走开。殡仪厅里已到的人并不多，三三两两地站在一起。刚站定，郑微就看到与陈孝正对话的人忽然拍了拍他的肩膀，然后用手指了指她所在的方位。

这下他才慢腾腾地掉转头，隔着不远不近的距离，郑微却觉得那张脸很是模糊，好像下笔太重晕染开来的水墨画，只剩下黑黢黢一双眼睛，偏又看不出喜悲。

郑微朝他和另一个疑是高一届师兄的人点了点头。阿宁摇晃着她的手转移了她的注意力。

"妈妈，为什么那里要挂着照片？"

"因为那个爷爷去世了，我们要对着照片来怀念他。"

"什么是'去世'了？"

孩子的问题永远多得让人头疼，郑微挠了挠头，回答道："去世就是离开我们的世界，再也回不来了。"

阿宁似懂非懂，"哦，再也回不来了就是去世了。"

"对了！阿宁真聪明。"郑微敷衍着打算结束这个话题，却冷不丁听到身后有人说道："也不能说对。"

她戒备地回过头，果然是他，不知道什么时候已走到他们母子身后，不咸不淡地说道："去世了是再也回不来了，可再也回不来了不一定是去世了。你平时就这样把似是而非的错误逻辑灌输给你的下一代？"

郑微皱眉，用忍耐的语气回应道："多谢纠正，不过这个年纪的孩子恐怕理解不了你的完美逻辑。"她想起不能在孩子面前丢了应有的礼貌，示意他应该和叔叔打招呼。

"叔叔好。"阿宁很听妈妈的话。

然而"叔叔"只是若有若无地笑了笑，继续他之前的话题，他径直看着郑微说："有时再也回不来了是因为忘了，你说呢？"

"嗯？什么……"郑微堂而皇之地装傻，她察觉到周遭已经不止一双眼睛好奇地看了过来。

"没什么。那也是一种天分，或者说是福气。"

"什么福气？"忽然插进来的这个声音让郑微的心骤然一松，不出意外地，下一秒，阿宁就被一双有力的手臂高高举过肩。

"哎呀，林予宁，你又变重了不少嘛！"

阿宁在半空中咯咯地笑着叫"老张叔叔"，老张举着他原地转着圈子，直到郑微笑着阻止，这一大一小才记起这是在一个丧礼上，停止了没个正形的玩闹。

郑微埋怨老张又忽悠自己，明明一早就说出了门，哄得她早早赶了过来，结果他自己却姗姗来迟。

老张笑嘻嘻地从身后拖出一个人来，说："要不是她非要一起来，我又绕过去接她，我肯定比你到得还早。"

那女孩站在老张身边羞涩地笑，看上去年纪很轻，至少相对于老张而言是那样。老张毫不见外地将眼前的人介绍给她，"这是我跟你提过很多次的郑微，还有他们家小阿宁……这一位是我以前同宿舍的好朋友！"

郑微会意，指着老张不怀好意地笑，"你行啊！"

可另一个"好朋友"却没有那么入戏，简单地打了招呼之后就借故走开了去。

老张和郑微都是知道他个性为人的，只相视一笑。待他走远，老张才拍着郑微的肩膀笑道："没事吧？我一进来就看到你全身绷得像拉满的弦一样。你们不是挺久没碰面了，怎么一见面还这样？"

经老张这么一说，郑微才怔怔然地想起自从自己婚礼那匆匆一瞥后，他们就再也没见过了，之后她把全身心都投入到新的家庭里，随着阿宁的降生，更鲜少回忆从前。她没有设想过假如和陈孝正重遇会怎样，但总不该是两人一见面为了某个莫名其妙的问题胡搅蛮缠。

见郑微不出声，老张安慰道："他这个人就那样，你别理他。他也不容易，前两年他岳父那边出的事对他事业影响还是很大的，不久前又离了婚……呃，这些你都知道吧？"

郑微点了点头，飞快地转移了话题。老张是个聪明人，当然不再纠缠于此，舌绽莲花地一连说了公司里几件趣事，逗得郑微忍俊不禁。

此时前来吊唁的人逐渐多了起来，老张的出现使得他们身边很快地聚集了一小圈过去的熟人，大家许久不见相谈甚欢。郑微和老张的小女朋友聊了一阵，小姑娘很是单纯，对阿宁尤其喜爱，很快就熟络了起来。

曾院长的丧礼办得肃穆且风光，不但学校领导悉数到场，仪式开始时，闻讯赶来的学生更是将此处最为宽敞的一间殡仪厅挤得水泄不通，大家都抱着同样的心情诚挚地送这位可敬的师长最后一程。

仪式结束后，大家去向家属道别，老张让郑微母子和自己一块吃晚饭。反正林静也不在家，郑微也乐得与老朋友消磨时光，只是离开前，她提出想顺道去看看阮阮。

阮阮下葬的公墓就在殡仪馆的后山，老张听到这个名字时眼神也不由得一黯。郑微知他现在身边有人，不管从前怎么样，如今难免有所顾忌，也不勉强他，见阿宁和他的小女朋友玩得正开心，便把孩子托给他们暂时照看，自己去和阮阮单独说说话就回来。老张自然无不应允。

阮阮的墓前很是干净，看得出是有人在精心维护着。墓碑前有一大束半凋谢的玫瑰，被摆放在这里至多不超过半月。

郑微也懒得去想究竟还有谁仍然记挂着阮阮，谁又留下了这束花。多半是个男人吧，可就连老张这样常叨念着"男人看过了玫瑰，别的都是野草"的男人，当玫瑰凋谢经年，他心中迟早会开出另外一朵花，不一定是玫瑰，也许是月季，也许是丁香，在他心中虽然永远不如唯一的玫瑰馥郁，但他很清楚地知道，那将会是一朵只属于他的花。

郑微想，要是阮阮现在能看到这一切，她也只会笑着说，重要的不是送花的人，这束花本身就值得珍惜。

郑微坐在只染了微尘的墓前，和阮阮说起自己和林静的生活，说起越长越大的阿宁，说起后来的"六大天后"从各地传来的音讯，当然还说起了丧礼上重逢的陈孝正。她问一直比自己聪明的阮阮，除了死去和忘记，到底什么是再也回不来了的？她想了想，又觉得还有时光。就像她现在变老了许多，恐怕连最好的朋友都快要受不了她的絮叨。

因为记挂着阿宁，郑微没有逗留太久，回到了和老张会合的地方，却只见老张的小女朋友眼睛通红地留在原地，老张不知道哪里去了。

郑微心中涌起一阵不妙的预感，一问之下心都凉了半截，原来她离开后，阿宁和老张的小女朋友玩闹着越追越远，你躲我藏的不知道怎么的，女孩子就找不到阿宁了。老张一听说也急得半死，命女友在原地等待郑微回来，自己立刻四处寻找。

孩子走丢从来就不是小事，况且是在这样一个地方。郑微看着老张女朋友那泫然欲泣的模样，知道她想必早已悔青了肠子，再去责备她的贪玩马虎只是浪费时间，只得暗怪自己不该让阿宁离开自己的视线，一跺脚，忙循着孩子兴许会感兴趣的方向寻找。

她找了将近百米的范围，都没看到阿宁的踪影，恐慌和焦虑逼得泪水到了眼眶，各种不祥的念头都涌了出来。她心里反复说不能哭不能哭，哭了就等于相信阿宁有可能丢了，她的阿宁怎么会丢呢？然而就算她强忍住眼泪，还是忍不住摸出了手机——这个时候只有林静的声音才是她的良方，哪怕他也许会责怪她。

就在这时，郑微心急如焚的呼喊有了回应。阿宁听到妈妈在叫他的名字，在不远处挥舞小手示意自己在那里。

郑微循声望去，只见孩子小小的身影正在一辆黑色的车旁，还有一个成年男人半蹲的背影挡在他的身前。

爱子心切的郑微不顾一切地奔跑过去，一把将孩子搂在怀里，这才顾上打量蹲在孩子身边的人，看清他的模样后更是惊怒莫名。

"你是不是有病呀？想干什么？"她使劲推了眼前的人一把，环抱着儿子一连退了几步，满是提防和敌意地朝他怒视。

陈孝正完全没有防备，在郑微护犊心切的一推之下重心不稳，整个身子往后仰，靠着双手往后一撑才勉强没有摔倒。他维持着那个姿势冷冷地仰视郑微。

"你就是这样做妈妈的？像你这么糊涂地看管孩子，丢了多少回也不稀奇。"

郑微咬牙道："这和你没有关系，离我儿子远一点！"

陈孝正这才不紧不慢地站了起来，细心拍去手掌和裤子上每一寸尘埃。

"你太看得起你自己了，你以为你是谁？我对你的儿子半点兴趣都没有。你不妨自己好好问问你的心肝宝贝是怎么和不负责任的妈妈走散的。"

郑微被他刻薄得脸色一阵红一阵白，连忙低声询问怀里的阿宁。孩子不会说谎，虽然表述得不是很清楚，但郑微至少搞清楚一点，孩子确实是在和老张小女友"躲猫猫"时走散遇上了某人，而不是他暗藏鬼胎预谋不轨。

心知自己情急之下错怪了他，郑微虽心里觉得别扭万分，可她到底是个磊落惯了的人，抹了把脸就朝他说对不起。

陈孝正并不是很领情，拍干净了身上的灰就背朝她走向自己停在一旁的车。

"我以前说过你多少次，不要做事总是冒冒失失的，迟早会捅娄子。说不定下次你就没那么走运了。"他拉开车门却不急着坐进去，冷不防地冒出这样一句。

郑微的心忽然一颤，还是那张说不出几句好话的嘴，可这语气多么熟悉，那些细语叮咛关切责备仿佛还在耳边厮磨盘旋。她想起自己根本不必那么如临大敌，她其实并不恨他，毕竟是爱过的人，分别是真的，可那些存在过的快乐时光也并不是虚妄啊。只要他也记得，哪怕一分一毫，又怎么可能会伤害她的阿宁。

这时气喘吁吁的老张也从另一个方位找了过来，看到他们两人，还有安然无恙的孩子，不停地拍着胸口，远远看着，却又迟迟没有走近，反倒朝相反的方向悄然走开了。

郑微看见老张的背影，心念一动，对着车旁的人说道："有空的话晚上一块吃个饭吧。"

他没有出声，她又自顾自地往下说："你和老张也不常见面吧？大家一块坐坐，还有他带来的那个小……"

"我没空。"

"这样啊……"郑微拖长了语调，倒也不是失望，只不过听到他的拒绝才觉得自己的冲动有些荒唐，是时候让那些过去彻底过去了，的确也没什么可把酒言欢的。

她讪讪地说："再见。哦，我的意思是说 Bye bye。"

她没有想到陈孝正沉默了片刻，竟然还是站在原地。

"我是真的没空，对不起。"他有些艰难地回头看她，"我妈现在在医院里，我得去照顾她。"

"你妈妈病了？很严重吗？"郑微情不自禁地问道。

陈孝正讥诮地笑，"我记得你并不喜欢她。"

"没错。但我也没盼着她病倒。"

"你应该知道她也不怎么喜欢你。"陈孝正低头看着手里的车钥匙，自言自语一般道，"她现在彻底病糊涂了，时好时坏的，有时连我也不认得，只认识我爸和我小时候的照片。那天我在病床前告诉她，我离婚了。她迷迷瞪瞪地回答我说：离了就离了，郑微那孩子有什么好，连个黄瓜都不会切。"

郑微不由自主地用左手拇指摩挲中指的第一个指节，很久以前在他的家中，为了急不可待地在所爱的人和他的家人面前证明自己，她差点为了一根黄瓜丢了一小截手指头，到现在伤处还留着浅浅的疤痕，还好，不去细看不会发现，因为早已和指节的纹理融为一体。

"我是不是该谢谢她老人家还念着我？"郑微苦笑道。

陈孝正也动了动嘴角。

"我和欧阳结婚后，她也见过欧阳几次，她们不怎么合得来——那简直是肯定的。欧阳当然不把这些放在心上，在她眼里我妈只是一个脑子有一丁点毛病的老太太，我妈却耿耿于怀。她不知道到底是哪不对了，在她看来，我喜欢的女人不应该做我的妻子，可做了我妻子的女人却不像她的儿媳妇，直到她病到脑子混乱也没搞清楚为什么。我也和你一样不喜欢她，但我知道有一点是不能否认的，就算再糊涂，她的出发点也是希望我过得好。"

"那是当然。"大概是做了母亲的缘故，这些年来郑微也更能理解做母亲的心。"你好好照顾她吧。"

"是啊，反正她也没多少日子了。"陈孝正强笑道，"这是好事，她总算快要熬到和我爸团圆了。她自己好像能感觉到时日不多，前几天又能零零散散记得些事，抓着我的手不停说，还是别离婚了，不会切黄瓜就不切吧，只要我喜欢。她就要和我爸在一起了，不想我像她独自过的那三十年一样孤零零的。我说她糊涂，郑微早就是别人的妻子，别人的妈妈了。她不信，说这怎么可能，怎么可能，你们俩是那么好，我就算瞎了也看得出来。"

郑微别开脸去，用面颊轻轻蹭着阿宁软软的头发，哑着声音仓促地说："你好好照顾她，她是病得太严重了。"

他还是那样冷冷淡淡听不出情绪波澜的语调，"你知道她是怎么发病的？春节回家的时候我和她大吵了一场，把家里能砸的东西都砸了。她让我要争气，我说我一直很争气，可争气会有幸福吗？我的幸福去哪了？她在我砸东西的时候一直流眼泪，我觉得很解气，好像这些年来是她逼得我成了这样，然后我心里就轻松了很多，虽然我明知道不是这样。郑微你……"

郑微包里的手机嗡嗡地响了起来，阿宁一听就振奋了，"是爸爸，爸爸的电话。"

郑微站起来走开几步去接电话，可陈孝正还是隐隐约约能听到她对话的声音。

"……电话？没有呀，我没有拨你电话。哦，一定是刚才着急的时候按到了……没为什么着急……对，葬礼结束了，待会和老张吃饭……我的声音？有吗？可能是有点感冒了……没踢被子……真的没什么，阿宁也很好……嗯，嗯，晚上给你电话，你先忙你的……"

她面色有些泛红地走了回来，站在车门边上的人此时也彻底收拾好了自己的情绪——克制，甚至是有些漠然地打量着她。

"你不是急着去医院吗？我也要走了。"郑微拉着阿宁欲离去。

陈孝正不期然道："他对你还是不错的吧。"

郑微笑笑。

"听说林检察长这次借调回来之后升迁有望，恐怕以后就要换个称谓了。只不过嫁给一个有本事的丈夫，风光之余，难免要忍受分离之苦吧，他为了他的前途，在你最需要的时候或许都离你千里万里之远。换句古语怎么说，'悔教夫婿觅封侯'？"

郑微脸色一变，毫不犹豫地还以颜色，故意不紧不慢说道："假如嫁给一个窝囊废，虽然没什么出息，可他整天蝇营狗苟地盘算着，也未必能在身边顶什么用。"

"窝囊废也有窝囊废的好，顶不上什么大用场，但至少妻子难产的时候能陪在她的床前，不会让她一个人受罪。"

这是郑微心中藏着的一个隐痛。林静对她的好毋庸置疑，可这几年他着实太忙了，郑微预产期前的一个月他还因为紧急的公事出了趟差，偏偏那期间郑微在家滑了一跤导致羊水提前破裂，虽说林静的母亲和保姆都在，及时将她送到医院，可在那次分娩的过程中，她一直眼巴巴盼着他出现，可直到孩子降生后的几个小时，她也度过危险期之后，林静才披星戴月地赶到医院。这个场景让她常觉得后怕，醒过来不久郑微就对林静说，假如那一次她没挺过去，说不定连他最后一面都见不着，等到他回来的时候只能看见盖着白布的妻子。

林静当时抱着她和孩子就哭了，事后也一直想要弥补她，就连孩子的名字也取为"予宁"，阿宁阿宁，他希望儿子能给郑微带来平安宁和。可他正值事业的黄金时期，仿佛有一双看不见的手推着他往前、往前——不进则退，他又是个在事业上有野心的男人。郑微也并非想把他捆死在身边，只不过当他有越来越多身不由己的工作和应酬，尤其是这半年来他借调到另一个省份，就算他尽可能地在每一个假期赶回来陪在他们母子身边，可每当她独自带着孩子力不从心自己和自己生气的时候，就难免有些难过。

郑微不知道陈孝正是如何得知自己难产的事的，不过有老张这个大嘴巴在，好像也没什么说不过去的。她冷笑着对试图从她的失落中收获快感的那个人说："你也太抬举窝囊废了，他守在妻儿身边的时候，指不定算计着这两人能卖多少钱？"

陈孝正闻言，只顾垂首把玩手里的钥匙，过了一会又笑了笑道："你又生气了。你今天已经发了几次脾气，可就算你发怒的样子也比装傻的时候好上许多。这才像是我记得的那个郑微。回到我们刚才的问题，我很好奇，对于一个女人而言，同样是等待一个男人，一个窝囊废和一个成功的男人，同样让她等，一个只是三年，一个或许是一辈子。这两者之间有区别吗？"

"莫非你说的那个窝囊废就是你自己？"郑微毫不客气地戳穿他。

他竟也没有生气，钥匙在手里转得越来越快，"你还没回答我，你的选择有区别吗？"

"你想知道我的答案，那得先回答我一个问题。告诉我，直到今天，你觉得你为那座大厦所作出的取舍是错误的吗？"

他抬头正视着她，胸口急速地起伏着。

他刚才说她生气了，他也好不到哪里去。可到了这个时候，郑微却觉得他的脸在自己心中终于不再那么模糊——他还是那个固执搭建想象中那座大厦的孩子，除此之外一无所有，可悲又可怜。

"不！"他们都听见他清晰的回答。

郑微释然地笑了，"这也是我记忆中的那个陈孝正。你诚实的样子比你矫情的时候要好上许多。"

"轮到你回答我了，我希望你也同样诚实。"

郑微说："当然有区别。这和一个男人是否成功无关。我等他一辈子，但我知道我是他的一部分，但对于窝囊废而言，我等他一个三年又一个三年，也永远只是他蓝图上可以修改的误差。"

和老张两口子共进的晚餐甚是愉快，回家的时候夜已深了。郑微把车倒进车库，解下阿宁身上的安全带，发现他手里还拽着什么东西。

"儿子，你手里藏着什么？"

阿宁对她展开掌心，那只不过是再寻常不过的两颗糖。

"糖是哪里来的？"郑微好奇地问。

"叔叔给的。"阿宁老老实实地回答。

"哪个叔叔？"郑微面露狐疑，以老张的个性，要送的话肯定送最大的一包糖果，而绝不仅仅是两颗。"妈妈不是告诉过你不要随便接受别人的礼物？"

孩子急得说话都磕磕巴巴的，"阿宁说过不……不要，叔叔把阿、阿宁带到小商店里，买了好多好多东西，塞……塞我……拿不过来……阿宁就，就拿了两个糖……"

郑微恍然记起，她发现阿宁时，陈孝正车子停靠的不远处是有那么一个小便利店，多半只是为殡仪馆里的员工和往来的人提供一些最起码的生活用品，哪里有什么孩子需要和喜欢的东西。可她闭上眼睛，却完全可以构想出那么一个画面：他蹲在阿宁面前，恨不得把所有能触到的好东西塞到惊慌失措的孩子手里，即使他一开始表现得对这个孩子毫不在意。

他们分别时回答对方的问题都那么斩钉截铁，可是在牵着阿宁慢慢朝家里走的路上，郑微不由想得出神，如果她再傻一点，如果她真的相信且等来了那个三年，现在她牵在手里的会不会是另外一个孩子，有着不一样的面孔和不一样的名字。

"妈妈，你为什么不唱歌？"

过去每次走在深夜的停车场时，郑微都会唱着歌给自己壮胆。她哼着不成调的曲子，低头去看她小小的儿子。她是郑微，所以没有别的可能，她这一秒手心紧握的只能是林静给她的阿宁。

唱着唱着，电梯口好像就近了。

"妈妈，回不去了是件伤心的事吗？"

她的阿宁总有问不完的问题，可这个突如其来且超过孩子年龄心智的疑问还是让郑微心里咯噔一声。

"怎么这样问？"

"今天照片上的老爷爷回不来了，所以他的老奶奶一直一直哭。"

"哦！"原来儿子说的是曾院长那悲痛欲绝的遗孀。她正想对儿子说点什么，没想到阿宁笑嘻嘻地接着往下说："还有阿宁拿着糖的时候叔叔也一样……妈妈你怎么又不唱了？"

郑微还来不及回答，电梯间有人走了出来。

然后她听到一个带着笑意的声音，"老远就听到你唱歌，难道感冒全都好了？"

郑微笑着领着阿宁奔向来人——

"因为接下来轮到你爸爸唱了。"